Ce livre est dédié à toutes les personnes qui
– à un moment de leur vie –
ont cru qu'elles n'en valaient pas la peine.

1

LUCY

Je crois en l'amour. Sincèrement.

Ne secouez pas la tête comme ça. Je vous jure que j'y crois.

Hé, vous, là, qui me connaissez déjà, je vous vois ricaner, vous savez ! Arrêtez ça tout de suite.

Ça ne sert à rien et, pour être franche, c'est un peu grossier, vous ne trouvez pas ?

Je maintiens et je répète que je crois sincèrement en l'amour. Je connais ses pouvoirs magiques. Les bons comme les mauvais. Je sais que le monde paraît beaucoup plus grand quand on est ivre d'amour. Je sais qu'il peut réparer les cœurs brisés et rendre fou de bonheur, d'excitation, d'espoir… mais aussi de peur, voire rendre malade… bref la liste de ses effets est longue, mais une chose est sûre : l'amour rend bien meilleur le monde compliqué dans lequel nous vivons.

Tenez, ma meilleure amie Olive, par exemple. Elle est amoureuse de son mari Jason depuis qu'elle est toute petite. Elle l'a même demandé en mariage alors qu'elle n'avait que six ans. Six ans, les gars – six ! N'est-ce pas la chose la plus adorable que vous ayez entendue de votre vie ? Des années plus tard, quand ils se sont retrouvés, elle a été conquise par son côté star de cinéma. L'amour, ça lui réussit, à Olive, et pas qu'un peu, et puis, ça lui va bien aussi. Elle mérite tout l'amour du monde.

Moi ? Ça me va beaucoup moins bien. Disons que j'ai du mal à trouver le bon modèle.

Bref… l'amour est capable de tout… pour peu que vous ne soyez pas victime d'une malédiction, comme moi. Oh, et il faut aussi laisser l'amour s'inviter dans votre vie ; autoriser le malheureux élu à franchir la lourde porte blindée de votre cœur et à s'introduire dans le labyrinthe qu'il recèle, si j'ose dire.

C'est souvent là que ça coince, pas vrai ? Savoir accueillir l'amour. Pour ça, il faut accepter de s'ouvrir à l'autre, partager les aspects les moins reluisants de notre personnalité, les recoins les plus sombres et les plus profonds de notre âme. C'est LA condition *sine qua non* pour connaître le véritable amour. On nous sert ces conneries dès le plus jeune âge, du moins il paraît. C'est vrai qu'on baigne en permanence dans une pub pour l'amour. En gros, le truc, c'est : offrez votre cœur à l'autre, soyez sincère, honnête, et s'il vous aime telle que vous êtes, alors bingo !

Hop, canon à confettis en pleine poire. Savourez, vous avez trouvé le véritable amour. Et grand bien vous fasse.

Pas de bol pour le reste d'entre nous.

Cela dit… est-ce que je laisse entrer l'amour, *moi* ? Non. Je fais même tout pour que ça n'arrive surtout pas. J'ai déjà donné, merci. Quel est mon problème alors, vous demandez-vous, puisque je crois en l'amour ? Eh bien, je vais vous le dire, bande de curieux. Mon problème, c'est que mon vieux pote « l'amour », lui, ne croit pas du tout en moi. Il ne m'a jamais aimée et ne m'aimera sans doute jamais.

Pas très sympa de sa part, mais… j'ai fait la paix avec ça. Enfin, c'est ce que je croyais, jusqu'au jour où je suis tombée amoureuse de Jameson.

Entrée en scène du *bad boy* super canon couvert de tatouages. Mon *crush* d'étudiante.

Au cas où vous ne l'auriez pas encore deviné, j'ai pas mal de problèmes côté papa-maman. Et comme si ça ne suffisait pas à foutre ma vie en l'air, c'est pas simple non plus avec ma grand-mère.

Et bla-bla-bla.

Là, vous commencez à vous dire que vous êtes tombés sur la fille la plus ennuyeuse de la terre. Il faut remédier à ça tout de suite.

Et si on parlait plutôt des coups d'un soir ? C'est chouette, non ? On contourne le problème de l'amour, on échange des sourires, on a le tournis, on est tout excité à l'idée de décrocher le gros lot, on profite des petits bonheurs comme sentir la peau de l'autre sur la sienne, son souffle chaud, sa chaleur, et puis la douce extase qui nous foudroie parfois pendant quelques secondes quand il parvient à toucher notre point le plus sensible – *si* il y parvient. Tout ça, c'est génial. Vraiment, je vous encourage à expérimenter ces merveilleuses sensations, surtout si votre partenaire a été gâté par la nature.

Ne soyez pas des chieuses, mesdames, soyez plutôt à l'image d'une belle chute d'eau, paisibles et heureuses.

Jaillissez. Rugissez comme une cascade.

Ne vous repliez pas sur vous-mêmes ; soyez aussi libres que les gouttes d'eau.

Et le plus important : *vivez votre vie.*

Mon plus grand conseil, si vous choisissez de garder vos distances avec l'amour, c'est que, quoi qu'il arrive, ne revenez jamais vers un super coup d'un soir pour assouvir les désirs de votre traître de corps ; amusez-vous, profitez-en, savourez votre partenaire, mais un soir uniquement. Ensuite, passez à autre chose. Parce que si vous tombez dans les bras du même homme plusieurs fois, c'est fichu. Au bout de… je ne sais pas, moi, disons une centaine de fois… eh bien, je vous garantis que vous finirez par éprouver des sentiments pour ce mec.

Je suis bien placée pour vous dire que vous risquez de tomber amoureuse ; ça m'est arrivé. Eh oui, moi aussi, j'ai un cœur en fin de compte. Qui l'eût cru ? Avouez que vous ne l'avez pas vu venir.

C'est très progressif. Au début, on sent à peine un soupçon de quelque chose sans pouvoir l'identifier parce que le mec manie trop bien son énorme queue (au passage : ça, ça s'appelle un orgasme, ce n'est pas de l'amour). Avec son engin, il vous soumet à toutes sortes de délicieuses décharges d'émotions. Car oui, il est très fort ; le bourreau des cœurs a tendance à être vachement doué au pieu.

Une raison de plus pour pleurer quand il en a fini avec nous. Sympatoche, hein ?

Petit à petit, vous vous mettez à interpréter différemment ces monstrueux orgasmes qu'il vous procure. Puis, c'est son sourire qui sème le trouble, ou sa façon d'effleurer votre visage, ou encore son regard au moment où vous vous déshabillez devant lui – un regard de braise dans lequel vous êtes persuadée de déceler de la tendresse… ce genre de bêtises. Sans parler de toutes ces petites choses coquines qu'il vous susurre et qui se fraient un chemin jusqu'à votre cœur *et* votre cerveau. Peut-être, je dis bien *peut-être*, que vous commencerez à vous sentir en sécurité avec lui ; ses sentiments pour vous semblent si sincères. Et un jour, on ne sait pas trop comment, il est trop tard pour reculer et… avant même d'avoir compris ce que mijote votre cœur à votre insu…

BIM !

Vous voilà amoureuse.

Félicitations. Et, bon, ben… va te faire foutre, cher cœur !

À vous les souffrances que cette situation ne manquera pas de susciter.

Bien sûr, je ne peux pas parler pour les autres, mais ça s'est passé comme ça pour moi avec Jameson. Il a été mon seul et unique amour de jeunesse, alors c'est à lui que vous adresserez vos plaintes pour ma diarrhée verbale sur l'amour.

Cela faisait très exactement six jours et vingt et une heures qu'il avait quitté Los Angeles pour s'installer à Pittsburgh où il devait démarrer un nouveau job débile au sein d'une nouvelle boîte débile ; j'étais un peu dévastée et je me retrouvais à la rue.

Vous vous demandez comment j'ai réussi à tomber amoureuse de ce Jameson qui m'a brisé le cœur ? Revenons un peu en arrière. J'ai rencontré Jameson dans un groupe d'études du cours d'économie, cours que nous avions en commun. Contrairement à ce qu'on pourrait croire, je ne suis pas du tout du genre à coucher d'emblée avec un mec que je viens de rencontrer – d'ailleurs, ce n'est pas ce qui s'est passé. Au début, je me suis contentée de profiter de la vue en salivant… c'est une étape plutôt sympa, non ? L'anticipation, les regards faussement effarouchés, les petits sourires complices. Et puis, quelques semaines plus tard, on a trébuché tous les deux dans un lit qui se trouvait là par hasard.

C'était purement accidentel, je vous jure.

Je me rappelle avoir remarqué qu'il avait des tatouages sur le torse et les avant-bras, puis il s'est tourné en m'offrant une vue imprenable sur ses fesses toutes rondes et bien fermes… Et tout à coup, on a atterri dans un lit et il nous a fait vivre, à mon vagin et moi, le plus beau moment de notre vie. J'ai déjà évoqué le plaisir que procurent les queues monstrueuses, je crois ? Ça ne m'aurait pas dérangé que la sienne soit un chouïa plus épaisse, mais bon… On ne peut pas tout avoir dans la vie.

Bref, après ça, je suis revenue vers lui. Je me rappelle très bien m'être juré : *Rien qu'une fois, Lucy, et puis c'est tout.* Honnêtement, sur le moment, j'étais convaincue que ça aurait été un crime de ne pas renouveler une expérience aussi torride. Or, je ne suis pas une criminelle. De toute façon, que pouvait-il m'arriver de mal ?

Ensuite, je ne sais pas ce qui s'est passé, mais le coup d'un soir s'est transformé en coup de plusieurs soirs par semaine. Techniquement, Jameson n'était donc plus un coup d'un soir, mais j'ai continué à l'appeler comme ça, j'aimais bien. Il ne m'a pas facilité la tâche lorsqu'il a commencé à s'endormir dans mon lit avant que je n'aie suffisamment repris mes esprits pour me souvenir qu'il ne fallait surtout pas qu'il passe la nuit là.

C'est ainsi que je me suis retrouvée à achever mes nuits confortablement installée sur la poitrine de ma meilleure amie, Olive. Dormir dans les bras de son coup d'un soir, c'est un grand NON. Et le plus drôle, c'est que les seins d'Olive se sont révélés être les meilleurs oreillers de l'univers ! Je vous assure. Si moelleux et fermes à la fois. Vraiment, c'est magique, mais ça, je vous le raconterai une autre fois.

Peu à peu, j'ai craqué pour Jameson et je me suis dit qu'il était peut-être temps de donner une nouvelle chance à mon vieux pote l'amour, histoire de vérifier si j'étais toujours maudite. Alors, certes, je ne m'attendais pas à un « et ils vécurent heureux pour toujours » au premier essai, parce que la vraie vie n'est pas peuplée de licornes ailées qui produisent des arcs-en-ciel quand elles pètent au milieu des nuages, mais bon sang, je ne m'attendais pas non plus à une rupture aussi brutale ni à ce que ce couillon prenne la fuite. Tout ce que je voulais, c'était plonger les orteils dans l'eau, pas m'électrocuter.

Conclusion : ouais, je suis toujours maudite.

L'amour, c'est vraiment pas fait pour moi. Hourra… enfin, je crois.

— Youhou ? Lucy ? Ah, te voilà. Tu parles toute seule, c'est normal ?

Olive venait d'apparaître au bout du couloir où j'étais en train de jeter les sacs poubelle remplis d'affaires que Jameson n'avait pas emportées. Elle portait un pantalon de yoga et un tee-shirt blanc ample, son uniforme quand elle n'avait pas envie de se prendre la tête. Tee-shirt ample ou pas, ses seins parvenaient à être magnifiques en toutes circonstances. Ses cheveux blond vénitien, rassemblés dans un chignon désordonné au sommet de son crâne, avaient connu des jours meilleurs. Elle devait sortir de sa grotte de romancière.

— Tout à fait normal. On s'amuse comme on peut, ai-je répondu en essuyant du dos de ma main une pellicule de sueur invisible sur mon front. Tu es déjà là ? Je ne pensais pas te voir si tôt. Et tu peux m'expliquer pourquoi tu as l'air de ne pas avoir pris de douche depuis une semaine ?

Déjà penchée sur les sacs poubelle que j'avais alignés contre le mur, Olive a relevé la tête avec un large sourire.

— Une semaine, non, mais deux jours, c'est possible. Plus que quelques chapitres et j'aurai officiellement FINI.

Elle a haussé les épaules avant de reprendre ses fouilles dans les sacs poubelle, à la recherche d'on ne sait quoi.

— Qui a le temps de se laver, de toute façon ? a-t-elle ajouté.

Ce n'était pas vraiment une question, mais j'y ai répondu quand même, dans ma barbe.

— Les gens qui préfèrent être propres et pas puants comme toi, peut-être ?

— Et pour répondre à ta question ingrate, a-t-elle continué, j'arrive si tôt parce que je suis *the* meilleure amie dont tout le monde rêve. Pourquoi on est obligées de trier ses fringues ? Il ne pouvait pas s'en occuper lui-même, ce salaud ?

—*Tu* es en train de les trier, pas moi. Je les ai déjà passées en revue et je vais tout simplement les laisser là. Jameson m'a envoyé un texto pour me prévenir qu'un de ses potes passerait prendre le reste de ses affaires. En fait, je m'en fiche.

—On pourrait les brûler. Pour faire passer un message, a suggéré Olive en donnant un coup de pied dans l'un des sacs poubelle.

—Et quel serait le message, exactement ?

Elle s'est emparée de mon petit sac de week-end jaune vif.

—Je ne sais pas… Ça lui montrerait qu'on reste soudées et qu'on est remontées contre lui ? Et puis, ce serait cathartique pour toi.

—Je vois. Et si on s'en tenait plutôt au plan initial, à savoir me dégager d'ici le plus vite possible ?

Elle a empoigné la valise que je lui tendais en se renfrognant.

—Et d'abord, Jason aurait tiqué si je sentais mauvais. En plus, tu peux parler avec ta tête de déterrée. Tes beaux yeux bleus sont quasiment éteints. Et tes cheveux noirs… ont l'air encore plus noirs.

J'ai porté les mains à mon cœur en battant des cils.

—Ooooh, merci, ma petite Olive verte. Toi aussi, tu resplendis avec tes cheveux gras et tes cernes sous les yeux. Cela va à ravir avec ton teint.

Un petit sourire dansant sur les lèvres, elle a secoué la tête et s'est engagée dans l'escalier pour descendre mes bagages jusqu'à sa voiture. De mon côté, j'ai fait un dernier tour de l'appartement. Je suis passée dans la salle de bains pour vérifier que je n'avais rien oublié dans l'armoire à pharmacie, j'ai jeté un dernier coup d'œil à la chambre. Tout était en ordre, alors j'ai attrapé ma dernière valise et je suis allée au salon où Olive m'attendait avec une bouteille de téquila.

— J'ai apporté ça, a-t-elle déclaré en brandissant la bouteille, comme s'il fallait encore me présenter ce drôle de bébé.

Je me suis ruée sur elle pour lui arracher la bouteille des mains en faisant fi de son petit cri de surprise et j'ai posé mes fesses sur le canapé couleur crotte comme j'aimais à le décrire.

Tandis que je m'évertuais à faire sauter le bouchon, Olive a poussé un soupir et est venue s'asseoir à côté de moi. J'ai bu une petite gorgée, grimacé au moment où le précieux liquide m'a brûlé la gorge, puis j'ai placé la bouteille entre ses mains impatientes.

Nous étions amies depuis trois ans et demi, pourtant personne ne me connaissait mieux qu'Olive. Elle était écrivaine – au succès phénoménal, s'il vous plaît ; son premier roman s'était classé en tête des ventes. Mais ce que je préférais, c'est que cette petite veinarde était l'heureuse épouse de l'acteur le plus sexy d'Hollywood, qui était aussi son amour de jeunesse. On pourrait croire que ce genre de trucs n'arrive que dans les bouquins, mais non, Olive l'a vraiment fait. Elle a touché le jackpot. J'aime croire que je lui ai donné un coup de pouce en l'encourageant à poursuivre ses rêves, mais la vérité, c'est que l'alchimie qu'il y avait entre elle et Jason battait tous les records ; avec ou sans moi, ils auraient quand même fini ensemble. Et puis, malgré son statut de star, Jason Thorn était vraiment quelqu'un de bien. Il était fou amoureux d'Olive – sinon vous pensez bien que j'aurais lancé une attaque furtive pour qu'il ôte ses sales pattes de ma meilleure amie.

— Alors…, a commencé Olive, après avoir bu à son tour et toussé quelques fois. Tu parlais de quoi avec toi-même quand je suis arrivée ?

J'ai pris une deuxième gorgée de téquila, une grosse, mais qui est passée beaucoup plus facilement que la première.

—J'évoquais avec nostalgie tes superbes seins, figure-toi, et je me disais qu'il fallait être vachement égoïste pour refuser de partager ces beaux petiots.

Elle m'a considérée avec perplexité, puis a replié les jambes pour trouver une position plus confortable.

—Moi, égoïste ? C'est faux : je les partage volontiers avec mon homme.

Je lui ai décoché un grand sourire.

—Ah bon ? Et *ça*, tu es prête à le partager avec moi ? En détail ? Par exemple : quelle est votre position préférée ? La levrette ? Est-ce qu'il prend soin de tes seins, au moins ? Il est gentil avec eux ?

Elle ne me confierait rien – pourtant Dieu sait que j'avais essayé de lui tirer les vers du nez. Même si je ne comprenais pas pourquoi elle s'obstinait à ne rien dire, je continuais à la cuisiner sans relâche. C'était trop drôle de la voir rougir et se tortiller de gêne. Avec moi, c'est tout ce qu'on méritait quand on gardait les détails croustillants pour soi.

—Moi pas comprendre, a-t-elle rétorqué.

Avec mon plus beau regard assassin, je lui ai tendu la bouteille. Elle a décliné, ce qui était une bonne chose pour deux raisons. La première, c'est que ça faisait plus de téquila pour moi – youpi – et la deuxième, eh bien, c'est qu'Olive avait tendance à devenir ingérable quand elle avait trop bu.

—Sans vouloir encore passer pour la copine ingrate, je croyais que tu avais dit que tu viendrais vers 14 heures, pas 10 heures du matin. En plus, tu ne débarques pas les mains vides. Es-tu si gentille avec moi parce que je suis « une victime » ?

Nouveau regard perplexe.

—Une victime ? Victime de quoi ?

—Mais de l'amour, voyons, ai-je répliqué d'un air faussement outré. J'ai été mâchée et recrachée – et pas de la plus belle des manières.

Elle a levé les yeux au ciel, puis un bourdonnement dans son sac a détourné son attention. Après avoir consulté l'écran de son téléphone, elle a poussé un soupir.

—Désolée, ma pauvre victime de l'amour, il faut que je prenne cet appel. Je suis en train d'organiser une série d'entretiens avec des agents potentiels.

—Vas-y. Pendant ce temps, je m'occupe de la téquila.

Dès qu'elle a eu quitté la pièce, j'ai renversé la tête en arrière contre le dossier du canapé, paupières closes.

Jameson m'avait quittée. Je n'étais plus en couple. Et alors ? À la base, j'avais prévu de rester célibataire, de toute façon. J'aurais dû être satisfaite. Et soulagée, puisque ça confirmait l'existence de la malédiction qui pesait sur ma famille.

Est-ce que j'éprouvais quelque chose qui s'apparentait à de la satisfaction ou du soulagement ?

Absolument pas. Mais je survivrais, alors si je pouvais arrêter de me comporter comme si j'étais au bout de ma vie, merci. Grâce à ma chère famille, j'avais connu pire. Jameson était même un saint, en comparaison.

Au retour d'Olive, j'ai détourné la tête pour qu'elle ne remarque pas mes yeux mouillés.

Oh, ça va ! Je n'étais pas du tout en train de pleurer en cachette ; c'est ce maudit appartement qui me donnait des allergies.

—Et si on sortait d'ici ? a suggéré Olive avec douceur.

Visiblement, je n'avais pas tourné la tête assez vite. J'ai écrasé une larme oubliée et j'ai bu une dernière gorgée de téquila. Tout ce dont j'avais envie, c'était picoler avec ma meilleure amie devant un grand feu et fabriquer des poupées vaudoues à grosse bite, mais c'était impossible. La vie d'adulte, ça craint du boudin.

—Ouais. Faisons ça, ai-je répondu.

Olive a tendu la main vers la bouteille et je la lui ai rendue à contrecœur, non sans rechigner bien sûr.

— Je nous la mets de côté, on continuera tout à l'heure, m'a-t-elle assuré.

— Promis ?

— Promis. Et tu sais quoi ? Je te laisserai même te blottir contre moi.

Ragaillardie, j'ai remué les sourcils d'un air coquin.

— Je pourrai me blottir contre toi pendant que toi, tu seras blottie contre ton séduisant mari ?

Puis je me suis redressée d'un coup.

— Olive Thorn, serais-tu en train de m'accorder un plan à trois parce que je suis victime de l'amour ? Si c'est le cas, sache que j'accepte ton gage de pitié avec joie.

— Mais non, espèce d'obsédée. Jason est en tournage ce soir. Je vais te dorloter jusqu'à ce que tu t'endormes, puis je m'éclipserai de ta chambre pour passer la nuit dans les bras de mon séduisant mari.

— Merci de remuer le couteau dans la plaie béante de mon cœur.

— De rien. Tu sais, je suis toujours fâchée contre toi.

J'ai pris mon air le plus affligé.

— Contre moi ? Mais qu'est-ce que j'ai fait ? C'est moi, la victime, je te rappelle.

— Et moi, je suis ta meilleure amie. Tu as attendu six jours avant de me dire ce qu'il t'avait fait, cet enfoiré. Tu as bafoué tous mes droits.

— Oh, ça va. Tu ne peux tout de même pas m'en vouloir pour ça. J'ai préféré t'épargner les moments pénibles, c'est tout. Je me suis accordé une semaine pour pleurer toutes les larmes de mon corps et de mon cœur, et je n'ai fait que ça. Et je n'ai même pas pris une semaine entière, finalement. Maintenant, c'est passé. Terminé. Ce soir, on fête mon célibat. Tu vois, je t'ai réservé le meilleur : les réjouissances. On va pouvoir faire des soirées Tinder et on fera glisser tous les profils à droite. Au contraire, je trouve que je déchire, comme meilleure amie.

Olive m'a tendu la main pour m'aider à me lever.

—Non. Tu m'as dépossédée. C'est clair et net. Je n'ai pas pu pleurer avec toi ni maudire Jameson de t'avoir quittée. Comment veux-tu que je fasse la transition vers la fête alors que je ne suis pas passée par la tristesse et la colère ? Non, je suis toujours remontée contre toi. Et triste en même temps. Tu vois, tu as foutu le bordel dans mes émotions. Après ton appel, j'ai rabâché ça toute la soirée et Jason est totalement d'accord avec moi : tu as bafoué mes droits.

La tête inclinée sur le côté, je lui ai tapoté le bras.

—Ohhhh, mais c'est que tu m'adores. Je te serrerais bien contre moi, ma petite Olive, mais tu sens encore plus mauvais de près.

Elle m'a donné une grosse bourrade et je suis retombée sur le canapé en m'esclaffant.

—Eh ! Pas la peine de te transformer en chute d'eau déchaînée, Olive. Essaie d'être un lac. Comme moi. Regarde comme je suis calme.

Penchée au-dessus de moi, elle s'est contentée de me toiser, un sourcil haussé.

—Bon, ai-je repris au bout d'un moment. Si ça peut t'aider à te sentir mieux, je vais sûrement encore pleurer ce soir ; tu auras droit à ton moment, tu pourras te morfondre avec moi.

—Voilà qui est mieux. Merci. Et tâche de fondre en larmes au début de notre petite fête, d'accord ?

Je me suis levée, sans aide cette fois, et nous avons poursuivi la conversation pour déterminer combien de temps il serait opportun de pleurer avant de passer à la fête.

Olive m'a aidée à porter ma dernière valise jusqu'à sa voiture, puis je l'ai laissée avec mes affaires et je suis remontée pour une dernière inspection des lieux. C'est ainsi que je me suis retrouvée seule dans le salon, assaillie par les souvenirs.

Lorsque Jameson avait eu son accident de moto, quelques mois plus tôt, Olive et moi nous étions précipitées à son chevet, à l'hôpital. C'est là que j'avais reconnu pour la première fois que je l'aimais.

Quand il est devenu évident qu'il allait avoir du mal à se débrouiller seul après s'être bêtement brisé autant d'os, je lui avais demandé s'il voulait que j'emménage avec lui. Son sourire sexy et si confiant – le fameux sourire qui me ramollissait complètement le cerveau – avait alors illuminé son visage et il avait répondu qu'il avait bien cru que je ne le proposerais jamais ; j'avais été soulagée pour deux raisons.

La première, c'est que je n'aurais pas besoin de lui casser la figure alors qu'il était déjà sur un lit d'hôpital pour lui faire comprendre qu'il avait besoin de moi. On ne va pas se mentir, ça n'aurait pas vraiment joué en ma faveur, et puis, j'aimais un peu trop son beau visage pour l'abîmer. La deuxième raison, c'est que grâce à ça, j'allais pouvoir me barrer de l'appartement que je partageais avec deux imbéciles – des imbéciles qu'Olive et moi avions autrefois considérés comme nos amis, pour être exacte.

Tout s'était enchaîné très vite et je n'avais pas emporté des tonnes d'affaires. De toute façon, je ne possédais pas grand-chose, et quand on a vingt-deux ans, presque vingt-trois, n'être propriétaire que de quelques bagages, c'est un peu déprimant.

Quoique… En y réfléchissant, j'étais désormais la fière détentrice de nouveaux souvenirs. Des souvenirs qui ne s'effaceraient pas de sitôt. Pourtant, j'aurais préféré qu'ils ne m'appartiennent pas, car aucun de ceux-ci, aucun de tous ces « je t'aime » de Jameson ne me tiendrait chaud la nuit.

Non. Ces souvenirs-là continueraient à me hanter, à me rappeler sans cesse ce à quoi je n'aurais jamais droit.

À cause de, vous l'avez compris… à cause de cette fichue malédiction. Eh oui.

—Ces escaliers sont en train de me massacrer les fesses, a lancé Olive en me rejoignant. Est-ce qu'on a terminé ?

—On dirait bien, ai-je répondu en frottant mes mains moites sur mon legging. Tu es prête à dire adieu à cet endroit ?

—Ne serait-ce pas plutôt à moi de te poser cette question ?

—Je ne sais pas. Tu crois ?

Elle m'a dévisagée pendant quelques instants, comme pour déterminer si je me moquais d'elle.

—Non, a-t-elle fini par décréter en passant son bras sous le mien. Inutile de te poser la question : tu es prête à fermer cette porte pour de bon. De toute façon, c'est déjà de l'histoire ancienne, pas vrai ?

J'ai pris une profonde inspiration et j'ai posé la tête sur son épaule.

—J'aimerais en être aussi sûre que toi, ma petite Olive verte.

—Attends, tu es en train de me dire que Jameson n'est peut-être pas de l'histoire ancienne ?

Puis son ton s'est adouci :

—Quand bien même, ce n'est pas grave, Lucy. Tu le sais, ça, hein ?

—Oh, ce salaud, ce bourreau des cœurs et des petites culottes, c'est quasiment de l'histoire ancienne, ça oui, mais je ne suis pas sûre que ce soit le cas pour tous les souvenirs que j'ai avec lui, tous les « je t'aime » qu'il m'a murmurés entre ces murs. Ainsi va la vie, non ? On oublie le mec avant d'oublier les moments qu'on a passés avec lui.

Elle a appuyé sa tête contre la mienne.

— Tu es sûre que ça va, Lucy ? Tu sais, je suis super heureuse que tu t'installes chez nous…

— Temporairement, ai-je précisé, mais elle a continué comme si de rien n'était.

— … parce que je serais effondrée si tu quittais la ville. Mais pourquoi n'es-tu pas partie avec lui ? Je veux dire : en quatre ans, Jameson est le seul mec qui a réussi à ouvrir une brèche dans les remparts que tu as bâtis tout autour de ton cœur. Tu l'aimais. Je l'ai vu.

— Je l'ai aimé, ai-je concédé au bout d'un long silence.

Depuis son départ, je m'étais souvent posé cette question.

— Mais je te l'ai déjà dit, Olive, il ne m'a jamais demandé de le suivre. Il ne m'a jamais invitée à m'asseoir avec lui pour m'expliquer ses projets, et encore moins s'intéresser aux miens. Il s'est contenté de m'informer qu'on lui avait offert un poste et qu'il devait partir. Oh, et il a ajouté que j'allais « lui manquer de ouf ». C'est tout. C'est tout ce qu'il a daigné m'accorder. Alors, je ne vais certainement pas courir après quelqu'un qui ne veut pas de moi.

— Mais tu l'aurais suivi ? S'il te l'avait proposé ?

— Ça, on ne le saura jamais. Tout s'est passé de manière si civilisée. Je n'ai même pas eu l'occasion de lui jeter un vase à la figure ni de profiter d'une bonne baise de rupture, avec les ongles qui s'enfoncent dans le dos et tout, et tout. C'est injuste. Il m'a annoncé qu'il partait et que le bail de l'appart arrivait à échéance à la fin de ce mois-ci, c'est tout. Tout a été si… je ne sais même pas comment qualifier ça. Mais une chose est sûre : il ne m'a jamais demandé de partir avec lui ni même s'il était envisageable pour moi de le suivre. Je ne faisais pas partie du plan ; voilà pourquoi il peut aller se faire foutre. En tout cas, je ne vais certainement pas supplier un mec juste parce qu'il est doué au pieu.

J'ai relevé la tête et j'ai tourné le dos au salon.

—Non, vraiment, qu'il aille bien se faire cuire le cul. Je vais m'installer chez vous le temps de trouver du boulot, puis je vous laisserai tranquilles.

—Est-ce que tu comptes appeler ta grand-mè…

—C'est bien la dernière personne que j'envisage d'appeler. J'ai rompu avec mon mec ; ce genre de truc arrive tous les jours. Je préfère mille fois appeler Jameson plutôt que Catherine. Je ne suis pas suicidaire.

La mine sévère, Olive a ouvert la bouche pour protester, mais je l'ai attrapée par le bras et je l'ai entraînée vers la porte.

—C'est terminé, point. De toute évidence, Jameson n'était pas le bon. Tout le monde n'a pas droit à son *happy end* dans la vie, et ce n'est pas grave. Ça me va très bien comme ça. On peut y aller maintenant ? On achèvera cette conversation inutile chez toi. De préférence quand j'aurai un peu plus d'alcool dans le sang.

Olive a soufflé de frustration, mais elle est sortie sans m'obliger à la pousser. J'ai saisi la clé et j'ai jeté un dernier regard à l'appartement.

—Pour info, ai-je déclaré à Olive qui se tenait juste derrière moi, sans doute prête à intervenir au cas où je déciderais de me rouler par terre en sanglots – il faut croire qu'elle avait très envie de partager mon malheur. Sache que je ne dirai plus jamais « je t'aime » à un homme, quel qu'il soit. Imprime bien ça dans ta tête. Dès qu'on lâche les grands mots, ils nous le font payer. Alors, en ce qui me concerne, c'est terminé. Que ce soit un dieu du sexe ou qu'il en ait une de trente centimètres dans le pantalon, je m'en fiche. Plus de « je t'aime ».

Olive a émis un son étranglé, je lui ai jeté un coup d'œil par-dessus mon épaule.

—De trente centimètres ? Ouille, ouille, Lucy.

—Non, pas « ouille, ouille », ai-je rétorqué avec un sourire lubrique. Ce serait même plutôt « viens vite par ici, mon joli », mais même un mec pourvu d'un engin de trente centimètres ne recevra pas le moindre « je t'aime » de ma part. Son pénis, à la rigueur, mais lui, jamais. Et si, un jour, tu m'entends commettre cette bêtise, pitié, pince-moi fort ou balance-moi un seau d'eau froide à la tête, peu importe, du moment que je reviens à la réalité.

J'ai fermé la porte et me suis tournée face à Olive pour attendre sa réponse.

—D'accord, a-t-elle soupiré en m'entraînant vers l'escalier. Tu peux compter sur moi, je te ferai mal.

—Super. Maintenant que c'est réglé, tu te souviens de ce que je t'ai dit il y a longtemps sur ton mari et toi ?

—Quoi ?

—Au sujet de mon adoption. Eh bien… j'y ai pas mal réfléchi et je crois que ça peut être bénéfique pour toutes les parties impliquées.

—Ah bon ? Je t'en prie, parle-moi de ces bénéfices.

—Premier avantage : bon, tu sais à quel point je bave sur ton mari quand je le vois torse nu sur grand écran ? Eh bien, je ne pourrais plus reluquer ton mari torse nu sur grand écran.

—C'est un bon début. Je crois. Continue.

—Deuxième avantage : tu devras me cajoler plus souvent, parce que, eh bien, je serai ta fille. Il faudra que tu sois aux petits soins avec moi pour me témoigner ton amour.

—Intéressant. Est-ce que quelqu'un d'autre que toi va bénéficier de cette adoption ? Parce que tu viens de dire…

—Oh, je n'ai pas encore poussé la réflexion si loin. Enfin, Olive, je suis une victime de l'amour, tu as oublié ?

—Ah oui, pardon. Où avais-je la tête…

Nouveau clap de fin dans la série « Divorces à Hollywood »

Voici deux mois, nous vous annoncions une bien triste nouvelle : la séparation d'Adam Connor (28 ans) et d'Adeline Connor (26 ans). Le monde du cinéma était sous le choc et, en toute franchise, certains d'entre nous ont même cru qu'il s'agissait d'un coup de com' destiné à promouvoir le dernier film d'Adeline. Hélas, nous avons appris aujourd'hui que le couple avait signé les derniers papiers du divorce, mettant ainsi définitivement un terme à leur histoire d'amour qui avait commencé il y a presque six ans.

Plusieurs semaines se sont écoulées depuis la première déclaration et nous ne savons toujours pas ce qui a causé la rupture du couple. Les avis divergent au sein des proches des deux stars et, à ce stade, nous ne pouvons rien affirmer. La seule chose sur laquelle tout le monde semble s'accorder, c'est qu'il n'a jamais été question de liaisons extra-conjugales entre Adam et Adeline. En effet, au cours de leur courte union, ni Adeline ni Adam n'ont été pris en flagrant délit d'infidélité par la horde de paparazzis qui les suit en permanence.

Pour rappel, les tourtereaux avaient convolé en justes noces après s'être fréquentés à peine plus d'un an. Adeline Young n'avait que 21 ans le jour où elle a dit oui au bel acteur au cours d'une cérémonie discrète à Paris, à laquelle seuls quelques membres de la famille avaient été conviés. Sept mois plus tard, elle donnait naissance à leur fils Aiden, désormais âgé de cinq ans. Vous n'êtes pas sans savoir qu'Adam

Connor est le fils d'Helena et Nathan Connor, couple mythique d'Hollywood.
Si la fille de ces derniers, Victoria Connor, n'a pas marché dans les pas de ses parents, son frère, Adam Connor, est quant à lui devenu acteur et fait partie de la grande famille du cinéma depuis l'âge de 14 ans, époque à laquelle son premier film, *Le Poison de la famille*, a connu un succès fulgurant.
Alors que le couple traverse des moments difficiles, Adam préfère rester discret lorsqu'on l'interroge sur son mariage. Toutefois, un proche nous a affirmé que « après de longs mois de souffrance causée par cette séparation, Adeline est enfin prête à aller de l'avant. Elle se prépare d'ailleurs à donner une conférence de presse au cours de laquelle elle répondra à toutes les questions des médias sur son mariage avec Adam et sur les raisons de leur divorce. »
Autre son de cloche du côté d'Adam Connor puisque nous n'avons obtenu aucune réponse lorsque nous avons sollicité une réaction à cette déclaration auprès de son équipe de communication. Seul un attaché de presse et ami de longue date de la famille nous a laissé entendre qu'Adam avait l'intention de consacrer toute son énergie et toute son attention à son fils, Aiden, pendant et après le divorce. Pour l'instant, le couple a opté pour la garde alternée, mais d'après certaines rumeurs, cela pourrait changer dans un avenir proche.
Qui veut la garde exclusive et pourquoi ? Apparemment, c'est la question à un million. Si les jeunes divorcés sont restés en bons termes, pourquoi s'apprêtent-ils à livrer bataille pour obtenir la garde de leur fils unique ?
Pour conclure sur une note plus joyeuse, sachez que nous avons eu la confirmation qu'Adam Connor

venait d'acheter la propriété voisine de nos jeunes mariés préférés, Jason et Olive Thorn. En effet, pas plus tard qu'hier, le séduisant acteur a été pris en photo alors qu'il quittait sa nouvelle villa, la mine maussade, en compagnie de son fils Aiden.

Si vous avez des économies, nous ne saurions trop vous conseiller d'investir dans une maison, un abri de jardin, ou peu importe ce que vous trouverez, à Bel-Air. Car c'est là, désormais, que vivent deux des acteurs les plus sexys d'Hollywood, côte à côte, à peine séparés par un mur de pierre. Certes, l'un d'entre eux n'est plus un cœur à prendre, mais Adam Connor, lui, est libre comme l'air, mesdames. Ne seriez-vous pas prêtes à sacrifier toutes vos économies pour devenir sa nouvelle voisine ? Nous, en tout cas, on n'hésiterait pas une seconde !

2
LUCY

— Chhuut. Silence !

— Chut toi-même ! J'ai rien fait.

—Je n'ai pas dit que tu avais fait quoi que ce soit, je t'ai demandé de te taire, ai-je réprimandé Olive. Tu vas tout faire foirer avant même qu'on ait pu jeter un coup d'œil.

Elle a soufflé, clairement agacée, mais n'a plus bronché. Nous étions en train de transporter une énorme échelle en direction du mur de pierre qui entourait toute la propriété.

Les heures s'étaient écoulées depuis que nous avions quitté l'appartement de Jameson et j'avais officiellement emménagé dans la chambre d'amis d'Olive. Comme promis, nous avions célébré mon déménagement *et* ma rupture à coup de *shots* de téquila et de margaritas. Il est possible que nous ayons transformé la salle de projection de Jason en bar karaoké privé et que nous ayons massacré quelques chansons dans la foulée, mais nos mauvaises performances étaient à mettre sur le compte de la météo défavorable, parce que, d'ordinaire, nous chantions bien.

Nous étions plongées dans la contemplation du plafond, allongées côte à côte, lorsque Olive avait reçu un texto de Jason la prévenant qu'il arriverait en retard à notre petite soirée « Même pas mal ». C'est là que je me suis rappelé que c'était une mauvaise idée de laisser Olive avaler plus de quatre *shots* de téquila. Après avoir pleuré à chaudes larmes dans mes bras – parce que Jason allait être en retard –, elle avait eu la riche idée d'emprunter l'échelle que les jardiniers avaient utilisée un peu plus tôt et d'aller voir ce qui se passait de l'autre côté du mur, chez Adam Connor – vous savez, l'acteur trop canon qui s'était installé dans la villa voisine quelques mois plus tôt. Qui étais-je pour refuser un plan aussi alléchant ? Notre intention n'était bien sûr pas de l'espionner – évidemment que non, on n'est pas des voyeuses. Tout ce qu'on voulait, c'était voir à quoi ressemblait sa maison. Parce que c'est très important, les maisons. C'est vrai, avoir un toit sur la tête, c'est cocher une croix de plus dans la bonne colonne.

Et si, par le plus grand des hasards, nous l'apercevions en train de se balader à moitié nu – voire, avec un peu de chance, tout nu –, eh bien… ce ne serait pas notre faute, n'est-ce pas ? S'il passait justement au moment où nous regardions, il ne pourrait s'en prendre qu'à lui-même.

Voilà comment nous nous retrouvions à trimballer cette maudite échelle à travers le jardin d'Olive.

—Et s'il est à poil, Lucy ? Qu'est-ce qu'on fait ?

—Mmmh, on vérifie qu'il s'est déshabillé de son plein gré ? Remarque, il pourrait être accusé d'exhibitionnisme. Oh, on n'appellera pas la police, mais c'est bon pour une fois.

—T'es sérieuse, là ?

—Bien sûr que non, patate ! Fais gaffe, il y a un arbre derrière toi. Regarde un peu où tu mets les pieds….

Elle m'a jeté un regard noir avant de vérifier et d'éviter de justesse la collision avec un tronc.

—Oh. Merci.

J'ai secoué la tête en souriant. Jason allait faire une drôle de tête en découvrant sa femme complètement ivre.

Lorsque nous avons été assez proches du mur, j'ai délicatement posé mon extrémité de l'échelle sur le sol.

— Toi, tu ne lâches pas, d'accord ? On va l'appuyer contre le mur.

— Je sais ce qu'on a à faire, arrête de me donner des ordres, a rouspété Olive. Et si tu pouvais aussi arrêter de piétiner mes buissons, ce serait sympa !

— Purée, ils sont en train de m'écorcher vive, tes fichus buissons. Je risque de mourir d'une grave hémorragie et c'est tout ce que tu trouves à dire ?

— T'inquiète, ce ne sont pas quelques griffures qui vont te tuer. De toute façon, c'était ton idée. D'ailleurs, c'est ce que je raconterai à Jason quand il rentrera et qu'il nous prendra la main dans le sac.

Elle avait chantonné la dernière phrase comme une gamine tandis que je me dégageais tant bien que mal de ses redoutables arbustes.

— Pardon ? Mon idée ?

Je n'ai pas insisté et je l'ai aidée à installer l'échelle, non sans pester. Ce machin était ridiculement lourd. Lorsque l'extrémité supérieure a touché le mur en émettant un gros bruit sourd, je me suis laissé choir sur le sol avec une grimace.

— Merde, a lâché Olive à voix basse en serrant l'échelle contre elle. Tu crois qu'il a entendu ?

— Qui ça ?

— Adam Connor.

— Tout le voisinage doit avoir entendu, mais on va croiser les doigts pour qu'Adam ait des problèmes d'audition.

— Alors debout, m'a-t-elle intimé en trépignant, les yeux braqués vers le sommet du mur. J'ai trop envie de savoir ce qui se passe de l'autre côté. Mais rien qu'une seconde, d'accord ?

— Oui, oui, c'est bon. Tu l'as déjà dit plein de fois. C'est pas comme si on instaurait une routine. On jette un coup d'œil et puis basta.

— Oui, voilà. C'est ça, Lucy. Je suis si soulagée qu'on soit d'accord là-dessus.

Ce mur n'était pas le plus haut du quartier, ce qui était triste pour lui, mais aussi plutôt curieux, dans la mesure où les riches vouaient une véritable obsession à la sécurité. Cela dit, quand deux stars de cinéma aussi célèbres et canons que Jason et Adam deviennent voisines, elles n'ont aucune raison de se suspecter mutuellement de voyeurisme.

J'ai attaché à la hâte mes cheveux mi-longs en queue-de-cheval et j'ai décollé mes fesses du sol en me tenant à l'échelle.

— Bon, comment on procède ? ai-je demandé en époussetant mon jean.

Les échelons étaient assez larges pour nous accueillir toutes les deux, mais impossible de les gravir en même temps – c'était même dangereux au vu de notre état d'ébriété avancée.

Mon regard a croisé les prunelles vertes et pétillantes d'Olive qui s'est contentée de hausser les épaules ; elle m'a fait signe d'y aller la première, alors je me suis exécutée.

— Attends que je sois tout en haut pour me rejoindre. Tu es plus grande que moi, alors tu resteras un échelon plus bas, d'accord ?

Elle a continué à danser d'un pied sur l'autre, sans répondre.

— C'est quoi ton problème, Olive ?

— Je dois faire pipi, mais je vais me retenir. Allez, go !

— Je note et je n'hésiterai pas à te le rappeler si besoin, et tâche de ne pas te soulager sur moi.

J'ai saisi l'échelle à deux mains et j'ai entamé mon ascension.

— Je ne suis pas une poule mouillée, a déclaré Olive en plaquant ses deux mains sur mes fesses pour me pousser vers le haut.

—Mais de quoi tu parles ?

—Allez, bouge !

—Non, mais j'hallucine. Calme ta joie.

Quand ma tête a atteint le sommet du mur, je me suis arrêtée pour vérifier où en était Olive. Elle avait déjà commencé à grimper, bien sûr.

—Décale ton cul sur la gauche, a-t-elle ronchonné en saisissant ma cheville.

—Tu es sûre que ça v…

—Oui ! Je suis sûre. Monte encore. Je vois que dalle.

—Et c'est à moi qu'on reproche de donner des ordres, ai-je maugréé en gravissant un dernier échelon qui m'a permis de découvrir la propriété voisine.

Il y avait de la lumière dans la maison, mais personne dans le jardin, à première vue. Toutefois, je n'ai pas osé me hisser davantage et me pencher pour apercevoir l'intérieur de la villa ; mieux valait jouer la carte de la prudence, sous peine de passer pour la voyeuse de service.

—Alors ? Qu'est-ce que tu vois ? a demandé Olive en me rejoignant enfin.

—Un jardin désert, et une maison qui a l'air tout aussi déserte. Et toi ?

—La même chose, je crois. Dommage. Ne le répète pas à Jason, mais j'aimerais vraiment le voir en vrai, cet Adam, même rien qu'une fois, tu comprends ? Évidemment que tu comprends, puisqu'on bave toutes les deux devant ses films.

Elle a secoué la tête et a encore grimpé un peu tandis que je tentais de ne pas perdre l'équilibre.

—Ça fait des mois qu'il habite là, mais je ne l'ai jamais croisé. Et Jason ne se montre pas très coopératif. Pourtant, je lui ai déjà demandé plusieurs fois de me présenter à…

—De *nous* présenter, tu veux dire ? l'ai-je interrompue avec un regard acéré.

—De *nous* présenter, oui, oui. J'ai dit *nous*, bien sûr. Partager, c'est aimer. Oh ! Lucy, regarde !

Elle avait le menton posé sur le mur, alors je l'ai imitée pour avoir le même angle de vue qu'elle.

—Quoi ? Où ça ? Je ne le vois pas.

—C'est pas lui, a-t-elle murmuré, tout excitée.

—Mais alors qui, bon sang ? Dis-moi !

—Je crois… attends, là ! La fenêtre, là-bas, derrière cette grosse plante, à droite.

J'ai tendu le cou, prenant le risque d'exposer mon visage.

—Oh ! C'est son fils, non ?

—Sûrement. Il est si mignon, a-t-elle roucoulé d'un ton complètement gaga.

—Pitié, ne recommence pas à chialer. Je te rappelle qu'on est en équilibre sur ce truc.

—Mais non. Puisque je te dis que je ne suis pas une poule mouillée. Je ne pleurerai pas.

Dans le silence du soir, nous avons observé ce petit bonhomme qui contemplait le jardin, les mains plaquées sur la vitre, le visage empreint d'une grande tristesse. Au bout de quelques instants, il a fait volte-face et a levé la tête, comme s'il s'adressait à quelqu'un. Nous avons eu beau faire, impossible d'apercevoir la personne qui se tenait derrière lui.

—Ne t'appuie pas comme ça sur moi, ai-je alerté Olive, un peu en panique.

Elle se pressait contre moi de tout son poids pour tenter d'identifier l'interlocuteur mystère.

—Je crois que c'est lui ! a-t-elle pépié, ignorant mon avertissement.

Tandis que je me démenais pour ne pas tomber de l'échelle, j'ai vu un homme s'approcher de la fenêtre et s'agenouiller.

—C'est lui, ai-je confirmé dans un murmure.

Sous nos yeux, Adam Connor a ébouriffé les cheveux blond foncé de son fils puis lui a levé le menton. Nier que mon cœur bondissait dans tous les sens serait mentir. C'est qu'il était vraiment bien foutu, ce crétin ; et ce n'était pas ma faute si j'avais le cœur faible. On ne distinguait pas clairement leur expression, mais Adam a remué les lèvres et le petit garçon s'est jeté à son cou.

—J'ai l'impression que c'est pas bien ce qu'on fait, ai-je déclaré lorsque le petit a lâché son père pour courir quelque part en dehors de notre champ de vision.

—Pas bien du tout. Ça m'avait tout l'air d'être un moment intime, Lucy. On ferait mieux de redescendre.

—C'est vrai.

Même si nous reconnaissions toutes les deux que notre ingérence dans leur vie privée n'était pas correcte, nous n'avons pas bougé. Nous en étions tout bonnement incapables.

Après le départ du petit, Adam Connor a gardé la tête baissée pendant un moment, puis il s'est relevé et s'est approché des fenêtres.

Nous nous sommes raidies, prêtes à disparaître s'il décidait de sortir, mais il s'est arrêté devant la baie vitrée et est resté là, les mains dans les poches, focalisé sur l'éclairage tamisé de sa piscine.

—La vache, a lâché Olive au bout d'un moment, me rappelant que je n'étais pas seule.

J'ai frissonné et lui ai jeté un coup d'œil.

—Quoi ?

Elle m'a regardée, puis a reporté son attention sur Adam Connor en secouant la tête.

—Rien. Je veux dire : on ne le voit pas très bien d'ici, mais il a l'air vraiment beau. Et… et vraiment triste aussi. Le divorce, ça doit être dur pour lui et le petit.

—J'ai lu que c'était une décision prise d'un commun accord. Tu crois qu'il aime toujours sa femme ?

—Après tout ce qu'on a pu raconter sur Jason et moi, tu devrais savoir qu'il ne faut pas se fier à tout ce qu'on lit sur Internet. Ils ont un enfant ; ce n'est jamais simple quand il y a un enfant dans l'histoire. En fait, on ne sait rien de ce qui se passe dans leur vie.

—C'est vrai. Alors, je pourrais peut-être lui offrir mon épaule pour le consoler ?

J'ai réfléchi à ce que je venais de dire et j'ai ajouté :

—Ou mieux encore : mes nichons ?

Olive a vivement tourné la tête vers moi.

—Oh, ça va, ne me regarde pas comme ça, me suis-je défendue. C'est pour accueillir ses larmes. Ma jolie poitrine n'est pas aussi confortable que la tienne, mais je fais tout de même presque un bonnet C. Je serais si gentille avec lui. Je lui caresserais la tête, je le mettrais au lit et peut-être même que je le réchaufferais, parce que ça donne froid de pleurer. Partager un peu de chaleur humaine, c'est très important dans le processus de guérison. On se blottirait l'un contre l'autre sous la couverture… on jouerait au docteur pour lui remonter le moral.

—Je croyais que tu avais dit que les mecs, c'était fini.

—*Tomber amoureuse* des mecs, ça oui, c'est terminé. Et si ça devait encore m'arriver, je ne l'avouerais jamais, plutôt crever. Par contre, je n'ai jamais dit que j'arrêtais de craquer pour certaines parties de leur corps. On peut utiliser les hommes de plein de façons sans être obligée de tomber amoureuse.

Ignorant le regard d'Olive, j'ai recommencé à observer Adam, l'air de rien.

—Tu sais ce qu'on dit : un de perdu, dix de retrouvés. On pourrait très bien commencer par se retrouver tous les deux, de préférence dans un lit. Je ne suis pas difficile du tout.

— D'accord. Allez, redescendons avant que tu plonges de l'autre côté du mur pour aller harceler ce pauvre gars. Ton petit air ne me dit rien qui vaille.

Je lui ai décoché le plus innocent des sourires.

— Quel air ? Je suis un ange.

Elle a éclaté de rire et m'a caressé les cheveux.

— Un vrai démon, tu veux dire.

— Eh ! Là, je suis vexée !

Nous étions en train de nous chamailler lorsque, sans crier gare, Adam Connor a commencé à desserrer sa cravate, m'arrachant un petit juron.

— Quoi ? s'est alarmée Olive.

— Je trouve ça trop sexy quand un mec se déshabille au ralenti.

En silence, nous l'avons regardé ôter sa veste de costume et la jeter sur quelque chose que nous ne distinguions pas de notre perchoir.

— C'est moi, ou il fait chaud tout à coup ? a marmonné Olive.

— Chhhhut.

J'étais complètement absorbée par ce beau gosse baraqué de près d'1,90 m. Qu'allait-il faire ensuite ?

Lorsqu'il a déboutonné sa manchette gauche, une expression indéfinissable sur les traits, le regard perdu dans le vide, j'ai dû déglutir tant ma gorge était nouée. Lentement, d'un geste habile, il s'est mis à retrousser sa manche, découvrant son avant-bras – j'aurais tué pour les voir de plus près, ces avant-bras. Il s'est ensuite attaqué à la manche droite suivant le même procédé.

— Merde alors, a fini par murmurer Olive lorsque Adam a commencé à se masser les tempes, tête baissée.

Même à cette distance, on voyait clairement les muscles de ses avant-bras rouler.

— Ma culotte est trempée, ai-je avoué.

—Qu'est-ce que… mais ! Lucy ! a-t-elle crié, assez fort pour réveiller tout le quartier, avant d'éclater de rire.

De toute évidence, m'exploser les tympans ne lui suffisait pas, alors elle m'a donné une bourrade – une grosse, qui a bien failli me faire basculer dans le vide.

—Eh ! me suis-je insurgée en riant sous cape.

Je me suis agrippée au mur pour ne pas me rétamer sur le sol.

—Purée, t'es folle ! a-t-elle lancé lorsqu'elle a commencé à se reprendre. Pourquoi tu lâches des trucs pareils ?

Je lui ai adressé un regard meurtri tout en frottant l'endroit où elle m'avait frappé.

—Quoi ? Le mec tombe la veste, défait sa cravate, retrousse ses manches, c'est érotique à mort. Tu sais que ça existe, les fétichistes de l'avant-bras ? Et puis, ce n'est quand même pas ma faute si mon corps réagit à ce type.

—Tu es impossible.

—Merci, je fais ce que je peux. Et relax, je plaisantais. Si j'avais été à côté de lui, peut-être que ma culotte serait trempée, mais là, non. Il est trop loin et je n'entends pas sa respiration, ça gâche tout.

—Sa respiration ? Et moi qui croyais que…

Un *clic* l'a interrompue, suivi du bruit d'une porte qui coulisse. Olive m'a saisi le bras. *Oh non ! Merde !* devait se lire sur notre visage et, au cas où vous vous poseriez la question, on le porte vachement bien, cet air.

—Dan ? C'est toi ? Tu es dehors ?

Olive a poussé un petit cri qu'elle s'est empressée d'étouffer en plaquant une main sur sa bouche avant de nous faire repérer pour de bon. Notre planche de salut, c'était que notre côté du mur était plongé dans l'obscurité la plus totale ; Adam Connor ne pouvait pas nous voir, c'était impossible. J'ai fait signe à Olive de baisser la tête et elle a obéi sans moufter.

— Y a intérêt à ce que ce soit un putain de raton laveur, parce que je ne suis pas d'humeur à inviter les flics chez moi, a annoncé la voix de l'autre côté du mur.

Olive a braqué un regard paniqué sur moi. L'index sur les lèvres, j'ai secoué la tête pour qu'elle continue à se taire. Adam Connor ne pouvait pas être au courant que deux filles étaient cramponnées de l'autre côté du mur de sa propriété, même si le bruit de ses pas qui s'approchaient ne nous aidait pas à conserver notre sang-froid.

Soudain, le silence est retombé. Quelques secondes ont passé, puis les pas se sont éloignés. Lorsque le son caractéristique de la baie vitrée qui coulisse nous a confirmé qu'il était rentré dans sa villa, Olive a relâché son souffle. Elle a commencé à descendre.

— Plus jamais on ne recommencera, a-t-elle affirmé dans un murmure chevrotant.

Comme je ne m'empressais pas d'abonder dans son sens, elle a tiré sur mon tee-shirt.

— Tu entends ce que je dis ?

— Oui. Oui. On ne recommencera pas.

— C'est sérieux, Lucy.

— Excusez-moi, madame Thorn, mais n'est-ce pas vous qui avez eu l'idée de jeter un coup d'œil de l'autre côté de ce mur ?

— Je ne t'ai pas entendue refuser – bien au contraire. Tu l'as même applaudie des deux mains, cette merveilleuse idée. Allez, viens.

Cette fois, c'est sur ma cheville qu'elle a tiré tout en continuant à descendre.

J'ai risqué un dernier coup d'œil chez le voisin pour vérifier que notre superbe spécimen mâle était toujours là, mais à mon grand désarroi, il avait disparu. Les lampes étaient toujours allumées dans la maison, mais fini le régal pour les yeux. En bas, Olive m'observait avec une mine contrariée.

—Qu'est-ce qu'il y a, mon Olive verte ?

—Tu te rappelles la fille qui s'était cachée dans ma chambre d'hôtel à Londres ?

—Ne t'inquiète pas, je n'ai pas du tout l'intention d'entrer chez lui par effraction.

Je n'irais pas jusqu'à affirmer que l'idée ne m'avait pas traversé l'esprit, mais pénétrer chez les gens à leur insu, c'est une limite qu'il n'était pas question de franchir.

Ne me jugez pas. Dites-moi plutôt ce que vous feriez si, du jour au lendemain, vous deveniez la voisine de l'un de vos acteurs préférés ? Vous vous transformeriez en espionne, c'est certain… ou, en tout cas, vous essaieriez. Ne venez pas me dire le contraire.

Si ses parents étaient légendaires, Adam Connor était quant à lui très secret. Bien sûr, tout le monde le connaissait – déjà bien avant la sortie de son premier film – mais cet homme n'en demeurait pas moins une sorte de mystère. Et qui peut rester indifférent face à un mec mystérieux ? Certainement pas moi.

De nature discrète, donc. C'était le genre d'acteur qui se contentait de sourire à la caméra lorsqu'il ne souhaitait pas répondre à une question, un beau ténébreux qui n'ouvrait la bouche que lorsqu'il avait quelque chose d'intéressant à dire, encensé sur le plan professionnel, marié à 23 ans, un bon père apparemment, au corps de rêve, d'une beauté surnaturelle… pour ne citer que quelques-unes des qualités d'Adam Connor. Cependant, peut-on réellement prétendre connaître une personnalité publique rien qu'en épluchant tout ce qu'on trouve à son sujet sur Internet… ?

—Lucy, tu ne peux pas entrer chez lui par effraction.

Je suis descendue d'un échelon.

—N'est-ce pas ce que je viens de dire ? Que je n'avais aucune intention de commettre ce genre de délit ?

—Justement, le simple fait que tu en parles me fiche la trouille. Ça veut dire que ça t'a traversé l'esprit.

Une fois la terre ferme retrouvée, j'ai dévisagé Olive avec la plus grande attention.

—Je ne mettrai pas un pied de l'autre côté de ce mur, tu as ma parole d'honneur. D'accord ?

Elle a continué à m'étudier en plissant les yeux et j'ai levé le pouce avec un sourire rassurant. C'était sincère, je n'avais aucune intention de franchir ce mur, je n'étais donc pas en train de mentir à ma meilleure amie. Après, si d'aventure je gravissais à nouveau cette échelle… eh bien, quel mal y avait-il à cela ?

Agacée par l'insistance d'Olive, je me suis penchée vers son visage et j'ai tenté de relever les coins de sa bouche avec mes doigts.

—Souris un peu, Olive. Montre-moi tes jolies dents.

Pour l'encourager, j'ai moi-même affiché un grand sourire.

—Allez, tu peux y arriver. Je sais que tu en es capable. Je t'ai déjà vue faire.

Lorsqu'elle a enfin cédé et s'est déridée, j'ai reculé et j'ai bien failli me vautrer dans l'un de ces maudits buissons.

—C'était quoi, le projet, en plantant ces trucs un peu partout dans le jardin ? M'assassiner ?

—Il faudra que tu poses la question à Jason, a répondu Olive en m'emmenant à l'écart de la végétation. J'ai un peu la tête qui tourne. Viens, on va s'asseoir.

Elle a trouvé un endroit qui lui convenait, non loin de la piscine, et nous nous sommes affalées sur l'herbe.

—Tu vas appeler Jameson ? a demandé Olive alors que nous contemplions le firmament depuis un long moment.

—Pourquoi je ferais ça ?

—Je ne sais pas. Question idiote, oublie.

Je lui ai coulé un regard et son expression m'a mise mal à l'aise.

—Olive, tu es sûre que ça va ?

—Non. Je suis toujours en colère.

—Contre moi ?

—Non. Contre Jameson.

Puis elle a tourné la tête vers moi avec un air dubitatif.

—Pourquoi serais-je en colère contre toi ? Tu as oublié de me dire quelque chose ?

—Non. Je disais ça comme ça, ai-je soupiré en m'intéressant de nouveau aux étoiles, du moins les quelques-unes qui étaient visibles en dépit de la pollution lumineuse de la ville. Je suis désolée de ne pas t'en avoir parlé plus tôt. Tu étais en train de terminer ton roman et je ne voulais pas t'ennuyer avec ça. Et… et peut-être que ça m'énervait aussi de ne pas réussir à m'en foutre, de ne pas passer à autre chose comme si de rien n'était.

—Je comprends, mais tu sais, tu n'es pas obligée de tout affronter toute seule. Et, Lucy ?

Elle a attendu que je me tourne vers elle pour continuer.

—Je suis ta meilleure amie. Ta sœur de cœur. Tu es la prunelle de mes yeux. Peu importe à quel point je suis immergée dans les phrases et les mots, tu passeras toujours en priorité. Maintenant que tu le sais, tu ne pourras plus jamais te servir de cet argument contre moi.

Elle a levé la tête vers le ciel avant d'ajouter :

—Autrement dit, si tu t'avises de bafouer mes droits d'amie encore une fois, je serai obligée de te botter les fesses.

Un petit rire m'a échappé et j'ai détourné les yeux.

—Mince, Olive, j'ignorais que tu avais tellement envie d'être malheureuse. Promis, la prochaine fois que quelqu'un me brise le cœur – ce qui ne risque pas d'arriver, puisque je ne tomberai plus jamais amoureuse –, tu seras la première informée.

—Parfait. Tu sais que tu es ma personne, hein ?

Un petit sourire a dansé sur mes lèvres.

— Comme Cristina et Meredith dans *Grey's Anatomy* ?

— Oui.

— Toi aussi, tu es ma personne, mon Olive verte.

Et elle le serait pour toujours.

— Super. Lucy ?

— Olive ?

— Ne le répète pas à Jason, mais je trouve Adam hyper canon.

— Oh vraiment ? a lancé une voix, juste derrière nous.

Olive et moi avons poussé un cri aigu dans la nuit. Si les voisins n'avaient pas entendu celui d'Olive tout à l'heure, ils ne pouvaient pas avoir raté celui-ci.

— Jason ! s'est écriée Olive en se démenant pour se lever.

Je l'ai aidée.

— Tu veux me coller une crise cardiaque pour me punir de passer quelques jours chez toi ? ai-je demandé, une main sur le cœur. Pourquoi tu nous espionnais ?

— Je n'espionnais personne. Je rentrais bien sagement chez moi quand j'ai entendu ma femme admettre *(Il a marqué une courte pause pour jeter un coup d'œil appuyé à Olive.)* qu'elle trouvait un type « canon »… type qui, rappelons-le, n'est *pas* son mari.

Olive s'est avancée vers lui.

— Jason, a-t-elle répété sur un ton tout à fait différent.

Elle était beurrée et avait des étoiles dans les yeux, de jolies petites étoiles scintillantes.

Jason a rattrapé sa femme avant qu'elle ne s'étale de tout son long sur le sol, puis il m'a interrogée du regard.

— J'en déduis que votre petite fête est un succès ?

— Elle m'en veut de ne pas l'avoir conviée à mes petites soirées d'apitoiement très privées, mais depuis le deuxième *shot* de téquila, je crois que ça va mieux.

Une fois Olive dans ses bras, il l'a laissé s'emparer de son visage et l'entraîner dans un long baiser. À les voir comme ça, si amoureux, si beaux, je me suis surprise à sourire et j'ai pris conscience, une fois de plus, à quel point l'amour allait bien à ma meilleure amie. Pour ma part, je n'avais jamais connu ça.

—Tu m'as manqué, a chuchoté Olive – du moins le pensait-elle, parce qu'en réalité, elle beuglait. Et tu as raté notre concert improvisé. C'était si cool, Jason.

Il a délicatement écarté ses cheveux de son visage, un sourire empreint de tendresse aux lèvres, le genre de sourire qui dit « Je suis éperdument amoureux de toi », puis il l'a embrassée.

—Je suis désolé, mon cœur. On a terminé tard aux studios.

—Je crois qu'il est temps que tu ailles mettre ta femme au lit, Jason, ai-je déclaré, m'immisçant dans leur petite bulle intime.

Ils se sont tous les deux tournés vers moi.

—J'ai prévu de la réveiller assez tôt demain, ai-je expliqué, et je sais déjà qu'elle va détester ça, alors…

Ce n'est pas que j'essayais de me débarrasser d'eux, mais je ne voulais pas que ma présence les mette mal à l'aise ni qu'ils se sentent obligés de me tenir compagnie alors qu'ils avaient bien mieux à faire… comme aller déchaîner leur passion dans leur chambre avant que je ne regagne la mienne située juste en face de la leur. Et puis, ça ne me ferait pas de mal d'être un peu seule.

Olive a lâché Jason pour venir me serrer fort dans ses bras.

—Je t'aime, Lucy Meyer. Et je te promets que tu tomberas de nouveau amoureuse.

Elle a reculé d'un pas et m'a regardée droit dans les yeux.

—Et tu sais quoi ? Quand ça arrivera, ce sera grandiose, mais pas comme tes bons vieux plans cul. Ce sera extraordinairement grandiose, plus incroyable que tout ce que tu peux imaginer.

J'ai souri et elle a hoché la tête avec le plus grand sérieux.

—Bon. On en reparle demain matin. Ne va pas te coucher trop tard.

—D'accord, *maman*, ai-je raillé en les regardant partir vers la maison, main dans la main. Au fait, merci beaucoup de m'adopter, les gars !

—Ah non, a répliqué Jason au moment de rentrer chez lui. On ne t'a pas adoptée, Lucy.

—Mais vous l'envisagez ? Génial ! J'ai trop hâte de pouvoir t'appeler papa, Jason !

Il a secoué la tête avec un sourire en coin, puis a refermé la baie vitrée.

M'esclaffant en mon for intérieur, je me suis rallongée sur l'herbe, j'ai pris une profonde inspiration et j'ai fermé les yeux. C'était une nuit magnifique – pas trop chaude, pas trop froide, la température parfaite pour un mois de septembre. Paupières closes, je me suis visualisée debout au bord d'une falaise, un large sourire étirant mes lèvres, les bras grands ouverts tandis que le vent caressait ma peau et jouait dans mes cheveux.

3
LUCY

— Je suis désolée, Lucy.

— Vous pourriez arrêter de vous excuser, tous les deux ? Puisque je vous dis qu'il n'y avait aucun souci, ai-je affirmé pour la dixième fois. Bon sang, vous me laissez dans un palace, je crois que je devrais survivre sans vous.

J'étais assise au beau milieu de leur lit, jambes croisées. Olive, qui était en train de jeter des vêtements pêle-mêle dans une grosse valise, m'a adressé un regard contrit avant de se tourner vers Jason.

—On ne devait pas s'envoler pour Londres si tôt, la promo devait démarrer la semaine prochaine. Pourquoi ont-ils tout changé à la dernière minute ?

Donc… si vous vous souvenez bien, j'ai fait allusion au roman de ma talentueuse meilleure amie, celui qui a rencontré un succès fulgurant et qui caracolait en tête des ventes… Eh bien, ce livre, *Âmes en peine*, a été adapté au cinéma et l'acteur vedette n'était autre que… ? Jason Thorn, évidemment ! Comment pensiez-vous qu'ils s'étaient retrouvés après tant d'années ? Olive a écrit un bouquin inspiré de lui et, hop ! Grâce au job de ses rêves, elle a décroché le mec de ses rêves.

—Prends ton temps, Olive, lui a assuré Jason en s'emparant de sa main pour lui embrasser la paume. On ne passe nous prendre que dans deux heures.

—Parce que tu t'imagines que deux heures suffisent pour sélectionner les tenues d'une tournée promotionnelle d'une semaine ? On sera traqués en permanence ; je n'ai pas envie de voir fleurir les articles où je pourrai lire tout le mal qu'on pense de mon apparence négligée et où on me rappellera qu'il serait peut-être temps que je sorte le nez de mes livres si je ne veux pas te perdre.

—Ça, ça a déjà été écrit, Olive, lui ai-je fait remarquer. Si je pouvais rendre service…

—C'est bien ce que je dis ! Je ne veux plus jamais lire ça !

Elle a commencé à retirer certaines affaires de la valise. Jason a fermé le petit sac de voyage qu'il avait préparé en dix minutes.

—Moi, j'adore quand tu as l'air négligée. Ça me rappelle à quel point tu es belle après l'amour.

—Euh… dois-je vous rappeler que votre fille adoptive est dans la pièce ? suis-je intervenue en m'efforçant de camoufler mon sourire, sans grand succès. C'est un peu dégueu.

Jason a déposé un baiser sur les cheveux d'Olive qui a semblé se détendre un peu à son contact.

—Sur ces bonnes paroles, je vais aller t'attendre dans le salon. Je dois encore appeler Tom.

Tom, c'était son agent, et, même si je ne doutais pas qu'il ait réellement un projet potentiel à discuter avec ce dernier, j'étais prête à parier un million de dollars qu'il préférait surtout échapper à cette scène.

—Lâcheur, ai-je grommelé.

Juste avant de s'éclipser, il m'a adressé un petit clin d'œil.

—Tu m'aides ? m'a implorée Olive.

—Euh, oui, je crois que c'est dans mes cordes. Mais il n'est pas question que tu emportes cette robe noire. Tu ne te rends pas à des funérailles, c'est de ton film qu'il est question, là. Plus que celui de Jason, d'ailleurs. Au fait, on est bien d'accord que ce n'est pas à l'avant-première que vous allez ?

Je me suis extirpée du lit et je me suis dirigée vers leur gigantesque dressing.

Olive m'a emboîté le pas.

—Oh, elle aura lieu, l'avant-première de Londres, je veux dire, mais il y aura d'abord celles de Los Angeles et de New York. Ce voyage-ci, c'est uniquement pour des interviews et quelques talk-shows.

—Tu vas passer à la télé aussi ?

Elle a secoué la tête.

—Megan aurait adoré, mais non. Enfin, on fera quelques interviews enregistrées ensemble, mais j'ai refusé les émissions en direct. Je n'aime pas trop qu'on me voie. Ça, c'est le boulot de Jason. De toute façon, je ne pourrais pas faire plus, ce serait au-delà de mes forces.

—Bon, d'accord. Alors tu n'auras pas besoin non plus de cette longue robe qui descend au ras du sol, ai-je décrété en éliminant une autre robe noire.

Une demi-heure plus tard, nous sommes ressorties de sa chambre avec deux valises à roulettes contenant assez de tenues pour tenir un mois entier au moins.

—La voiture est là, a annoncé Jason dès qu'il nous a vues acheminer les bagages vers la porte d'entrée.

—Déjà ? nous sommes-nous écriées en chœur.

Jason s'est avancé et a pris la valise que tirait Olive.

—Eh oui. Changement de programme.

Aussitôt, ma meilleure amie m'a serrée fort dans ses bras.

—Oh, comme tu vas me manquer, Lucy ! Je suis vraiment désolée de t'abandonner comme ça. Je te promets qu'à mon retour…

—… tu te feras pardonner, ai-je achevé avant qu'elle ne se lance dans une nouvelle tirade affligée. Tu ne pars qu'une semaine, Olive. Prie plutôt pour que je dégote un boulot d'ici votre retour.

—À ce propos, a-t-elle chuchoté en s'asseyant sur le banc qui flanquait leur porte d'entrée pour enfiler ses chaussures, je t'ai envoyé un e-mail avec quelques numéros de téléphone en pièce jointe. Et en chemin pour l'aéroport, je te transférerai aussi quelques e-mails.

—Tu peux me rappeler ce que tu veux que je fasse de tout ça ?

—Pas grand-chose. Juste jouer les agents pour moi.

Ses chaussures aux pieds, elle s'est levée et s'est placée devant moi.

—Que je joue les agents ? ai-je répété, un peu désemparée.

—Écoute, tu n'as pas envie de devenir comptable. Voilà. C'est dit. Tu es douée pour les chiffres, mais ce n'est pas ta vocation. Et avant que tu m'envoies paître, sache que…

—Olive ?

Jason tenait la portière arrière ouverte, il attendait sa femme. Olive a jeté un coup d'œil par-dessus son épaule.

—Il faut qu'on y aille, a-t-il insisté. Tu ne peux pas appeler Lucy quand on sera en route pour l'aéroport ?

—J'arrive. Encore une toute petite seconde.

Quand elle s'est à nouveau tournée vers moi, je fronçais les sourcils.

—Olive…

—Je ne le fais pas pour toi, Lucy. Je te demande ton aide. N'oublie pas que tu m'as lâchée pour mon tout premier rendez-vous avec la société de production, alors tu ne peux pas me refuser ça aussi. J'ai contacté plein d'agents, mais je n'ai trouvé personne qui soit sur la même longueur d'onde que moi. Je n'ai même pas l'impression qu'ils ont fait l'effort de lire mon livre. Toi, tu as littéralement inhalé chaque ligne de ce bouquin ; si quelqu'un doit le vendre, je veux que ce soit toi. Et avant que tu me sortes cet argument : si je me lance moi-même dans les négociations pour mon futur roman, les livres audio et tout le reste, je n'aurai plus une minute pour écrire. Alors, tu veux bien faire ça pour ta vieille Olive, toi, la meilleure des meilleures amies ?

Elle a attendu ma réponse avec de grands yeux pleins d'espoir.

—Olive, j'ai un diplôme de commerce. J'y connais rien, au métier d'agent littéraire.

Elle a levé les bras et a commencé à reculer.

—C'est pareil, tu n'as qu'à additionner et multiplier les chiffres… Bref… fais-en ce que tu veux, mais déniche-moi la meilleure des propositions. En tout cas, il faut que je prenne une décision avant d'avoir terminé l'écriture.

—Tu ne dois pas uniquement te préoccuper des chiffres, Olive, ai-je crié dans sa direction tandis qu'elle battait en retraite vers la voiture noire. Qu'est-ce qu'on te propose en termes de marketing ? Est-ce que leurs propositions représentent un réel avantage pour toi par rapport à l'autopublication que tu maîtrises déjà ?

Elle a rejoint Jason.

—Tu vois ? Toi, tu connais les bonnes questions. Vois tout ça avec eux directement, d'accord ? Je t'appelle dès qu'on aura atterri.

À ces mots, elle s'est engouffrée dans la voiture.

—Là, tout de suite, je crois que je déteste un peu ta chère épouse, ai-je grommelé à l'intention de Jason.

Il a souri, jeté un coup d'œil dans l'habitacle, puis m'a de nouveau regardée avec un sourire décuplé.

—Olive dit qu'elle t'aime aussi.

J'ai levé les yeux au ciel, puis j'ai fait signe à Jason et me suis apprêtée à regagner la maison.

—Lucy ?

—Oui ?

—Prends soin de toi, d'accord ? N'hésite pas à contacter Tom si tu as besoin de quoi que ce soit.

—Ohhh, mais c'est que toi aussi, tu m'aimes, ai-je répliqué, une main sur le cœur, en poussant un gros soupir théâtral. Je savais bien qu'au fond de toi, tu avais envie de m'adopter. Je suis l'enfant que tu as toujours rêvé d'avoir sans le savoir, n'est-ce pas ? ai-je demandé en battant des cils.

Jason s'est contenté de secouer la tête d'un air amusé, puis a pris place à côté d'Olive sur le siège passager.

* * *

Les jours qui ont suivi le départ d'Olive à Londres se sont écoulés comme prévu : sans incident majeur.

Nombre d'entretiens d'embauche : deux.

Nombre de coups de téléphone d'Olive : incalculable.

Nombre d'appels reçus de ma grand-mère Catherine : trois.

Et c'était trois appels de trop, je vous le garantis. Cependant, j'avais beau reporter le moment fatidique le plus possible, je ne pouvais pas l'éviter éternellement et j'étais bien obligée de lui parler de temps en temps.

Quant au nombre de… euh, fois où j'avais grimpé à l'échelle depuis le départ d'Olive… eh bien… ça devait faire huit. Oui, au troisième jour, j'avais gravi cette échelle huit fois au total. Oh, ça va, ne levez pas les yeux au ciel comme ça. Qu'auriez-vous fait à ma place ? Ne me dites pas que la curiosité ne l'aurait pas emporté. Si Adam Connor était votre voisin, vous ne seriez certainement pas restées de marbre en disant « Ah, bah, rien à foutre, je vais faire comme s'il n'existait pas ». Ça, jamais. Je n'y crois pas un instant.

De toute façon, remballez vos jugements ; figurez-vous que je ne l'ai plus revu avant le quatrième jour.

Je venais de m'aventurer dans le jardin, armée d'une belle tasse de café et d'une offre qu'Olive avait reçue de l'une des cinq plus grandes maisons d'édition du pays, lorsque le rire reconnaissable entre mille d'un enfant est parvenu à mes oreilles. Ni une ni deux, j'ai tout arrêté pour mener l'enquête, parce que c'est ce qu'aurait fait tout bon gardien de maison. Et si ce n'était pas le rire d'un enfant, mais des voleurs, que j'avais entendu ? Ce genre de choses, ça arrive tout le temps, alors, comme je suis une amie sur laquelle on peut compter, j'ai décidé d'aller vérifier. Mon seul but était de protéger la propriété de ma meilleure amie, bien entendu.

C'est ainsi qu'avec la plus grande discrétion, je me suis approchée du mur et j'ai gravi l'échelle, ne laissant dépasser ma tête que pour apercevoir ce qui se passait dans le jardin voisin. J'ai repéré ma proie qui sortait justement.

—Bordel de…

Faisant de mon mieux pour garder l'équilibre, j'ai extirpé tant bien que mal mon téléphone de mon soutien-gorge – parce que c'est là que je l'avais planqué, bien entendu. Le nom d'Olive clignotait à l'écran.

—Allô, Lucy ?

—Je suis amoureuse, lui ai-je avoué tout de go.

—Ça n'a pas traîné. Je croyais que plus aucun homme n'aurait ce luxe.

—Oui, mais celui-là, je suis prête à tout lui donner.

—Et qui est l'heureux élu ? Tu ne pouvais pas attendre que je sois là pour tomber dessus, que je puisse vous donner mon approbation ?

—J'ai une question pour Jason, ai-je annoncé, ignorant sa question. Aurais-tu la gentillesse de la lui transmettre ?

—Je peux toujours essayer, a-t-elle répondu d'un ton amusé. Balance.

—Est-ce qu'il existe un élevage de beaux gosses hollywoodiens de son espèce ? Genre, une exploitation qu'on peut visiter et où on peut sélectionner les spécimens qui nous intéressent, tu vois ? Et, si oui, où est-ce que ça se trouve ? Parce que j'aimerais aller y jeter un petit coup d'œil. En tout cas, si tu étais au courant de l'existence d'un tel endroit et que tu as gardé ça pour toi… j'ai bien peur que notre amitié soit condamnée.

Olive a éclaté de rire.

—Je te rassure, ça ne me dit rien du tout, mais je demanderai à Jason. Tu penses à un spécimen en particulier ?

—En fait, oui. C'est super sympa de ta part de lui demander, ma si belle et intelligente meilleure copine. Bon, maintenant, avant de te fâcher, mate-moi un peu ça.

J'ai baissé mon téléphone et j'ai pris une photo de la scène qui se déroulait sous mes yeux.

—Quoi ? Qu'est-ce que tu as encore fait, Lucy ?

—Rien. Fais donc un peu confiance à ta meilleure amie. Je t'ai envoyé une photo. Ouvre-la.

—O.K. Une seconde.

J'ai de nouveau baissé mon téléphone, sans quitter du regard le duo qui évoluait devant moi. Oh, vous aussi, vous aimeriez savoir ce que je voyais ?

Eh bien, je contemplais Adam Connor torse nu. À peine vêtu d'un short très large, le genre qui tient dangereusement bas sur les hanches. Il était en train de faire des pompes avec un enfant hilare assis sur son dos, déployant devant moi son impressionnante musculature. Un spectacle privé, rien que pour moi.

Très attentionné de sa part, je sais.

—Il est possible que je salive un peu, mais rien qu'un peu. *My God*, ces bras, ai-je gémi.

—Mais de quoi tu parles ? J'essaie d'ouvrir ta photo, mais… merde.

—Je t'ai pris ses muscles en gros plan. Tu me remercieras plus tard.

—Lucy…, a-t-elle soupiré.

— Quoi ?
— Tu ne devrais pas être perchée là.
— Sans toi, tu veux dire ?
Il y a eu un petit silence avant qu'elle ne réponde.
— Exactement. Parce qu'on ne laisse pas sa meilleure amie faire des bêtises toute seule.
— D'accoooord… Continue à croire ça, si ça te chante.
Tout à coup, le petit garçon a sauté du dos d'Adam Connor en criant :
— Tu l'as fait, papa !
Il tapait dans ses mains d'excitation. Oui, son papa l'avait fait et il faisait aussi son petit effet dans ma culotte. Adam Connor – cette montagne ! – s'est relevé et a ébouriffé les cheveux de son fils en souriant. Le petit a bondi pour taper dans la main de son canon de père, puis a dit quelque chose avant de courir dans la maison. Adam a attrapé une serviette posée sur l'une des chaises longues et a commencé à essuyer son torse et ses abdos en sueur.
— Oh là là, je ne réponds plus de rien, ai-je murmuré dans le téléphone.
— Quoi ? Qu'est-ce qu'il fait ? a chuchoté Olive.
— J'ai envie de le lécher partout, Olive. Genre, très, très envie. Je l'éplucherais comme une banane et…
— Réponds !
— Eh ! Je ne suis pas sourde.
J'ai entrepris de lui décrire ce qui se passait dans le jardin voisin du sien.
— Son fils est rentré dans la maison, mais lui, il est toujours là. À cet instant précis, il est en train d'essuyer ses tablettes de chocolat avec une serviette. Il est en sueur. Olive… il a un V ! Il a un putain de V à l'abdomen d'une perfection quasi absolue !
— Ah, parce qu'il en existe plusieurs sortes ?
— Oh oui, je peux te l'assurer. Certains V sont moches, mais le sien… Ah, mon Olive verte… Et ses épaules…

À mon avis, je suis morte et je viens d'arriver au paradis. Même ses cheveux, on a envie de leur faire l'amour. Comment est-ce possible ? Pourtant, les mecs blonds, c'est pas mon truc, mais lui, il est blond couleur miel foncé, ça le fait carrément. Bon, il n'est pas passé loin d'être brun, faut dire. Oh là là, je rêve de me retrouver allongée sous lui, de m'accrocher à ces épaules et de le laisser…

—Tout doux, Lucy. Ne t'avise surtout pas d'achever cette phrase, m'a avertie Olive.

Trop tard.

—… me prendre sauvagement. J'étais obligée, ai-je plaidé d'un ton larmoyant. Pour que ça se réalise, il fallait que je termine cette phrase.

—Tu es… Tiens, je ne sais même pas ce que tu es, a-t-elle lancé en riant.

Adam s'est placé face à moi, paupières closes, et s'est mis à s'étirer les bras en renversant la tête en arrière.

—Bonté divine, même son cou est sexy, Olive. Et il a une bosse. J'aperçois une grosse bosse.

—Tu veux dire qu'il bande ?

—Non… Quoique ça ne peut pas être aussi gros au repos… merde, j'en sais rien.

Pitié, faites qu'il n'ait pas de grosses burnes et une toute petite bite.

Est-ce que je risquais de me faire arrêter par la police si je profitais du fait qu'il avait les yeux fermés pour sauter du mur, foncer jusqu'à lui et lui baisser son short ? Excès de curiosité, ça ne figurait pas dans le code pénal, si ? Cela dit, le contenu de ce short valait peut-être tout à fait la peine de passer un peu de temps derrière les barreaux.

Son fils est réapparu et je me suis ébrouée pour reprendre mes esprits. L'enfant portait un short identique à celui de son père et un tee-shirt blanc, sans doute pour éviter de prendre froid. Son grand sourire ne l'avait pas quitté lorsqu'il a tendu une bouteille d'eau à son séduisant papa. Je me suis rincé l'œil tandis que ce dernier descendait la bouteille d'un coup.

Je n'aurais pas craché sur un peu d'eau fraîche, moi non plus, mais qui s'en souciait ? Personne.

Après ça, Adam a posé sur le sol ses fesses sublimes dont j'aurais volontiers pris une bouchée.

—Lucy ? Tu es toujours là ?

—Oui. Ohhhh, c'est trop chou.

—Quoi ?

—Il est en train de faire des abdominaux et son fils compte en lui maintenant les jambes avec ses petits bras.

—Ooohhh. Photo ! Photo !

—D'accord. Attends.

Je me suis exécutée et je lui ai envoyé le résultat.

—Je te confirme la présence d'une grosse bosse, ai-je repris en me hissant tant bien que mal sur la pointe des pieds pour mieux voir. Il est vraiment bien monté.

—Lucy ! Il est avec son petit garçon.

—Oui, et ? Comment crois-tu qu'il l'a conçu, ce bambin ? Il faut que je te réexplique comment on fait les bébés ?

Le rire d'Olive a résonné dans mon oreille et j'ai souri en l'imaginant en train de secouer la tête.

—Oh zut. Il faut que j'y aille ; Jason remonte.

—Remonte ? Où es-tu ?

—Au lit. On a dîné tard et quand on est rentrés, il y avait des fans qui attendaient devant l'hôtel, alors il est redescendu signer quelques autographes pour que les pauvres ne passent pas la nuit là, dehors.

—Je vois. Bon, je te laisse. Amuse-toi bien avec tes hordes de fans en délire.

—Toi aussi. Ah, le voilà. Je raccroche. Et descends de là.

La communication s'est coupée.

J'ai encore passé quelques minutes devant cette scène parfaite d'un père et son fils passant du temps ensemble avant de quitter mon perchoir à contrecœur et de rentrer étudier les offres qu'Olive avait reçues.

Après ça, j'ai passé le plus clair de mon temps sur cette échelle, à épier le voisin. Étais-je fière de moi ? Euh, pas trop. Mais vous savez ce qui était encore plus sexy qu'Adam Connor qui faisait ses exercices quotidiens dans son jardin ? Adam Connor qui s'occupait de son fils. Ça me donnait envie de lui sauter dessus sur-le-champ. C'était radical. Comme s'il me provoquait en se dandinant devant moi avec un petit air aguicheur.

Était-ce ma faute si j'étais une faible humaine ? Après tout, je ne faisais de mal à personne, ça ne pouvait pas être bien grave, si ?

C'est ainsi qu'est arrivé mon dernier jour en solitaire, et, bien entendu, j'étais de nouveau juchée sur mon perchoir et j'observais mes voisins provisoires le plus discrètement possible. Adam faisait des longueurs dans sa piscine tandis que sa version miniature, installée sur un transat, jouait sur son iPad en remuant de temps en temps ses petites jambes. Cramponnée à l'échelle, j'ai posé le menton sur le mur et je suis restée vigilante, comme je l'avais fait toute la semaine.

C'est vrai, on ne sait jamais, n'est-ce pas ?

4

Adam

J'ai nagé toute la longueur en apnée avant d'émerger au bout de la piscine pour reprendre de l'air. Les muscles de mes bras brûlaient et le mal lancinant qui vrillait mon crâne ne faisait que croître à mesure que les heures passaient. Je me suis frotté les yeux et j'ai avisé Aiden, toujours assis au même endroit depuis trente minutes, concentré sur son iPad, l'air heureux.

Sa nounou, Anne, se tenait en retrait derrière lui, à côté de la porte de la maison. Nous avions deux nounous. L'autre s'appelait Marta, mais elle était employée par Adeline, elle était mi-nounou mi-assistante, tandis qu'Anne restait avec nous quand c'était ma semaine avec Aiden. Elle m'a adressé un petit sourire timide auquel j'ai répondu d'un signe de tête. C'était une bonne chose qu'elle garde Aiden à l'œil.

J'ai nagé tranquillement jusqu'à la hauteur de mon fils et j'ai pris soin d'envoyer un peu d'eau en direction de son transat avant de sortir du bassin. Il regardait par-dessus son épaule en riant. Lorsqu'il a remarqué que j'approchais, il a ôté ses écouteurs et m'a souri.

Mon cœur s'est serré.

—Quoi de neuf, mon grand ?

—Je prends mon bain dans le soleil, comme maman.

—Super, ai-je gloussé. Tu as raison.

— Tu es prêt pour tes pompes, papa ?

J'ai attrapé ma serviette.

— Pas aujourd'hui, mon lapin.

Son sourire s'est envolé et il a doucement posé son iPad.

— Je ne suis pas un bon professeur ?

— On dit entraîneur, lui ai-je rappelé.

— Tu as trouvé un autre entraîneur ? Je peux faire plus mieux. Je te jure, papa. Je peux te faire travailler encore plus dur.

Je me suis assis à côté de lui en riant.

— Pourquoi veux-tu que je cherche quelqu'un d'autre alors que je t'ai, toi ? En plus, tu me fais déjà travailler très dur, mon bonhomme. J'ai même parfois du mal à suivre.

La lueur inquiète a disparu de son regard et il m'a tapoté le bras avec sa petite main.

— D'accord, tu peux te reposer aujourd'hui. Comme ça, on pourra faire des pompes demain, hein… oui ?

— Je dois te ramener chez ta maman aujourd'hui, tu as oublié ?

Il s'est assis en imitant ma position, les coudes posés sur les genoux. Ses pieds n'atteignaient pas encore le sol. Il m'a jeté un petit coup d'œil hésitant, puis il s'est donné une tape sur la cuisse.

— Ah zut. Demain alors ? Tu viendras me chercher pour qu'on fasse tes pompes ?

— Demain, tu vas à l'école, Aiden.

Il a baissé la tête, dépité.

— Oh. Tu crois que maman me laissera venir ici après l'école pour je puisse t'aider à faire tes exercices ?

— Et si on reprenait plutôt l'entraînement à ton retour, la semaine prochaine ?

— Est-ce que je peux dire à mes copains que je suis ton profes… entraîneur ?

— Bien sûr.

Il a bondi du transat et s'est mis à sauter de joie ; tout allait de nouveau pour le mieux dans son petit univers.

—En plus, ils vont être trop jaloux quand ils verront mes muscles !

Il a levé le bras, a fait saillir ses impressionnants petits biceps et a appuyé dessus avec son index.

Plus je l'observais, plus la pointe que j'avais au cœur s'accentuait.

Bon sang.

Pourquoi Adeline me faisait-elle ça ? Pourquoi me faire du mal en me privant de *mon* fils alors qu'elle se fichait complètement de passer du temps avec lui ?

Il y aurait bientôt six mois qu'elle s'était assise en face de moi, dans notre chambre d'hôtel au Canada, pour m'annoncer qu'elle voulait divorcer. Elle m'avait pris totalement au dépourvu : bordel, même pas vingt minutes plus tôt, je la baisais encore, vite et fort. J'ai d'abord cru qu'elle se foutait de moi, et j'ai fait la bêtise d'éclater de rire et de me lever pour l'embrasser sur le front.

Je me rappelle même avoir lancé en plaisantant : « Alors là, tu me brises le cœur, mon amour. » Mais lorsqu'elle s'était levée à son tour pour me dévisager avec son air sérieux – cette façon bien à elle de te toiser en silence jusqu'à ce que tu devines ce qu'elle veut et que tu le lui donnes –, j'avais compris que ce n'était pas une blague.

Nous avions discuté jusqu'au petit matin, elle m'avait expliqué que le fait de devenir mère avait tué sa créativité, qu'elle avait délaissé sa carrière à cause d'Aiden et que le petit était en train de prendre le contrôle de sa vie. Elle regrettait l'époque où elle n'avait même pas besoin d'auditionner pour un film ; elle voulait qu'on recommence à lui proposer les rôles spontanément. Elle n'y était pas allée par quatre chemins : elle regrettait la décision qu'elle avait prise cinq ans plus tôt, elle avait commis une erreur, elle n'arrivait pas à tisser du lien avec Aiden. Ensuite, avec le même franc-parler, elle m'avait annoncé que si notre mariage ne semblait pas avoir d'impact négatif sur ma carrière, il était en revanche grand temps qu'elle agisse pour redevenir l'actrice la plus convoitée d'Hollywood.

À l'origine, Aiden ne faisait pas partie du plan. Il avait débarqué alors que nous étions tous les deux au sommet de notre gloire. Nous étions jeunes, célèbres et amoureux. Alors que le monde était notre terrain de jeu, une grossesse était venue tout chambouler. C'était Adeline elle-même qui avait veillé à ce que plus rien ne soit comme avant. J'avais à peine eu le temps de me faire à l'idée que j'allais être papa qu'elle me passait la bague au doigt. J'aimais Adeline, bien sûr. Elle était mon tout, sans compter toutes ces conneries auxquelles on croit quand on a vingt-trois ans, mais au moment où elle remontait l'allée jusqu'à l'autel, et jusqu'à moi, j'avais été assailli par le sentiment de ne pas être à ma place.

C'était trop tôt.

Je me sentais pris au piège.

C'était un coup monté, même s'il était nécessaire.

Toutefois, j'avais fait taire mon instinct, j'avais réussi à me persuader que nous n'avions aucune raison d'attendre puisque nous étions tous les deux fous amoureux. Je l'aurais de toute façon demandée en mariage quelques années plus tard, non ?

Ainsi, j'avais épousé la fille que j'aimais à cause d'un futur bébé, car nous ne pouvions pas nous permettre un scandale de l'envergure d'Aiden. C'était du moins ce qu'on m'avait assuré dans ma famille.

Mes traits ont dû se durcir tandis que les souvenirs affluaient, parce que des petits doigts se sont mis à étirer la peau de mon visage et à me tapoter les joues.

— On peut nager, papa ? a demandé Aiden en me regardant droit dans les yeux.

— Je croyais que tu n'en avais pas envie.

—Maintenant, si. J'ai terminé *Bob l'éponge*, alors on peut nager.

—Il ne nous reste que trois heures, Aiden. Après, je dois te ramener chez ta maman, alors pas trop longtemps. Ensuite, tu iras aider Anne à préparer les jouets que tu veux emporter, d'accord ?

Il a hoché la tête avec enthousiasme et m'a donné un petit baiser qui a fait fondre mon cœur.

—Va vite chercher tes brassards, ai-je ajouté, la voix enrouée, ce qu'il s'est empressé de faire en poussant de petits cris d'excitation.

Pour Aiden, « nager », c'était s'asseoir sur la deuxième marche de la piscine et tout éclabousser avec ses jouets, puis faire semblant de nager pendant dix secondes avec de grands battements de jambes et de bras qui projetaient de l'eau dans tous les sens. Notre ancienne maison – qui appartenait désormais à Adeline – ne possédait pas de piscine, alors il avait été fou de joie en découvrant celle-ci, la première fois qu'il est venu. Apprendre à nager, en revanche… il détestait ça. Nous étions dans l'eau depuis cinq minutes lorsque Dan est arrivé.

—Dan, regarde-moi ! Regarde ! a crié Aiden en agitant furieusement les bras pour lui montrer ses prouesses en natation.

Dan était notre garde du corps et un ami de longue date. Lui, au moins, j'avais pu le garder après le divorce.

—Eh ! Mais tu nages, mon grand ! a lancé Dan en s'approchant.

—Doucement, Aiden, suis-je intervenu en l'aidant à s'asseoir sur les marches avant qu'il ne se cogne le menton.

Rayonnant, il a levé la tête vers Dan.

—Tu m'as vu ? Tu as vu comme je suis doué ?

—Mais oui. Beau travail, mon grand.

—Et tu as vu comme j'allais vite ?

Dan a acquiescé.

—Un vrai poisson.

Aiden a éclaté de rire, les yeux brillants de plaisir.

—Enfin, Dan, je ne suis pas un poisson. Regarde !

Il s'est levé, les bras en l'air.

—Je suis un garçon !

Il a encore ri un peu, puis il s'est concentré sur ses jouets, plongeant et ressortant son avion de l'eau en produisant toutes sortes de sons.

J'ai laissé Aiden à ses jeux et j'ai rejoint Dan.

—Il y a un problème ?

La mine soucieuse, il a jeté un coup d'œil par-dessus son épaule avant de revenir à moi.

—Non. Michel essaie de te joindre depuis une heure. J'ai pensé que ça t'intéresserait de le savoir.

—Merde. J'avais oublié, ai-je grommelé.

—Tu veux que je m'en occupe ?

—Non, ça ira. J'ai quelque chose à lui demander d'abord.

J'ai tourné le dos à Dan pour sortir Aiden de la piscine et lui ôter ses brassards.

—Sèche-toi, puis va donner un coup de main à Anne.

—Mais je viens d'arriver dans l'eau, papa, a-t-il protesté, boudeur. S'il te plaît ! Encore cinq minutes.

Je me suis accroupi devant lui et je l'ai enveloppé dans une grande serviette.

—Tu pourras y rester plus longtemps la semaine prochaine, d'accord ? Je t'apprendrai à nager sans les brassards.

Plus l'heure à laquelle je devais déposer Aiden chez Adeline approchait, plus j'étais de mauvaise humeur. J'avais dû passer toute la matinée enfermé dans un studio à faire de la postsynchronisation. Dès que Matthew, le réalisateur, avait déclaré avoir toutes les voix dont il avait besoin me concernant, j'avais foncé à la maison pour profiter des dernières heures qu'il me restait avec Aiden. Depuis que le divorce avait été acté, je ne faisais que courir dans tous les sens, m'efforçant de ne pas négliger mon fils tandis que je jonglais entre les tournages et la promo. Heureusement, le film en cours, *Rien qu'une heure*, était presque dans la boîte et je pourrais bientôt faire une pause pour me consacrer à Aiden. J'avais hâte. Et pour commencer, il faudrait que je règle cette histoire de garde alternée que je ruminais sans cesse.

Aiden était un gamin adorable. C'était déjà le cas avant le divorce, mais ces derniers temps, toutes ces conneries commençaient à l'atteindre. Il n'avait pas de crises de colère, il ne se roulait pas par terre en jetant des coups de pied ou de poing, comme certains enfants l'auraient fait, mais chaque fois que je le déposais chez Adeline, la peur se lisait sur son petit visage, comme si je m'apprêtais à l'abandonner pour de bon et que c'était la dernière fois qu'il me voyait. Pourtant, je veillais à l'appeler chaque soir pour qu'il entende ma voix avant de se coucher, mais systématiquement, il me demandait de lui promettre de venir le chercher dès que possible, ce qui me fendait le cœur. Tant d'insécurité dans ses paroles, et puis ces semaines entières où il était loin de moi… ça commençait vraiment à me rendre dingue, putain.

Je me suis dirigé vers la maison avec Dan, ne doutant pas un instant qu'Aiden nous suivrait. En apercevant Anne penchée sur son téléphone dans la cuisine, je lui ai rappelé que nous étions censés partir d'ici peu. Elle a hoché la tête et est allée au jardin en passant devant moi.

—Accorde-moi cinq minutes, a déclaré Dan avant de sortir à son tour. Je vais vérifier s'il n'y a pas de paparazzis à l'entrée – j'en ai dégagé trois ce matin qui étaient planqués près de la grille. Et après, je prépare la voiture.

J'ai acquiescé, puis j'ai enfin rappelé Michel.

—Où t'étais passé, Adam ? J'essaie de te joindre depuis ce matin.

—Qu'est-ce que tu veux, Michel ?

—J'ai discuté avec tes parents et ils pensent qu'on doit s'en tenir au plan initial et publier un communiqué de presse, pour couper court aux rumeurs sur cette histoire de garde. Il faut démentir et il faut le faire vite. Tu devrais vraiment suivre leurs conseils.

Michel était à la tête de l'équipe qui gérait la communication de la famille Connor depuis dix ans, mais notre collaboration était arrivée à son terme. J'aurais préféré lui annoncer qu'il était viré en face à face, mais je n'avais pas le temps de me rendre à son bureau. J'ai donc serré les dents et j'ai attendu qu'il achève de m'exposer la stratégie qu'ils avaient mise au point.

—Écoute, Michel, c'est terminé, je ne suivrai plus les consignes de mes parents. Je te l'ai déjà dit mille fois. Regarde où j'en suis avec leurs combines.

—Je comprends bien, Adam, mais réfléchis-y quand même avant de me donner une réponse ferme.

Soit il n'avait pas entendu ce que je venais de dire, soit il s'en fichait complètement.

—Si tu trouves le communiqué de presse trop impersonnel, a-t-il insisté, on peut t'obtenir des interviews dans quelques émissions triées sur le volet. Vu le nombre de demandes que tu reçois, tu n'auras que l'embarras du choix.

—Michel…

—Attends une seconde. Et James Holden, ça ne te brancherait pas ? Il vient de reprendre le *Late Night Show* et il fait des records d'audience. On lui fournira les questions. Comme ça, pas de risque que ça dérape.

—Michel, ai-je de nouveau tenté tandis qu'il continuait à m'énumérer toute une liste de noms.

J'ai pris une bouteille d'eau dans le frigo. Michel était un ami de ma famille bien avant de devenir le responsable de notre communication, raison pour laquelle mes parents n'hésitaient pas à lui confier presque tous les secrets qu'ils tenaient absolument à cacher aux médias. Et je ne pouvais pas lui reprocher de mal faire son boulot ; au contraire, c'était l'un des meilleurs dans son domaine. Il avait une liste d'attente longue comme le bras et je m'apprêtais à faire un heureux en cédant ma place.

—Avec tout ce qui se passe en ce moment, j'ai oublié de te demander : est-ce que tu représentes toujours Adeline ?

Le silence s'est installé sur la ligne pendant un instant.

—Comment ça, si je représente toujours ta femme ?

—Ex-femme, ai-je sifflé entre mes dents serrées.

—Pardon, Adam. Il faut le temps que je m'y fasse. Euh, mais oui, bien sûr que nous représentons toujours Adeline. En fait, j'en parlais justement avec Helena tout à l'heure. Elle pense que le plus avisé, ce serait de vous présenter ensemble devant les caméras, pour montrer au monde un front uni, pour prouver que vous restez amis et que vous placez les intérêts d'Aiden au centre de vos préoccupations, mais je me suis dit que tu ne serais pas d'accord. C'est pour ça que tu me posais la question ?

—Non.

Sa façon de prononcer le mot « monde » avait ravivé ma mauvaise humeur. Comme si j'en avais quelque chose à foutre de ce que le monde pensait de ma relation avec Adeline…

—Il ne sera pas nécessaire de prévoir des interviews, Michel, ai-je poursuivi, ravalant ma colère.

J'ai posé la bouteille et je me suis mis à pianoter sur le plan de travail.

—Tu fais très bien ton travail, là n'est pas la question, et, crois-moi, je regrette de ne pas avoir le temps de te dire ça en face, mais j'ai décidé d'engager une nouvelle équipe pour ma communication.

—Attends, le bureau est bondé aujourd'hui.

Le cliquetis d'une porte qui se ferme a retenti dans l'écouteur.

—Qu'est-ce que tu veux dire exactement ? a-t-il repris. C'est pour ça que tu posais la question, pour Adeline ?

Je peux très bien confier sa communication à d'autres attachés de presse de l'équipe, si c'est ça le problème.

—Ce ne sera pas nécessaire. Tu peux continuer à collaborer avec elle. Il est temps que nos chemins se séparent. Tu fais du super boulot pour mes parents et, d'après ce que je peux voir dans les médias, pour Adeline aussi, mais en ce qui me concerne, je crois qu'on n'est plus sur la même longueur d'onde.

—Adam, et si tu venais au bureau pour qu'on en discute calmement ? Ce n'est pas le moment d'accumuler les bouleversements dans ta vie ni d'agir de manière irresponsable. Tu as besoin de rester concentré sur ton image. Le reste, on s'en occupe avec l'équipe. À ce propos, je serais d'avis d'organiser une rencontre dans un lieu public pour qu'Adeline, Aiden et toi puissiez être pris en photo ensemble. Ce serait bon pour la presse.

J'ai émis un long rire dépourvu d'humour en secouant la tête.

—Toi, tu as vraiment le sens des priorités, hein ? Malheureusement, ton avis ne figure plus en tête dans la liste des miennes, Michel. C'est vrai que j'ai dû opérer de gros changements ces derniers temps, mais la fin de notre collaboration n'est qu'un détail. Mes avocats prendront contact avec toi pour la rupture du contrat, ensuite on avisera. Tu es une bête de travail, Michel, un véritable gourou de la communication, mais ça ne marche plus entre nous, c'est comme ça.

Ignorant ses protestations, j'ai raccroché et, aussitôt, un énorme poids s'est envolé de mes épaules. Ça, c'était l'étape la plus facile. Trouver une nouvelle équipe d'attachés de presse serait une autre paire de manches, une corvée dont je me serais bien passé, mais nécessaire, j'en étais conscient.

Lorsque j'ai vu Dan revenir vers la maison, j'ai filé dans ma chambre pour me doucher en vitesse et me changer.

5
Lucy

Cela faisait près d'une heure que j'étais debout sur cette échelle et je commençais à avoir mal aux pieds, alors, lorsque j'ai vu Adam rentrer dans la maison, je me suis apprêtée à descendre et à faire de même. J'avais prévu de préparer des cookies aux pépites de chocolat – du moins, essayer – pour le retour d'Olive et Jason, et pour les remercier de m'avoir accueillie chez eux.

Cependant, au lieu de suivre son père, le petit est resté dehors ; c'est donc qu'Adam n'allait pas tarder à revenir ? Mais non. C'est la fille que j'avais aperçue plusieurs fois – la nounou, sans doute – qui est sortie. Elle a appelé le petit garçon, puis a de nouveau disparu à l'intérieur.

Cette fois, plus de doute, la fête était finie. Je venais de descendre d'un échelon quand mon regard est resté accroché à l'enfant qui semblait hésiter entre la maison et la piscine. Pourquoi le laissaient-ils seul à l'extérieur ? J'ai décidé de m'attarder encore un peu, mon atelier cookies pouvait attendre quelques minutes. Soudain, le petit a souri et a ramassé les brassards que son père lui avait enlevés.

À propos, il m'était déjà arrivé plusieurs fois d'imaginer qu'Adam m'enlevait des choses à moi aussi. Peu importe lesquelles. Je suis sans vergogne, je sais, mais c'est plus fort que moi. Quel besoin avait ce mec d'être aussi irrésistible torse nu ?

Au bout de quelques essais, le petit a réussi à enfiler l'un des brassards jusqu'au coude. Le deuxième, en revanche… il n'y est pas arrivé, malgré de nombreuses tentatives. Alors, comme l'aurait fait n'importe quel gosse de son âge, il a renoncé et l'a jeté un peu plus loin. Lorsqu'il est descendu sur la première marche de la piscine, du côté peu profond, une certaine nervosité m'a envahie. *Il sait sûrement nager, hein ?* Bien sûr, je ne l'avais jamais vu dans l'eau sans ses brassards, mais ses parents lui avaient sûrement appris à nager, non ? Ils devaient avoir une piscine olympique chez eux, enfin, chez l'ex-femme d'Adam – n'allez surtout pas croire que je suivais tout ça de près.

Lorsqu'il a eu de l'eau jusqu'au torse, j'ai commencé à paniquer. Cet unique brassard n'avait pas l'air bien placé du tout et, s'il ne savait pas nager, cela suffirait-il à lui maintenir la tête hors de l'eau ? Et puis, cet enfant lui-même n'avait pas l'air très sûr de ce qu'il faisait.

Tant pis ! Au risque de me faire prendre, j'ai tenté d'attirer son attention.

—Psssst ! Hé, petit ! Youhou ?

Il a fini par m'entendre et a regardé directement dans ma direction.

Se doutait-il que je l'espionnais du haut de ce mur depuis des jours ?

Il m'a fait signe en souriant.

Merde !

Sans me laisser le temps de dévaler cette saleté d'échelle pour aller prévenir son père de façon civilisée, le petit s'est élancé et a plongé la tête la première en battant des bras. D'après ce que j'avais pu observer ces derniers jours, c'était plutôt son style, mais lorsque son unique brassard s'est échappé à cause de ses mouvements brusques… mon cœur s'est arrêté.

Au début, ça avait l'air de bien se passer, et j'ai recommencé à respirer ; il savait nager, en fin de compte… mais ensuite, c'est parti en vrille. Il a paniqué, sa tête a disparu sous l'eau, et le silence s'est abattu dans le jardin pendant une seconde… un silence insupportable. Puis il a refait surface – ou plutôt sa tête – tandis qu'il se débattait, les yeux emplis de terreur.

—Merde.

J'ai gravi les deux derniers échelons et j'ai balayé les alentours du regard. Non, personne n'accourait. Bon sang, personne ne se doutait de quoi que ce soit, en fait.

—Merde ! Putain ! Merde !

Sans interrompre mon flot de jurons – je vous garantis que la situation le valait bien –, j'ai enjambé le mur aussi vite que je le pouvais et j'ai littéralement plongé dans le vide de l'autre côté.

J'ai atterri sur les mains et les genoux, le visage à quelques centimètres du sol, mon téléphone gisant à quelques mètres de moi. J'ai à peine eu le temps de me relever que le petit avait de nouveau disparu sous l'eau.

—Oh mon Dieu, ai-je gémi en fonçant dans sa direction. Ohé ! Les gens ? Où êtes-vous tous passés ?

Cette fois, j'avais hurlé, mais personne n'a surgi de cette putain de villa.

Au moment où j'ai atteint le bord du bassin, la tête du petit a de nouveau refait surface. Il commençait à se débattre avec moins de vigueur tandis qu'il luttait désespérément pour aspirer de l'air. S'il était resté calme, il aurait remarqué qu'il était capable de flotter, mais comment expliquer à un gamin de cinq ans qu'il ne faut pas s'affoler alors qu'il n'a plus pied ?

J'ai sauté dans l'eau et j'ai nagé vers lui. Tout s'était passé en quinze secondes, vingt tout au plus ; au moment où je l'ai attrapé sous les aisselles en veillant à maintenir sa tête hors de l'eau, mon cœur était à deux doigts de jaillir de ma poitrine.

Cette poignée de secondes venait de me faire perdre dix années d'existence au moins. J'allais y laisser presque toute ma jeunesse, bordel. Le séduisant papa me devrait une sérieuse compensation ; paiements par orgasmes acceptés.

Lorsque j'ai enfin atteint les marches, j'ai serré le petit garçon dans mes bras. Il devait être mort de peur, car il s'est jeté à mon cou et s'est agrippé à moi de toutes ses forces tandis qu'il toussait et avalait de grandes goulées d'air. Une fois sortie de la piscine, je me suis agenouillée pour que ses petits pieds retrouvent le contact avec la terre ferme et qu'il se sente en sécurité, mais il est resté cramponné à moi.

— Tout va bien, lui ai-je assuré.

J'ai dû dénouer ses bras de mon cou pour examiner son visage et m'assurer qu'il n'était pas blessé.

— Tout va bien. Tu n'as rien.

Il a reculé d'un pas en me dévisageant avec ses grands yeux verts, puis a hoché la tête. Ses lèvres se sont mises à trembler. Une main plaquée sur ma poitrine qui se soulevait et s'abaissait violemment, j'ai laissé mon corps basculer en arrière pour m'asseoir lourdement.

— J'ai bien failli avoir une crise cardiaque, petit loup.

Ses traits se sont chiffonnés et les larmes ont jailli. Le son n'était pas top non plus, dans la mesure où il n'avait pas encore tout à fait repris son souffle.

Désemparée, je l'ai pris dans mes bras et il a enfoui son visage dans mon cou.

— Oh non, ne pleure pas, mon bonhomme. Tout va bien, maintenant.

Soudain, des cris ont retenti et Adam Connor s'est rué sur nous. En entendant la voix de son père, Aiden m'a lâchée pour se jeter dans les bras de celui-ci, redoublant de sanglots. Dans la foulée, le garde du corps et la nounou sont arrivés en courant. Je me suis relevée en me forçant à sourire alors que je n'en avais pas, mais alors pas *du tout*, envie.

Par quoi commencer ? Passer un savon à cette imbécile de nounou ou m'en prendre directement au joli-papa-qu'on-se-taperait-volontiers ?

Adam écrasait Aiden contre son torse en tenant l'arrière de son crâne. Ainsi blotti contre son père, les jambes enlacées autour de sa taille, le corps toujours secoué de sanglots incontrôlables, l'enfant paraissait encore plus petit. Le regard d'Adam a croisé le mien et – pauvre crétine – j'ai cru qu'il m'était reconnaissant, alors mon sourire s'est accentué. Et… bon, ce mec était vraiment l'un des plus beaux qu'il m'ait été donné de voir, alors, pardon, mais il est possible qu'une zone inférieure de mon anatomie ait été émoustillée.

Par contre, le sourire… c'était une très mauvaise idée.

—Dan, a fulminé Adam. Comment est-elle entrée ici ?

Son garde du corps, un vrai colosse, s'est placé devant eux comme un ours gigantesque défendant ses petits.

—« Elle » est juste en face de toi, ai-je lancé, agacée, meurtrie, ruisselante. Et de rien, surtout.

Les yeux de l'acteur m'ont lancé des éclairs, comme si je n'étais qu'un vulgaire rat, un nuisible dans sa propriété – bon, selon le point de vue, ce n'était peut-être pas faux, mais je n'avais pas atterri dans son jardin pour le plaisir ; je venais tout de même de sauver la vie de son fils.

Sans lâcher Aiden, il s'est tourné vers cette écervelée de nounou.

—Appelle la police, Anne. Dis-leur que nous avons une harceleuse sur les bras.

—Une harceleuse ? me suis-je indignée, sortant de ma torpeur.

Adam m'a transpercée du regard avant d'aboyer sur Anne :

— Tout de suite !

— D'accord. Tout de suite, monsieur Connor. Je suis désolée.

— Ça, tu peux l'être, ai-je raillé.

La femme a furtivement croisé mon regard avant de s'éloigner au pas de course. Je me suis avancée vers les deux hommes, ce qui n'était pas l'idée du siècle non plus, apparemment. En fait, je n'ai même pas eu l'occasion de faire un pas entier : le colosse m'a violemment repoussée au niveau de l'épaule.

— Eh ! ai-je crié en trébuchant en arrière. Ça va pas la tête ?

J'ai massé l'endroit où il m'avait molestée.

— Recule, a-t-il grogné.

Tandis que je luttais pour sauver ma peau, Anne est réapparue. Elle avait enfin réussi à faire quelque chose correctement, à savoir convier les flics à notre petite sauterie. Parfait, j'avais envie qu'ils mettent quelqu'un sous les verrous. Adam s'est tourné vers la nounou, lui a confié son fils inconsolable et lui a demandé – pas très gentiment – de rentrer avec lui. On se serait cru dans un mauvais film. Quant à savoir comment j'avais hérité du rôle de la méchante… mystère.

— Je viens de sauver ton fils et c'est comme ça que tu me remercies, espèce d'idiot ? En rameutant les flics ?

— La ferme ! a tonné le géant en s'interposant entre Adam et moi, tel un mur de brique, bras croisés.

— Moi, je dois la fermer ? Ce petit, vous l'avez tous abandonné ici, tout seul, et il allait se noyer. Sérieux, regardez-moi ! ai-je vociféré en écartant les bras et en me désignant du menton. Vous croyez vraiment que je me suis dit que ce serait sympa de pénétrer ici par effraction et de faire un petit plongeon dans la piscine tout habillée ?

Enfin, réfléchissez ! Tout ce que je voulais, c'était sauver ce gosse.

—Donc tu reconnais qu'il y a violation de domicile.

Le garde du corps a secoué la tête en me toisant comme si j'étais le plus misérable des insectes.

Raah putain !

—J'en ai marre des gens comme toi, est intervenu Adam en se plaçant à la hauteur de son garde du corps.

Même à côté du colosse, il était toujours aussi renversant de beauté.

Stupides hormones.

—Écoute, ai-je commencé en m'efforçant de calmer le jeu. Pourquoi ne pas aller poser la question à ton fils ? Je suis sûre qu'il t'expliquera ce qui s'est réellement passé.

—Je vais me gêner. As-tu la moindre idée de la peur qu'il ressent dans ce genre de situations ? Quand c'est à moi que ça arrive, je tolère ces conneries, mais là, tu es allée beaucoup trop loin en le touchant.

—Pardon ? En le « touchant » ? Non, mais tu t'entends ? On dirait que je lui ai fait des trucs dégueulasses ! Vous êtes tous cinglés ? Vous n'avez pas remarqué qu'il était trempé, lui aussi ? Vous êtes tous partis et il est retourné dans la piscine. Tout ce que j'ai fait, c'est franchir un putain de mur parce que vous, bande de guignols, vous avez laissé ce petit sans surveillance.

Adam m'a examinée d'un air dégoûté.

—Garde ta petite histoire pour l'avocat qui viendra te rendre visite en cellule.

J'ai enfoncé mes doigts dans mes cheveux mouillés et emmêlés.

—Tu n'écoutes rien, ai-je grogné, mâchoires contractées, tout mon corps palpitant de colère. Ton petit garçon était en train de se noyer. Je l'ai vu paniquer et disparaître sous l'eau.

—Tu l'as vu ? Donc tu étais en train de nous espionner. Super.

Puis il s'est adressé au colosse.

—Dan, retrouve son appareil photo. Je ne veux pas qu'un seul cliché d'Aiden fuite dans les médias.

Le garde du corps s'est éloigné et j'ai tapé du pied avec hargne. C'était ça ou me retrouver inculpée de coups et blessures volontaires en prime, et mon petit doigt me disait que j'aurais passé un sale quart d'heure, moi aussi, Adam *Connard* et son géant n'étant pas du genre à se laisser faire.

—C'est tout ce que tu as retenu de ce que je viens de dire ? Tu es bouché, en plus du reste ?

Les traits d'Adam sont devenus encore plus menaçants, alors j'ai fermé mon clapet.

—J'ai son téléphone, patron.

Aussitôt, j'ai porté la main à ma poitrine. Zut ! Mon téléphone n'était plus niché dans mon soutien-gorge.

Adam m'a scrutée d'un air suspicieux.

—Vérifie ses photos.

Incapable de soutenir son regard, j'ai tenté de récupérer mon téléphone. Connor a intercepté mon poignet et m'a coupée dans mon élan en me tordant le bras. J'ai tenté de me libérer, mais il a raffermi sa prise et m'a attirée contre lui. Son visage n'était plus qu'à quelques centimètres du mien.

—Si j'étais toi, je ne ferais pas ça.

Prends une grande inspiration, Lucy. Calme-toi.

Le poing serré, j'ai respiré profondément, puis j'ai rouvert la main.

—Tu n'as pas le droit.

Il a sondé mon regard, un sourcil arqué.

Merde ! Non, vraiment, il n'avait pas le droit de posséder de si beaux yeux verts. Quel gâchis sur un salaud pareil. La célébrité la plus sexy, mon cul !

— Je n'ai pas le droit ? Parce que c'est toi qui vas m'expliquer ce que j'ai le droit de faire ou pas ?

Bon, d'accord, je n'avais pas dégainé le meilleur des arguments, mais il n'avait quand même pas le droit de fouiller mon téléphone. *Pas vrai ?*

Je lui ai décoché le regard le plus mauvais que j'aie jamais adressé à un être vivant – ou mort, d'ailleurs.

— Va te faire foutre, ai-je rétorqué calmement.

Un muscle de sa mâchoire a tressailli.

— C'est pour ça que tu es venue, hein ? C'est toi qui as envie de te faire foutre, et tu ferais n'importe quoi pour ça.

J'en suis restée bouche bée. Non, mais le culot de cet enfoiré ! Son garde du corps nous a rejoints avant que je n'aie pu riposter.

— Il y a plusieurs photos de toi avec Aiden, Adam, et elles ne datent pas toutes d'aujourd'hui.

Adam a resserré le poing autour de mon bras en me fusillant du regard. J'ai levé le menton avec défi. Je ne fournirais aucune explication.

— La police est là.

Provenant de l'intérieur de la maison, la voix d'Anne avait interrompu notre duel silencieux. *Sale garce.* C'était elle que cet imbécile aurait dû livrer aux flics, pas moi.

— Je ne veux pas qu'ils traversent la maison avec elle. Dis-leur de passer sur le côté, a ordonné Adam.

Anne s'est aussitôt exécutée.

— Tu peux la lâcher, Adam, je m'occupe d'elle. Va leur expliquer ce qui se passe. Elle ne bougera pas.

— Non, c'est bon, je la tiens. Vas-y, toi, a-t-il répondu sans me lâcher du regard.

Je le détestais de me faire frissonner comme ça. Il a cru que je me débattais et m'a maintenue un peu plus fermement contre son torse.

Alerte aux tétons qui pointent !

Je me suis soustraite à l'observation accusatrice d'Adam pour regarder le géant s'éloigner.

Cette histoire était en train de virer au cauchemar.

—Écoute…, ai-je soupiré en affrontant à nouveau ses incroyables prunelles vertes. Je ne suis pas une harceleuse.

Il a ouvert la bouche, mais je l'ai devancé.

—Je sais. Je sais que ça en a tout l'air, pourtant je dis la vérité. Je m'appelle Lucy. Lucy Meyer. Pour l'instant, j'habite chez tes voisins. Juste là.

D'un index tremblant, j'ai désigné la maison d'Olive et Jason. Il est resté de marbre, ce bel enfoiré, mais au moins, il m'écoutait sans m'interrompre, alors j'ai continué.

—Jason Thorn ? Ça te dit quelque chose ? C'est un acteur, exactement comme toi, sauf qu'il est beaucoup plus canon que toi et qu'il a un cœur, lui. Non, toujours pas ?

Pas de réponse, pas la moindre réaction. Visiblement, il n'avait aucun sens de l'humour.

—Il s'est marié cette année. Avec Olive, ma meilleure amie. Ce sont mes amis. Ils m'hébergent pour l'instant. Tu n'as qu'à leur demander.

—Et où sont-ils, ces meilleurs amis, Lucy Meyer ?

—Ils passent quelques jours à Londres. Jason avait un truc promotionnel là-bas.

—Ça alors, comme par hasard.

J'ai essayé de dégager mon bras, mais l'étau était trop serré. Il commençait vraiment à me taper sur les nerfs.

—Lâche-moi.

—Non.

—Ils rentrent aujourd'hui. Tu pourras leur demander.

—Tu vas être inculpée. Tu ne t'en sortiras pas aussi facilement.

— Mais enfin, est-ce que ça t'arrive d'écouter ce qu'on te dit ?

— J'ai vu tout ce qu'il y avait à voir, ça me suffit.

Mon souffle s'est accéléré, alors j'ai plongé ma tête entre mes mains, les yeux fermés, et j'ai commencé à compter jusqu'à dix pour ne pas perdre mon sang-froid.

Il a serré si fort mon poignet que la douleur m'a arraché un petit cri. J'ai vivement relevé la tête.

— Inutile de pleurer, ça ne marchera pas, a-t-il lancé.

Je n'avais pas du tout l'intention de pleurer ; ça ne m'avait même pas traversé l'esprit. Cependant, quand j'ai vu les agents de police s'approcher de nous, je ne sais pas pourquoi, les larmes me sont montées aux yeux.

— Pile au bon moment, bravo, s'est moqué Adam.

Ça a déclenché un truc en moi.

— Salaud, ai-je craché calmement. Vas-y, porte plainte contre moi. Je vais aussi en déposer une. Tu ne mérites pas d'avoir un enfant. Au cas où tu ne le saurais pas, la négligence parentale est un délit. Si je plonge, tu plonges avec moi ! Ce gosse mérite un meilleur papa, un papa qui ne le mette pas en danger, espèce de… de fils de pute qui se la pète !

Il a failli me broyer le poignet, mais il s'est arrêté dès que je me suis mise à grimacer et m'a lâchée.

Là, vous trouvez peut-être que j'y allais un peu fort, pourtant je peux vous assurer que je ne faisais pas dans le mélo. Son enfant laissé sans surveillance aurait pu mourir noyé, juste là. C'est moi qui aurais dû appeler la police, pas eux.

— Monsieur Connor, l'a salué un des agents.

Adam a expliqué sa version des faits en affirmant pour conclure qu'il souhaitait porter plainte. Les flics m'ont passé les menottes sans prêter la moindre attention à mes protestations.

Les menottes !

Cinq minutes plus tard, j'étais assise à l'arrière d'une voiture de patrouille, en route pour le poste de police local. À ce stade, je n'avais plus qu'une idée en tête : buter ce connard. Si jamais je sortais un jour du cachot dans lequel on s'apprêtait à me jeter, je ne donnais pas cher de sa peau.

* * *

Jason et Olive sont venus payer ma caution cinq heures plus tard – cinq ! Sur la route du retour, le silence régnait dans l'habitacle, mais je bouillonnais toujours de rage.

—Lucy, a commencé Olive en se contorsionnant sur son siège pour me regarder.

—Je le déteste, ai-je répété pour la dixième fois depuis que j'étais montée dans la voiture. Je vais le tuer. Je vais d'abord porter plainte pour sauver ce pauvre gosse, et ensuite, je le tuerai.

—Dis, Olive, a lancé Jason, derrière le volant, tu crois que c'est contagieux ? Je devrais m'inquiéter ?

Nos regards se sont croisés dans le rétroviseur. Il se retenait de pouffer.

—Mais de quoi il parle ? ai-je demandé à Olive en fronçant les sourcils.

Elle aussi pinçait les lèvres pour ne pas rire.

—Qu'est-ce qui vous fait marrer comme ça, tous les deux ? Allez, crachez le morceau ! En tout cas, je viens de passer cinq heures dans une putain de cellule, mais ça m'étonnerait beaucoup que j'aie chopé une maladie contagieuse.

—Bien sûr que non, a répondu Olive, hilare. Il parle d'autre chose. Ne fais pas attention à lui.

—Ah non ! Pas de secret entre nous. Surtout pas dans un moment où je me sens si vulnérable.

—Je ne te cache rien du tout, Lucy. Tu te souviens, le jour où Jason m'a ramenée à l'appart après mon tout premier rendez-vous avec les producteurs du film ? Le jour où tu m'as lâchement abandonnée ? Eh bien, pendant tout le trajet, je n'avais pas arrêté de répéter que j'allais te trucider. En gros, Jason nous prend pour des tueuses sanguinaires.

—Garde tes blagounettes pour plus tard, ai-je sermonné Jason. Tu n'as qu'à faire rire ta chère et tendre pendant vos temps libres. Là tout de suite, j'ai besoin d'elle ; elle est à moi et rien qu'à moi. Je sors de prison, je te rappelle.

—Je vais donc devoir continuer à t'écouter nous expliquer à quel point ton séjour dans cette cellule était atroce et interminable.

—Commence par te concentrer sur la route ; j'ai pas envie de mourir dans un accident avant d'avoir réglé le compte de ce prétentieux d'Adam *Connard*.

—Allez, je te la laisse, a-t-il annoncé d'un air faussement résigné en posant la main sur la cuisse d'Olive.

—Merci, ai-je répondu avec sarcasme.

Puis :

—Je le déteste.

Olive a placé sa main sur celle de Jason et un truc intense s'est passé entre eux. Ils étaient si mignons que j'ai laissé tomber.

—Je crois qu'on a bien compris, m'a fait remarquer Olive. Et, ne me décapite pas pour ce que je vais te dire… d'ailleurs, ça m'ennuie d'avoir à te le dire, mais… je te l'avais bien dit.

—Ça, je ne peux pas le nier, ai-je admis à contrecœur. Je l'ai épié et ce n'était pas correct de ma part. Mais il ne faut pas exagérer, ce n'est pas du harcèlement. Il y a une grosse différence. Je n'ai fait que monter sur une échelle au moment où, comme par hasard, il se trouvait dans son jardin et je l'ai observé pendant quelques minutes. C'est tout.

— La protection de la vie privée, c'est très important pour nous, Lucy, est intervenu Jason. Tu devrais le savoir depuis le temps.

— Je ne dis pas que je n'ai pas eu tort, mais si je n'avais pas regardé à ce moment-là, cet enfant serait mort à l'heure qu'il est. Et ça, ce n'est pas important ?

Il n'a pas bronché.

Tout à coup, un doute m'a assaillie et je me suis avancée sur la banquette.

— Vous me croyez, hein ? Pitié, dites-moi que vous me croyez quand je vous dis que la seule raison pour laquelle j'ai enjambé ce mur, c'est pour sauver un gosse de la noyade.

— Évidemment qu'on te croit, m'a aussitôt rassurée Olive.

— Et toi, Jason ? Tu me crois, pas vrai ?

Il a de nouveau rencontré mon regard dans le rétroviseur et a soupiré.

— Oui, Lucy, mais ça, ça ne compte pas.

— Comment ça, *ça ne compte pas* ? Ce bâtard aurait dû tomber à genoux de gratitude et me baiser les pieds pour me remercier d'avoir été là au bon moment.

Me baiser tout court aurait tout à fait été acceptable aussi, mais ça, c'était avant. Désormais, il n'aurait plus jamais la moindre chance de s'approcher d'une quelconque partie de mon corps, encore moins les plus intimes.

Je le déteste. Oh ! Comme je le déteste. Je me suis de nouveau calée au fond de mon siège et j'ai croisé les bras.

— Que va-t-il se passer, maintenant ? ai-je demandé quand le silence est devenu trop pesant.

— Je vais aller lui parler pour le convaincre de retirer sa plainte, a déclaré Olive.

— Ah bon ? Et comment comptes-tu t'y prendre ? s'est étonné Jason, en l'observant du coin de l'œil.

—Je vais lui expliquer que les intentions de Lucy n'étaient pas mauvaises. Je ne sais pas. Je serai une sorte de témoin de moralité.

—Non, a-t-il répondu d'un ton catégorique.

—Oh, Jason, je ne compte pas m'offrir à lui pour obtenir ce que je veux.

—Bonne nouvelle, a-t-il grommelé.

Enfin, nous sommes arrivés chez nous – enfin chez eux – et la voiture s'est immobilisée devant le garage. Dehors, l'obscurité était totale, exactement comme dans mon cœur pétri de haine. Jason a coupé le moteur, mais nous ne sommes pas descendus.

—C'est moi qui vais aller lui parler, a-t-il décrété au bout d'un moment. Je vais m'occuper de ça, Lucy, mais je ne veux plus jamais que tu grimpes là-haut pour le reluquer. C'est clair ?

—C'est clair ? l'ai-je imité, laissant un petit sourire se dessiner sur mes lèvres. Tout à fait clair, mon fringant papounet. Je te promets de ne plus jamais espionner les crétins. Dis-moi, est-ce que tu vas me priver de sorties ?

6

Adam

Cela faisait presque une semaine que ce que nous appelions désormais l'incident avait eu lieu, et j'étais toujours furax. Contre Aiden, parce qu'il ne m'avait pas écouté. Contre Dan, parce qu'il n'avait pas assuré au niveau de la sécurité. Ce soir-là, quand j'avais enfin réussi à obtenir le fin mot de l'histoire de la bouche d'Aiden, j'avais viré Anne sur-le-champ ; pourtant, j'étais toujours remonté contre elle aussi.

Toutefois, c'était contre moi que j'étais le plus en colère. Comment avais-je pu être aussi négligent ? Comment avais-je pu laisser mon fils sans surveillance ? Peu importait que ce soit un brave gosse, j'étais responsable de lui. J'aurais dû maîtriser la situation. J'aurais dû… faire mieux, tout simplement.

Les grilles se sont ouvertes en bourdonnant et je les ai franchies, main dans la main avec mon fils. Ses petits doigts ont exercé une pression, alors j'ai baissé les yeux sur lui.

—Tu es prêt, papa ?

J'ai hoché la tête en réprimant un sourire.

—Et toi ?

Il a acquiescé d'un air solennel, puis il a vivement relevé la tête vers moi.

—Tu crois qu'elle me déteste ?

— Pourquoi veux-tu qu'elle te déteste ?

Nous approchions de la maison.

— Parce que j'ai fait une grosse bêtise. Je suis sûr qu'elle me déteste. Et qu'elle ne voudra plus jamais me voir.

— Ça m'étonnerait, mon lapin, mais tu vas lui poser la question. Comme ça, tu seras fixé, d'accord ?

— Elle est vraiment belle, a-t-il ajouté à voix basse. J'espère qu'elle ne me déteste pas.

Je n'ai plus réagi. À vrai dire, j'avais aussi envie de venir présenter mes excuses à cette fille exaspérante que de me tirer une balle dans la tête. Cependant, à en croire Aiden et Jason Thorn, elle avait sauvé la vie de mon fils. Cela dit, si Aiden n'avait pas insisté pour la revoir, je n'aurais jamais mis un pied chez elle, enfin chez les voisins qui l'hébergeaient.

Retirer ma plainte, c'était déjà plus qu'assez pour cette petite espionne.

Bon sang, le simple fait de penser à elle m'irritait au plus haut point. Chaque fois que quelqu'un prononçait son nom – et Aiden le prononçait souvent en ce moment –, je me revoyais dans notre jardin, terrifié à l'idée qu'une harceleuse cinglée ou un paparazzi malintentionné ait pu faire du mal à Aiden. J'étais hanté par les yeux bleu-gris furieux de cette folle qui me fusillaient, comme si elle était dans son bon droit, tandis que j'immobilisais son fin poignet. Je me rappelais avoir eu envie de saisir son joli cou pour l'étrangler chaque fois qu'elle ouvrait la bouche pour protester.

Vu la façon dont les battements de mon cœur s'accéléraient rien qu'en y repensant, la revoir n'allait pas être aussi simple que je l'avais imaginé.

Jason a ouvert sans me laisser le temps de frapper à la porte.

— Bonjour ! Que puis-je pour vous, messieurs ?

— T'es une star de cinéma ? a balancé Aiden avant que je n'aie pu exposer la raison de notre visite.

Les traits de Jason se sont adoucis et il s'est agenouillé devant mon fils.

— Je suis acteur, comme ton papa. Et toi, tu dois être Aiden.

Ce dernier a levé des yeux écarquillés vers moi.

— Il me connaît, papa, m'a-t-il soufflé.

Jason lui a tendu la main en pouffant.

— J'ai beaucoup entendu parler de toi, Aiden. Je suis ravi de pouvoir enfin te rencontrer.

Aiden a considéré la main de Thorn, puis m'a consulté du regard.

— Je peux, papa ?

— Tu peux, bonhomme.

Un sourire a illuminé son visage et il a serré la main de Jason.

— Enchanté, monsieur. Mon papa, c'est une grande star de cinéma. Il signe tout le temps plein de choses. Tu as aussi joué dans beaucoup de films ?

— Oui. Et tu peux m'appeler Jason.

— Tu veux être mon copain ?

— As-tu envie qu'on soit copains ?

Nouveau coup d'œil dans ma direction.

— Je peux être copain avec Jason, papa ? Je l'aime bien, et en plus, il habite tout près de chez nous, on pourra jouer ensemble.

J'ai acquiescé.

— Et si tu expliquais à ton nouveau copain pourquoi on est là, avant de parler jeux ? lui ai-je suggéré.

— Tu serais d'accord de jouer avec moi, Jason ? Parce que, parfois, papa, il ne peut pas.

Oh, Aiden...

— Aiden…

—On est venus voir Lucy parce qu'on ne veut pas qu'elle me déteste, a-t-il expliqué tout bas, en examinant ses chaussures.

Jason s'est relevé et a ouvert tout grand la porte pour nous inviter à entrer.

Nous avons emprunté un étroit corridor et Aiden enregistrait chaque détail ; je devais littéralement le traîner derrière moi pour qu'il avance.

—Lucy, tu as de la visite, a annoncé Jason.

—Quoi ?

—Qui ça ?

Deux voix féminines distinctes avaient répondu en chœur.

Soudain, l'espionne est apparue devant nous, armée d'une cuillère en bois. Dès qu'elle m'a aperçu, ses traits se sont décomposés et une petite ligne s'est creusée entre ses sourcils.

L'autre, la femme de Jason, ai-je supposé, s'est avancée derrière elle et m'a souri ; elle masquait très bien sa stupeur.

—Que viens-tu faire ici ? m'a interrogé Lucy d'un ton hostile.

Sa voix faisait parfaitement écho à ce que je ressentais ; la seule différence, c'est que je ne pouvais pas me montrer agressif envers elle, pas en présence d'Aiden.

Cela dit, elle me donnait toujours des envies de meurtre. *Quelle plaie !* J'ai serré les dents pour me contenir.

—Ça ne me fait pas plaisir non plus, si tu veux savoir, ai-je tout de même concédé, ce qui m'a valu des mines déconcertées.

—Mais je ne te retiens pas, a-t-elle rétorqué en désignant le hall d'un geste de la main. Tu peux partir, ne te gêne surtout pas.

Jason et Olive suivaient notre échange dans un silence prudent. Pourtant, j'aurais préféré qu'ils interviennent, d'une manière ou d'une autre. En fait, j'aurais mille fois préféré m'entretenir avec eux plutôt qu'avec cette folle qui avait le don de me faire démarrer au quart de tour. Je la scrutais du regard lorsque quelqu'un a tiré sur les poches de mon jean.

Aiden. *Ah oui, c'est vrai.*

—Mon fils a quelque chose à te dire, l'ai-je informée d'un ton appuyé pour bien lui faire comprendre que je n'étais pas là pour le plaisir.

Planqué derrière moi, Aiden avait décidé de jouer les timides, alors j'ai été obligé de faire un pas de côté pour que miss l'Espionne puisse découvrir l'instigateur de cette visite.

Dès qu'elle a aperçu Aiden, elle s'est radoucie.

—Oh ! Salut, toi.

Aiden ne s'est plus caché, mais il me serrait la jambe, comme pour s'assurer que je ne m'éloigne pas trop. Ce n'était pas un enfant timide, mais il n'avait pas l'habitude de se retrouver entouré d'inconnus. Notre famille attirait beaucoup l'attention des médias et nous faisions tout pour préserver au maximum la vie privée d'Aiden ; par conséquent, il rencontrait rarement de nouveaux adultes – dès qu'il était question de sa sécurité, nous étions particulièrement intransigeants.

—Salut, a-t-il répondu d'une voix fluette.

Il lui a adressé un rapide signe de la main, puis s'est de nouveau cramponné à ma jambe en cachant son visage derrière mon pantalon.

Lucy a fait un pas vers lui, mais lorsque son regard a croisé le mien, elle s'est arrêtée. J'avais une furieuse envie d'attraper mon fils et de l'emmener aussi loin d'elle que possible, mais c'était trop tard.

—Aiden, ai-je insisté, pour qu'on règle ça une bonne fois pour toutes et qu'on puisse s'en aller. Que voulais-tu dire à mademoiselle Lucy ?

Depuis que j'avais été le chercher chez sa mère la veille, il n'arrêtait pas de me rabâcher qu'il voulait revoir miss l'Espionne.

—Je voudrais lui demander quelque chose, a-t-il chuchoté.

—Eh bien, vas-y.

—Tu veux bien le faire pour moi ?

—J'aimerais bien, mon lapin, mais je n'ai pas la moindre idée de ce que tu veux lui demander.

—Mais si, je te l'ai dit, papa. En venant ici, tu te rappelles ?

—Aiden, je t'ai…

—S'il te plaît, papa. S'il te plaîîîîîîîîît.

J'ai dû pincer les lèvres pour garder mon sérieux tandis qu'il remuait vivement la tête en me suppliant de ses grands yeux verts.

J'ai cédé.

—Il se demandait si tu le détestais, à cause des problèmes que tu as eus par sa faute, ai-je donc expliqué à Lucy sans la regarder.

Elle m'a toisé avec des yeux chargés de haine, et je dois reconnaître que je n'avais pas l'habitude de susciter une telle animosité. Cela accentuait la nuance bleu-gris unique de ses iris, détail que je n'aurais même pas dû remarquer.

Elle a secoué la tête comme si je la décevais.

—C'est ça que tu lui as raconté ?

J'essayais de comprendre de quoi elle parlait lorsqu'elle a tendu sa cuillère en bois à son amie, que tout cela semblait beaucoup amuser, et s'est approchée de nous d'un pas exagérément déterminé.

—Reste cool, Lucy, a soufflé Jason, nonchalamment appuyé contre un mur.

Elle m'a interrogé du regard, comme pour dire « Tu permets ? », et, sans attendre ma réponse, elle s'est assise en tailleur devant moi.

—Salut, a-t-elle répété à l'intention d'Aiden.

—Alors ? Tu me détestes ? a-t-il demandé en resserrant son petit bras autour de ma jambe.

—Non.

—Même pas un tout petit peu ?

—Même pas un tout petit peu. En fait, je suis très heureuse de te revoir.

Satisfait de la réponse qu'il avait obtenue, Aiden a lâché ma jambe et s'est avancé vers Lucy.

—C'est vrai ?

—Oui. Après être partie, je me suis beaucoup inquiétée pour toi, alors ça me fait plaisir de te voir en pleine forme.

Charmé, Aiden a passé ses bras autour de son cou pour la gratifier d'une accolade maladroite.

—Moi non plus, je ne te déteste pas. Promis. Pas comme mon papa.

Cette réflexion m'a valu un autre regard on ne peut plus éloquent.

Ah, les joies d'avoir un enfant de cinq ans d'une honnêteté sans bornes…

Elle lui a caressé le dos.

—T'inquiète, moi aussi, je te promets que je ne te déteste pas comme je déteste ton père.

Comme si j'en avais quelque chose à foutre. J'ai fait rouler ma tête sur mes épaules pour me débarrasser d'une soudaine raideur dans la nuque.

—Alors, on est copains ? a demandé Aiden en la considérant avec le plus grand sérieux. Jason vient d'accepter d'être mon copain, donc si tu es d'accord, tu pourras peut-être venir jouer chez moi avec lui.

J'ai posé une main sur son épaule.

—Allez Aiden, ça suffit maintenant.

Il a levé la tête vers moi.

—C'est ton tour, papa ?

Et merde.

Son regard était si plein d'attentes que je ne pouvais rien lui refuser, pas même de présenter mes excuses à une personne que j'avais haïe dès l'instant où je l'avais vue.

Celui de Lucy était braqué sur moi aussi, alors j'ai rassemblé tout mon courage et… et je n'ai rien trouvé à lui dire.

—Papa, tu m'as promis qu'on le ferait tous les deux.

Je n'avais rien promis du tout, mais puisque je m'étais fourré dans ce pétrin… J'ai inspiré et expiré profondément tandis que Lucy se relevait et reculait de quelques pas.

—Aiden m'a raconté ce qu'il avait fait et ce qui s'était passé ensuite, ai-je commencé d'un ton un peu bourru.

Le moment où il m'avait expliqué à quel point il avait eu peur lorsqu'il avait perdu son brassard et qu'il s'était mis à avaler de l'eau avait été particulièrement difficile pour moi.

—Je ne cautionne pas ce que tu as fait. Je n'aime pas ça du tout.

Elle a relevé le menton avec un air de défi et a croisé les bras sous sa poitrine, ce qui a légèrement rehaussé ses seins.

Regarde ailleurs, Adam.

—Mais il semblerait que tu aies sauvé la vie de mon fils. De ça, et uniquement de ça, je te suis reconnaissant.

Tout à coup, son regard a perdu toute sévérité et elle a relâché les bras. Elle a jeté un coup d'œil par-dessus son épaule, puis a soupiré.

—Tu as raison, a-t-elle admis. Même si je ne voulais aucun mal à personne, je n'aurais jamais dû grimper sur cette échelle pour vous observer. Même si je suis contente d'avoir été là au bon moment.

Au moins, elle avait la décence de reconnaître ses torts. Je me suis légèrement décrispé et j'ai hoché la tête.

—Merci.

Puis je me suis penché sur le visage rayonnant d'Aiden.

—On peut y aller, tu es prêt ?

—Encore une minute, papa. S'il te plaît.

Curieux de découvrir pourquoi il avait besoin d'une minute de plus, j'ai accepté. Il s'est précipité vers Jason, s'est arrêté à quelques centimètres de lui et a penché la tête en arrière. Il a murmuré quelque chose que je n'ai pas pu entendre et Jason s'est mis à rire.

—Oui, je la connais, a-t-il répondu en lui ébouriffant les cheveux. Veux-tu que je te la présente ?

Aiden a jeté un petit coup d'œil à la femme de Jason et a acquiescé. Jason a gloussé et l'a emmené près de sa compagne qui a souri.

—Je crois que tu as un fan, a-t-il annoncé.

Elle s'est placée à la hauteur de mon fils.

—Bonjour, Aiden. Moi, c'est Olive.

Aiden a eu l'air surpris et un petit rire stupéfait lui a échappé.

—Olive ? Comme une olive ?

—Oui, tout à fait. Comme une olive.

Aiden a pouffé et je me suis détendu. J'étais heureux qu'il s'amuse, mais nous allions bientôt devoir prendre congé si je voulais être à l'heure sur le plateau et avoir le temps de passer en revue les changements de dernière minute dans le script.

Lucy avait le sourire aux lèvres, mais lorsque nos regards se sont croisés, son expression s'est aussitôt durcie. Tant pis pour la trêve. Comme je ne comptais pas la revoir un jour, ça ne me dérangeait pas du tout.

—Est-ce qu'on peut t'offrir un café ? a-t-elle proposé. Ils ont une de ces machines à *espresso* hyper compliquées ; tu dois sûrement en avoir une du même style, tu vas adorer.

Qu'est-ce que c'était censé vouloir dire, bon sang ? La tête inclinée sur le côté, j'ai étudié son visage pendant un instant. Que voyait-elle exactement quand elle m'observait avec ce regard inflexible ? En tout cas, elle n'était pas du genre à se laisser impressionner. Son attitude n'avait rien à voir avec celle des autres femmes qui se retrouvaient en ma présence. Non, vraiment pas. Elle, elle me faisait face avec franchise, sans sourciller, même quand je prenais mon air le plus revêche. Mais alors, que pouvait-elle bien fabriquer sur ce mur ? Quel était l'intérêt de m'épier ?

—Non, ai-je répondu sèchement.

Jason s'est penché pour qu'Aiden puisse lui murmurer un truc à l'oreille.

—Dis donc, petit mec, tu ne serais pas en train d'essayer de me la voler, par hasard ? a-t-il demandé, l'air faussement outré.

Aiden a secoué la tête en gratifiant Olive d'un autre petit regard intimidé.

Mince alors, il craquait complètement pour l'épouse de mon voisin.

Jason l'a soulevé et l'a assis sur le plan de travail de la cuisine.

—Tu n'as qu'à lui dire toi-même. Je suis certain que ça va lui faire très plaisir.

—Ah oui ? T'es sûr ? a demandé Aiden en chuchotant.

—Tu peux me croire, c'est le genre de trucs que les filles adorent.

Aiden a hoché la tête, puis a adopté une mine songeuse, comme s'il méditait sur ce qu'il venait d'apprendre. Je n'ai pas pu m'empêcher de sourire en le regardant se repaître de toute l'attention qu'il recevait.

—De quoi est-ce que vous parlez ? Oh allez, dites-moi, a lancé Olive en s'approchant d'eux avec un sourire hésitant.

—Tu es très jolie, a avoué Aiden.

J'ai poussé un petit grognement gêné.

—Aiden…

—Quoi, c'est vrai. Tu ne trouves pas qu'elle est très jolie, papa ?

—Bien sûr qu'elle l'est, mon bonhomme. Maintenant, il est temps qu'on y aille. Je suis certain que tes nouveaux amis sont très occupés.

Il a continué à s'extasier devant Olive, sans me prêter la moindre attention.

—Tu veux que mon papa te signe une photo ? Les filles adorent ça aussi, a-t-il précisé en s'adressant à Jason.

Lucy et Olive ont éclaté de rire. Ravi de son effet, Aiden a gloussé. Jason a échangé un regard complice avec sa femme.

J'ai secoué la tête. Quelle canaille.

—C'est un petit malin, ton fiston, m'a glissé Lucy tandis que les Thorn bavardaient avec Aiden.

J'ai fait mine de ne pas comprendre à qui elle s'adressait.

Elle a murmuré quelque chose d'inaudible, mais j'aurais juré avoir lu « pauvre con » sur ses lèvres.

—Qu'est devenue la nounou si vigilante ? a-t-elle demandé avant que je n'aie trouvé une réaction à ses propos déplacés.

Il fallait que j'arrête d'observer sa bouche.

—Virée.

—Au moins, tu auras eu *un* bon réflexe, a-t-elle grommelé.

—Elle était censée se trouver au jardin avec lui. Contrairement à ce que tu crois, je ne l'avais pas abandonné sans surveillance au bord de la piscine.

—Ah oui, c'est vrai. La nounou. C'est elle aussi qui essuie ton précieux petit cul ?

J'ai fait un pas vers elle.

—C'est quoi ton problème avec moi, en fait ?

Elle était minuscule, je la dominais largement.

A-t-elle reculé pour autant, comme l'aurait fait n'importe quelle autre fille ? Bien sûr que non. Pas elle.

—Je pourrais te retourner la question ! C'est quoi *ton* problème avec *moi* ? Je t'ai même proposé un café alors que tu m'as fait jeter en prison ! Que te faut-il de plus ?

—Ça s'appelle une cellule de garde à vue. Tu n'as pas été jusqu'en prison, à mon grand regret. Tu n'as même pas mis un pied au tribunal.

—C'est pas faute d'avoir essayé, je parie. J'ai passé cinq heures derrière ces putains de barreaux grâce à toi. Voilà comment tu m'as remerciée d'avoir sauvé la vie de ton fils !

Bouillonnant de colère, je me suis encore approché d'elle.

—Je t'ai déjà dit que j'ignorais totalement qu'Aiden était en danger.

Nos regards noirs se livraient une lutte acharnée. Ah, si seulement j'avais pu l'attraper et la secouer pour la raisonner. Ça l'aurait peut-être rendue moins exaspérante.

Elle s'est focalisée sur ma bouche et j'ai pris conscience de mon souffle court.

Et du silence, lourd, qui régnait dans la pièce. Mon regard s'est déplacé derrière elle, sur Aiden, qui nous observait avec la plus grande attention.

—Ça a dégénéré vachement vite, a constaté Olive sans s'adresser à quelqu'un en particulier.

Bizarre, je n'avais pas remarqué à quel point la distance s'était réduite entre Lucy et moi.

Je me suis adressé à Jason.

—Je crois qu'il est temps qu'on y aille. Désolé pour le dérangement.

J'ai contourné Lucy en veillant à garder mes distances et j'ai aidé mon fils à descendre du plan de travail.

—Au revoir, a-t-il dit d'une petite voix timide en faisant signe à Olive.

Cette dernière l'a embrassé sur la joue et l'a invité à revenir quand il le souhaitait. Il l'a serrée dans ses bras et l'a remerciée.

—Papa, ils veulent que je reste. Je peux ?

—Ce n'est pas ce qu'ils ont dit, Aiden. Ils t'ont invité à revenir une prochaine fois. Je dois aller travailler, alors il faut qu'on parte, maintenant.

—Mais puisque Anne n'est plus là, qui va rester avec moi ?

—Je dois te déposer chez ta maman, Aiden. On en a parlé ce matin, tu te rappelles ? Elle a une réunion avec des gens à la maison aujourd'hui, donc c'est elle qui s'occupera de toi.

Tout en discutant, nous nous étions rapprochés de la sortie, mais lorsque j'ai mentionné sa mère, Aiden a tiré sur mon bras pour qu'on s'arrête.

—S'il te plaît, papa. S'il te plaît.

J'ai jeté un coup d'œil aux autres, puis me suis agenouillé devant lui. Aussitôt, il s'est cramponné à mon cou de toutes ses forces.

—Qu'est-ce qui se passe, Aiden ?

Même s'il était évident qu'il appréciait beaucoup les personnes qui se trouvaient dans cette pièce, son comportement était inhabituel. Ce n'était pas un enfant capricieux ; quelque chose n'allait pas.

—Je veux rester avec toi. S'il te plaît. Et Dan, il ne peut pas s'occuper de moi ?

—Dan est en congé aujourd'hui.

J'ai détaché ses bras de mon cou pour pouvoir le regarder. Il avait les yeux rouges. *Merde.*

—Tu ne peux pas me faire ça, Aiden. Je dois engager quelqu'un d'autre pour te garder quand je suis en tournage, mais d'ici là, je n'ai pas le choix, mon bonhomme.

Il a hoché la tête en frottant ses petits yeux restés secs.

—Tu vas encore me manquer.

—Ça me fend le cœur, est intervenue Lucy, interrompant notre conversation.

Comme si l'état de son putain de cœur faisait partie de mes préoccupations. Ma mâchoire a tressauté.

—Tu peux nous laisser un moment ?

Mais non, elle a continué.

—Le tien doit être en pierre, alors tu ne peux pas comprendre, mais je tenais à t'informer qu'on est plusieurs ici à avoir le cœur qui saigne – même si, à l'évidence, tu t'en fiches complètement.

—Lucy ! l'a réprimandée Olive.

—Quoi ? C'est la vérité, a-t-elle rétorqué à son amie avec l'innocence d'un ange.

À mes yeux, c'était plutôt le diable incarné.

Elle s'est approchée de nous.

—Écoute, Olive et Jason doivent partir d'ici une heure environ, ils ont une réunion, mais moi, je n'ai pas d'entretien d'embauche prévu aujourd'hui. Pourquoi ne pas laisser Aiden ici, avec moi. Tu passeras le reprendre quand tu auras fini ce que tu as à faire et comme on a déjà établi que je ne représentais pas une menace pour ton fils, dans la mesure où je lui ai déjà sauvé la vie une fois…

Non. C'est la réponse qui m'est venue d'emblée, mais je n'ai pas eu le temps d'exprimer mon opinion à voix haute, parce qu'Aiden a couru se jeter dans les bras de Lucy – ou plutôt dans ses jambes. Ses jambes nues… lisses et toniques. J'ai secoué la tête.

—Je veux rester, a répété Aiden pour la dixième fois.

—Elle a raison, Adam, a plaidé Jason. Olive et moi n'en avons que pour deux heures maximum. On va s'occuper de lui jusqu'à ton retour, pas de souci. Ce sera sympa.

Je me suis frotté le visage en soupirant.

—Je n'aime pas ça, Aiden. Tu ne peux pas toujours obtenir tout ce que tu veux.

— Mais je m'amuse bien, ici, papa, et comme ça, on pourra se retrouver ce soir. Tu devras revenir me chercher.

— Je reviens toujours te chercher, Aiden. Et tu n'as passé que dix minutes ici.

Comme son stratagème ne fonctionnait pas, il a changé de tactique.

— J'aime bien Lucy.

— Et Lucy t'aime bien, petit homme, a lancé la concernée.

Ensuite, elle a désigné quelque chose qu'il m'était impossible d'apercevoir, à l'autre bout de la cuisine, et a soufflé quelque chose à l'oreille d'Aiden.

Il a couru dans la direction qu'elle lui avait indiquée, puis elle s'est avancée vers moi.

— Visiblement, il n'a pas envie de partir.

— Visiblement.

Elle a fermé les yeux et pris une profonde inspiration en pinçant les lèvres.

— Je suis désolée de t'avoir maté en cachette. Voilà, a-t-elle grommelé. Ça a été la plus grosse bêtise de ma vie. En plus, de près, tu n'es même pas si beau. Si je pouvais revenir en arrière, *crois-moi*, je le ferais. Tu n'es pas du tout comme je l'imaginais.

— Merci. Et moi qui espérais que tu m'aimais, ai-je raillé.

Petit sourire forcé.

— L'amour, c'est pas mon truc, et t'es pas mon genre, de toute façon. Désolée.

Comme si j'allais avaler ça après avoir vu les photos qu'elle avait prises de moi à moitié à poil.

— Tu me brises le cœur, chérie.

— Normal. Et ne m'appelle pas chérie.

J'ai secoué la tête en gloussant. C'était nerveux, sans doute.

— Bref, a-t-elle repris, combien de temps dois-tu t'absenter ?

J'ai passé une main dans mes cheveux tandis que je réfléchissais.

— Six heures, au moins.

— Et, je n'ai pas compris : tu ne peux pas le récupérer chez sa mère ce soir ?

— Non, elle quitte la ville en fin de journée. J'ai tout expliqué à Aiden. Si je le dépose chez elle, elle n'attendra pas que je vienne le rechercher, elle l'emmènera.

Pourquoi étais-je en train de lui fournir toutes ces informations ?

— Alors, c'est réglé. Il restera ici jusqu'à ton retour.

J'ai cherché Aiden du regard et je l'ai trouvé en train de montrer ses biceps à Jason. J'ai souri. Quand même, je ne pouvais pas le laisser chez ces gens, si ? Je connaissais à peine Jason, nous n'avions bavardé que quelques fois, et cette fille, cette catastrophe ambulante qui attendait mon accord avec son petit air impatient, était une parfaite inconnue. Peut-être, mais si je confiais Aiden à Adeline, je serais de nouveau obligé d'attendre une semaine entière pour le revoir. Il me manquait déjà beaucoup trop, et l'envoyer en voyage avec Adeline, ça voulait dire qu'il raterait l'école et risquait de devoir dormir dans des caravanes de tournage et… eh bien, cette solution ne me paraissait pas idéale.

— Aiden, viens me faire un câlin, ai-je dit.

Il a relevé la tête d'un coup, rayonnant.

— Je peux rester ?

— Tu peux rester, mais juste cette fois.

Il a couru vers moi.

— Merci ! Merci ! Merci !

— Je t'aime, mon lapin. Sois sage, d'accord ?

— Je t'aime, papa. Tu peux y aller.

Et à ces mots, il m'a tourné le dos et a attrapé la main de Lucy qui l'a entraîné loin de moi.

Lorsqu'elle m'a jeté un dernier regard par-dessus son épaule, un petit sourire étirait ses lèvres et… l'espace d'un instant, je l'ai trouvée très belle.

* * *

Avoir un enfant, ça change tout. La vie sociale, la vie professionnelle et aussi les dynamiques au sein de la famille. À une époque, je pouvais rester plusieurs jours d'affilée sans dormir, enchaînant les prises de vue jusqu'à ce que tout le monde soit satisfait, mais ces dernières années, et surtout depuis le divorce, toute mon organisation tournait autour d'Aiden. Il était devenu ma priorité. Je m'efforçais de devenir un meilleur père, d'être partout à la fois, de tout gérer.

Il m'avait fallu sept heures pour terminer tout ce que j'avais à faire en studio. Le réalisateur, Matthew, aurait voulu que j'en reste au moins dix de plus pour tourner avec Jamie Wilson certaines scènes nocturnes qui n'étaient pas encore dans la boîte, mais en raison de la situation avec Aiden, j'avais dû tout faire ajourner. La dernière chose dont j'avais envie, c'était que mon fils passe la nuit dans une maison qui lui était inconnue.

—Je suis vraiment désolé, ai-je dit en franchissant la porte de Jason. Je suis sûr que tu avais d'autres projets pour aujourd'hui.

—Aucun souci. Olive et moi sommes rentrés il y a quelques heures à peine et ton petit homme était déjà vanné.

—Il dort ?

—Il s'était réveillé quand il nous a entendus rentrer – ou plutôt quand il a entendu la voix d'Olive – mais il vient de se rendormir.

Dès que je suis entré dans leur grande pièce à vivre, j'ai cherché Aiden du regard, puis j'ai remarqué Olive qui rentrait du jardin. Elle a enlacé Jason à la taille.

—Salut, Adam.

—Salut. J'espère qu'Aiden n'a pas fait trop de bêtises.

—Oh, pas du tout. On est presque amoureux, tous les deux. Celui-ci va même vite devoir améliorer son jeu s'il ne veut pas perdre sa place, a-t-elle lancé en caressant le torse de Jason avec un franc sourire.

Il a passé un bras autour de ses épaules et l'a rapprochée de lui.

—Je vais devoir tenir ton fils à l'œil, Adam. Quand je vois comment il fait du charme à ma chère et tendre, je ne suis pas sûr de faire le poids.

J'ai adressé un clin d'œil à Olive en rigolant.

—Ravi d'apprendre qu'il a bon goût en matière de femmes.

Elle a rougi avant de décocher un sourire triomphant à Jason qui, en guise de réaction, a poussé un grognement.

—Il est dehors avec Lucy, tu peux les rejoindre. De mon côté, je crois que je vais aller mettre ma femme à l'abri des Connor, ça suffit pour aujourd'hui.

Depuis combien de temps Adeline ne m'avait-elle plus regardé comme Olive regardait Jason ? Des années ? Quand avait-elle cessé de me regarder tout court ? C'est sur ces interrogations déplaisantes que je suis sorti et que j'ai retrouvé mon fils endormi sur une chaise longue, bras et jambes écartés dépassant d'une grande serviette moelleuse rose poudré.

J'ai balayé les alentours d'un regard perplexe. Jason m'avait pourtant bien dit que Lucy était avec lui, non ? Tout à coup, le son étouffé d'une voix m'est parvenu depuis le côté de la maison. Je me suis dirigé vers celle-ci.

—Pourtant, je t'ai dit qu'Olive m'hébergeait, Catherine. Non. Eh bien alors, c'est à ta messagerie vocale que je l'ai dit. Non. Comment aurais-je pu deviner que tu voulais organiser une petite fête en l'honneur de mon diplôme ? Tu as raison, je suis désolée.

Je me suis arrêté net ; le ton de sa voix et ses épaules affaissées contrastaient tellement avec la Lucy à laquelle j'avais été confronté jusque-là. C'était une conversation privée, mieux valait respecter son intimité. Enfin, il aurait mieux valu respecter son intimité, mais puisque les rôles étaient inversés, pourquoi ne pas en profiter ? Après tout, ce n'était qu'un juste retour des choses. Au lieu de m'éloigner, je me suis donc appuyé contre l'arbre le plus proche et j'ai tendu l'oreille.

— Si tu veux savoir, je donne un coup de main à Olive, Catherine. Non, je n'ai pas dit ça. Je sais. Je sais.

Elle s'est mise à faire les cent pas et il aurait suffi qu'elle tourne légèrement la tête pour m'apercevoir si l'obscurité de la nuit ne m'avait pas si bien enveloppé.

— C'est bien ça, le problème. Je crois que je n'ai pas envie de devenir comptable. Oui, j'en ai bien conscience, mais si j'ai choisi ces études, c'est parce que tu as beaucoup insisté. Je me rappelle très bien le jour où tu m'as menacée d'arrêter de financer mes études si j'envisageais, ne fût-ce qu'une seconde, de changer d'orientation. Oui, je sais.

Elle s'est figée et j'ai retenu mon souffle.

— Je suis désolée pour tous les ennuis que je t'ai causés, Catherine, mais je n'avais que cinq ans quand elle m'a abandonnée chez toi. Je n'ai pas eu mon mot à dire. Je ne l'ai jamais eu, d'ailleurs. J'espérais que tu serais fière de moi.

Une longue pause.

— Je comprends, a-t-elle fini par répondre.

Elle s'est déplacée et, grâce au clair de lune, j'ai pu voir son visage plus distinctement. Bon sang, ce qu'elle était belle, encore plus, même, à la lueur de l'astre céleste.

Dommage que ce soit une folle furieuse – une ravissante folle, certes, mais une folle avant tout. Elle a ramené ses cheveux derrière ses oreilles et a fermé les yeux.

Pendant un instant, je me suis demandé ce que ça ferait de laisser courir mes doigts sur sa peau. Et ses lèvres, étaient-elles douces ? Était-elle capable de me sourire comme elle souriait à mon fils ? Je la revoyais, trempée et furieuse, le jour où je l'avais surprise dans mon jardin. Pour être honnête, le contact de son corps contre le mien ne m'avait pas déplu, pas plus que son souffle chaotique et son regard meurtrier. Pendant une fraction de seconde, je l'avais même trouvée super sexy. Si je l'avais croisée dans la rue, dans un bar ou même sur un plateau de tournage, je ne me serais pas fait prier pour la baiser jusqu'à plus soif.

Je me suis ébroué pour chasser ces pensées malvenues. C'était vraiment la dernière personne avec laquelle j'avais envie d'entamer la moindre relation. Je n'étais pas suicidaire et cette planète regorgeait de femmes magnifiques.

—Désolée de ressembler à ce point à ma mère, Catherine, a-t-elle déclaré après une autre longue pause. Olive m'a demandé d'être son agent, mais ça ne m'empêche pas de continuer à chercher du boulot. D'accord. Oui, j'irai peut-être me présenter dans cette entreprise dont tu m'as parlé.

Quelques instants plus tard, elle a raccroché et a appuyé son front contre le mur de la maison. Je ne voyais aucun inconvénient à jouer les espions, dans la mesure où je ne faisais que lui rendre la pareille ; pourtant, quelque chose me mettait mal à l'aise. Impossible de m'éloigner pour autant. Alors j'ai croisé les bras et j'ai continué à l'observer en silence en attendant qu'elle s'en aperçoive.

À ma grande surprise, il ne lui a pas fallu longtemps pour se remettre de ce coup de fil ; dès qu'elle m'a repéré, je l'ai retrouvée telle qu'elle était d'habitude – je veux parler du petit dragon prêt à cracher du feu.

Elle s'est approchée.

—Que fais-tu là ?

—Tu comptes me poser la même question chaque fois que tu me croises ?

—Si je te croise là où tu n'es pas censé être, oui, je ne me gênerai pas.

—Ça t'amuse, en fait, hein ?

—Quoi ?

—De pourrir la vie des autres. En plus, tu es très douée à ce petit jeu ; je parie que je ne suis pas ta première victime.

Elle a continué à m'étudier avec son regard calculateur pendant un moment, puis elle est passée devant moi sans m'accorder le moindre regard.

—Tout le monde m'adore, merci, a-t-elle rétorqué.

Je n'ai pas pu m'empêcher de rire. Elle a fait volte-face, la mine très contrariée.

—Au lieu de m'espionner, tu aurais mieux fait de rester près de ton fils.

—Il dort. Et quand il dort, rien ne peut l'arracher aux bras de Morphée tant qu'il ne l'a pas décidé. Cela dit, je me permets de te rappeler que c'est toi qui l'as laissé sans surveillance.

—Faux, je l'avais laissé avec Olive. Tu peux dire ce que tu veux, il aurait très bien pu s'éveiller et foncer droit vers la piscine. Tu devrais mieux t'occuper de lui.

Je l'ai rattrapée avant qu'elle n'ait regagné le bord de la piscine, où Aiden dormait toujours, et je lui ai saisi le bras pour l'obliger à me faire face.

—C'est la deuxième fois que tu m'insultes en tant que père, ai-je sifflé entre mes dents serrées. À ta place, je ne recommencerais pas une troisième fois, tu n'aimerais pas les conséquences.

Comment faisait-elle ? Dès qu'elle ouvrait la bouche, elle parvenait à me pousser à bout.

—Ah oui ? Qu'est-ce que tu me ferais ? Essaie pour voir, m'a-t-elle nargué en tordant l'épaule pour se libérer. Ne me touche pas !

J'ai honte de l'admettre, mais j'ai vraiment dû me forcer pour la lâcher. Elle m'exaspérait tellement, bordel. J'ai reculé. Jusque-là, chacune de mes tentatives pour avoir une conversation civilisée avec elle s'était soldée par un échec, nous en revenions toujours au même point.

—Et dire que j'envisageais de te proposer du boulot…

Elle a penché la tête sur le côté d'un air méfiant.

—Quel genre de boulot ?

—Tu étais avec qui, au téléphone ?

—Quel genre de boulot ?

—À qui parlais-tu, Lucy ?

—Quel genre de boulot, *Adam* ?

—On t'a déjà dit que tu étais insupportable ?

—Que veux-tu que je te réponde ? Il faut croire que tu fais ressortir ce qu'il y a de pire en moi.

La confrontation s'est poursuivie en silence, nos regards vissés l'un à l'autre. Le sien a effectué plusieurs allers-retours jusqu'à mes lèvres, mais j'ai préféré l'ignorer et reculer de quelques pas. Si je restais trop longtemps près d'elle, elle risquait de me calciner sur place.

Apparemment, dès qu'elle était dans les parages, on se bouffait le nez, c'était inévitable.

Elle a fini par se frotter les yeux en soufflant.

—C'est vrai que tu fais ressortir ce qu'il y a de pire en moi. En fait, c'est simple, je crois que je ne t'aime pas.

Quelle honnêteté.

—Si ça peut te rassurer, je ne t'aime pas trop non plus, ai-je rétorqué.

—Je n'avais pas besoin d'être rassurée, mais merci quand même.

Elle était vraiment impossible.

Tout à coup, elle s'est ébrouée, comme pour se décontracter, et elle a pris une profonde inspiration.

—J'étais au téléphone avec ma grand-mère. On ne se parle pas très souvent, alors je suis un peu… tendue.

—C'est ce que j'ai cru comprendre. Et donc, tu cherches du travail ?

—C'est possible.

—Comment ça ? Tu n'en sais rien ?

—Je cherche. Enfin, je cherchais. Olive m'a engagée comme agent temporaire, alors pour l'instant, j'essaie de lui obtenir la meilleure offre pour son prochain roman, ou ses prochains romans, ça dépendra du contrat, bien sûr. Jusqu'à présent, on ne peut pas dire que les propositions que j'ai reçues m'aient impressionnée.

Elle a haussé les épaules avant de continuer.

—Je ne sais pas trop où je mets les pieds, mais Olive a l'air de me faire confiance, alors je ne me voyais pas refuser. Je voudrais vraiment l'aider ; j'espère que je ne vais pas tout faire foirer.

Puisqu'elle semblait se comporter comme une adulte plus ou moins normale, j'ai baissé la garde.

—Tu as l'air de faire tout ce que font les bons agents.

Nouveau haussement d'épaules.

—Je ne sais pas. En tout cas, j'ai fait des études de commerce, alors je n'ai aucune idée de ce que je vaux comme agent littéraire. Quoi qu'il en soit, j'accepte, a-t-elle déclaré, le regard plein d'attentes.

—Tu acceptes quoi ? ai-je demandé, un peu désarçonné.

—C'était pour te faire gagner du temps.

—Mais enfin, de quoi tu parles ?

—Tu allais me demander de garder ton fils demain pendant que tu seras en tournage ou que tu feras ce que font les gens comme toi, non ? Jason passe le plus clair de son temps sur les plateaux de tournage, alors j'ai supposé que tu…

J'ai levé la main pour l'interrompre.

—Comment est-ce que tu… Oh, tu sais quoi ? Laisse tomber. C'est vrai, j'avais l'intention de te demander si tu étais disponible quelques jours de plus pour t'occuper de lui. Pour une raison qui m'échappe, il a l'air de bien accrocher avec toi.

Au cours de la journée, j'avais appelé deux fois pour parler à Aiden et il n'avait pas arrêté de me répéter à quel point Lucy était cool, sans prêter attention à ce que je disais.

Lucy m'a adressé un sourire clairement forcé et j'aurais parié un million qu'elle n'en pensait pas moins et m'insultait copieusement dans sa tête, à moins qu'elle n'ait été en train de manigancer ma mort prématurée, ce qui était possible aussi. Quoi qu'il en soit, ça commençait à m'amuser de la taquiner.

—Si je te le demande, c'est uniquement parce que je n'ai encore trouvé personne qui conviendrait à long terme, ai-je précisé.

Après le divorce, notre gouvernante était restée au service d'Adeline et je n'avais pas eu le temps d'en recruter une autre.

—Je me rends bien compte que ça a un côté absurde, de demander à une harceleuse de s'occuper de mon fils, mais je ne dois pas oublier que tu lui as aussi sauvé la vie et je sais que tu seras très attentive. Ouvrir l'œil, c'est un peu la base, pour une harceleuse, non ? En plus, je n'ai pas d'autre solution dans l'immédiat, sa mère est en déplacement.

Ses yeux lançaient de nouveau des éclairs.

—Pourquoi ai-je l'impression que tu attends de moi des remerciements, comme si tu me faisais une faveur ? Je t'ai déjà présenté mes excuses pour avoir été un peu trop curieuse.

—Oh, parce que c'est comme ça que tu appelles le fait d'avoir violé ma vie privée pendant plusieurs jours ?

Elle a continué sa tirade comme si de rien n'était. M'avait-elle seulement entendu ?

—Je n'ai aucune intention de me prosterner à tes pieds, alors commence par arrêter de me traiter de harceleuse ou d'espionne et je me ferai un plaisir d'être ta babysitter temporaire. De toute façon, c'est tout ce que je suis en ce moment. Lucy la temporaire.

Elle a tourné les talons.

—À condition que ce ne soit pas en ta présence, bien sûr, a-t-elle ajouté en s'éloignant à petits pas rapides. Toi, je ne t'aime pas trop.

Je lui ai emboîté le pas.

—Tu as déjà eu quelqu'un dans ta vie ? Parce que j'ai beaucoup de mal à t'imaginer en couple ou en tout cas à imaginer quelqu'un capable de te supporter.

Tandis que je revenais à la charge avec mes provocations, je n'ai pas pu m'empêcher de remarquer la façon dont son jean épousait ses fesses bien rondes. Son petit cul, sa personnalité… il n'y avait rien de plat chez elle.

Elle s'est arrêtée net et j'ai failli entrer en collision avec elle. J'ai aussi failli agripper ses hanches, mais on peut sauter ce passage.

—Moi par contre, je n'ai aucun mal à imaginer pourquoi ta femme a demandé le divorce, monsieur Connor, a-t-elle riposté, sans se douter des idées qui me trottaient dans la tête. Je la comprends même très bien. Quand tu auras une minute, n'hésite pas à me donner son numéro, j'aimerais beaucoup l'appeler pour la féliciter d'avoir pris une aussi sage décision.

Pourquoi mon sexe avait-il tressailli lorsqu'elle m'avait appelé M. Connor ? Et pourquoi avais-je maté ses fesses ? Toujours est-il que nous nous sommes de nouveau toisés comme des ennemis jurés avant de nous remettre en marche comme si de rien n'était.

—Tu seras payée, bien entendu, ai-je repris.

—Comme une vulgaire babysitter. Merveilleux. Et combien comptes-tu me proposer ? J'en profite pour te rappeler que j'ai passé cinq heures en prison et que j'en suis ressortie traumatisée sur le plan émotionnel.

J'ai fait abstraction de sa pique.

—Dan, le responsable de ma sécurité – ou garde du corps ou comme tu veux – ira chercher Aiden à l'école maternelle et le déposera à la maison ; tu ne devras pas passer tout la journée avec le petit.

—Je peux très bien aller le chercher moi-même. Comme ça, ton garde du corps pourra rester avec toi pour te protéger des fans en délire. Il paraît qu'ils n'ont pas le droit de poser les yeux sur toi ou un truc comme ça… Comment ferais-tu sans lui ?

J'ai repéré la silhouette toujours endormie d'Aiden et, un peu plus loin, Olive assise sur les genoux de Jason. Puisqu'ils surveillaient mon fils, j'ai de nouveau saisi le bras de Lucy pour l'arrêter. C'était pour éviter qu'Aiden entende ma voix et se réveille. Enfin, ça, c'est ce dont je voulais me convaincre. Disons que c'était en grande partie pour cette raison.

Lucy avait la peau froide. Elle avait froid. Je l'ai lâchée avant qu'elle ne se débatte.

—Tu devras signer un accord de confidentialité.

Elle a ouvert la bouche pour protester, comme je m'y attendais, mais elle l'a aussitôt refermée. Elle s'est frictionné les bras tout en m'étudiant en silence. Elle avait la chair de poule.

—Viens, on rentre, tu as froid, ai-je déclaré.

Comme si elle allait m'écouter. Où avais-je la tête ? Elle est restée campée là où elle était.

— Je signerai, a-t-elle soupiré. De toute façon, je n'avais pas l'intention de parler de toi à qui que ce soit.

— Il n'est pas uniquement question de moi. Tu ne pourras parler à personne de tout ce que tu pourrais entendre en passant du temps avec Aiden. Pas même à tes amis.

Elle a jeté un coup d'œil en direction de Jason et Olive et son expression a changé. Je n'ai pas aimé ça, en particulier son regard calculateur. Ça n'augurait rien de bon.

— O.K., c'est bon, a-t-elle fini par répondre en me regardant bien en face. Je m'occuperai d'Aiden et je signerai ton papier débile, mais moi aussi, j'ai une condition.

— Je ne t'engage pas comme nounou à temps plein. Tu n'as pas à m'imposer tes conditions.

— Pourtant, j'en ai une. Tout ce que je te demande, c'est de pouvoir passer la nuit chez toi pendant toute la semaine. Bien sûr, dès que tu rentreras, j'irai passer la soirée avec Olive. Comme ça, tu ne devras pas supporter ma présence, mais ensuite, je reviendrai dormir chez toi.

— Mais pourquoi ? ai-je demandé, complètement déconcerté.

Jason ne voulait-il plus la voir chez lui ? Je veux dire : ça pourrait se comprendre, mais après tout le bien qu'il m'avait dit d'elle le jour où il était venu plaider sa cause pour me convaincre de ne pas porter plainte ni exiger d'injonction d'éloignement, j'avais cru comprendre qu'il avait beaucoup d'estime pour elle.

Elle a désigné Olive et Jason du menton.

— Regarde-les.

J'ai obéi, mais rien n'avait changé par rapport à quelques minutes auparavant : Olive était toujours assise sur les genoux de Jason et ils bavardaient à voix basse en souriant.

— Oui, et ?

Elle a levé les yeux au ciel dans un gros soupir.

— Ils s'aiment !

Comme si ça expliquait tout.

—J'aimerais vraiment comprendre ta langue, parce que ça m'aiderait à décrypter beaucoup de choses, mais en l'occurrence, ce n'est pas le cas ; il va falloir être un peu plus explicite. En quoi le fait qu'ils s'aiment nécessite-t-il que tu passes plusieurs nuits chez moi ?

Toujours couverte de chair de poule, elle a vigoureusement enfoncé ses mains dans ses poches arrière, faisant ressortir sa poitrine.

J'ai aussitôt détourné les yeux.

—Je suis sortie avec un mec, on a même habité ensemble, mais après la fin de nos études, il a quitté la ville.

—Il t'a quittée, tu veux dire. Pas bête, le mec.

Elle m'a fusillé du regard, lèvres pincées.

J'ai souri.

—Pardon, c'était déplacé. Continue.

—Mon nom n'apparaissait pas sur le bail, alors les propriétaires m'ont obligée à partir. Toi qui es si malin, tu auras sûrement compris que je n'étais pas très proche de ma grand-mère. Si j'étais retournée m'installer chez elle… Je préfère ne même pas y penser. Disons pour faire court qu'elle me vampirise, elle draine mon énergie, ma vie, tout. Alors, Olive m'a recueillie et ça fait un peu plus de deux semaines que je suis ici.

—Je ne vois toujours pas où tu veux en venir, chérie.

—Je t'ai déjà dit de ne pas m'appeler chérie. Deuxième avertissement. C'est le ton, surtout, qui me dérange.

Sans me lâcher des yeux, elle a déplacé son poids sur sa jambe droite, les mains toujours enfoncées dans les poches, les épaules hautes, contractées.

Je lui ai fait signe de continuer avant de croiser les bras.

—Ça fait donc un peu plus de deux semaines que j'ai débarqué ici, mais c'est chez eux, ici. C'est vrai qu'ils étaient à Londres la première semaine, mais tout de même… Imagine, si Jason avait envie de la prendre sauvagement dans la cuisine ?

Les bras m'en sont tombés.

—Eh bien, il ne pourrait pas, a-t-elle continué. Parce que je suis là. Ne va pas croire que je suis du genre à tendre l'oreille exprès, pas du tout, mais le soir, je n'entends jamais rien, pas même un gémissement, pourtant Olive est du genre à donner de la voix au pieu, tu peux me croire. Bref, ce mec, Olive l'a attendu très longtemps et elle mérite vraiment de faire l'amour comme une folle et de crier de plaisir à en faire trembler tous les murs. Voilà pourquoi je veux passer la nuit chez toi cette semaine. Ça leur donnera le temps de faire tout ce qu'ils ont envie dans toutes les pièces qu'ils ont envie. De toute façon, j'espère bien trouver un appartement dès que j'aurai du boulot.

Cloué sur place, je n'ai rien pu faire d'autre que hausser les sourcils. Fallait-il que je sois inconscient pour m'imaginer qu'Aiden serait en sécurité avec cette fille ! Visiblement satisfaite de ma réaction, Lucy a hoché la tête et a tourné les talons pour rejoindre ses amis – sauf qu'elle a trébuché et n'a pas pu sortir ses mains de ses poches à temps. C'est donc moi qui l'ai rattrapée de justesse avant qu'elle ne se casse la figure dans un buisson.

Vous croyez que j'ai eu droit à un merci ? Non, bien sûr. C'était trop demander.

—Olive ! a-t-elle hurlé dans la nuit en se redressant. Je vais les arracher un à un, tes putains de buissons !

Puis elle s'est tournée vers moi et s'est débarrassée de mes mains.

—Et toi, c'est quoi le truc avec mon bras ? Dès que t'en as l'occasion, tu t'y accroches. C'est une sorte de fétichisme ou quoi ?

Je ne me rappelais pas avoir accepté sa condition, mais force était de constater qu'elle venait de s'inviter chez moi pour la semaine.

7
LUCY

Je détestais Adam Connor un peu plus chaque jour. Comment est-ce possible ? vous demandez-vous. Ce n'est pas à moi qu'il faut poser la question. C'était devenu presque viscéral. Pourquoi ? Parce que… c'était un enfoiré de petit malin, parce qu'il faisait de l'exercice torse nu dans son jardin, parce qu'il faisait rire son fils, parce que ses bras étaient si virils et sexy, parce que ses bras étaient subtilement parsemés de poils, parce qu'il existait un truc appelé fétichisme de l'avant-bras, parce qu'il était capable de me faire jouir rien qu'avec sa voix, vous savez, ces agaçants petits orgasmes qui vous obligent à croiser les jambes ou à appuyer discrètement sur la zone concernée. Je les haïssais, ces mini-orgasmes ; c'était le comble de la frustration et ça me rappelait un peu trop que je n'avais plus eu la moindre activité sexuelle depuis des semaines. Des semaines, je vous dis ! Le sexe mis à part, je n'avais plus embrassé personne non plus, pas le moindre petit baiser. Avez-vous idée des ravages que l'abstinence prolongée peut faire chez une femme ? Le corps se met à réagir à toutes sortes de choses.

Et Adam Connor en était une.

Des picotements.

Partout.

Lourds.

Légers.

Douloureux.

Délicieux.

N'avez-vous jamais été émoustillées rien qu'en entendant un mec dire – pardon, murmurer – « Je t'aime, mon bonhomme », à son fils en le bordant le soir ? Non ? Je suis la seule ? Ah, pardon, au temps pour moi. Mais vous devriez peut-être consulter quand même, si vous n'êtes pas envahies de picotements quand vous entendez Adam Connor border son fils. Bref, je maintiens qu'Adam Connor était un vrai salaud de me procurer toutes ces sensations – et je pèse mes mots.

Je continue ou vous avez compris les raisons qui le rendaient détestable ?

Le pire, c'est qu'elle était naze, sa voix. Qu'il cajole son fils ou qu'il s'entretienne à voix basse avec son ex, sa voix était aussi nulle que lui.

En revanche, le premier jour de ma mission imprévue de babysitting n'avait pas été si nul que ça, lui. Bon, à ce stade, Adam n'avait pas encore produit tous ses effets sur moi. J'avais passé presque toute la journée avec mon téléphone à la main ou à l'oreille, à m'entretenir par e-mail ou de vive voix avec des éditeurs, m'affairant à décrocher la meilleure offre pour Olive. Et vous savez quoi ? Moi qui pensais ne pas lui être d'un grand secours, j'ai découvert que je n'étais pas si mauvaise à ce jeu. Ma petite Olive verte avait peut-être vu juste, en fin de compte. Les propositions qui étaient sur la table – j'en avais obtenu quatre pour l'instant – étaient déjà bien plus intéressantes que ce que les autres agents lui avaient promis. En fait, je cartonnais, comme agent littéraire temporaire.

Vers 15 heures, le grand méchant garde du corps est venu déposer Aiden. Ce mufle m'a conseillé de bien veiller sur lui et de ne pas sortir du périmètre de la maison, comme s'il me confiait la protection du Président – non que j'aie l'intention de négliger le petit, mais on parlait d'un gamin de cinq ans, pour l'amour du ciel. Cela dit, le reste de l'après-midi et la soirée se sont déroulés sans encombre. On s'est bien amusé, on a papoté de toutes sortes de sujets, de ses copains d'école jusqu'à la raison pour laquelle il détestait dormir dans les caravanes en passant par la fille à côté de laquelle il aimait bien s'asseoir en classe. À un certain moment, Olive est sortie de sa tanière, où elle travaillait sur les épreuves de son dernier roman, et nous a rejoints pour manger une glace.

J'aurais voulu que vous voyiez la tête d'Aiden pendant qu'elle était avec nous. Il était devenu tout timide et lui adressait toutes sortes d'œillades. Celui-là, il ferait des ravages plus tard. Comme son connard de père, sauf qu'Aiden ne deviendrait pas un connard ; il était bien trop mignon pour ça.

C'est marrant. Ce petit homme était drôle, adorable, intelligent – l'exact opposé de son père – et il était possible que je sois un peu amoureuse de lui. Du fils. Pas du père.

Sûrement pas du père.

Quelle idiote tomberait amoureuse d'un salaud capable de la faire jouir rien qu'au son de sa voix, hein, je vous le demande ?

Bon.

De toute façon, j'avais définitivement fait une croix sur l'amour, pas vrai ? Inutile d'attiser cette fichue malédiction.

Tout se passait à merveille, donc, jusqu'à ce qu'*il* passe récupérer un Aiden à moitié assoupi. Nous avons à peine échangé quelques mots, mais il a bien veillé à me faire signer ce stupide accord de confidentialité avant de m'informer qu'une chambre était prête pour moi chez lui. Il m'a aussi annoncé que le lendemain, il faudrait que je garde Aiden chez lui plutôt que chez Olive. Je me suis contentée de hocher la tête, puis je me suis éclipsée tandis qu'il bavardait avec Jason. Aiden n'a pas tardé à tomber endormi sur son épaule.

Le deuxième jour, j'ai reçu un appel d'un numéro inconnu alors que j'étais en train d'écrire un e-mail à Tom, l'agent de Jason, pour lui demander son avis sur un point précis. C'était Super Dan qui, d'un ton particulièrement sévère, m'a ordonné de rappliquer chez les voisins, avant de raccrocher sans m'en laisser placer une. Vexée comme un pou, je me suis précipitée chez Adam d'un pas furieux, pour découvrir qu'il était déjà reparti. J'ai laissé tomber. Difficilement.

C'est grâce au petit visage radieux d'Aiden que j'y suis arrivée. Je m'apprêtais à passer ma première nuit chez lui et, quand je le lui ai annoncé, il a eu l'air enchanté de mes petits arrangements nocturnes. D'après lui, on allait s'éclater, d'autant que ce serait sa toute première soirée pyjama.

Ce jour-là encore, tout s'est déroulé à merveille jusqu'à l'arrivée d'Adam. À son retour, ce dernier est allé mettre au lit le petit homme qui lui racontait notre journée en pépiant. Il en aurait sans doute pour un moment, alors j'ai décidé d'aller voir chez Olive si j'y étais. Je venais de commencer à grimper à l'échelle que j'avais installée au mur, côté Adam, un peu plus tôt lorsqu'il m'a prise au dépourvu.

— Mais qu'est-ce que tu fous, bon sang ?

J'ai failli tomber.

— Je chante *Hakuna Matata*, ça se voit pas ? ai-je rétorqué sans lui accorder un regard.

On ne regarde jamais le diable dans les yeux. Je le sentais secouer la tête avec son petit air désapprobateur. *C'est qu'il se permet de me juger, en plus, l'enfoiré.*

— Tu ne crois quand même pas que je vais me taper les deux grilles chaque fois que je veux aller d'une maison à l'autre, si ?

—C'est ce que feraient les gens normaux.

—La normalité, c'est chiant. Si toi, t'aimes ça, libre à toi. Ce sera…

Arrivée au sommet du mur, je me suis assise à califourchon dessus et j'ai enfin réussi à le regarder – pas dans les yeux, fallait pas trop m'en demander non plus.

—… beaucoup plus facile et rapide par ici.

—Si tu as envie de te rompre le cou, ne te gêne surtout pas, a-t-il répondu en croisant les bras.

Il était superbe, l'odieux crétin.

Je lui ai décoché un sourire forcé.

—Trop aimable, ai-je raillé en lui montrant toutes mes dents. Je suis touchée.

Je m'apprêtais à descendre de l'autre côté lorsqu'il m'a hélée. Je me suis immobilisée et je lui ai jeté un regard interrogateur.

—Aie au moins l'obligeance de te rompre le cou de l'autre côté du mur, tu seras gentille.

Je l'ai gratifié d'un doigt d'honneur accompagné d'un petit sourire innocent, et j'ai fait mine de ne pas remarquer qu'il se retenait de pouffer.

Je venais d'atterrir dans l'herbe et je me faisais une fois de plus agresser par ces saletés de buissons lorsque sa voix a encore retenti.

—Au fait, si tu comptes toujours passer la nuit chez moi, il faut que tu sois de retour d'ici une heure parce qu'après, j'active l'alarme.

—Tu n'as qu'à me donner le code, ai-je crié pour qu'il m'entende.

—Non.

Puis ses pas se sont éloignés sur l'allée en pierre. Le temps que je gravisse l'échelle côté Jason pour lui dire… je ne savais pas trop – ma façon de penser sans doute ou bien l'insulter sans réel motif valable –, il était déjà rentré.

J'ai passé toute l'heure qui me restait à déblatérer sur lui autour d'un dîner tardif en compagnie d'Olive et de son insolent mari. Après quoi, j'ai de nouveau franchi le mur.

Lorsque j'ai frappé à la baie vitrée, Dan m'a ouvert avec une contrariété à peine dissimulée. J'ai foncé sans demander mon reste dans la chambre qu'avait occupée la dernière nounou et je me suis mise au lit sans cesser de marmonner dans ma barbe. Dire que je n'étais pas la bienvenue ici était un euphémisme. Pas grave, Adam n'était pas le bienvenu dans mon cœur non plus… non qu'il ait l'air très intéressé par mon cœur, mais…

Bref. Passons.

Le troisième jour s'est passé sans encombre ; c'était un mercredi. Adam serait en tournage toute la nuit et son garde du corps s'est adressé à moi en formulant des phrases entières. Trois, pour être exacte, mais on n'était pas à une phrase près, hein ? J'aurais aussi juré avoir vu l'ombre d'un sourire flotter sur ses lèvres, mais je prenais peut-être mes rêves pour la réalité. À peu près au même moment, Aiden a appris que son père ne rentrerait pas ce soir-là et il s'est mis à pleurer en silence. Je ne devais pas être dans un bon jour, parce que son chagrin, tout en pudeur, m'a fendu le cœur et j'ai versé quelques larmes avec lui.

Le fait qu'Adam Connor ne rentre pas à la maison le soir n'était donc pas synonyme de bonne journée. Celle-ci s'est même révélée très, très triste en fin de compte.

Le quatrième jour a été paisible. Olive est passée nous saluer et j'ai fait allusion aux offres que j'avais reçues sans entrer dans le détail. Après ça, j'ai passé le plus clair de mon temps à regarder *Bob l'éponge* et à tout faire pour qu'Aiden ait le sourire. Éviter les appels de Catherine a aussi été l'un des plus beaux exploits de cette journée.

Je me suis assoupie dans le salon, devant *Le Roi lion*. À mon réveil, Aiden n'était plus allongé sur le tapis en train d'agiter ses jambes en l'air devant le gigantesque écran plat. En outre, j'étais confortablement installée sous une fine couverture qui n'était pas là au moment où mes paupières s'étaient fermées. Je m'en suis débarrassée et je suis allée me coucher dans ma chambre. Ce ne pouvait pas être Adam Connor qui m'avait couverte, il n'était pas assez gentil et attentionné pour ça.

Ce jour-là non plus, je ne l'avais pas croisé du tout.

Une journée plutôt triste aussi, donc.

Le salaud.

Le cinquième jour…

Le cinquième jour, Adeline Young, l'ex d'Adam et la mère d'Aiden, est allée chercher son fils à l'école. Adam m'a téléphoné pour m'informer que je ne devrais pas m'occuper de lui ce jour-là. Il semblait en colère, alors je n'ai pas posé de question.

Le sixième jour, je n'ai croisé aucun des deux Connor mâles. Comme je n'étais censée m'occuper d'Aiden que pendant une semaine, c'était mon dernier jour avec lui. Avec eux.

La journée a été… a été… normale, je crois.

8

Adam

Malgré les réticences de Dan, je pensais avoir pris la bonne décision en demandant l'aide de Lucy. Certes, elle n'avait, pour autant qu'on sache, aucune expérience avec les enfants, mais je l'avais observée avec Aiden et Aiden m'avait *beaucoup* parlé d'elle. Elle le rendait heureux et c'était ce que je voulais, qu'il soit heureux. En outre, je savais qu'elle veillerait à sa sécurité. Elle nous avait démontré qu'elle en était capable. Et puis, elle venait à peine de quitter la maison menottée, le premier jour, que Dan effectuait déjà des recherches sur ses antécédents.

Elle était blanche comme neige.

Pour son premier jour de babysitting, Dan avait tout de même insisté pour placer un mouchard sur l'un des jouets d'Aiden afin de s'assurer que tout se passait bien tout au long de la journée. Je ne m'y étais pas opposé ; la sécurité de mon fils était en jeu. Un brin excessif ? Peu importait ; au moins, j'avais l'esprit tranquille.

Le soir, lorsque j'étais arrivé chez Jason pour récupérer Aiden, je n'avais que trois heures de sommeil à mon actif. Après avoir convaincu une Lucy bougonne de signer ce maudit accord de confidentialité, j'étais ressorti de là le plus vite possible, en bougonnant moi aussi.

Le deuxième jour, après avoir passé un peu de temps avec Aiden, j'avais surpris le petit cul bien ferme de Lucy en train d'escalader le mur qui séparait ma propriété de celle de Jason. C'était une vraie emmerdeuse, mais on ne pouvait pas lui reprocher d'être envahissante, ce qui était surprenant, dans la mesure où elle nous avait épiés à notre insu, mon fils et moi, pendant on ne sait combien de temps.

Néanmoins, elle s'apprêtait à passer sa première nuit chez moi, alors ce n'était pas plus mal qu'elle garde ses distances. J'avais accepté sa requête uniquement parce que je n'avais pas d'autre solution. Quand il n'était pas heureux, Aiden avait tendance à se renfermer dans sa coquille, et il était hors de question que je le trimballe sur les plateaux de tournage avec moi. J'avais détesté l'époque où nos parents nous emmenaient en tournage, Vicky et moi ; ils s'enfermaient dans leur propre univers et nous oubliaient pendant des heures. Bien sûr, ils demandaient à leurs assistants de vérifier si nous respirions toujours et si nous étions sages, mais certains jours, c'est à peine si nous les croisions. Il faut dire qu'on était pas mal, comme garnitures, ma sœur et moi. Vicky, avec ses cheveux dorés comme les blés et ses grands yeux verts, était l'accessoire de prédilection de ma mère. Elle veillait toujours à bien l'habiller et à la mettre en avant partout où elles allaient, tout ça pour se faire mitrailler par les paparazzis et alimenter les rubriques mode.

C'était un peu pareil pour mon père avec moi. Bien sûr, nous ne faisions pas la une des tabloïds pour notre style vestimentaire, mais là n'est pas la question, pas vrai ? La famille Connor était une marque et il fallait la vendre, c'est tout ce qui comptait.

Au final, nos meilleurs souvenirs dataient des mois entiers où nos parents s'absentaient pour aller tourner à l'étranger. Pas question de reproduire ça avec Aiden. C'était devenu mon cheval de bataille.

Le troisième jour a été particulièrement long. Entre les démarches pour dégoter une nouvelle boîte de communication et le tournage de scènes qui étaient venues se greffer en cours de route pour le film du moment, j'étais débordé. Ajoutez à cela une dispute avec Adeline au sujet d'Aiden et une autre prise de tête avec la société de production à propos de mon contrat… vous obtenez une grosse journée bien pourrie.

Je ne suis rentré chez moi qu'au petit matin. Je n'avais plus dormi depuis plus de trente-six heures, mais j'ai tenu à passer un peu de temps avec Aiden avant que Dan ne l'emmène à l'école.

Le troisième jour, donc, je n'avais pas croisé du tout le sourire de Lucy Meyer. Le quatrième jour, quand je suis rentré à la maison, je les ai retrouvés tous les deux endormis chacun à une extrémité du canapé tandis qu'à l'écran, Simba jouait avec Nala.

Je suis resté là, à les contempler en silence pendant un long moment.

Comme d'habitude, Aiden dormait la bouche grande ouverte, les mains calées sous la tête. Il a murmuré quelque chose, puis s'est tourné sur le côté en heurtant la jambe de Lucy. Mon regard s'est déplacé sur cette dernière. Elle était pelotonnée en position fœtale, les genoux rentrés. Ses cheveux mi-longs étaient rassemblés dans un chignon, m'offrant une vue dégagée sur ses traits. Le large col de son tee-shirt dévoilait une partie de son épaule. Elle semblait si innocente, aux antipodes de sa personnalité tonitruante habituelle. S'ils n'avaient pas été sur écoute, Aiden et elle, j'aurais sans doute été inquiet de le savoir seul avec elle, mais comme, grâce à Dan, je savais exactement à quoi ils passaient leurs journées, je ne regrettais pas ma décision hâtive.

Derrière moi, quelqu'un a ouvert et refermé la porte. Lucy s'est étirée. Pensant qu'elle allait se réveiller et me jeter des accusations à la tête, je ne l'ai pas quittée des yeux, mais non, elle n'a plus bougé.

— On les a déjà perdus ? s'est étonné Dan en me rejoignant.

— Ça m'en a tout l'air.

— Elle est chouette avec lui, a-t-il déclaré à voix basse en observant le duo. Avec sa copine, elles lui apprennent à chanter, et lui, il leur donne des leçons pour devenir actrices. Il est plutôt exigeant.

— On dirait que tu t'amuses bien à les écouter.

— C'est vrai, a-t-il reconnu, un sourire dans la voix.

— Quel numéro, cette fille, ai-je commenté.

Plus moyen d'en détacher mon regard.

Dan a émis un grognement qui a tout de même réussi à détourner mon attention. Il était en train de contempler Lucy, lui aussi.

J'ai toussoté, puis je me suis dirigé vers la cuisine. Après un instant d'hésitation, Dan m'a suivi.

J'ai ouvert le frigo.

— Tout a l'air en ordre, m'a informé Dan. Personne ne rôdait autour de la propriété ce soir.

— Tant mieux. Ils s'intéressent plus à Adeline qu'à moi en ce moment.

— Comment ça s'est passé avec elle ? Tu penses pouvoir la convaincre sans passer par le tribunal ?

Je me suis penché devant le frigo en soupirant.

— Tu veux quelque chose ? ai-je proposé en lui tendant une bouteille d'eau.

— Non, merci.

— Non, elle ne m'a pas pris au sérieux. Je ne sais pas à quoi elle joue, Dan, mais ce ne sera pas aussi simple qu'on le pensait. J'étais persuadé qu'elle sauterait de joie en entendant ma proposition, puisque c'est à cause de lui qu'elle a demandé le divorce en premier lieu, mais finalement, ça n'avait peut-être rien à voir. Je n'ai aucune idée de ce qui se passe dans sa tête.

— Elle a peut-être juste besoin de temps, a suggéré Dan en s'appuyant nonchalamment contre le chambranle.

Ou elle a peur de ce que le public pensera d'elle si elle ne se bat pas pour obtenir la garde de son fils.

J'ai bu une gorgée d'eau.

—Peut-être, oui. Si c'est ça, on peut encore espérer qu'elle changera d'avis.

Le public, pas sûr, mais je savais qu'Adeline se souciait beaucoup de ce que ses amis pouvaient raconter derrière son dos. Jamais elle ne réussirait à justifier la disparition soudaine d'Aiden de son quotidien.

—T'inquiète pas, elle se ravisera. Et puis, ça risque aussi d'être difficile pour Aiden de ne plus voir sa mère que certains week-ends.

J'ai croisé son regard.

—Je veux qu'il soit tout le temps avec moi, Dan.

Dan était l'une des rares personnes qui connaissait presque tout de la famille Connor, les bons côtés comme les mauvais.

—Je sais, patron, mais ces choses-là demandent du temps. Laisse-la un peu respirer. On va bien voir ce qu'elle va faire, maintenant qu'elle s'est « libérée de tout ce qui l'empêchait d'avancer ».

Ces mots-là étaient ceux d'Adeline, pas les siens.

J'ai hoché la tête en silence.

Dan s'est redressé et a jeté un coup d'œil dans le salon.

—Bon, si tu as la situation sous contrôle ici, je vais y aller.

—Bien sûr. Je t'appelle demain, mais tu ne devras pas conduire Aiden à l'école. Je lui ai promis de l'y emmener. Et après, j'ai un rendez-vous dans une boîte de com'.

J'ai consulté l'horloge murale : 23 heures.

—Prends la matinée, si tu veux. Après mon entretien, je file sur le tournage de toute façon.

—C'était pas censé se terminer cette semaine ? Tu as encore des scènes à tourner ?

—Ouais, Matthew veut essayer une nouvelle fin et ajouter plusieurs scènes.

—O.K., alors on s'appelle avant que j'aille chercher Aiden, a conclu Dan en se tournant vers le coin salon. Tu veux que je t'aide à les mettre au lit ?

Il attendait ma réponse, un sourcil arqué. Je devinais aisément lequel des deux il comptait prendre dans ses bras, et ça ne me plaisait pas du tout.

J'ai jeté ma bouteille vide à la poubelle et je l'ai rejoint. Aiden et Lucy dormaient toujours à poings fermés.

—Non. Elle nous ferait sûrement tout un cinéma et nous accuserait d'avoir tenté d'abuser d'elle dans son sommeil.

—C'est vrai, a gloussé Dan.

Une main posée sur mon épaule, il a pivoté vers moi et m'a dévisagé avec le plus grand sérieux.

—Sois prudent avec elle, Adam. Elle a beau être gentille avec Aiden, ça ne veut pas dire qu'elle le serait avec toi.

—Que veux-tu dire ?

—Simple mise en garde.

—Mais contre quoi ? ai-je insisté en durcissant le ton.

Il a levé les mains pour apaiser le jeu et s'est dirigé vers la porte.

—Je vois bien comment tu la regardes. Prends-le comme un conseil d'ami, rien de plus.

Me mettait-il en garde parce qu'il s'intéressait lui-même à ce petit bout de femme volcanique ou pour une tout autre raison ? J'ai balayé son conseil d'un revers de la main et j'ai soulevé Aiden aussi délicatement que possible.

Alors qu'on était en chemin pour sa chambre, ses paupières ont papillonné, puis se sont soulevées.

—Papa ?

—Chhht, l'ai-je bercé en caressant ses cheveux.

—Tu ne vas pas mourir bientôt, hein ? a-t-il demandé, les yeux à peine entrouverts.

Merci *Le Roi lion*…

—Non, mon bonhomme. Maintenant, il faut faire dodo.

—Mgnaccord, a-t-il acquiescé en tirant la couverture jusqu'à son cou. Tu sais, Lucy a pleuré quand Mufasa est mort, alors je l'ai serrée dans mes bras et je lui ai expliqué que c'était pour du faux et qu'elle était bête de pleurer. J'ai bien fait, hein ?

—Elle a pleuré ?

—Mmh-mmh. Avec des vraies larmes et tout, pas pour du faux comme Penny dans ma classe. Je lui ai fait un gros câlin et je lui ai caressé le dos et je l'ai fait rire.

—Bien joué, mon chat, ai-je répondu en souriant. Maintenant, rendors-toi.

—Mais j'ai eu raison, hein ? J'ai bien fait ?

—Tu as très bien fait, Aiden.

—Je t'aime, papa.

J'ai déposé un baiser sur son front.

—Moi aussi, je t'aime, mon lapin.

Quelques secondes plus tard, il était reparti au pays des rêves.

J'ai tout éteint dans sa chambre, puis mes pieds m'ont ramené vers Lucy.

Alors comme ça, elle avait pleuré pour Mufasa, elle qui m'avait expliqué à de nombreuses reprises tout le mal qu'elle pensait de moi ? Elle avait donc un cœur, après tout.

Je me suis agenouillé devant elle, m'attendant de nouveau à ce qu'elle se réveille et se mette à me beugler dessus. Mais ce n'est pas arrivé. Soudain, je me suis surpris à lui effleurer le poignet. Peut-être avais-je *envie* qu'elle se réveille et qu'elle me crie dessus. Peut-être que j'aimais voir ces flammes embraser son regard, me faire transpercer par ces éclairs de « quelque chose » que je ne parvenais pas à identifier. Mes pensées se sont dirigées vers Adeline, son calme, sa… douceur, faute de mot plus adéquat. Elle avait tellement changé en quelques années à peine… Est-ce qu'elle me manquait ? L'ancienne Adeline ? Était-ce ça que je ressentais à cet instant, du manque ?

Ne vous méprenez pas, Lucy avait l'air très douce là où il fallait, mais il y avait chez elle quelque chose de solide, d'authentique. En dépit de son grain de folie, c'était quelqu'un de normal, et je lui enviais cette liberté.

Elle savait qui elle était et elle n'avait aucun mal à s'affirmer à la face du monde.

Elle a émis un petit bruit dans son sommeil et je me suis levé. Avant de la laisser seule, j'ai placé une fine couverture sur elle.

Je m'amusais beaucoup à lui tenir tête, mais il fallait que j'arrête de me rapprocher d'elle. Courtes ou longues, sérieuses ou pas, les relations avec les fans étaient toujours une mauvaise idée, et Lucy Meyer en était une de la pire espèce, celle qui n'avait pas peur de t'en mettre plein la figure et de t'imposer sa présence. Tout ce qui comptait pour moi, c'était d'obtenir la garde exclusive d'Aiden pour pouvoir lui offrir une nouvelle vie, et ça, je ne devais jamais le perdre de vue. De toute façon, tout ça n'aurait bientôt plus aucune importance, car je trouverais une solution pour Aiden la semaine prochaine, pendant qu'il serait chez Adeline, et nous ne reverrions plus jamais Lucy.

Je ne cherchais pas de plan cul sans lendemain – ça, j'en avais déjà eu suffisamment pour toute une vie – ni de relation sérieuse. Ce qu'il me fallait surtout, c'était mon lit. J'étais épuisé et j'avais une grosse dette de sommeil. Il me fallait quelques heures au moins pour recharger mes batteries avant d'attaquer une nouvelle journée et tout recommencer, une fois de plus.

9

LUCY

— Tu en es sûre à cent pour cent, Olive ?

— Tu n'as qu'à venir voir par toi-même.

— Tu es certaine que tu lui as donné ma taille et pas celle d'un personnage fictif tout droit sorti de ton imagination ?

J'ai de nouveau baissé les yeux sur moi, m'efforçant de prendre une décision.

— Une fois que tu m'auras vue comme ça, tu ne pourras plus jamais revenir en arrière ni effacer cette image de ta mémoire. Tu ne viendras pas me dire que je ne t'avais pas prévenue.

— Allez, Lucy. Sors de là.

— Tu l'auras voulu, mon Olive verte.

J'ai pris tant bien que mal une profonde inspiration et j'ai quitté mon refuge, la salle de bains.

Il était autour de 10 heures du matin et nous nous trouvions dans la chambre d'Olive, là où elle faisait avec son beau mari des choses très, très vilaines qu'elle refusait de partager avec sa meilleure amie. *Partager*, dans le sens *raconter*. Nous étions en train d'essayer des robes pour un gala auquel nous devions assister ce soir-là à Los Angeles, à l'occasion de la sortie d'*Âmes en peine*.

Un peu plus tôt, la styliste de Jason était passée déposer dix propositions différentes pour Olive et pour moi, et nous ne lâcherions pas l'affaire tant que nous n'aurions pas toutes les deux trouvé celle qui nous convenait.

Olive a relevé la tête de son téléphone.

—Oh mon Dieu, a-t-elle lâché dans un souffle, le regard scotché à ma poitrine. Oh mon Dieu. Qu'est-ce qui leur arrive, à tes seins ?

J'ai placé les mains sous ma poitrine en fronçant les sourcils.

—*Cette robe,* voilà ce qui leur arrive. À quoi ça ressemble, de là où tu es ?

—Oh, ça ressemble à… ça fait… un peu trop ?

—Tu vois, je t'avais prévenue. Ne t'avise pas de dire le contraire.

Je me suis approchée du grand miroir en pied en glissant mes pouces entre l'épais tissu et mes nichons pour tenter de décoincer un peu ces derniers. Le seul problème, c'est que rien n'a bougé. J'ai étudié mon reflet dans le miroir, puis j'ai jeté un coup d'œil à Olive par-dessus mon épaule.

—Avec ce décolleté pigeonnant de l'extrême, il me suffirait de baisser la tête pour embrasser mes propres nichons, qu'est-ce que tu dis de ça ? Désopilant, non ?

—Lucy, a-t-elle grogné depuis son lit avant de se redresser sur les genoux. Viens ici. Laisse-moi voir si je peux remonter un peu le bustier.

—J'ai déjà essayé, ai-je argué en m'avançant quand même vers elle. À mon avis, il ne peut pas monter plus. Mes pauvres nichons peuvent à peine respirer dans ce truc. Comment tu fais, toi, avec tes bouées ? Je veux dire : ce sont des oreillers agréables, mais là-dedans… *(J'ai pressé mes seins pour les relever encore plus.)* C'est ridicule. Non, mais pitié, regarde ! Ils me touchent presque le menton. Aide-moi à sortir de ce truc avant que j'explose.

—Mais le bustier va si bien avec ta coupe de cheveux.

— Trouve un truc pour que ça marche alors, ai-je capitulé en lâchant mes seins. Vas-y, je t'en prie.

Elle a continué à étudier ma poitrine d'un air songeur. J'ai claqué plusieurs fois des doigts devant son visage.

—Ohé ! Je ne suis pas un morceau de viande.

—Pardon, a-t-elle dit en riant. Je suis désolée, je n'arrive pas à regarder ailleurs.

Sans cesser de m'examiner, elle a commencé à tirer le tissu vers le haut.

Le résultat était encore pire.

—Ah ben merci, ai-je ronchonné. Moi qui ai toujours rêvé de savoir ce que ça faisait d'avoir le menton entre les boobs, je suis comblée.

Elle a lâché ma robe et s'est esclaffée lorsque mes seins ont rebondi dans la foulée. Puis elle a appuyé l'index sur la partie renflée de l'un des deux.

—C'est agréable, hein ? ai-je lancé en enfonçant mon doigt dans l'autre. On dirait un nuage, c'est tout doux. C'est pour ça que j'adore dormir sur les tiens.

Elle a hoché la tête d'un air absent.

—On dirait que tu as un bonnet D.

—Jamais de la vie. Je fais à peine du C.

—Eh bien, dans cette robe, tu as l'air de faire un D.

Elle a retiré son doigt et m'a dévisagée avant de se replonger dans l'examen de ma poitrine.

—Mmh.

—Quoi « mmh » ?

—En fait, on a l'impression que ton visage est plus petit que tes seins. C'est ça qui est bizarre. J'espère que je ne ressemble pas à ça quand je porte une robe bustier. Parce que si c'est le cas et que tu ne m'as jamais rien dit…

—T'inquiète, si ta tête avait eu l'air dix fois plus petite que tes nichons, je te l'aurais dit sans hésiter.

Je me suis de nouveau placée face au miroir pour m'assurer qu'il n'y ait vraiment pas la moindre chance que je porte cette tenue ce soir. La robe était magnifique ; la façon dont elle épousait mon corps faisait des merveilles sur ma taille et mes hanches, mais il n'était pas question que je m'affiche comme ça en public, d'autant qu'il y aurait des tas de photographes ; on aurait dit que je m'apprêtais à dévorer mes propres nibards.

—En fait, si j'avais eu les cheveux longs, j'aurais peut-être reconsidéré la question, rien que pour attirer l'attention des gens.

Quand je dis les gens, je veux parler des mecs canons. Et pas des gamins, de vrais hommes.

J'ai réussi à émettre un soupir avant de poursuivre.

—Parce que les gamins canons, c'est nul. Jameson n'était qu'un jeune con bien foutu avec une grosse queue et des tatouages, mais moi, ce que je veux, ce sont des hommes bien foutus avec – je l'espère – une grosse queue.

J'ai réfléchi à ça pendant un instant, puis j'ai regardé Olive.

—T'as raison, c'est pas très équitable, ai-je reconnu. J'accepte de partager avec les autres femmes de la planète. Je me contenterai d'un seul homme bien foutu. Je ne l'aimerai pas, je ne m'en servirai que pour le cul. Alors il a intérêt à en avoir une grosse. Un missile à tête chercheuse, tu vois. Un engin capable d'atteindre des recoins que les autres ne trouvent jamais.

—C'est bon, je crois que j'ai compris, s'est écriée Olive, interrompant ma tirade. Tu veux une grosse bite, quoi.

—Ah, ai-je soupiré, une main sur le cœur. Tu n'as pas idée à quel point je suis heureuse de t'entendre prononcer « grosse bite ». Tu as tellement grandi. Par contre, je ne veux pas juste une grosse bite, Olive. Je veux une grosse bite de combat. Ce n'est pas tout à fait la même chose. Il faut qu'elle soit épaisse, mais pas trop longue, parce que je ne veux pas qu'elle aille taper aux mauvais endroits. Mon cher vagin doit pouvoir la prendre tout entière et la serrer bien fort. Je veux une bite de choc capable de me plonger dans le coma après l'orgasme.

Olive est descendue de son lit en riant.

—J'ai pigé. On va te commander une bite de combat sur Internet. Une rose. Mais au fait, tu dis n'importe quoi. Tu n'as pas lu mes livres ? Je parle tout le temps de « queue » et « bite ». Et même… d'autres trucs.

—Oui, mais l'écrire et le dire, ce sont deux choses bien différentes. Je parie que ça fait bander Jason chaque fois que tu prononces le mot « bite ». Est-ce que ça t'arrive d'essayer des scènes de ton livre avec lui ? Par exemple, si le passage que tu es en train d'écrire t'excite un peu trop, est-ce que tu l'appelles pour lui dire « Reviens vite, j'ai envie de toi, Jason » ? Au fait, et lui, est-ce qu'il a un gros calibre, Olive ?

M'ignorant du mieux qu'elle pouvait, elle a commencé à jeter un coup d'œil aux autres robes suspendues à la tringle que nous avait livrée la styliste. Comme si elle pouvait m'échapper.

Elle a saisi une autre robe magnifique, rose poudré, bretelles quasi inexistantes et décolleté plongeant.

—Et celle-ci, comment tu la trouves, Lucy ?

—Premièrement, tu es nulle pour changer de sujet ; il va falloir qu'on travaille là-dessus.

Elle a soufflé, puis m'a tourné le dos pour continuer à fouiller parmi les tenues à notre disposition.

—Deuxièmement, il n'y a rien de mal à préférer les grosses queues capables de satisfaire son vagin. Et pour finir, pourquoi tiens-tu tellement à exhiber mes nichons ce soir ?

—Parce que je n'ai pas envie d'attirer l'attention sur moi.

—Oh, mais… il est un peu trop tard pour ça. Tu as écrit un bouquin et ils en ont fait un film. Comment veux-tu ne pas attirer l'attention ? N'y pense même pas et, de toute façon, je ne suis pas sûre que mes nichons te soient d'un grand secours. Tu crois qu'ils ont des pouvoirs magiques ou quoi ?

—Bon. Essaie celle-ci, m'a-t-elle ordonné en me fourrant la robe rose poudré entre les mains.

—Bon, ai-je dit à mon tour.

Je l'ai contournée et je me suis placée devant le portant à roulettes.

—Alors toi, tu essaies celle-ci.

Elle a considéré d'un air dubitatif la robe blanche que je venais de sélectionner : celle-ci devait descendre jusqu'au sol et possédait une profonde échancrure dans le dos. Olive allait être ensorcelante là-dedans.

—Du blanc ?

—Oui, du blanc. Allez, va te changer.

Je l'ai poussée gentiment avec une petite claque sur les fesses et elle a disparu dans la salle de bains.

La seule raison pour laquelle elle ne se déshabillait pas devant moi et vice versa, c'était parce que nous tenions à faire une entrée en grande pompe pour chaque nouvel essayage, histoire de rendre tout ça plus excitant.

—Alors, euh…, a-t-elle lancé depuis la salle de bains.

J'étais assise sur le lit.

—Alors ?

—Alors… comment c'était avec Adam Connor ? Chaque fois que je commence à parler de lui, tu me coupes en disant que tu le détestes, puis tu changes de sujet et, pas de bol pour moi, toi, tu es très douée pour ça.

—Qu'est-ce qui te fait croire que je ne vais pas encore changer de sujet ?

—Parce que tu vas bien finir par avoir pitié de moi ? C'est vrai, ce n'est pas juste : quand tu es revenue de notre côté du mur l'autre soir, après qu'Aiden a été se coucher, tout ce que tu as raconté, c'est à quel point tu détestais Adam. Comment peux-tu ne rien avoir à raconter sur lui alors que tu as passé… quatre ou cinq nuits chez lui ?

D'ailleurs, je me demande bien comment tu as réussi à le convaincre de t'héberger quand on pense à la façon dont vous vous êtes rencontrés…

— Peut-être que je ne raconte rien parce que j'ai signé un accord de confidentialité ?

— Oh, ça va, tu ne vas pas me servir ces conneries, Lucy. Tu sais très bien que je ne te parle pas de conversations privées que tu aurais pu surprendre. Je te demande juste comment il est. Genre, de quoi est-ce que vous avez discuté ? Est-ce qu'il t'a souri ? Est-ce que tu t'es relevée pendant la nuit pour aller jeter un coup d'œil dans sa chambre ? Est-ce qu'il dort à poil ? Ou à moitié à poil ?

J'ai poussé un reniflement moqueur.

— On se demande bien qui est la psychopathe, ici, ai-je raillé en attrapant son téléphone.

— Je te pose la question parce que c'est le genre de trucs que je t'imagine très bien faire, c'est tout.

— Merci. Écoute, je peux répondre à une seule de tes questions.

— Pitié, dis-moi qu'il se balade chez lui à poil.

J'ai ouvert le moteur de recherche de son téléphone.

— Il va falloir que j'aie une petite discussion avec Jason. J'ai l'impression que tu es en manque de sexe.

— J'ai droit à ma dose tous les jours. Merci, ça ira, a-t-elle rétorqué.

J'ai failli éclater de rire. J'adorais la faire enrager.

— Je suis juste un peu curieuse, c'est tout, a-t-elle bougonné. Considère ça comme des recherches, si tu préfères.

— Mais bien sûr. Des recherches, ai-je ironisé. Bon, qu'est-ce que tu fabriques, là-dedans ? Sors de là que je puisse jeter un coup d'œil !

La porte s'est ouverte et elle a surgi de la salle de bains.

— Je devais faire pipi d'abord.

— Waouh ! La vache, ça te va super bien.

J'en avais les yeux exorbités. Elle s'est regardée avec une moue dubitative.

—Ce n'est même pas la peine d'essayer autre chose, Olive. Je te jure que cette robe est faite pour toi.

—Tu crois ?

Elle s'est avancée vers le miroir, lui a tourné le dos et a étudié son reflet par-dessus son épaule, pour avoir une idée de ce que ça donnait à l'arrière.

—Le tissu est si léger sur ma peau, j'adore. Par contre, l'ouverture dans le dos est hyper profonde.

—C'est parfait. Je ne te laisserai porter rien d'autre. Jason va en être dingue.

Sans quitter le miroir des yeux, elle a lissé la robe en souriant.

—Je crois qu'elle me plaît aussi.

—Fais-moi confiance, il va disjoncter chaque fois qu'il posera la main dans ton dos.

—O.K. Vendu !

—Et, Olive ?

J'ai attendu qu'elle me regarde pour continuer.

—Elle te va à ravir et ça va être une soirée fantastique. Tu n'as pas à t'inquiéter.

Elle a aspiré de l'air et l'a relâché d'un coup.

—Comment sais-tu que je m'inquiète ?

J'ai tapoté le matelas à côté de moi pour l'inviter à me rejoindre.

—Parce que je te connais comme si je t'avais faite, ma petite Olive.

Elle s'est assise à côté de moi, un vague sourire aux lèvres.

—Ça se voit tant que ça que je n'aime pas trop tout ce côté médiatique ? Je préférerais de loin découvrir le film pour la première fois rien qu'avec Jason et toi plutôt qu'entourée d'un tas de photographes et d'inconnus.

C'est un moment très spécial pour moi et tous ces gens ne me connaissent même pas.

—Tu peux les ignorer, Olive. C'est ta soirée avec Jason, essaie de voir les choses comme ça. Quoi qu'il arrive, ce sera un moment mémorable. Tout le monde va parler de toi. Tu devrais être fière de toi.

—J'aurais aussi aimé que mes parents soient de la partie, mais ils ne veulent pas que les projecteurs soient braqués sur eux. On regardera le film avec eux la semaine prochaine, quand j'irai leur rendre visite avec Jason. Ça me réconforte un peu que tu affrontes ça avec moi ce soir – la bonne blague – mais je stresse à mort.

—Tu m'étonnes, ai-je plaisanté. Toi qui détestes quand je te réveille tôt, tu as déboulé dans ma chambre à 5 heures du mat'. Un petit indice qui m'a aidée à deviner ton degré de nervosité.

Elle m'a adressé un petit sourire penaud avant de s'affaler sur le dos.

—Accompagner Jason aux autres galas, ça ne me posait pas de problème, mais celui-ci, c'est différent. Je ne veux pas être au centre de l'attention, mais Megan a dit que je devais répondre aux interviews avec Jason. Je vais tout gâcher.

Megan, c'était l'attachée de presse de Jason, une dure à cuire.

—Mais non, tu vas te débrouiller comme un chef. Je serai avec toi. Jason sera avec toi. Et dès que tu te seras débarrassée de toutes ces formalités, les interviews, les photos, les flashs, ce sera génial, tu verras. Pense au film, ça va être un moment inoubliable.

Elle a hoché la tête, paupières closes.

—D'accord.

Je me suis allongée à côté d'elle en brandissant son téléphone.

—Tiens, j'ai quelque chose à te montrer. Ça me donne envie de sauter partout en criant de joie, mais j'ai peur que ça ne fasse qu'accentuer ton stress.

—C'est grave ? Si ça l'est, laisse tomber, je ne veux rien savoir.

Je m'étais connectée sur le site d'Amazon.

—Tu m'as déjà vue sauter partout en criant de joie pour un truc grave ?

—Avec toi, on ne sait jamais.

—Ha-Ha-Ha, très drôle. Tiens, regarde, plutôt.

J'ai levé le téléphone au-dessus de nous pour qu'elle puisse lire.

—Oh.

—Oui, « oh ».

Elle était de nouveau numéro un des ventes sur Amazon, et sûrement sur toutes les autres plateformes aussi. J'ai lâché le téléphone sur le lit et nous avons examiné le plafond en silence.

—Tu es une autrice hors pair, Olive, je suis si fière de toi.

—Hors pair ? Comme la bite que tu recherches ? m'a-t-elle taquinée.

—Exactement !

—O.K. Je devrais pouvoir vivre avec. Est-ce qu'on peut parler d'Adam Connor, maintenant ? S'il te plaît ? Je suis sûre que ça m'aiderait à me calmer.

—Si tu crois m'avoir comme ça, tu te trompes, Olive. Je ne l'aime pas, ce mec. Que veux-tu que je te dise de plus ? J'adore son gamin, par contre. Il est adorable.

—Donc tu passais tes journées à mater un mec que tu n'aimes pas, c'est ça ?

—Ça, c'était avant. Et maintenant, c'est maintenant. Il a beau avoir un corps de rêve et une bosse intéressante dans le pantalon…

—Sans oublier son sourire ravageur…

—Je n'en sais rien, il ne me sourit jamais, mais…

—Mais quoi ?

—Mais… rien. C'est un salaud qui n'hésite pas à envoyer des innocents en prison. Et je le déteste.

—Et c'est reparti pour un tour, a murmuré Olive.

Avouez : vous venez de penser la même chose qu'elle, non ? Peut-être même avez-vous levé les yeux au ciel. Eh bien, stop. Ne me faites pas dire ce que je n'ai pas dit : ce mec était tout à fait alléchant, j'aurais grimpé à son arbre sans rechigner. C'est vrai, comment ne pas être d'accord après l'avoir observé de si près ? Mais ça, c'était avant de découvrir sa vraie nature.

Désormais, je le détestais. Point.

—Et donnnnc, a fait Olive au bout d'un moment. Tu préfères qu'on parle de Jameson ?

J'ai grogné.

* * *

Nous sommes arrivés en un seul morceau à l'avant-première. Finalement, j'avais opté pour la robe rose poudré au décolleté vertigineux, offrant à mes seins la possibilité de faire coucou à tout le monde. Je ne m'en plaignais pas, enfin, pas beaucoup. En fait, j'étais plutôt pas mal, là-dedans. Mais ce n'était rien à côté d'Olive… Oh, Olive. Elle était phénoménale au bras de Jason. Ce n'était pas elle qui tenait le premier rôle dans le film, pourtant on aurait pu le croire, tant elle polarisait l'attention, bien plus que l'actrice principale elle-même. Jason et Olive. La soirée leur appartenait. J'étais si heureuse pour ma meilleure amie, si heureuse qu'elle ait trouvé ce qu'elle cherchait.

Quant à moi ? Toujours pas de bite de combat en vue. Mais je ne perdais pas espoir ; je continuais les recherches.

Je me tenais un peu à l'écart sur le tapis rouge tandis qu'Olive et Jason répondaient aux journalistes. Dès que nous étions descendus de la voiture, Jason avait saisi la main d'Olive et, d'après ce que je pouvais voir, il ne l'avait toujours pas lâchée. J'ai souri. J'étais en train d'envisager de me faufiler à l'intérieur du cinéma, où se trouvait, d'après ce que j'avais cru comprendre, un bar avec boissons à volonté, lorsque quelqu'un m'a adressé la parole.

— Qu'est-ce que tu fais là ?

Cette voix. Je me suis raidie et, malheureusement, je n'ai pas pu empêcher ma peau de se couvrir de chair de poule. J'ai lentement tourné les talons.

Adam Connard, pardon, Connor.

Merde alors...

Il était si beau qu'on avait envie de lui sauter dessus, là, devant tout le monde. On se serait tellement bien amusés, lui et moi, si seulement il n'avait pas été un tel salaud.

— Qu'est-ce que *tu* fais là, plutôt ? ai-je demandé sans lui répondre.

Son regard s'est posé sur mes nichons et il a froncé les sourcils. Je l'ai imité en baissant la tête pour m'assurer qu'il n'y avait aucun problème côté décolleté. Comme tout paraissait en ordre, je me suis redressée, une main posée sur les seins. Il me reluquait toujours.

— Tu as envie de toucher ? l'ai-je interrogé d'un ton moqueur.

Aussitôt, son regard a fusé sur le mien et il a eu l'air encore plus perplexe.

— Quoi ?

Puis il s'est ébroué.

— Laisse tomber. Alors, que viens-tu faire ici ?

— À ton avis ? ai-je rétorqué en renonçant à mon sourire forcé.

On aurait été en droit d'espérer qu'il se montrerait un peu plus affable, étant donné que je m'étais occupée de son fils, n'est-ce pas ? Mais non, pas lui.

Puis il a fermé les yeux en soupirant.

—Ah. C'est bon, j'ai pigé. Tu accompagnes Jason et Olive.

—Gagné ! Tu es fort au jeu du mec le plus futé, ai-je lancé, pince-sans-rire.

—Désolé, mais quand je t'ai vue ici, je me suis dit…

—Laisse-moi deviner : tu as cru que je continuais à te harceler.

Il n'a pas contesté et j'ai dû me forcer pour rester civilisée.

—Va te faire foutre, d'accord ? ai-je murmuré en me penchant vers lui.

Son regard s'est durci et je me suis redressée.

—Tu es bien gaulé, je te l'accorde, mais pas au point de me pousser à te harceler. Si tu étais Henry Cavill… je ne dis pas, mais là, non.

—Ravi d'apprendre que tu as renoncé à moi et que tu as jeté ton dévolu sur Henry.

Retour à la case départ…

—Mais pour qui tu te prends, bordel ? Je ne t'ai jamais harcelé, ai-je sifflé entre mes dents serrées.

Soudain, quelqu'un m'a bousculée et Adam m'a rattrapée avant que je ne m'effondre sur lui. J'ai plaqué mes mains sur son torse, mais sachez que jamais je n'admettrai en avoir profité pour palper ses pectoraux.

Il a penché la tête pour me dévisager.

—Ça va ?

Est-ce que ça allait ? Eh bien, il sentait divinement bon, alors oui, ça allait. Et puis, son torse musclé sous mes doigts…

—Ouais, et c'est pas grâce à toi, ai-je maugréé en regardant partout sauf dans ses yeux.

C'est l'instant qu'ont choisi Jason et Olive pour nous rejoindre.

Aussitôt, nous avons pris nos distances.

—Tout va bien, les amis ? a lancé Jason.

— Salut, Adam ! a renchéri Olive avec un grand sourire.

Jason l'a serrée un peu plus contre son flanc.

— Je ne m'attendais pas à te voir ici ce soir, a dit Jason à Adam tandis qu'Olive me décochait un regard interrogateur.

Je me suis détournée. Et dire que la soirée avait si bien commencé…

Tout à coup, le Colosse – le garde du corps d'Adam – a surgi de nulle part.

— Adam, elle est en train de poser pour les photographes, là-bas. Il va falloir que tu l'interceptes avant qu'elle entre.

Adam a hoché la tête.

— Décision de dernière minute, a-t-il répondu à Jason. Maintenant, si vous voulez bien m'excuser, je dois parler à Adeline.

Au moment de s'éloigner, il s'est ravisé et a adressé un petit sourire à Olive.

— Tu es resplendissante, Olive. Félicitations pour ce beau succès.

Olive a rougi, et Adam est parti.

— Lèche-cul, ai-je grommelé, excédée.

— On ne croirait jamais que je suis l'acteur principal du film, a constaté Jason en couvant Olive du regard. Tu me voles la vedette, mon cœur. Tu crois que je devrais m'inquiéter ?

Olive lui a souri et il a dû prendre ça comme une invitation, parce qu'il l'a délicatement embrassée sur la bouche. Je me suis légèrement penchée en arrière : sa main était nichée dans le bas du dos d'Olive. Je l'avais bien dit, que cette robe ferait un carton.

L'attachée de presse de Jason s'est approchée avec, dans son sillage, des agents de sécurité privés engagés par la société de production. Les deux tourtereaux ont dû se séparer et Megan a entraîné Jason un peu plus loin pour les dernières interviews en compagnie de l'actrice principale du film.

—Qu'est-ce qu'il te voulait, Adam Connor ? m'a interrogée Olive tandis que nous attendions Jason sur le côté.

—Rien, ai-je répondu distraitement en observant les paparazzis et la masse de fans qui se pressaient derrière les cordes rouges. J'aimerais bien qu'on entre. Tous ces gens, ça commence à me rendre nerveuse.

—N'essaie pas de changer de sujet. Comment ça, « rien » ? De quoi étiez-vous en train de parler ?

En me tournant vers Olive, j'ai avisé des agents de sécurité qui s'approchaient.

—Il a cru que j'étais là pour le harceler, alors je lui ai gentiment conseillé d'aller se faire foutre. Voilà, en gros. Satisfaite ?

—Pourquoi tu n'essaies pas d'être gentille avec lui ? Comme ça, vous pourriez vous marier et tu deviendrais ma voisine !

—Pitié. Plutôt mourir que d'épouser ce type, ai-je affirmé avec un petit rire de dérision.

—Madame Thorn, est intervenu un agent de sécurité blond.

Il n'était pas mal du tout. Bras musclés, chemise blanche et un pantalon noir dans lequel on devinait une protubérance… En règle générale, je n'étais pas trop attirée par les blonds, mais c'était le moment ou jamais de changer mes habitudes, pas vrai ?

—Il faudrait que vous entriez dans la salle, maintenant, l'a-t-il informée en plaçant sa main sur son oreillette.

Wow, ça, c'était sexy.

—Quoi ? Mais pourquoi ? s'est étonnée Olive en cherchant Jason du regard.

—Il y a un problème ? me suis-je inquiétée.

Le mec a déplacé son attention sur moi et j'ai essayé de lui adresser mon plus beau sourire.

—M'dame, il faut que vous libériez le passage pour que…

Il a continué ses explications, mais j'avais coupé le son.

M'dame ?

Tu déconnes, j'espère ?

Dis-moi que c'est une blague !

Olive m'a prise par le bras et m'a entraînée vers l'entrée du bâtiment.

—Tu as entendu ça ? me suis-je indignée sans cesser de regarder par-dessus mon épaule. Putain, il m'a appelée m'dame ! Tu as entendu ? Hein, tu as entendu ce qu'il a dit ?

—Oui, oui, a-t-elle répondu en riant sous cape.

—Je t'interdis de rire ! Ce n'est pas drôle, Olive ! Tout ça, c'est à cause de lui, ai-je fulminé. C'est sa faute !

—Mais de qui tu parles ? Jameson ?

—Quoi ? Mais non : Adam Connor. Il porte malheur. Dès qu'il est dans les parages, il m'arrive un sale truc. Je le déteste.

—Et nous y revoilà…

* * *

Le film était magistral. J'avais été la première à lire le manuscrit d'Olive, alors voir son récit prendre vie à l'écran, assise dans une salle de cinéma, c'est un événement que je n'étais pas près d'oublier. À la fin, je me suis levée, j'ai serré ma meilleure amie dans mes bras et nous avons fondu en larmes. Puis nous avons ri. Quand Jason a embrassé Olive sur le front, mes larmes ont redoublé. Après la projection, nous nous sommes rendus à la soirée organisée en l'honneur du film, avec de la musique, plein de célébrités et de beaux mecs. L'un de ses messieurs était sûrement équipé d'une bite de combat, non ?

Hélas, je n'ai même pas eu l'occasion de commencer les recherches.

La soirée se déroulait dans un loft de style industriel. Nous venions d'arriver lorsque j'ai reçu un message de Jameson.

J'ai eu bien trop peur pour le lire tout de suite.

J'avais beau me donner beaucoup de mal pour faire, en présence d'Olive, comme s'il n'avait jamais existé, parfois il jaillissait à l'improviste dans mon esprit et perturbait le reste de ma journée. En réalité, c'était la première fois qu'il reprenait contact avec moi depuis son départ.

J'ai jeté mon téléphone dans mon sac à main et je me suis éloignée d'Olive et Jason qui bavardaient avec un groupe de personnes. J'ai trouvé un petit coin sombre à l'écart où j'ai pu fermer les yeux le temps d'apaiser les battements de mon cœur.

Qu'existe-t-il de pire que ton ex qui te recontacte au moment où tu commençais enfin à aller de l'avant et à reprendre ta vie en main ? N'est-ce pas un peu égoïste de leur part ?

Appuyée contre le mur en brique du loft, je me suis imaginée dans une rue déserte. J'ai tâché d'oublier la musique tonitruante et de faire taire mon esprit. Une belle journée ensoleillée, une légère brise. Un souffle d'air frais. Je me suis forcée à visualiser Jameson debout, au bout de la rue. J'avais toujours des sentiments pour lui. Il y avait un peu plus d'un mois, j'étais encore persuadée qu'il m'appartenait, que j'étais différente du reste de ma famille. Que je ne finirais pas comme eux. Je l'avais souhaité de toutes mes forces. J'avais osé y croire parce que Jameson m'avait montré que c'était possible, que ce n'était pas un vœu inaccessible.

Au milieu de cette rue imaginaire, donc, j'ai tourné le dos à Jameson et j'ai commencé à marcher, un pas après l'autre. En le laissant derrière moi.

J'ai rouvert les yeux, j'étais de retour à la petite fête organisée pour l'avant-première du film d'Olive. Je mourais d'envie de la rejoindre pour lui demander de me lire le texto de Jameson, mais ce n'était pas une bonne idée. C'était sa grande soirée. Elle m'en voudrait sûrement de ne rien lui avoir dit, mais je saurais me faire pardonner.

J'ai pris une profonde inspiration plus que nécessaire et j'ai déverrouillé l'écran de mon téléphone.

Jameson : Lucy, tu me manques.

S'il avait été là devant moi, je lui aurais volontiers jeté mon téléphone à la figure. Heureusement pour lui, ce n'était pas le cas. Bon sang, mais qui peut envoyer « tu me manques » à la personne qu'il a lui-même larguée ? Et pourquoi écrire ça ? Si son but était de me torturer, eh bien, c'était réussi.

J'ai rangé mon téléphone dans mon sac d'une main tremblante et je me suis dirigée vers le bar.

Après deux *shots* de téquila, j'ai retrouvé Olive et, avec l'aide de Jason, je l'ai convaincue de monter sur scène avec moi pour chanter quelques chansons, accompagnées par le groupe que les producteurs avaient engagé pour la soirée. Elle s'est fait prier, et pas qu'un peu, mais dès que nous avons entonné notre chanson emblématique, *Let's Marvin Gaye* – chanson qui, d'après les aveux de Jason lui-même, l'avait complètement fait craquer –, elle s'est détendue et a réussi à oublier le public, constitué de célébrités et de gens issus du monde du cinéma pour la plupart. Comme toujours, nous avons chanté l'une pour l'autre, dans notre bulle, pas pour les spectateurs, et nous avons dansé comme des folles. J'ai vécu un super moment. Après un autre *shot* de téquila, offert par Jason Thorn, j'ai réussi à convaincre Olive de chanter *Lovefool* des Cardigans. Je n'ai pas été surprise lorsque Jason n'a pu s’empêcher de monter sur scène pour embrasser sa bien-aimée. Une fois de plus.

C’était la plus belle des interruptions.

Grâce à tout ça, j’ai enfin pu oublier Jameson. Une fois de plus. Enfin, plus ou moins.

Flanquée de Jason et Olive, j’ai parlé à beaucoup de gens, j’ai souri, j’ai ri. Non, Jameson ne parviendrait pas à gâcher une soirée aussi importante.

* * *

Quelques heures plus tard – à moins qu’il ne se soit écoulé qu’une heure ? –, j’ai été accostée par un mec qui s’est carrément mis à me peloter alors que je quittais les toilettes où j’étais venue me rafraîchir le visage. Si j’étais bourrée ? Peut-être un peu. Dans un premier temps, j’ai cligné des yeux, m’efforçant de me rappeler où j’étais.

L’avant-première du film d’Olive.

J’avais abandonné mes amis une minute pour aller aux toilettes.

Voilà, c’était ça.

— Eh, ai-je protesté en essayant de repousser l’inconnu.

Ce dernier m’a léché le cou et j’ai frissonné.

Merde.

C’était pas désagréable.

Est-ce qu’on se connaissait ? S’était-il seulement présenté, avant de me sauter dessus comme ça avec sa langue ? J’avais beau fouiller ma mémoire, pas moyen de m’en souvenir. Tandis qu’il s’en donnait à cœur joie dans mon cou, j’ai étudié la situation – enfin, dans la mesure du possible puisque nous étions plongés dans l’obscurité. J’étais plaquée contre un mur, dans un étroit corridor, à côté des toilettes mixtes. Pas moyen de me rappeler si ce type faisait partie du groupe avec lequel j’avais papoté. Il portait une chemise gris foncé et, du peu que je voyais, il était bâti comme une armoire à glace.

Il savait aussi très bien se servir de sa langue, mais j'avais envie de mettre un visage sur celle-ci, alors j'ai de nouveau essayé de le repousser. En vain.

—Euuuh, salut ? ai-je alors tenté.

Au lieu de me répondre, le mec m'a saisie par la taille et m'a entraînée dans une petite alcôve en continuant à faire comme si je n'étais pas là.

—Eh, doucement, ai-je grommelé.

J'avais le tournis. Son dos a heurté quelque chose dans un bruit sourd, puis il m'a fait pivoter et, cette fois, c'est mon dos qui a frappé quelque chose de dur, une porte en métal. J'en ai eu le souffle coupé. J'ai grimacé, mais il n'a pas eu l'air de s'en apercevoir.

—Oh ! On se calme, ai-je râlé d'une voix un peu pâteuse.

—Chhhut. Je vais arranger ça, m'a susurré le mec en caressant mes épaules.

Tout à coup, ses mains ont commencé à se balader sur mon corps, à palper ma chair, de plus en plus bas.

—Que… Qu'est-ce que tu fais ?

J'ai voulu lui donner un coup de genou, mais ma robe m'a coupée dans mon élan et ma tentative s'est soldée par un échec. Mon mouvement avait eu la même vigueur que si j'avais été sous l'eau. Cette fois, j'ai élevé la voix.

—Je t'ai dit de me lâcher !

Soudain, il m'a saisi la joue d'une main en écrasant l'arrière de mon crâne contre la porte. Je n'arrivais presque plus à respirer.

—Et moi, j'ai dit « chhhhut », m'a-t-il soufflé à l'oreille avant d'en mordre le lobe.

S'il n'avait pas été en train de me broyer le visage au point de m'imprimer la marque de ses doigts, ça aurait pu être émoustillant.

Ou pas.

De toute façon, il me faisait mal et je lui avais déjà clairement fait comprendre que je n'entrais pas dans son jeu.

Il a glissé une main sous ma robe et a commencé à remonter.

—Stop ! Arrête ! ai-je crié, aussi fort que me le permettait la pression de ses doigts.

De toute façon, ma voix se noyait dans les basses de la musique.

Il m'a mordue dans le cou, puis ses lèvres ont trouvé les miennes.

Aussitôt, je me suis démenée pour me libérer en fermant les yeux de toutes mes forces.

—J'aime quand les filles comme toi ne se laissent pas faire. Je suis toujours partant pour relever les défis.

Oh non. Merde.

Mon cœur tambourinait comme un sourd. M'efforçant de l'apaiser, j'ai de nouveau tenté de jeter un coup de genou à mon assaillant. Cette fois, il avait retroussé ma robe, alors ça a marché. En plein dans le mille. Il m'a lâchée pour se plier en deux devant moi en grognant, les mains plaquées sur ses bijoux de famille. J'ai repoussé mes cheveux, ouvrant et fermant la bouche plusieurs fois pour soulager ma mâchoire endolorie.

—Espèce de fils de pute, qu'est-ce que tu crois que tu vas me faire ? ai-je sifflé.

Lorsqu'il s'est redressé, son visage m'a semblé familier, mais pas moyen de me rappeler où je l'avais déjà vu. Lui avais-je donné la permission de me peloter ? Ça m'aurait étonné. Non, pas un soir aussi spécial pour Olive. Oh, j'avais bien flirté avec quelques mecs, mais rien de bien méchant, c'était juste pour s'amuser un peu. Et retrouver un semblant d'amour-propre après le texto de Jameson. En tout cas, je ne cherchais pas à me faire sauter.

J'ai jeté un regard noir à mon agresseur tandis que je rabaissais ma robe. Son visage était rouge, mais il affichait un grand sourire.

Merveilleux...

—Écoute. Désolée pour tes burnes, ai-je déclaré avec prudence.

J'ai respiré un bon coup avant de continuer.

—Non, je retire ce que j'ai dit. Je ne suis pas désolée. Tu le méritais. Maintenant, je m'en vais, O.K ?

Sans se départir de son sourire malsain, il a arqué un sourcil. J'ai commencé à m'éloigner, mains levées, paumes tournées vers lui.

—J'y vais. On en reste là, y a pas de mal.

Il s'est humecté la lèvre inférieure, puis, sans crier gare, il s'est rué sur moi. J'ai essayé de lui échapper en me faufilant sur le côté, mais il était bien trop fort pour moi et il m'a de nouveau plaquée violemment contre la porte. Cette fois, il m'a immobilisée avec ses épaules. Ses gestes étaient rapides. Lorsqu'il a retroussé ma robe, presque jusqu'à ma taille cette fois, je me suis mise à lui hurler dans l'oreille.

C'est fou la vitesse à laquelle on peut dessaouler.

Et à laquelle on peut développer des pulsions meurtrières.

La musique allait vraiment très fort, mais quelqu'un finirait bien par m'entendre, non ?

Je me contorsionnais, je me débattais, je hurlais, mais ça ne l'a pas empêché de fourrer sa main dans mon décolleté et d'empoigner un de mes seins qu'il s'est mis à presser sans délicatesse. J'aurais un bleu à cet endroit, c'était certain. Cela dit, au vu de ce qui était en train de m'arriver, je m'estimerais heureuse si je n'en ressortais qu'avec un hématome ou deux.

—Oh oui, vas-y, défends-toi, m'a-t-il encouragée. Il faut que je le mérite.

C'est là que j'ai commencé à paniquer.

Il était cinglé.

Lorsque mes cris sont devenus trop forts à son goût, il a plaqué une main sur ma bouche tout en continuant à offenser mon corps. Il allait forcément s'arrêter, ce n'était pas possible.

C'était un cauchemar, j'allais me réveiller.

J'ai continué à m'égosiller contre sa paume.

Soudain, ses doigts se sont approchés de ma petite culotte. Je me suis figée. Complètement.

J'ai arrêté de respirer.

Mes yeux se sont gonflés de larmes, j'ai dégluti.

Saloperies de larmes à la con.

Ce salaud venait de signer son arrêt de mort, je m'occuperais de son cas dès que…

— Oh, tu aimes ça, hein ? a-t-il chuchoté tandis que ses doigts s'aventuraient sur ma culotte.

Le monde a cessé de tourbillonner.

Il a ôté sa main de ma bouche et je me suis mise à crier comme un putois avec l'énergie qui me restait.

10

ADAM

Après ma discussion avec Adeline, je me suis dirigé vers l'arrière de la salle, pensant m'éclipser par la porte de service et rentrer directement chez moi. Dès le départ, j'avais su que me pointer ici ne servirait à rien, mais je tenais quand même à lui parler. Traîner Adeline devant les tribunaux pour obtenir la garde exclusive d'Aiden était bien la dernière chose dont j'avais envie, mais si elle continuait à s'obstiner… je n'aurais plus le choix. En plus, son rôle de maman ne l'intéressait plus.

Les paparazzis étant aux aguets à l'entrée du loft, il n'était pas question de sortir par là. Ils m'avaient déjà fait le sale coup de me surprendre pendant ma conversation houleuse avec Adeline – allez savoir comment les gens interpréteraient ces clichés –, je n'avais pas envie d'être photographié quittant les lieux en trombe.

Par conséquent, je me suis dirigé vers le fond de la salle, j'ai emprunté le couloir et je suis tombé nez à nez avec un couple qui s'en donnait à cœur joie. Je les ai contournés tête baissée et j'ai ouvert la double porte métallique qui se trouvait sur la droite. L'air frais m'a caressé le visage. Au moment où j'allais poser le pied dehors, un cri a retenti.

J'ai aussitôt fait volte-face et, dans un renfoncement, j'ai découvert un autre couple dans une position compromettante. Le gars dominait la fille, pas moyen de distinguer quoi que ce soit, pourtant il m'avait semblé que…

J'ai jeté un coup d'œil dehors. Et si j'avais mal interprété ce cri ? Adeline n'était pas du genre expressive au lit ; c'était à peine si elle remuait sous moi. À force, j'avais peut-être oublié à quoi ressemblait un cri de plaisir ?

Mieux valait en avoir le cœur net. Mes pas m'ont ramené dans le couloir, en direction de la petite alcôve où se cachait le couple. Plus j'approchais, plus j'avais l'impression d'être un voyeur, un intrus malsain.

Un morceau de tissu rose poudré semblable à la robe que Lucy portait la dernière fois que je l'avais croisée a attiré mon attention. Un autre cri étouffé m'est parvenu. Cette fois, j'ai pressé le pas.

—Hé ! ai-je lancé, assez fort pour couvrir la musique.

Le mec m'a jeté un coup d'œil par-dessus son épaule ; il avait le regard vitreux. J'ai froncé les sourcils et me suis intéressé à la fille qui était coincée entre le mec et une porte.

La première chose qui m'a frappé, ce sont ses larmes. Ensuite, j'ai reconnu Lucy et ses yeux bleu-gris, sauf que le bleu avait disparu, et qu'ils étaient agrandis par la terreur. La vue de ceux-ci a déclenché quelque chose en moi.

Une sorte de bouffée de colère. C'était à prévoir, avec la soirée que j'avais passée.

—Tiens, Adam Connor, a lancé le type avec un grand sourire. Bienvenue à notre petite fête privée. T'as envie de t'amuser un peu ? Tu veux te joindre à nous ?

Jake Callum. Un acteur émergent, un crétin qui se la pétait parce que ses films ne se classaient pas trop mal au box-office.

J'ai compris que Lucy se débattait, qu'elle essayait de le repousser, ce qui a décuplé ma colère.

J'ai saisi ce connard par la chemise et je l'ai projeté contre le mur.

— Eh ! Du calme, vieux, a-t-il protesté en s'esclaffant, les mains levées. J'ai un contrat en cours. Vas-y mollo.

J'ai poussé un soupir de soulagement en avisant son pantalon : celui-ci n'était pas ouvert. Mais ensuite, j'ai remarqué que Lucy redescendait sa robe tant bien que mal en essuyant ses larmes, et ma fureur a redoublé.

— Tu peux m'expliquer ce qui se passe ici ? ai-je grogné en le regardant bien en face.

Jake a haussé les épaules avec un petit sourire en coin.

— Je prends un peu de bon temps avec la demoiselle, c'est tout. Faut se détendre, mec.

Son regard a glissé vers Lucy et j'ai refermé mon poing sur sa chemise pour récupérer son attention.

— Ne la regarde pas ! Je t'ai demandé…

Je n'ai pas eu le temps de finir ma phrase parce que cette petite emmerdeuse déguisée en fantasme ambulant m'a poussé pour que je dégage, *moi*. Je l'ai dévisagée sans comprendre. Elle a semblé contrariée que je ne recule pas, alors elle est revenue à la charge.

Je l'ai fusillée du regard.

— Mais qu'est-ce que tu fous ?

Elle s'est arrêtée.

— Dégage de mon chemin, a-t-elle grondé.

— Mais j'essaie de t'aider, bordel !

— J'ai dit « Dégage. De. Mon. Chemin. »

Remarque, ai-je songé, *elle est folle à lier, ce n'est plus à prouver. Si ça se trouve, j'ai mal interprété la situation.* Ils étaient peut-être en pleins ébats musclés ? Il faut croire que je n'y connaissais vraiment plus rien.

J'ai lâché Jake et j'ai reculé.

— Ah, on dirait que je me suis trompé. Désolé de vous avoir dérangés.

Lucy m'a jeté un regard mauvais avant de se concentrer sur Jake. Mes yeux ont survolé sa poitrine, une fraction de seconde tout au plus, mais sa respiration m'a paru très saccadée.

J'ai passé une main dans mes cheveux et j'ai commencé à m'éloigner à contrecœur tandis que, du doigt, Lucy faisait signe à Jake de s'approcher, comme si elle voulait lui chuchoter quelque chose à l'oreille. Pourquoi ce simple geste a-t-il attisé ma colère ? J'allais tourner les talons et m'en aller pour de bon lorsque, sans crier gare, le petit poing de Lucy a fusé pour atterrir sans détour au beau milieu de la figure de Jake. Aussitôt, il a agrippé son nez en poussant un cri de douleur.

—Sale garce !

Sans perdre de temps, Lucy lui a jeté son genou dans les parties.

J'ai grimacé. *Ouch.*

Elle allait enchaîner avec un deuxième coup de poing, mais j'ai intercepté son bras avant que celui-ci ne parte.

—Oh là. On se calme.

Bien mal m'en a pris. Ne vous mettez jamais en travers du chemin de Lucy Meyer. Jamais. Elle m'a écrasé le pied.

Avec son talon.

Très fort.

J'ai lâché son bras.

—Eh ! Mais ça va pas, non ? ai-je hurlé.

—Petite merde ! a-t-elle craché à Jake avant de lui décocher un coup de poing à l'épaule.

Le salaud a lâché son nez pour s'emparer du poignet de Lucy.

—Espèce de cinglée, a-t-il fulminé.

Elle n'a plus rien ajouté, mais il a commencé à lui tordre le bras. À court d'arguments, j'ai saisi Jake à la gorge tout en maintenant Lucy à distance de l'autre main.

— Ça suffit, ai-je ordonné à Jake en tâchant de garder mon sang-froid.

Dans quel pétrin m'étais-je fourré ?

Le regard de Jake s'est durci et il a tordu un peu plus le poignet de Lucy, lui arrachant un petit cri et l'obligeant à se contorsionner pour atténuer la douleur. J'ai repoussé sa tête contre le mur et j'ai serré sa gorge jusqu'à ce que son visage vire au rouge et qu'il ait des difficultés à respirer.

— Je ne le répéterai plus, Callum. Lâche-la !

Il a obéi et, dans la seconde, Lucy repassait à l'attaque en le maudissant et en lui hurlant toutes sortes d'obscénités. J'ai lâché Jake et je me suis tourné vers Lucy en le laissant tousser et crachoter.

— Stop, c'est bon, ai-je intimé à Lucy, ce qui m'a valu un petit coup de poing à l'épaule.

Bon sang.

Vous croyez qu'elle m'a écouté ? Bien sûr que non. En fait, je doutais qu'elle écoute qui que ce soit, en règle générale.

Elle a essayé de me contourner pour plonger sur Jake.

— Je vais le tuer, ne cessait-elle de répéter.

J'ai jeté un coup d'œil au bout du couloir dans l'espoir d'apercevoir Jason, mais il n'y avait personne en vue. Même le couple qui se roulait des pelles un peu plus tôt avait disparu.

Lucy n'en démordait pas. Tout en s'acharnant sur moi pour que je m'écarte de son chemin, elle abreuvait Jake d'injures.

— Pour qui tu te prends, connard ? Comment oses-tu !

— Écoute, Connor, soit tu dégages cette furie de ma vue, soit on va avoir un petit problème, a coassé Jake derrière moi.

Il avait la voix très éraillée.

J'y avais peut-être été un peu fort, sur sa gorge – non que j'en sois désolé.

— Ta gueule, ai-je grogné à son intention avant d'intercepter les bras gesticulants de Lucy.

— Lâche-moi, Connor ! a-t-elle hurlé en s'apprêtant à m'écraser le pied une deuxième fois.

Elle devait être épuisée, parce que ses réflexes étaient de plus en plus lents, et puis, je connaissais la parade, j'ai écarté mon pied avant que son talon n'atteigne sa cible. Je l'ai fait pivoter pour pouvoir la maintenir dos contre moi tout en lui entravant les bras.

Dans la salle, personne ne semblait nous entendre malgré le vacarme que nous faisions. Comment était-ce possible ?

— Du calme, Lucy. Du calme, lui ai-je glissé à l'oreille, le menton calé sur son épaule.

Elle sentait la rose rehaussée d'une pointe subtile de citron, un parfum doux et incisif à la fois. J'ai secoué la tête pour m'éclaircir les idées.

Après un instant d'hésitation, elle a commencé à se tortiller contre moi.

— Ne me dis pas ce que je dois faire, putain ! Je vais le tuer. Lâche-moi.

— Non. Commence par te calmer, Lucy. Tu veux bien faire ça pour moi ? S'il te plaît, chérie. Reprends ton sang-froid et raconte-moi ce qui s'est passé.

Sa poitrine se soulevant et s'abaissant violemment, elle a refermé ses mains sur mon bras. Je m'attendais à une tentative pour se débarrasser de moi, mais, à ma grande surprise, elle s'est juste agrippée à moi.

— Je t'ai déjà dit de ne pas m'appeler chérie, m'a-t-elle rappelé avec un flegme surprenant.

— Si tu me promets de ne plus partir en vrille, je ne t'appellerai plus jamais chérie. Ça te va ?

Elle a pris une profonde inspiration laborieuse, puis a acquiescé. Ses mains étaient toujours cramponnées à moi, mais elle n'aurait sûrement pas apprécié que je le lui fasse remarquer.

C'est le moment que Jake a choisi pour s'éloigner en douce le long du mur. Tout à coup, il nous a fait face et a continué à prendre de la distance à reculons. Lorsqu'il a fait signe à Lucy avec un sourire provocateur… Cette dernière s'est raidie contre moi et a poussé un cri chargé de rage et de frustration avant de tenter de s'élancer à sa poursuite.

Dans un soupir désabusé, je l'ai soulevée dans mes bras.

— Ça suffit, maintenant. On s'en va.

Je suis sorti par la porte de service en emportant une Lucy vociférante qui jetait ses jambes dans tous les sens.

Dès l'instant où je l'ai posée sur le sol, elle s'est précipitée pour retourner à l'intérieur, mais je ne lui en ai pas laissé l'occasion.

— Mais arrête ! Pourquoi tu fais ça ? a-t-elle aboyé.

Apparemment, elle avait retrouvé sa cible habituelle : moi.

J'ai bloqué la porte pour l'empêcher de tenter quoi que ce soit.

— Je te sauve et c'est comme ça que tu me remercies ?

Soudain, un agent de sécurité est apparu.

— Est-ce que tout va bien, ici ? a-t-il demandé en accourant.

Lucy a braqué son regard meurtrier sur le pauvre homme.

— Très bien ! a-t-elle tonné.

L'agent l'a ignorée ouvertement et s'est adressé à moi.

— Tout va bien, monsieur Connor ?

Lucy s'est avancée vers lui en faisant de grands signes avec les bras.

— Youhou ? Pourquoi c'est à lui que vous posez la question ? Qui vous dit que ce n'est pas moi qui ai un problème avec lui ?

L'agent attendait ma réponse sans lui prêter la moindre attention. J'ai acquiescé en me frottant la nuque. Qu'étais-je censé dire ? Dès qu'il s'est éloigné, Lucy s'est brusquement tournée vers moi.

J'ai levé la main et je l'ai devancée :

— La ferme.

Je n'avais pas envie qu'elle recommence son cirque. Honnêtement, j'étais à deux doigts de perdre mon sang-froid et de lui hurler dessus, moi aussi. Cependant, j'ai commis l'erreur de remarquer que ses mains tremblaient et toute mon animosité s'est envolée.

— Écoute, Lucy.

J'ai fermé les yeux et j'ai essayé de trouver les bons mots.

— Écoute, on dirait que cette soirée n'est pas une grande réussite, pour toi comme pour moi. Tout ce que je veux, c'est être sûr que tu vas bien. Après, je m'en irai et tu pourras aller assassiner qui tu veux, d'accord ?

Je lui ai laissé un peu de temps pour digérer ce que je venais de dire avant de continuer.

— Si tu ne veux pas d'aide, pas de souci. Essaie juste de te calmer un peu. Comme ça, on pourra repartir chacun de notre côté.

À ma grande stupeur, elle a acquiescé, puis elle m'a tourné le dos. On ne va pas se mentir, je ne demandais pas mieux que d'attendre quelques minutes en silence, le temps qu'elle retrouve son sang-froid, puis de m'en aller gentiment. Seulement, quand elle a croisé les bras en les serrant contre elle pour camoufler les tremblements incontrôlables qui commençaient à la secouer, j'ai compris que je ne pouvais pas l'abandonner comme ça.

Et merde !

J'ai failli poser les mains sur ses épaules pour… euh, la consoler ? La réconforter ? Bref, avoir un geste attentionné pour l'apaiser, mais ça m'aurait étonné qu'elle apprécie, alors, au lieu de ça, je me suis placé devant elle et j'ai relevé son menton du bout des doigts.

—Lucy ?

Elle a ouvert les yeux et une larme s'est échappée, traçant une ligne presque droite jusqu'à son menton. Ça m'a fendu le cœur. Instinctivement, je lui ai essuyé la joue. Je pigeais que dalle à cette fille. Qui était-elle vraiment ? Tout ce que je savais, d'après ce que j'avais pu observer, c'est que quelque chose n'allait vraiment pas.

—Je ne suis pas en train de pleurer, a-t-elle affirmé.

—Non, bien sûr que non.

—Je te jure. Ce sont des larmes de colère, a-t-elle précisé en se frottant rageusement les joues du dos de la main.

—Bien sûr, ai-je répété. Venant de quelqu'un comme toi, le contraire m'aurait étonné.

Elle a rougi et s'est raidie.

—Et c'est censé vouloir dire quoi, ça ? « Venant de quelqu'un comme moi » ?

J'aurais dû me douter qu'elle allait déformer mes propos. Quel prétexte aurait-elle trouvé pour relancer la bagarre, sinon ? À croire qu'elle prenait un malin plaisir à me casser.

J'ai secoué la tête.

—Non, c'est bon. J'ai eu ma dose pour ce soir, je m'arrête là. Bonne soirée, Lucy. Amuse-toi bien.

Je m'apprêtais à partir lorsqu'elle a posé une main sur mon bras pour me retenir.

—Hé ! Attends. Que…

—Je voulais dire quelqu'un d'aussi fort et obstiné que toi, Lucy, ai-je expliqué en lui coupant la parole. Je n'ai pas envie de démarrer une nouvelle dispute. Pas ce soir.

—Oh.

—Eh oui.

—D'accord, je suis désolée.

—Voilà qui est inattendu de ta part. Ne serait-ce pas la première fois que ces mots franchissent tes lèvres ?

—N'exagère pas, m'a-t-elle mis en garde.

J'ai posé les yeux sur mon bras et, plus particulièrement, sur sa main.

—J'aimerais m'en aller, maintenant, si ça ne te dérange pas.

Elle a suivi mon regard et a semblé surprise de découvrir sa main posée sur moi. Elle a reculé.

—Bien sûr. Je n'avais pas l'intention de te toucher. J'espère que tu ne vas pas appeler les flics…

Putain, elle avait vraiment le don de me faire enrager.

—Bonne soirée, Lucy.

Cette fois, je me suis éloigné. Mais plus je m'éloignais, plus j'avais l'impression de ne pas faire ce qu'il fallait.

Avoue-le, tu as vraiment envie d'une bonne petite prise de tête, Adam. J'ai ralenti le pas. Comme si le premier round avec Adeline ne m'avait pas suffi, voilà que j'envisageais de passer un peu plus de temps avec l'autre folle. Dans une voiture. Là où je n'aurais aucune possibilité de m'enfuir.

J'ai jeté un coup d'œil derrière moi. Lucy n'avait pas bougé. Elle levait la tête vers le ciel, mais ses paupières étaient closes. Le clair de lune lui allait vraiment bien. Ses traits étaient plus doux et ses lèvres roses, une invitation. Mes pieds m'ont ramené vers elle.

—Tu veux que j'aille chercher tes amis à l'intérieur ?

Elle a rouvert un œil méfiant.

—Non.

J'ai attendu la suite, qui n'est jamais arrivée.

—Bon. Alors tu veux peut-être que…

—Tu peux t'en aller. Je vais bien.

—… que je te raccompagne ?

Cette fois, elle a ouvert les deux yeux et a semblé réfléchir à ma proposition.

—Oui, a-t-elle fini par répondre. Oui, s'il te plaît.

—Je te dépose chez Jason ou ailleurs ?

—Chez Jason, si ça ne te dérange pas. C'est gentil.

Son esprit belliqueux s'était évaporé et ses épaules s'étaient un peu affaissées. J'avais envie de la prendre dans mes bras… fermer les yeux, la serrer contre moi et respirer.

J'ai secoué la tête pour chasser ces pensées.

—Tu peux aller prévenir les autres, si tu veux. Je t'attends.

—Non, je n'ai pas envie de les déranger. J'enverrai un texto à Olive quand on sera sur la route.

Du menton, j'ai désigné une rangée de véhicules garés.

—Ma voiture est là-bas.

Elle m'a suivi sans un mot.

J'ai opté pour l'itinéraire le plus long afin d'éviter les paparazzis. Ce n'était pas le moment de me faire prendre en photo avec une inconnue dans ma bagnole, ça leur aurait fait trop de munitions d'un coup.

Le trajet s'est déroulé dans un silence surprenant. Je n'arrêtais pas de jeter des coups d'œil à Lucy, mais elle restait concentrée sur la route. J'ai remarqué qu'elle frottait le dos de sa main sur sa robe. J'ai saisi celle-ci pour l'examiner.

—Eh ! a-t-elle protesté en essayant de se libérer. Qu'est-ce que tu fais ?

—Arrête de bouger.

Ses phalanges étaient toutes rouges.

—Il faut mettre de la glace là-dessus, lui ai-je conseillé.

Nous étions immobilisés à un feu rouge. Inconsciemment, j'ai caressé ses articulations abîmées avec mon pouce.

—Où as-tu appris à frapper comme ça ?

—Mon coup n'était pas bon, a-t-elle maugréé. Je ne lui ai même pas cassé le nez.

—Ah, parce que c'était ton objectif.

—Eh bien… oui. Sinon pourquoi frapper quelqu'un ? Je voulais voir du sang.

Et sanguinaire, par-dessus le marché. Bizarrement, ça lui allait bien.

Je me suis obligé à la lâcher et à reposer les mains sur le volant.

—Est-ce que tu te sens prête à me raconter ce qui s'est passé là-bas ? ai-je demandé. La situation a dérapé avec Jake ?

—Jake ? Il s'appelle Jake ? Tu le connais ?

—Jake Callum.

Préoccupé, je lui ai coulé un regard au moment où le feu est passé au vert.

—Pourquoi ? Tu ne le connais pas ?

—Oh mais si, bien sûr. Et je l'ai laissé m'enfoncer sa langue de force au fond de la gorge parce que c'était Jake Callum. À ton avis, j'avais l'air de le connaître ?

Elle a lissé sa robe avec colère.

—Il me semblait bien que sa tête me disait quelque chose, a-t-elle marmonné dans sa barbe.

—Comment veux-tu que sache si avant d'embrasser un mec, tu lui demandes comment il s'appelle ?

Elle a tourné vivement la tête vers moi et j'ai senti ses rayons laser transpercer le côté de mon visage.

—Pardon, ce n'était pas très sympa, ai-je soupiré.

J'avais été vexé par ses sarcasmes, même si je n'aurais pas dû.

—Excuses refusées.

Elle s'est de nouveau concentrée sur la route. Les rues étaient désertes.

Au bout de quelques instants de silence, elle a repris la parole.

—Tu n'as pas besoin de savoir ça, mais, pour ta gouverne, sache que je ne me rappelle même pas avoir adressé la parole à ce mec. Il m'a sauté dessus au moment où je sortais des toilettes.

J'ai levé le pied de l'accélérateur.

— Pardon ? Qu'est-ce que tu viens de dire ?

— Tu as des problèmes d'audition ?

Je me suis rangé sur le côté et je me suis tourné vers elle.

— Comment ça « il t'a sauté dessus » ?

— Si tu n'as plus envie de me raccompagner, je peux très bien me débrouiller toute seule.

Elle n'avait pas encore effleuré la poignée que j'avais déjà verrouillé les portières.

— Tu es en train de me dire qu'il t'a agressée ? ai-je fulminé.

— Mais que crois-tu qu'il était en train de se passer, dans ce couloir ? a-t-elle rétorqué, rouge de colère.

J'y ai réfléchi pendant quelques secondes, puis j'ai hoché la tête.

— On peut y aller maintenant ?

— Non, ai-je décrété.

Après avoir consulté mes rétroviseurs, j'ai opéré un demi-tour pour le moins agressif.

— Eh ! s'est-elle écriée en s'agrippant à son siège et à la poignée de maintien. Où vas-tu ?

Je n'ai pas répondu.

— Adam ?

D'ici dix minutes, nous serions de retour au loft.

Elle a élevé la voix.

— Adam !

Je lui ai jeté un petit coup d'œil.

— On y retourne, on va aller trouver Callum.

— Sûrement pas, a-t-elle répondu d'un ton catégorique, la mine contrariée.

Je l'ai ignorée.

Elle m'a donné une tape sur le bras.

—Eh ! Je lui ai déjà donné ce qu'il méritait, que veux-tu faire de plus ? À moins que tu veuilles retourner là-bas pour le remercier de m'avoir remise à ma place ? Et moi qui pensais que c'était impossible de te détester plus…

J'ai freiné si brutalement que Lucy a été projetée en avant. Elle a dû plaquer ses mains sur le tableau de bord pour se retenir.

—Attache ta putain de ceinture, lui ai-je ordonné sèchement.

—Mais t'es malade ?

Elle me dévisageait comme si c'était moi qui avais perdu la tête, mais lui crier dessus s'est révélé efficace ; elle a obéi sans broncher. Dieu merci, aucun véhicule ne nous suivait.

—Si tu t'avises encore d'insinuer un truc pareil, je te le ferai regretter, Lucy. Peu importe que tu ne connaisses rien de moi.

—Ah oui ? Et qu'est-ce que tu feras ? Me donner une fessée ?

—Arrête. Ne me donne pas d'idées.

L'air stupéfaite, elle a ouvert et refermé la bouche plusieurs fois.

J'ai redémarré.

—Mais sérieusement, que crois-tu qu'il se passait là-bas ? a-t-elle demandé d'un ton plus posé.

J'ai contracté les mâchoires.

—J'ai cru qu'il était un peu trop pressé à ton goût. Pas une seconde, je n'ai imaginé qu'il essayait de te violer !

À la vitesse à laquelle je roulais, il ne faudrait guère plus de quelques minutes pour regagner la soirée. Ensuite, je pourrais fracasser ce connard. Si j'avais compris tout de suite ce qu'il lui faisait, la gravité de ce qui se passait, je n'aurais jamais retenu Lucy.

—O.K. O.K. Adam, j'aimerais que tu me ramènes à la maison maintenant.

C'est à peine si je l'avais entendue.

—Non.

—Adam ?

Quelque chose avait changé dans sa voix, alors je lui ai jeté un petit coup d'œil.

Elle avait pâli et me dévisageait avec ses grands yeux gris.

Putain.

Putain !

—Je veux rentrer maintenant, a-t-elle répété, sans me lâcher du regard. S'il te plaît.

J'ai freiné et je me suis garé sur le côté.

—S'il te plaît, a-t-elle insisté.

J'ai considéré la route, puis elle.

—On est presque arrivés, Lucy.

—Tu ne m'écoutes pas. Ramène-moi chez moi ; sinon laisse-moi sortir, je rentrerai par mes propres moyens.

Je l'ai longuement observée, étudiant chaque trait de son visage. Sa façon de pincer les lèvres, de se forcer à ne pas trop cligner les yeux. Cette petite veine qui apparaissait sur sa tempe lorsqu'elle était furieuse, frustrée ou angoissée. Ça ne me plaisait pas d'être au courant de cette histoire de veine.

Je n'aurais même pas dû la remarquer.

J'aurais dû l'ignorer.

Tandis que nos volontés se livraient un combat acharné, elle a levé le menton et m'a de nouveau ordonné de la laisser partir.

Comme je ne réagissais toujours pas, elle a commencé à appuyer sur tous les boutons du tableau de bord.

—D'accord. C'est bon, ai-je capitulé.

J'ai intercepté sa main froide et je l'ai enveloppée dans la mienne. Elle ne m'a pas jeté son poing à la figure, alors j'ai replacé celui-ci sur sa cuisse.

—Allez, on rentre.

Le reste du trajet a été… long. Long, silencieux et douloureux. Il régnait un calme étonnant en ville, ce soir. J'ai laissé ma main sur les siennes dans l'espoir de réchauffer celles-ci et qu'elles cesseraient de trembler. Lucy ne m'a pas repoussé…

J'ai arrêté la voiture devant la grille de la villa de Jason et j'ai hésité avant de déverrouiller les portières.

Lucy attendait, la main sur la poignée, prête à s'envoler.

—Est-ce que je peux faire quoi que ce soit d'autre ? ai-je demandé, brisant le silence pesant.

—J'aimerais sortir.

Ça pouvait se comprendre. J'ai désactivé le verrouillage et je l'ai regardée descendre de la voiture. Avant de claquer la portière, elle a marmonné un « merci », puis elle s'en est allée.

Comment une soirée pouvait-elle être aussi pourrie ?

Je vais attendre qu'elle soit à l'intérieur. Juste pour être sûr, ai-je songé, *et pour rien d'autre*. Mais au lieu de composer le code de la grille, elle a relevé un peu sa robe et s'est assise sur le trottoir.

J'aurais dû regarder ailleurs et rentrer chez moi. Elle allait appeler sa copine qui lui donnerait le code, puis elle irait attendre dans le jardin ou peu importe. Depuis le jour où je l'avais découverte, ruisselante, dans mon jardin, elle ne m'apportait que des ennuis. Lucy était bien la dernière chose dont j'avais besoin dans ma vie. Conscient de tout cela, j'ai néanmoins coupé le moteur et je suis allé la rejoindre sur le trottoir.

Nous sommes restés assis côte à côte pendant quelques minutes, sans desserrer les dents. Il faisait plutôt frais, ce soir, mais il n'y avait pas un nuage dans le ciel.

— Allez viens, on rentre à la maison et on va mettre de la glace sur ta main, ai-je fini par décider d'un ton las.

— Je n'ai pas de maison, a-t-elle répliqué d'un ton tout aussi las, si pas plus.

— Ce soir, si.

* * *

Je me suis réveillé au son des rires qui résonnaient dans toute la maison. Ceux d'une femme et d'un enfant – mon enfant, pour être exact. Pourtant, Aiden était censé être chez Adeline ; c'était son week-end. L'avait-elle ramené plus tôt ? Fronçant les sourcils, je me suis levé pour en avoir le cœur net.

La veille, la soirée s'était terminée abruptement. J'avais aidé Lucy à appliquer de la glace sur sa main. Je tenais cette dernière dans la mienne, commençant à m'habituer à son poids, debout devant elle, presque nez à nez, et puis, tout à coup, elle avait pris ses distances, sautant sur la première occasion pour se réfugier dans sa chambre. Comme je ne pouvais rien faire de plus, j'étais allé me coucher aussi, mais je n'avais pas réussi à trouver le sommeil. En plus de ressasser mes soucis avec Adeline, voilà que je m'inquiétais aussi pour Lucy, car, sans que je ne sache comment, cette fille avait réussi à se frayer un chemin jusque dans ma vie.

J'avais fini par me relever et j'étais resté un certain temps dans la cuisine, pensant qu'elle me rejoindrait peut-être. Il y avait un rai de lumière sous sa porte, elle avait donc du mal à s'endormir aussi.

Mais elle n'était jamais ressortie de sa chambre, alors, au bout d'un moment, j'étais retourné au lit. C'était sans doute mieux ainsi.

Arrivé dans le salon, j'ai repéré Dan qui observait Lucy et Aiden avec un petit sourire aux lèvres.

Quant à Aiden et Lucy… Ils étaient pris d'un fou rire incontrôlable et n'avaient pas conscience de ce qui se passait autour d'eux.

Ils ne m'ont même pas vu rejoindre Dan.

—Que se passe-t-il, ici ? ai-je demandé.

Dan a camouflé son sourire, qui s'était élargi entre-temps, dans son gobelet de café.

—Ils travaillent leur rire. Lucy trouvait que celui d'Aiden manquait un peu de pêche, alors elle lui a proposé de s'exercer.

—Ah bon ?

Il m'a jeté un petit coup d'œil.

—Oui. Il était en train de s'apitoyer sur son sort, alors elle a dit qu'elle n'était pas au top non plus et que c'était le moment idéal pour s'entraîner à rire.

J'ai souri. C'était du Lucy tout craché, ce genre d'idée.

—Comment se fait-il qu'Aiden soit ici, au fait ?

—Oh, il m'a bien eu, ce petit coquin.

Je n'ai pas eu le temps de lui demander quel tour lui avait joué Aiden, car ce dernier, qui avait fini par remarquer ma présence, a bondi du canapé et s'est précipité vers moi.

—Papa !

—Qui voilà, ai-je lancé en le soulevant pour le serrer dans mes bras.

—Tu m'as trop manqué à la folie, papa. Et moi, est-ce que je t'ai manqué ? a-t-il demandé dans mon cou, agrippé à moi de toutes ses forces.

J'ai resserré mon étreinte et j'ai déposé un baiser sur sa tête.

—Bien sûr que tu m'as manqué, petit homme. Qu'est-ce que tu fais ici ?

Il a relevé la tête et a saisi mon visage entre ses deux mains.

—Je voulais juste vérifier deux trois trucs. Tu ne t'es pas rasé ?

Je n'ai pas pu m'empêcher de rire.

—Quels trucs voulais-tu vérifier ?

—Toi, par exemple.

—Moi ?

—Je n'aime pas quand tu es tout seul ici. J'y pense tellement que parfois ça m'empêche de faire dodo la nuit. Je sais que je te manque. C'est pour ça que je suis venu vérifier si ça allait. Dis, papa, comme je m'inquiète si fort pour toi, peut-être que je ne devrais pas te laisser tout seul ici ?

—Dis donc, bonhomme, je croyais que tu avais oublié de prendre ton livre préféré et que c'est pour ça que tu voulais qu'on passe ici, est intervenu Dan.

Tandis qu'Aiden se justifiait en racontant encore plus de sottises à Dan, j'ai jeté un coup d'œil à Lucy. Elle s'était levée du canapé et nous observait en silence. J'ai essayé de deviner son état d'esprit, mais elle était douée pour donner le change. Elle souriait. Hormis ça, elle ne laissait rien transparaître.

—Alors je me suis dit « comme Dan protège papa, il a sûrement envie d'aller vérifier aussi ».

Aiden continuait son plaidoyer.

—Ah, tu t'es dit ça…

—Mmh mmh. Je savais que tu n'osais pas le demander, parce que tu es un grand et que les grands ne peuvent pas s'inquiéter, c'est pour ça que je l'ai demandé à ta place. En plus, maintenant que Lucy habite ici, il faut qu'on les protège tous les deux.

Il a de nouveau posé sa petite main sur ma joue pour tourner mon visage vers lui.

—Tu avais envie de me voir aussi, hein, papa ? Dis à Dan qu'il a bien fait.

—Peut-être, mais toi, par contre, tu n'as pas bien fait, Aiden, l'ai-je sermonné en m'efforçant de garder mon sérieux. Tu ne peux pas mentir pour obtenir ce que tu veux.

—Mais je n'ai pas menti. Je suis venu vérifier que tout allait bien !

Le téléphone de Dan a tinté, annonçant l'arrivée d'un message.

—Très bien, petit menteur, ta maman vient de m'écrire. Prends tes affaires, il faut qu'on y aille.

—Mais Dan, je dois…

—Tu ne dois rien du tout, mon lapin, suis-je intervenu. Tu ne voudrais pas que ta maman s'inquiète pour toi, hein ?

Son petit visage s'est décomposé.

—Non, mais…

—Il n'y a pas de mais, Aiden. Et je ne veux plus que tu mentes à Dan, d'accord ?

—Est-ce que je vais avoir de gros ennuis, papa ?

Il a baissé la tête et s'est mis à dessiner des formes imaginaires sur ma peau avec son doigt, une habitude qu'il avait prise quand il était nerveux.

—Non, c'est bon pour cette fois, ai-je répondu.

Aussitôt, il a redressé la tête, rayonnant.

—Alors tu es content que je sois venu vérifier deux trois trucs, hein ? Tu n'es pas fâché contre moi ?

Je lui ai rendu son sourire.

—Je suis toujours content de te voir, mon bonhomme.

Il a jeté un coup d'œil à Lucy par-dessus son épaule.

—Lucy a dit qu'elle aussi, elle était contente de me voir.

J'ai regardé Lucy à mon tour, puis j'ai doucement reposé Aiden à terre.

—C'est vrai qu'elle est très heureuse de te voir.

—Je crois qu'elle m'aime bien, a-t-il affirmé en hochant la tête.

Même s'il prenait soin de parler à voix basse, je savais que Lucy entendait tout. D'ailleurs, son sourire s'élargissait peu à peu ; j'étais soulagé que la soirée de la veille n'ait pas définitivement eu raison de ce sourire. Quelle aubaine qu'Aiden soit venu égayer la matinée, même si je regrettais de ne pas m'être réveillé plus tôt pour assister à toute la scène.

J'ai acquiescé.

—Je suis d'accord avec toi, Aiden. Je crois qu'elle t'aime beaucoup.

—Tu voudras bien la protéger pour moi ? Elle n'est pas très en forme, et je veux qu'elle se sente en sécurité.

Mon regard a fusé vers Lucy. Avait-elle raconté quelque chose à Aiden ?

—Bien sûr, lui ai-je assuré.

Il grandissait, il commençait à s'inquiéter pour les autres.

—Moi aussi, je veux qu'elle se sente en sécurité, ai-je ajouté en regardant Lucy dans les yeux pour lui faire comprendre que c'était sincère.

Elle a secoué la tête avec un soupir agacé.

Non, en fait, il ne fallait pas s'inquiéter pour elle.

Pour finir, il est apparu qu'Aiden avait bel et bien oublié son livre préféré. Il a couru le chercher dans sa chambre avant de repartir avec Dan, me laissant seul avec Lucy.

Je suis allé préparer du café dans la cuisine et elle m'a suivi. Apparemment, elle avait quelque chose à me dire.

—Je peux très bien me protéger toute seule, tu sais. Tu n'avais pas besoin de promettre ça à ton fils.

—Évidemment que je le sais. J'ai juste pensé que ce serait plus simple de lui donner ma parole plutôt que de commencer à lui expliquer que tu ne voulais pas de mon aide parce que tu me détestes.

—C'est vrai, je te déteste.

Elle a hoché la tête comme pour s'en convaincre. Son regard a erré un moment sur mon torse, puis elle s'est détournée et s'est mise à pianoter sur le marbre de l'îlot central.

J'ai rempli le réservoir d'eau de la machine à café, j'ai allumé celle-ci, puis j'ai attendu patiemment que Lucy crache le morceau.

—Tu devrais mettre un tee-shirt, a-t-elle fini par me conseiller.

J'ai décidé de tenter de lui rendre le sourire en la taquinant. Après tout, elle avait ri avec mon fils, pourquoi n'y aurais-je pas droit, moi aussi ?

J'ai baissé les yeux sur mon torse.

—Pourquoi ? La vue ne te plaît pas ? Pourtant, sur toutes les photos de ton téléphone, on me voyait à moitié à poil et en gros plan.

—Oui, mais ça, c'était avant. Maintenant…

Elle a dégluti et son regard a changé.

—… c'est devenu beaucoup moins attrayant, je suppose.

—Ah, d'accord. C'est depuis que je t'ai fait mettre en prison, c'est ça ?

Elle m'a dévisagé, sur la défensive.

—Tu te moques de moi ?

—Oh non. Je n'oserais pas.

Elle a semblé satisfaite.

—Y a intérêt. Tu fais bien d'avoir peur de moi.

J'ai contourné l'îlot central en acquiesçant pour aller me placer devant elle. Elle m'a suivi du regard.

—Qu'est-ce que tu fous ?

—J'ai l'impression que tu as quelque chose à me dire, alors je m'approche pour mieux t'entendre.

—Qu'est-ce qui t'empêche de m'entendre de là-bas ?

—Rien, mais comme ça, tu peux te rendre compte que je te prends très au sérieux.

—Oui, eh bien, va donc me prendre au sérieux d'un peu plus loin, mec.

Elle a planté une main sur mon torse pour m'empêcher d'approcher davantage. Je me suis arrêté et j'ai baissé les yeux sur sa main. Le contact de sa peau sur la mienne n'était pas désagréable du tout. Elle a baissé les yeux à son tour et a eu l'air surprise.

—Je voulais aussi te remercier, ai-je ajouté sans chercher à réprimer mon sourire.

Cette fois, elle a paru un peu décontenancée, alors je me suis expliqué.

—Merci d'avoir fait rire Aiden. Comme tu l'as sans doute remarqué, il a beaucoup de mal avec le divorce.

J'ai posé ma main sur la sienne.

—Merci, vraiment, Lucy.

Elle a ôté sa main et l'a frottée sur sa cuisse.

—Que veux-tu, il faut bien que quelqu'un se dévoue pour lui remonter le moral. Normalement, c'est ton taf, mais comme tu ne le fais pas…

Elle a haussé les épaules et j'ai éclaté de rire.

—Merci aussi pour ça.

—Mais de rien. Maintenant va enfiler un tee-shirt. Tu me gâches la vue avec ton torse musclé et… nu. Enfin, dévêtu… bref, sans vêtements quoi, a-t-elle bafouillé en me désignant d'un geste.

J'ai légèrement incliné la tête sur le côté pour capturer son regard.

—Je suis chez moi, ici, lui ai-je gentiment rappelé. Mais rien ne t'empêche de regarder ailleurs, Lucy.

Une lueur s'est mise à briller dans ses yeux.

—C'est un jeu, Adam Connor ? Parce que j'adore jouer.

En guise de réponse, je me suis contenté de hausser un sourcil.

Elle a adopté une moue triste.

—Oh, pauvre Adam. Tu ne me connais pas du tout, hein ?

Elle s'est avancée et a de nouveau posé la main sur mon torse, adoptant cette fois un air aguicheur complètement faux et outrancier.

La chipie.

Comme je ne réagissais pas, elle a laissé glisser son doigt sur mon ventre, puis plus bas. Un contact aussi léger qu'une plume.

Nos regards étaient vissés l'un à l'autre.

Cette fois, c'est moi qui ai fait grimper les enchères en réduisant encore un peu plus la distance entre nous. Jusqu'où était-elle prête à aller ?

— Tu aimes ça ? ai-je demandé.

Sa main s'est arrêtée au niveau de mes abdos et elle a froncé les sourcils.

— Est-ce exactement comme tu l'avais imaginé ou encore mieux ? ai-je insisté. Trop doux, peut-être ?

J'ai contracté les muscles et me suis encore approché d'elle.

— Ou trop dur ?

Elle a replié les doigts et s'est mise à sillonner ma peau avec ses ongles. Cela faisait-il toujours partie du jeu ou était-ce involontaire ? En tout cas, si je me fiais à la rapidité avec laquelle sa poitrine montait et descendait… je lui faisais de l'effet.

Elle a cligné des yeux. Deux fois. En dehors de ça, son expression restait impassible. Ensuite, elle s'est humecté la lèvre inférieure et a lentement remonté les doigts jusqu'au niveau de mon estomac en suivant le relief de mes abdominaux. Une fois là, elle est aussitôt redescendue pour s'arrêter au niveau de l'élastique de mon pantalon de survêtement.

Je n'ai baissé les yeux sur sa main qu'un instant, mais c'est celui qu'elle a choisi pour se lever sur la pointe des pieds et me chuchoter quelque chose. J'ai gardé la tête baissée, prêt à l'écouter.

—Tu as raison, a-t-elle murmuré, un peu trop près de mon oreille pour que ce soit fortuit. C'est vrai, j'ai passé un certain temps toute seule à fantasmer sur toi et à me demander ce que ça ferait de te caresser ou…

Elle était douée. Pas autant qu'un acteur de mon niveau, mais elle se défendait bien.

Lorsqu'elle a aplati la paume de sa main sur mon torse, j'ai fermé les yeux pour me concentrer sur sa voix, si agréable quand elle ne me criait pas dessus.

—… de te sentir entre mes jambes.

J'ai entrouvert les lèvres ; mon sexe palpitait de désir. Je préférais de loin cette Lucy-là.

—Tu crois que je pourrais…

Elle a marqué une pause.

—… te toucher ?

Une autre courte pause.

—Pour voir si elle est dure. Et grosse…

J'ai rouvert les yeux. Si elle s'imaginait que j'allais tomber dans le panneau, elle se fourrait le doigt dans l'œil.

Elle s'est écartée et son regard enflammé a croisé le mien. Je me suis emparé de sa main, toujours plaquée sur ma peau, et je l'ai descendue pour elle.

Lorsque nos mains soudées ont atteint mon pantalon, je me suis arrêté.

Elle a attendu la suite avec un air avide. Elle s'imaginait sans doute qu'elle m'avait eu.

Détrompe-toi, ma petite espionne.

Brusquement, je me suis remis à avancer. Prise au dépourvu, elle n'a eu d'autre option que de reculer contre l'îlot et, lorsqu'elle a touché ce dernier, j'ai posé mes deux mains sur le plan de travail, de façon à l'emprisonner entre mes bras. Nos corps ne se touchaient pas, elle pouvait s'échapper sans problème si elle le souhaitait, mais elle avait perdu tout son aplomb.

Je me suis penché pour lui murmurer quelque chose à l'oreille, exactement comme elle venait de le faire.

—Elle est grosse, Lucy. Et dure.

Je l'ai effleurée avec le bout de mon nez, humant son odeur fraîche. Elle était si douce, il n'y avait rien d'acéré chez elle.

—Vas-y, touche-moi, l'ai-je narguée.

Tandis que j'attendais sa riposte, j'ai été assailli par une furieuse envie de poser la main sur sa poitrine, pour apaiser les battements effrénés de son cœur, pour m'en emparer… et peut-être en profiter pour goûter aux palpitations alléchantes de son cou.

Sa peau avait rosi et j'ai souri en mon for intérieur. Allait-elle continuer et plonger la main dans mon pantalon ? En admettant qu'elle ait cette audace, elle trouverait exactement ce que je lui avais annoncé.

Un instant s'est écoulé. Puis un autre.

Je me suis redressé et j'ai croisé son regard. Elle était furieuse. Je le lisais dans ses yeux. Elle était même en train de préméditer un meurtre dans sa tête. Un meurtre sanglant. Qu'est-ce qu'elle était sexy quand elle était déchaînée comme ça.

Elle a fini par hausser ses épaules pourtant tendues. Elle déployait de gros efforts pour paraître nonchalante, c'était évident.

—Ça m'étonnerait que j'y trouve quelque chose d'aussi impressionnant, je préfère rester avec mes illusions, mais merci quand même.

Je n'ai rien dit. Elle a soutenu mon regard.

Soudain, la machine à café a bipé, brisant le silence.

—Trop tard. Maintenant, tu ne le sauras jamais, ai-je déclaré en reculant.

Sans cesser de l'observer du coin de l'œil, je me suis servi une tasse de café. Elle était toujours collée à l'îlot central.

—Café ?

—Quoi ? a-t-elle demandé en se tournant vers moi.

—Veux-tu un peu de café ? ai-je répété en levant ma tasse d'un air interrogateur.

J'avais beaucoup de mal à me retenir de pouffer.

—Non, merci.

Son regard s'est de nouveau posé sur mon torse, puis elle a secoué la tête.

—En fait, j'avais quelque chose à te dire.

—Avant qu'on aille plus loin, j'aimerais te dire quelque chose.

Nous avions parlé en même temps.

—Toi d'abord, a-t-elle soupiré. De toute façon, tout ça n'aurait mené à rien.

Si elle pensait réussir à s'en convaincre, libre à elle.

—Eh bien, tu te souviens des premiers jours où tu t'es occupée d'Aiden après l'école ?

—Oui. Et alors ?

—Dan avait planqué un mouchard sur l'un des jouets d'Aiden pour pouvoir écouter ce qui se passait.

Elle a mis un certain temps à digérer l'info. Puis elle m'a dévisagé d'un air incrédule.

—Et tu l'as autorisé à faire ça parce que… ?

—Parce que tu étais une inconnue. Tu ne t'attendais quand même pas à ce que je te confie Aiden sans rien mettre en place ? À Jason, à la rigueur, mais à toi ? Tout ce que je savais de toi, c'est que tu aimais escalader les murs pour épier les gens.

J'ai bu une gorgée de café sans la quitter des yeux avant d'ajouter :

—Dan s'est beaucoup amusé à écouter vos cours de chant.

—Tu sais quoi ? Je devrais être furax. Et je le suis, mais en même temps, je comprends. Je crois que j'aurais fait pareil à ta place. Tu n'es pas le pire des papas, en fin de compte. Voilà. Tu peux arrêter de culpabiliser de t'être trompé à ce point sur mon compte.

—Qui a dit que je culpabilisais ? Pas du tout. Je voulais juste que tu le saches, c'est tout.

—Eh bien, ça y est, je le sais.

Nous nous sommes dévisagés pendant un moment, et c'est elle qui a détourné les yeux en premier.

—À ton tour, ai-je dit. Je t'écoute.

—Ah, parce que tu m'entends de là-bas, maintenant ?

—Tu préfères que je m'approche ? Parce que c'est tout à fait possible.

Son regard m'a lancé des éclairs.

—Non, ça ira.

—C'est bien ce que je pensais.

—Tu sais quoi ? Laisse tomber.

Et elle est sortie de la cuisine comme une forcenée.

J'ai posé ma tasse et je me suis lancé à sa poursuite. Je l'ai rattrapée au moment où elle allait sortir dans le jardin.

—Qu'est-ce que tu allais dire, Lucy ? ai-je demandé avec douceur.

Jamais je n'aurais cru qu'elle allait s'arrêter et encore moins répondre, pourtant elle a fait les deux.

—Je veux porter plainte.

Je me suis figé. Elle voulait porter plainte… contre moi ?

—Tu sais, pour l'agression, a-t-elle continué. Il n'en aura rien à foutre et les flics ne donneront pas suite, ils vont s'imaginer que je ne suis qu'une groupie éconduite ou va savoir, mais au moins…

Elle s'est interrompue, l'air préoccupée.

—Pourquoi tu me regardes comme ça, Adam ?

—Il ? suis-je parvenu à articuler.

—Jake Callum !

Ses traits se sont durcis.

—Ne me dis pas que c'est ton pote et que tu ne veux pas que je le dénonce ?

Comment osait-elle penser une chose pareille ?

—Tu trouves qu'on avait l'air comme cul et chemise quand je l'ai pris à la gorge ? ai-je grogné.

—Non, c'est bien ce que je me disais, mais… on ne sait jamais.

—Je ne suis pas son pote, Lucy. Et oui, bien sûr, porte plainte. Fonce. Je serai ton témoin.

Les mains enfoncées dans les poches, elle m'a regardé en face, mais pas tout à fait dans les yeux.

—Tu ferais ça ?

J'avais envie de la prendre dans mes bras, mais je me suis retenu.

—Bien sûr, ai-je répondu d'un ton bourru. En fait, je vais appeler Dan et tu iras au poste de police avec lui. Et s'ils ont besoin de mon témoignage…

J'ai consulté ma montre.

—… il faut que je sois sur le plateau dans deux heures, mais je peux m'arrêter au poste après, en rentrant. C'est le dernier jour de tournage, sinon je t'aurais accompagnée moi-même, mais…

—Ça va, j'ai compris, m'a-t-elle interrompu. Je ne disais pas ça pour que tu m'accompagnes, et je n'ai pas besoin de ton garde du corps non plus, mais… mais merci. Et encore une fois, je sais que ça n'aboutira à rien. C'est vrai, il ne s'est rien passé après tout et… et peut-être que j'avais un peu trop bu. En plus, ils vont sûrement me prendre pour une menteuse.

Elle a sautillé sur place en détournant les yeux, nerveuse.

—Je veux juste que ce soit consigné quelque part, dans leurs dossiers. Au cas où ce salaud recommencerait et ferait réellement du mal à quelqu'un. Comme ça, ils verraient tout de suite qu'il n'en est pas à son coup d'essai.

C'est à cet instant précis, en l'entendant dire ça, que j'ai un peu craqué pour elle.

—En plus, a-t-elle continué en effleurant sa poitrine avec précaution, il m'a laissé des traces. Ça pourra peut-être être utile.

J'ai eu beaucoup de mal à ne pas foncer près d'elle pour m'assurer qu'elle n'était pas blessée. Qu'est-ce qui m'arrivait ?

—« Laissé des traces » ?

Mes paroles étaient à peine audibles.

Elle s'est renfrognée et a haussé les épaules comme si ce n'était qu'un détail.

—Je vais bien.

Elle a jeté un coup d'œil en direction de la propriété de Jason.

—Tu leur as raconté ce qui t'est arrivé ? me suis-je enquis.

J'étais certain que non.

Elle a levé le menton avec détermination.

—Pas encore. Et tu ne leur diras rien non plus pour l'instant.

—Uniquement si tu acceptes que Dan t'escorte chez les flics. Il te sera bien utile, crois-moi.

—Ils me prendront plus au sérieux, tu veux dire ?

Je n'ai pas répondu. De toute façon, elle connaissait déjà la réponse.

Au bout d'un instant de réflexion, elle a poussé un long soupir.

—D'accord.

Prenez garde au nouvel Adam Connor fraîchement divorcé !

Si vous ne vivez pas dans une grotte, vous avez déjà dû voir les photos de Jake Callum, le nez en sang, qui circulent un peu partout sur Internet. Pourtant, contrairement à ce qu'on pourrait croire, ce jeune acteur a été accueilli à bras grands ouverts par le public. Il faut dire qu'il nous a vite conquis avec son sourire charmeur. Malgré tout, il faut bien reconnaître que notre jeune premier n'est pas à son avantage avec le nez cassé. Certes, lorsqu'on le voit sur ces clichés en train de partir en courant des studios où il était censé commencer un tournage cette semaine, il n'avait pas conscience d'être pris en photo, mais tout de même… Venons-en à l'info la plus croustillante du jour. Au moment où ces photos sont devenues virales, personne ne savait comment Jake Callum s'était retrouvé avec le nez cassé, mais après avoir enquêté, nous avons découvert que le jeune acteur avait eu une violente altercation avec quelqu'un. Et figurez-vous que ce quelqu'un n'est autre que notre jeune divorcé Adam Connor. Pour l'heure, nous n'avons, hélas, aucune idée de ce qui a pu déclencher cette bagarre entre les deux célébrités. En revanche, nous savons qu'Adam Connor était en train de tourner les dernières scènes de son prochain film dans les mêmes studios que Jake Callum.

Dire que nous sommes sous le choc serait un euphémisme. Adam Connor a grandi devant les caméras et, pour autant que nous sachions, il n'avait jamais été impliqué dans le moindre conflit de ce genre auparavant. Si cela s'était produit, faites-nous confiance, nous l'aurions su.

Un témoin de la scène, qui se trouvait non loin de la caravane de Jake, prétend qu'Adam était déjà fou de rage lorsqu'il s'est approché du jeune acteur. « Le ton n'a même pas eu le temps de monter. Jake revenait d'une lecture de script et allait rejoindre sa caravane quand Adam l'a arrêté. Je n'ai pas entendu leur échange, mais dès qu'Adam s'est trouvé assez près de Jake, il lui a décoché un coup de poing, sûrement celui qui lui a cassé le nez. Tout de suite après ça, Adam a attrapé Jake et l'a soulevé contre la porte de sa caravane. Ensuite, ils se sont violemment disputés, puis Adam l'a lâché et est reparti. C'était vraiment très bizarre. »

Si l'on en croit la rumeur, l'ex-femme d'Adam, Adeline, aurait eu une aventure avec Jake, et Adam aurait pété un plomb en l'apprenant. En outre, sachez que, pas plus tard que la veille de cet incident, Adam avait été photographié en pleine conversation houleuse avec Adeline, à l'avant-première du film *Âmes en peine*. Si la théorie de l'ex-mari jaloux semble plausible – ce ne serait pas la première fois que ça arrive –, nous ne penchons pas en faveur de cette hypothèse. Pourquoi, vous demandez-vous ? Tout d'abord, parce que depuis le divorce, Adam garde ses distances avec Adeline et tout ce qui la concerne. Pas de conférence de presse, pas d'interview, pas de séance photo. En outre, toujours selon la rumeur, Adeline aurait une relation avec le coach des stars, Mike Trevor, et en l'apprenant, Adam aurait eu pour seule réaction : « Je lui souhaite beaucoup de bonheur. » Est-ce là le discours d'un homme qui se languit de son ex-femme ? Tout porte plutôt à croire qu'il est satisfait de ce divorce.

Non, nous sommes convaincus que nos deux étalons hollywoodiens se sont affrontés pour une tout autre raison et nous mettons tout en œuvre pour la découvrir.

11

LUCY

Sans surprise, les flics n'ont pas pu faire grand-chose pour mon petit différend avec Jake Callum. À vrai dire, je m'en doutais avant d'y aller, mais je ne m'attendais tout de même pas à ce qu'on me reproche à demi-mot d'avoir trop bu et de ne pas avoir la mémoire très claire.

Franchement, si vous aviez donné la permission à un fumier arrogant de vous fourrer sa langue dans la bouche alors que vous n'aviez embrassé personne depuis des semaines, vous vous en souviendriez, non ? Eh bien, d'après ces messieurs, non.

Et comme si ça ne suffisait pas, ils ont affirmé qu'il n'était pas rare que ça dérape dans « les petites fêtes de ce genre ».

C'est là que SuperDan est entré en scène et a pris le relais. Pour finir, ils m'ont promis d'assurer le suivi du dossier et d'interroger Adam et Jake, mais ils n'ont pas pu me garantir un quelconque résultat.

On aurait pu espérer mieux, mais au moins, une main courante avait été ouverte au nom de Jake Callum. Si jamais il sortait encore des clous et s'en prenait à quelqu'un d'autre – chose que je ne souhaitais pas, bien entendu –, sa victime pourrait se rendre au poste et on s'apercevrait qu'il avait déjà été dénoncé et qu'il n'en était pas à son premier rodéo.

Et vous savez quoi ? SuperDan n'était pas le pire des hommes en fin de compte. Il a même ri à mes plaisanteries plusieurs fois. Enfin, je veux dire par là que ses lèvres ont tressailli et qu'il a secoué la tête d'un air vaguement amusé. Vu de ma fenêtre, ça compte.

—À quoi tu penses ? a demandé Olive, interrompant le fil de mes pensées.

—Oh, rien d'important.

J'ai agité mon verre de vin en regardant le liquide rouge tourbillonner.

—Je ne suis pas certaine d'être une grande amatrice de vin, ai-je déclaré.

Elle m'a jeté un coup d'œil par-dessus son ordinateur portable.

—C'est ton deuxième verre : tu es une grande amatrice de vin.

Nous étions vendredi soir et nous planchions sur le prochain roman d'Olive en discutant de l'intrigue et en prenant des notes. Pour nous, c'était une soirée chic. Ça me rappelait le bon vieux temps. Comme ce jour où, au cours de notre deuxième année d'université, elle m'avait envoyé un chapitre pour la toute première fois et qu'après l'avoir dévoré, je l'avais suppliée de m'envoyer la suite.

—En tout cas, j'ai ma dose. J'ai bu deux verres, c'est vrai, mais je ne suis toujours pas convaincue. Je veux dire : c'est très classe, mais est-ce que ça me ressemble ? Les effets de l'alcool sont là, c'est sûr, mais le goût ? Je ne sais pas trop. En plus, je ne me sens pas très bien.

—Alors arrête de boire ça.

—Oui, mais qu'est-ce que je vais prendre ? Je crois qu'il n'y a plus de bière. Bon, tu as fini d'écrire la scène suivante ? Fais voir.

—Pas encore. Laisse-moi le temps de la relire. Si tu veux de la bière, pourquoi tu n'irais pas demander à notre voisin s'il ne peut pas te dépanner ? a-t-elle suggéré d'un ton désinvolte. Peut-être qu'il t'en donnera.

—Ah, si tu savais tout ce que ton voisin pourrait me donner, ai-je marmonné en continuant à me focaliser sur le vin.

Olive s'est redressée, mais son visage est resté caché derrière l'écran.

—Pardon ?

Comme si j'allais tomber dans le piège de sa voix mielleuse. J'ai ignoré sa question.

—Catherine a encore appelé, ai-je annoncé avec la même désinvolture.

Comme je n'avais pas embrayé sur Adam, elle s'est renfrognée sur le canapé.

—Que voulait-elle cette fois ? a-t-elle bougonné.

—Je n'ai pas décroché.

J'ai reniflé mon verre avec dédain et j'ai bu une gorgée.

—Elle voulait sûrement me demander pourquoi je ne me suis pas présentée à l'entretien d'embauche qu'elle avait si gentiment planifié pour moi.

—Tu aurais dû décrocher et lui dire que tu es désormais mon agent.

Elle s'est levée, a posé son ordinateur sur la table basse et s'est dirigée vers la cuisine.

—Je vais me servir un peu d'eau, tu en veux ?

—Non merci, et je suis *temporairement* ton agent, ai-je précisé. Je continue à chercher du boulot, mais je ne veux plus rien d'elle. Et maintenant, je vais lire cette scène, ai-je lancé en plongeant sur son ordinateur.

—Non ! s'est-elle écriée en claquant la porte du frigo. Je n'ai pas terminé !

J'ai ôté mes mains et je lui ai jeté un coup d'œil pardessus mon épaule.

—Mais tu te rends compte que ça fait une éternité que je n'ai plus rien lu de toi ? Je suis en manque. Allez, prouve-moi que tu as un cœur.

Elle est revenue armée d'une bouteille d'eau.

—Mon nouveau roman est presque prêt. Dès que Jasmine l'aura lu, je te l'enverrai.

Lentement, j'ai déplié mes jambes qui étaient croisées en tailleur, je me suis penchée pour poser mon verre de vin sur un dessous-de-verre et je me suis éclairci la voix.

—Excuse-moi, tu peux répéter ? Jasmine ? Mais c'est qui, cette Jasmine ? Et pourquoi elle a le privilège de te lire avant moi ?

Après avoir bu la moitié de sa bouteille, Olive m'a considérée avec un petit air suffisant.

—C'est ma bêta-lectrice – enfin, je devrais peut-être plutôt dire alpha.

J'ai avancé mes fesses jusqu'au bord du canapé pour lui accorder la plus grande attention.

—Ta quoi ?

—Ma bêta-lectrice, tu sais, l'adorable personne qui relit mon livre quand je l'ai terminé, qui souligne les points à améliorer et qui me laisse des petites notes d'encouragement. J'adore les encouragements.

Elle se foutait de moi ?

—Olive, c'est une blague ?

Elle m'a interrogée du regard.

—Je sais très bien ce qu'est une bêta-lectrice. J'étais ta seule et unique bêta-lectrice avant, tu te souviens de cette époque ? Comment as-tu pu me trahir comme ça ?

—Oh, tu sais ce que c'est, il me semble, a-t-elle rétorqué comme si c'était un détail.

Selon moi, c'était la pire des trahisons. Comment avait-elle pu confier la toute première lecture de son roman à quelqu'un d'autre que moi ?

— Je suis sans voix. Ça fait deux mois que je n'attends que ça. Comment oses-tu ?

— Et une meilleure amie, est-ce que tu sais aussi ce que c'est, ma chère sœur de cœur ? a-t-elle demandé, continuant sur sa lancée.

Je l'ai dévisagée avec circonspection.

— Je pourrais te retourner la question, ma petite Olive verte.

— Ce n'est pas agréable, hein ? a-t-elle raillé. Enfin, je suppose. En tout cas, quand les rôles sont inversés et que c'est toi qui me caches des trucs, c'est vraiment nul.

Je me suis redressée en soufflant et je me suis avachie contre le dossier du canapé. Elle n'allait pas encore remettre ça sur le tapis ? Comment la sournoise petite Olive avait-elle encore réussi à retourner la conversation contre moi ? Elle a replacé son ordinateur sur ses genoux et a continué son petit sermon.

— D'abord, j'apprends ta rupture une semaine après, quand je ne peux plus rien faire.

— Mais qu'aurais-tu fait, si tu l'avais su plus tôt ? Pleurer toutes les larmes de ton corps ?

Elle a poursuivi comme si je n'avais pas ouvert la bouche.

— Ensuite, je découvre qu'un gros enfoiré de fils de pute t'a violée…

— Il ne m'a pas violée, Olive. Ne monte pas tout en épingle.

— … et tu ne m'en parles que le lendemain. Après avoir porté plainte. Après la police, Lucy ! Et, si, il t'a quasiment violée. Je me fiche de ce que pensent ces flics, c'est une agression.

J'ai tendu la main avec précaution pour libérer la pauvre bouteille en plastique qu'elle était en train de broyer de sa poigne fatale.

— Disons que ce con avait une très grosse envie, mais comme je lui ai collé mon poing à la figure, on pourrait dire que je l'ai agressé aussi et que tout est bien qui finit bien. Si je ne t'en ai pas parlé tout de suite, c'est uniquement parce que je voulais que tu passes la plus belle soirée de ta vie. Tu étais en train de t'éclater. Tu l'as attendu si longtemps, ce film ; je ne voulais pas gâcher ça.

— Tout est bien qui finit bien parce qu'Adam est intervenu, m'a-t-elle rappelé en me toisant d'un air sévère.

Eh oui. Une soirée remplie de convives et il fallait que ce soit lui qui me sauve. Ma malchance légendaire dans ses œuvres. Attention, je lui étais très reconnaissante d'avoir été là au bon moment, mais franchement, est-ce que ça n'aurait pas pu tomber sur quelqu'un d'autre ? La bite de combat que j'espérais tant trouver ce soir-là, par exemple ?

— Parce qu'Adam est intervenu ? ai-je répété, estomaquée. Mais dans quel camp es-tu, en fait ? Bon sang, ce mec m'a envoyée en prison, alors m'aider à botter le cul de ce Callum, c'était le moins qu'il puisse faire. Cela dit, je peux très bien me défendre toute seule, merci.

— Et tu n'as besoin de l'aide de personne, c'est ça ?

— Je n'ai pas dit ça, Olive.

— Pas besoin de le dire.

J'ai voulu me lever, mais elle m'a attrapé la main et m'a forcée à me rasseoir.

— Eh ! J'allais juste jeter ta bouteille à la poubelle, me suis-je justifiée, mi-effrayée, mi-amusée. Tu as bouffé du lion ce soir, ou quoi ?

Elle m'a cloué le bec avec son air inimitable, le « ne me cherche pas ». Bon, d'accord, elle avait peut-être raison… un tout petit peu, disons. En grandissant, j'avais compris que je ne devais rien attendre de Catherine, ni amour ni tendresse ni respect ni rien. Ma propre mère avait décidé de continuer sa vie sans moi, alors j'avais appris à me débrouiller seule et à ne jamais compter sur les autres.

—Je t'ai demandé si vous pouviez m'héberger quelque temps, non ? Ce n'est pas demander de l'aide, ça, peut-être ?

Olive était la seule exception. Ça ne me dérangeait pas de la solliciter *de temps en temps.*

Elle m'a arraché la bouteille des mains et l'a posée sur la table basse.

—Si. Mais ce n'est pas assez. Alors maintenant, tu vas devoir répondre à mes questions. Après, et seulement après, je t'enverrai mon roman.

Ça m'a mis la puce à l'oreille.

—Alors tu m'as menti ? Tu ne l'as encore envoyé à personne ?

Était-ce pitoyable de ma part de nourrir de l'espoir ?

—Non, je l'ai bel et bien envoyé à Jasmine ce matin, et je comptais te l'envoyer ce soir, après avoir travaillé sur l'intrigue du suivant.

J'ai levé les yeux au ciel.

—Très bien. Du moment que cette Jasmine est au courant que je suis ta bêta-lectrice alpha, ou peu importe comment on appelle ça, j'accepte qu'elle le lise aussi.

—C'est gentil de me donner ta permission, merci, a-t-elle répondu, sarcastique.

Je lui ai décoché un grand sourire.

—Mais de rien, mon Olive verte.

Elle a secoué la tête, mais l'ombre d'un sourire a flotté sur ses lèvres.

—C'est pas le moment où on est censées tomber dans les bras l'une de l'autre ? ai-je demandé en me penchant déjà vers elle. Je ne serais pas fâchée de retrouver la douceur de tes seins.

—Non, tu ne mérites pas de câlin. Pas encore.

—Aïe.

—Commençons par Jameson.

Je me suis avachie sur le canapé en geignant.

—Mais quoi encore, avec ce crétin ?

—Est-ce que tu lui as répondu ? Non, attends. Je ne te fais plus confiance : donne-moi ton téléphone, je vais vérifier.

—Tu ferais mieux de te remettre à écrire tout de suite, lui ai-je conseillé. Tu commences à agir bizarrement.

Je me suis tout de même levée pour lui donner mon téléphone.

—Non, j'agis comme une véritable amie.

Elle a lu attentivement mes derniers messages et a vérifié la liste de mes appels.

—Satisfaite ? ai-je demandé en tendant la main.

Elle a reposé sèchement le téléphone dans ma paume.

—Oui. Ne lui réponds surtout pas. Qu'il aille se faire foutre.

—Je suis exactement de cet avis. Bon. Question suivante.

Elle s'est tournée face à moi.

—Parle-moi d'Adam Connor. Est-ce que tu couches avec lui ?

Un petit rire m'a échappé.

—Quoi ? Mais je ne l'aime pas, ce mec. De quoi tu parles ?

—Tu as passé la nuit chez lui après l'incident avec Jake.

—Oui, et ?

Elle a gardé le silence. Visiblement, c'était à moi de développer.

—Au cas où tu ne l'aurais pas entendu la première fois – à moins que ce soit la centième ? –, je vais encore le répéter : je n'aime pas ce mec. Il était là au bon moment et je lui ai demandé de me raccompagner, ou c'est lui qui me l'a proposé, je ne me rappelle même pas. Et comme vous étiez toujours en train de faire la fête et que je n'avais pas de clé, il m'a invitée à passer la nuit chez lui. Ce n'est pas comme si c'était la première fois que je dormais là-bas.

—Sauf que cette fois, Aiden n'était pas là, hein ?

—Oui, et alors ? Qu'est-ce que ça a à voir ?

—Bon, a-t-elle soupiré. Vas-y, continue à être de mauvaise foi dès qu'on aborde le sujet.

—Mais je ne suis pas de mauvaise foi. Tiens, je vais tout te raconter : il a mis de la glace sur ma main et puis je suis allée me coucher. Fin.

—Aaaha ! Il a mis de la glace sur ta main ? On progresse enfin.

Elle a serré un coussin contre elle, s'attendant sans doute à ce que je lui fournisse des détails. Malheureusement, je n'en avais aucun.

C'est exactement ce que je m'apprêtais à lui dire lorsque la sonnerie de son téléphone nous a interrompues. Le doigt en l'air, elle m'a ordonné de ne pas bouger tandis qu'elle répondait à Jason.

En toute logique, je me suis donc levée et je me suis dirigée vers la baie vitrée. Il faisait un peu plus de 26 degrés dehors et le ciel était radieux.

—Non, je n'ai pas encore commencé. Pourquoi, tu voulais quelque chose en particulier ? Une seconde, je vais lui poser la question, a dit Olive avant de se tourner vers moi. Jason va demander à Alvin de commander chinois. Qu'est-ce que tu veux ?

J'adorais manger chinois, mais là tout de suite, l'idée même d'avaler quoi que ce soit me donnait la nausée. Apparemment, je n'étais pas faite pour le vin ou alors je me sentais toujours mal à cause de la veille. Olive m'a regardée en fronçant les sourcils avant de poursuivre la communication avec Jason. Après avoir raccroché, elle est tout de suite revenue à la charge.

—Alors, où en étions-nous ?

—Nulle part, parce qu'il n'y a rien d'autre à raconter.

—Tu l'aimes bien, ce mec.

—Non, je ne l'aime pas.

—Oh si, tu l'aimes, tu l'aimes.

—Est-ce que le fait de le prononcer deux fois d'affilée change quoi que ce soit au fait que je ne l'aime pas ?

—Tu as envie de coucher avec lui, bien sûr, mais tu l'aimes plus que ça.

J'ai soufflé, piquée au vif.

—Pitié. J'aurais été ravie de baiser avec lui dans toutes les positions, mais même pour ça, je ne l'aime pas assez. Dès qu'il ouvre la bouche, j'ai envie de l'assommer.

En réalité, j'aurais volontiers couché avec lui à toute heure du jour et de la nuit. Si vous entendiez sa voix douce, virile, profonde, vous sauteriez dans son lit aussi, ou partout ailleurs, en fait ; avec lui, j'étais partante n'importe où.

Non, pardon, oubliez sa voix. Il pouvait la boucler, sa présence seule suffirait à vous faire sauter dans son lit en le suppliant de vous prendre, là, tout de suite. J'ajoute que ce n'était pas ma faute si je possédais des attributs féminins ; je ne pouvais rien y faire. Son pénis devait correspondre parfaitement à mon vagin ; et dire que j'avais été à deux doigts de le toucher. Avec le recul, je regrettais de ne pas en avoir profité, ne fût-ce que pour voir sa réaction. Dommage que je me sois dégonflée, mais j'avais eu la trouille en pensant à ce qu'il risquait de faire ensuite.

Bref, Adam Connor était un salaud, mais aussi un père de famille trop canon. De là à coucher avec lui ? Nan, il était bien trop dangereux, surtout quand il était avec Aiden. Quand je le regardais interagir avec son fils, lui sourire ou l'emmener au lit pour le border… je ronronnaïs et fondais plus vite que neige au soleil. Mais le pire, c'est que ça faisait battre mon pauvre petit cœur meurtri un peu plus fort, et ça, c'était affreux.

Olive a fermé les yeux en poussant un soupir comblé.

—Je vous vois déjà tous les deux… en train de vous embrasser… passionnément. Ou de vous donner un baiser rapide parce qu'Aiden est là. Mais vous êtes heureux. Follement heureux. Et tu aimes Aiden autant que tu aimes Adam. Adam le remarque, c'est sûr, et ça le fait encore plus craquer d'amour pour toi.

—O.K. Là, on est en train de te perdre, ai-je constaté en claquant des doigts devant elle pour rompre le charme. Écoute, je vais te laisser sur ton petit nuage et gentiment battre en retraite.

Et c'est exactement ce que j'ai fait ; j'ai ouvert la baie vitrée et je suis sortie.

—Reviens ici, je n'ai pas fini, a protesté Olive en m'emboîtant le pas.

Je me dirigeais vers l'échelle.

—Où vas-tu ? Lucy, tu ne peux pas fuir tes rêves.

J'ai fait volte-face, mais j'ai continué à reculons.

—Mes rêves ? Les tiens, tu veux dire. Je n'ai jamais rêvé de ce mec, moi. Qu'il me baise sauvagement, ça oui, je l'avoue, mais c'était *avant* de faire sa connaissance.

Lorsque mon dos a heurté l'infâme buisson, je me suis tournée et j'ai commencé à gravir l'échelle.

—Pour info, je vais juste dire bonjour à Aiden.

Appuyée contre un arbre, Olive m'a offert un large sourire dévoilant toutes ses dents.

—D'accord. Continue à vivre dans le déni si ça te chante, ma petite Lucy.

J'ai enjambé le mur et j'ai baissé les yeux sur elle.

—Cette fois, c'est officiel : tu es devenue folle. Va vite écrire quelques lignes pour que ton cerveau se remette à fonctionner normalement.

—Lucy, ferme les yeux et imagine-toi assise à côté d'une chute d'eau. Tout à coup, Adam Connor apparaît, tout droit sorti de nulle part. À poil. Enfin, à moitié à poil. Tu es une paisible casc…

Je lui ai adressé un doigt d'honneur avant d'amorcer la descente de l'autre côté du mur.

Elle aurait dû avoir honte de se moquer de mes techniques de relaxation.

— Je dois t'attendre ou tu comptes passer la nuit avec Adam ? a-t-elle crié. Parce que si ça arrive, tu sais que tu devras me donner des détails. Je veux des réponses à toutes les questions que tu m'as posées pour Jason. La taille, surtout. La taille est importante. Mesure son pénis pour que je puisse bien me le représenter dans mon esprit.

— Si tu continues à appeler ça un pénis, je ne te raconterai rien du tout. Salut, Olive !

Heureusement qu'Adam n'avait pas pensé à ranger l'autre échelle. Tant qu'il ne le ferait pas, je ne me gênerais pas pour venir troubler son intimité. Ce n'est pas comme si c'était lui qui m'intéressait. C'est son petit homme que je voulais voir, il me manquait et j'espérais réussir à lui faire un coucou avant qu'il n'aille au lit.

En m'approchant de la maison, j'ai entendu de la musique. Tout avait l'air fermé. Pourtant, le son parvenait jusqu'à moi. Ah, les riches et leur *son surround*…

Je me suis arrêtée pour tendre l'oreille quelques secondes et j'ai reconnu la voix incomparable de Frank Sinatra.

Tiens, il avait bon goût, mon salaud. Enfin, ce n'était pas « mon » salaud, bien sûr, mais vous avez compris.

Je me suis placée sur le côté pour pouvoir observer sans être vue. Adam se tenait dans le salon, près du petit bar à roulettes. Aiden était-il déjà couché ? Il ne fallait pas que je tarde trop à frapper à la fenêtre, sinon il allait encore s'emballer et m'accuser de porter atteinte à sa vie privée, mais j'avais beaucoup de mal à détacher mes yeux de lui. Ce qu'il pouvait être beau, putain ; il suffisait de le contempler plus de quelques secondes pour se retrouver à baver comme un chien, langue pendante.

En silence, je l'ai regardé se servir un verre. Il était en train de lire des documents, il paraissait très occupé – mais pas occupé comme dans « je suis en train d'étudier des documents », plutôt comme dans « j'ai un million de tracas qui me trottent dans la tête ».

Qu'est-ce qui pouvait bien lui donner cette mine affligée ?

Pour être honnête, depuis qu'il m'avait confié la garde d'Aiden pendant quelques jours, je le voyais sous un jour nouveau. Je le détestais toujours, bien sûr.

Mais un peu moins.

Enfin, plus ou moins.

Je n'avais toujours pas beaucoup d'estime pour lui, voilà.

C'était à cause de la façon odieuse dont il m'avait traitée le premier jour. Même s'il s'était un peu racheté depuis, j'avais toujours envie de lui en coller une. Mais en dehors de ça, mon cœur craquait un peu plus chaque fois que je le voyais. Enfin, quand il ne jouait pas les enfoirés, comme l'autre jour, par exemple.

Quelle idée de donner la permission à la première venue de lui palper l'engin. Non parce que, personnellement, je trouvais ça génial, mais… s'il croyait qu'il pouvait me susurrer des trucs comme ça et me proposer de mettre la main dans son pantalon sans en payer les conséquences… c'était bien mal me connaître. Pauvre fou. Si je l'avais touché, je n'aurais pas pu faire autrement que l'entraîner dans une partie de baise sauvage. Or, pour une raison qui m'échappait, ce n'était pas du tout ce que je voulais.

Je vous entends d'ici : « Mais enfin, Lucy, comment peux-tu détester un aussi beau spécimen mâle ? » J'étais obligée. La raison principale, c'était ce qui m'était arrivé l'autre soir, lorsqu'il m'avait touchée pour appliquer de la glace sur ma main. J'avais ressenti les fameux papillons dans le ventre, ceux qu'Olive m'avait décrits et qu'elle avait ressentis la première fois qu'elle avait vu Jason, et ça me foutait une peur bleue. J'avais déjà éprouvé un genre de frémissements d'ailes dans les parties intimes avec Jameson, mais cette fois-ci, les papillons avaient surgi dans mon ventre et, selon moi, c'était dangereux, un peu comme une allergie potentiellement mortelle qui se déclare à l'improviste.

Après l'avoir contemplé encore quelques instants, j'ai frappé à la fenêtre. Il a relevé la tête de ses documents et a semblé hésiter, mais il a fini par s'extirper du canapé et venir m'ouvrir la baie vitrée.

—Salut, ai-je dit une fois qu'il a été debout devant moi, sans barrière entre nous.

Il a mis Frank Sinatra en sourdine à l'aide d'une petite télécommande.

—Encore en train de rôder dans mon jardin, je vois.

Ça ne devait pas le déranger tant que ça, parce qu'il arborait un petit sourire amusé.

—Si tu ne veux plus me voir rôder, comme tu le dis si grossièrement, tu devrais enlever l'échelle.

—Que puis-je faire pour toi, Lucy ?

—Je vais très bien, merci. Et toi, comment vas-tu ?

Il a soupiré et m'a fait signe d'entrer.

—Comme c'est gentil de m'inviter à l'intérieur, ai-je continué à gazouiller avec sarcasme en pénétrant dans son salon.

Il a refermé la porte coulissante.

—Alors, je peux faire quelque chose pour toi ou tu es juste venue chercher ta dose quotidienne de…

Je ne l'ai pas laissé achever sa phrase.

—Avant que tu dises quoi que ce soit que tu pourrais regretter, sache que c'est pour Aiden que je suis là. Il m'a manqué cette semaine, je voulais passer le saluer.

Adam m'a longuement étudiée, comme s'il essayait de déterminer si je mentais ou pas. Ce qu'il lisait dans mon regard a dû le satisfaire, parce qu'il m'a invitée à m'asseoir en passant une main dans ses cheveux.

Intriguée, j'ai obéi.

—Que se passe-t-il ? me suis-je inquiétée au bout d'un long silence.

—Adeline n'a pas déposé Aiden. J'ai demandé à Dan d'aller voir ce qui ne va pas.

Il a consulté sa montre.

—Ils ne devraient plus tarder. Si tu veux attendre, tu es la bienvenue.

J'ai ramené mes jambes contre moi et adopté une position confortable.

—Tu ne vas pas me foutre à la porte ?

—Chaque fois que je l'ai au téléphone, Aiden me parle de toi. Je suppose qu'il sera content de te voir et ça m'évitera une avalanche de questions sur toi à son arrivée.

Ça m'a fait sourire.

—C'est qu'il m'adore, ce petit.

Adam a souri à son tour.

—Bizarre, hein ?

—C'est toi qui es bizarre, ai-je rétorqué, maussade. Je l'adore aussi, ce petit homme. Il est bien plus cool que son papa ne le sera jamais.

Adam s'est dirigé vers son bar à roulettes en secouant la tête d'un air amusé. C'était la première fois que je le voyais boire de l'alcool.

—Quelque chose te tracasse ? ai-je demandé, juste histoire de lui faire la conversation en attendant Aiden.

—Beaucoup trop de choses.

J'ai poussé un grognement en guise de réponse, puis mon téléphone a vibré dans ma poche.

Jameson : J'aurais aimé que tu viennes avec moi.

Tu ne me l'as jamais proposé, espèce de petite merde !

Ce n'était pas la première fois que Jameson revenait à la charge depuis le « tu me manques » de l'avant-première. Il m'avait envoyé des textos du même acabit tout au long de la semaine. J'ai pris une grande inspiration et j'ai déplié mes jambes.

— Je crois que je ferais mieux d'y aller, ai-je grommelé en me levant.

Adam s'est tourné vers moi en tenant deux verres, de whisky vu l'aspect du contenu.

— Qu'est-ce qui ne va pas ? a-t-il demandé en me tendant un verre quand même, comme si je n'avais rien dit.

L'odeur puissante de l'alcool m'a donné la nausée. J'ai secoué la tête en fronçant le nez.

— Non, merci. Je ne me sens pas très en forme, alors… Tant pis, je verrai Aiden une prochaine fois.

J'ai rangé mon téléphone dans ma poche et j'ai posé le whisky sur un dessous-de-verre.

Adam avait toujours les yeux braqués sur moi.

— Rassieds-toi, m'a-t-il ordonné en s'installant à l'autre extrémité du canapé. Il va arriver.

J'ai jeté un coup d'œil dehors et j'ai examiné les options : m'asseoir et attendre Aiden ou aller retrouver Olive qui se ferait un plaisir de continuer à me cuisiner sur mes soi-disant sentiments pour Adam.

Très bien, je passerais donc un peu plus de temps avec l'ennemi.

— Alors, qu'est-ce qui ne va pas ? a-t-il demandé pour la deuxième fois avant de boire une gorgée de whisky.

Je me suis rassise et j'ai eu beaucoup de mal à me détacher de ses yeux clairs si séduisants.

—Rien en particulier. C'est un jour sans, voilà tout.

—Comment va ta main ?

J'ai levé cette dernière et j'ai étudié mes articulations encore un peu rouges et douloureuses. Toutefois, c'était une bonne douleur : elle me rappelait que j'avais fait mal à ce connard, elle ne me dérangeait pas. Tiens, à ce propos…

—Je te retourne la question, ai-le lancé en désignant sa main du menton. Qu'est-ce qui s'est passé avec Jake ? Il a vraiment eu une liaison avec ton ex ?

Adam a arqué un sourcil, mais il n'a pas répondu.

Depuis que j'avais découvert cette histoire sur Internet, ma curiosité était piquée au vif. Était-ce vrai, ce qu'on lisait ? Ou bien Adam avait-il frappé ce crétin à cause de ce qui s'était passé la veille ? D'après Olive, il l'avait fait pour me venger, mais j'avais des doutes. Olive était romantique dans l'âme, et surtout, elle voulait à tout prix que je tombe de nouveau amoureuse ; donc pour elle, l'explication était évidente.

Le regard scrutateur d'Adam me donnait chaud et me rendait nerveuse.

—C'est quoi ton problème ? ai-je lancé d'un ton sec.

Il a posé son verre.

—Pardon ?

—Pourquoi tu me dévisages comme ça ?

Cet agaçant sourcil est de nouveau remonté flirter avec le haut de son front.

—Je te dévisage comment ?

—Tu sais quoi ? Laisse tomber.

J'ai détourné la tête et je l'ai ignoré du mieux que je pouvais pendant les cinq minutes qui ont suivi.

Il s'est levé, pour se servir un autre verre, sans doute.

J'étais en train de penser à Jameson lorsqu'une bouteille d'eau est apparue sous mon nez.

Je l'ai prise.

—Merci.

Et c'était sincère.

—De rien. C'est vrai que tu as l'air accablée, tu devrais peut-être consulter un médecin, a-t-il suggéré en se rasseyant un peu plus près de moi.

—Je vais bien.

—Comme tu veux.

J'ai ouvert la bouteille et j'ai bu une grosse gorgée d'eau froide. Ensuite, j'ai fermé les yeux et je me suis imaginée ailleurs… dans les bois par exemple, ou plutôt dans une maison au bord d'un lac paisible, entourée d'arbres. Je m'installerais sur la terrasse en bois, au bord de l'eau, pour lire le nouveau roman d'Olive. J'ai souri. Ainsi, je pourrais tomber amoureuse sans me faire rattraper par la malédiction. Tomber amoureuse d'un personnage de fiction à travers des phrases écrites, c'était quelque chose de spécial. Sur cette terrasse, les oiseaux voltigeraient autour de moi, le vent danserait dans mes cheveux, et je serais heureuse.

—Qu'est-ce que tu fais ? a demandé Adam à voix basse.

—Je rêve, ai-je répondu sans rouvrir les yeux.

Un long moment s'est écoulé avant qu'il ne reprenne la parole.

—Et où es-tu ?

—Une maison au bord d'un lac. En train de lire le nouveau roman d'Olive. Il y a une légère brise. J'adore le vent ; ça me rend heureuse, je ne sais pas pourquoi. Sentir son souffle léger sur ma peau, dans mes cheveux. Le soleil perce le feuillage des arbres, alors il ne fait pas froid. L'eau est magnifique. Calme, paisible.

—Est-ce qu'il y a un fauteuil libre à côté de toi ?

—Tu serais trop agaçant, alors non.

J'ai rouvert les yeux et je l'ai regardé.

—Sans rancune.

Il a tendu la main en souriant vers les documents qu'il était occupé à lire avant mon arrivée.

—Sans rancune, Lucy.

Je me sentais mieux. J'ai balayé son intérieur d'un regard circulaire et j'ai soupiré. L'heure à laquelle Aiden allait se coucher d'habitude se rapprochait.

—Ça t'arrive souvent ? m'a interrogée Adam sans quitter ses papiers du regard.

—Quoi ?

—De t'évader comme ça.

J'ai haussé les épaules.

—Prends-moi pour une folle si tu veux, je m'en fiche.

—Je n'ai pas dit ça. En fait…

Il a jeté ses documents sur la table et s'est pincé l'arête du nez.

—En fait ? ai-je répété, intriguée. En fait quoi ? Pitié, dis-moi que tu ne fais pas partie de ces gens qui n'achèvent jamais leurs phrases.

Il a renversé la tête en arrière, paupières closes.

—Au risque de passer pour un sale petit privilégié ingrat d'Hollywood… quand j'étais plus jeune, ça m'arrivait souvent de m'allonger sur mon lit et de m'imaginer une vie plus simple. Une vie où je ne serais pas trimballé d'une soirée à l'autre, où l'alcool et la drogue ne traîneraient pas sur les tables basses en verre, où je n'aurais pas à surveiller en permanence Vicky, ma sœur, pour éviter qu'elle joue accidentellement avec cette poudre blanche en pensant que c'est du maquillage ou de la farine, ou qu'elle confonde son verre de jus de fruits avec l'un des verres à vin… Je rêvais que j'avais des parents normaux, que je pouvais inviter des potes sans m'inquiéter de l'humeur et du comportement de mes parents.

Il a rouvert les yeux et constaté que je l'observais.

—Ne me regarde pas comme ça.

Je me suis frotté les bras, mais je n'ai pas émis de commentaire.

—Je sais ce que tu penses, a-t-il repris, se méprenant totalement sur mon expression. Mes parents m'ont offert une belle vie, une bonne éducation et des opportunités que je n'aurais peut-être jamais eues sans eux. Je ne suis pas en train de dire que j'étais malheureux, mais à l'époque, j'aurais préféré être un ado normal, avec des parents normaux et une vie normale, tu vois, sans paparazzis, sans toutes ces conneries hollywoodiennes.

Son regard s'est durci.

—On croit parfois tout connaître des gens qui ont une certaine notoriété publique, mais en fait, on ne sait rien de ce qui se passe une fois les portes fermées.

—Je comprends, lui ai-je assuré d'une voix à peine audible.

—Ah oui ?

J'ai détourné la tête et, à ma grande surprise, j'ai commencé à raconter.

—Il faut d'abord que je te situe un peu le contexte. Je n'ai pas connu mon père.

Allais-je réellement lui déballer mon histoire ? Les mots avaient envie de sortir, alors ça en avait tout l'air.

—D'après Catherine, ma grand-mère, ma mère était folle de lui. Ils vivaient ensemble, mais le jour où il a appris qu'elle était enceinte, il a plié bagage et il est parti. Apparemment, il avait bien prévenu ma mère qu'il ne voulait pas d'enfant et il considérait ça comme une trahison. Après ma naissance, ma mère a décrété qu'elle ne voulait pas de moi non plus et elle m'a abandonnée chez Catherine. Et Catherine… eh bien, elle m'a recueillie, mais c'est une femme très difficile.

J'ai jeté un coup d'œil à Adam pour voir s'il m'écoutait. Quand nos regards se sont croisés, il a baissé la tête et m'a fait signe de continuer.

J'ai soupiré ; j'aurais préféré qu'il ne me prête pas attention, ça aurait été plus facile d'en rester là.

—Catherine… Elle, elle ne s'est jamais mariée non plus, mais elle a vécu pendant un temps avec l'amour de sa vie. Un jour, ma mère est née et, pendant longtemps, tout a été tout beau, tout rose. Mais ensuite, alors que ma mère devait avoir deux ans, mon cher grand-père s'est mis à tromper Catherine et il a fini par la quitter pour sa maîtresse qu'il a épousée un mois plus tard environ. Catherine est retournée chez ses parents, ce qui n'a pas été simple, apparemment, parce qu'ils la traitaient comme de la merde – ils n'étaient pas mariés non plus, au passage. Malgré ça, elle a élevé ma mère du mieux qu'elle a pu, mais au fil du temps, elle est devenue très aigrie. Le jour où ma mère m'a abandonnée chez elle, elles ne s'adressaient même plus la parole. Conclusion : les femmes de notre famille n'ont clairement pas de chance et ne sont pas faites pour partager la vie d'un homme.

Je lui ai de nouveau jeté un coup d'œil. Il attendait la suite.

—On est maudites. Et Catherine… eh bien, elle a pris soin de moi après le départ de ma mère, c'est vrai, mais, comme je te le disais, elle est très autoritaire et difficile à vivre. Vu de l'extérieur, c'est un ange de m'avoir recueillie comme ça. Pourtant, ce n'est pas comme ça que je l'ai vécu. Elle voulait que je sois sa copie conforme. Rien de ce que je faisais n'était jamais assez bien. C'est elle qui décidait de tout et quand je ne respectais pas ses règles ou que je refusais de lui obéir, elle avait le don de me cracher à la figure tout ce qu'elle avait fait pour moi. En fait, je pense qu'elle a des problèmes psychologiques, mais comme elle s'est occupée de moi au lieu de me jeter à la rue, je suppose que je lui dois tout.

Le silence est retombé.

— Vous êtes maudites ? C'est pour ça que tu as dit l'autre jour que l'amour, c'était pas ton truc ?

— J'ai dit ça, moi ?

Il a acquiescé.

Moi et ma grande gueule…

Et il se souvenait de ça ?

— Euh… Je ne me rappelle pas t'avoir dit ça, mais c'est vrai. Je ne veux pas finir comme elles et devenir une vieille mégère aigrie. Et comme tu vois, on n'a vraiment pas de chance en amour dans ma famille. Alors, à quoi bon m'obstiner ? Je préfère être célibataire et heureuse plutôt que tomber amoureuse, me retrouver avec un gosse… et qu'ensuite, mon cher et tendre me trompe ou me quitte au moindre passage à vide pour aller en épouser une autre juste après.

J'ai secoué la tête en serrant mes genoux contre moi.

— Dans notre famille, les femmes ne reçoivent jamais de demande en mariage. Alors, non merci. Je préfère encore regarder les autres tomber amoureux ; ça me rend heureuse et je ne me coltine pas les prises de chou qui vont avec la vie de couple.

— Alors tu n'as jamais été amoureuse ? a-t-il demandé comme si c'était la chose la plus ridicule qu'il ait jamais entendue.

— Je ne t'ai pas jugé quand tu m'as expliqué que tu rêvais d'une vie normale, si ?

Il s'est penché en avant, les coudes appuyés sur les cuisses, laissant pendre ses avant-bras si affriolants.

— Je ne suis pas en train de te juger, Lucy, a-t-il affirmé tandis que son regard transperçait le mien.

Pourquoi fallait-il que je sois si nerveuse quand il me dévisageait comme ça ? J'ai saisi la bouteille d'eau et j'ai bu pour laisser passer le temps.

— Ça y ressemblait, pourtant, ai-je répliqué. Bref, avec une femme comme Catherine, j'avais besoin de m'évader.

Donc le soir, quand j'étais dans mon lit, je fermais les yeux et je m'imaginais ailleurs. Je ne rêvais pas d'une vie différente ou que quelqu'un vienne à mon secours, mais j'ai gardé cette habitude de fermer les yeux et de m'évader par la pensée quand ça ne va pas. Ça m'apaise. Parfois, je visualise simplement une chute d'eau, ou le vent, ou le soleil. En gros, c'est ce qui m'a permis de mettre un peu de lumière dans les jours sombres. C'est mon échappatoire. Je sais qu'on dirait une cinglée quand je fais ça, mais ça m'aide à me détendre, alors va te faire foutre si c'est ce que tu penses.

Il a éclaté de rire et je me suis levée. Comme vous le constatez, j'avais plus d'une raison de le détester. Je savais que j'avais l'air d'une folle quand j'expliquais ça, mais ce n'est pas parce que j'étais au courant que ça ne me blessait pas de le voir se moquer de moi comme ça. Sans monter sur mes grands chevaux, j'ai jeté la bouteille sur son canapé et je me suis dirigée vers la baie vitrée. Olive accepterait peut-être que je me blottisse un peu contre elle. Finalement, je me sentais vraiment mal. Elle n'aurait quand même pas la cruauté de me repousser.

Sans me laisser le temps de sortir, Adam m'a saisi le poignet – une fois de plus. Je vous jure, ce mec devait être fétichiste du bras ou un truc comme ça. J'ai tenté de me libérer pour échapper aux frissons que sa proximité et sa main diffusaient tout le long de ma colonne vertébrale. Je n'étais pas en colère, simplement fatiguée, et peut-être un peu blessée aussi, eh oui…

—Écoute, je suis contente que tu aies bien rigolé grâce à moi ce soir, tant mieux, vraiment, mais il faut que j'y aille maintenant.

—Ne fais pas ça.

Du pouce, il caressait la zone de mon poignet où la peau était la plus fine. J'ai baissé les yeux à cet endroit en fronçant les sourcils, mais il avait déjà arrêté. C'était comme s'il ne s'était jamais rien produit.

— Je ne me moquais pas de toi, Lucy, a-t-il affirmé d'une voix douce.

J'ai vivement relevé la tête. Il n'y avait pas assez de distance entre nous. Il a dû parvenir à la même conclusion parce qu'il m'a lâchée et a reculé.

Je n'ai pas fait demi-tour en roulant des hanches. Non, pas moi.

Il a posé une main au creux de mes reins (et qu'est-ce qu'il avait de grandes mains – avec moi, ce n'était pas plus mal, je suppose) et il m'a doucement guidée vers le canapé.

Je me suis assise tout au bord de celui-ci. Adam a empoigné son téléphone.

— Je vais appeler Dan pour voir ce qui les retarde autant.

Il a relevé la tête de l'écran pour me jeter un coup d'œil.

— Tu as attendu jusque-là, Aiden sera triste s'il apprend qu'il t'a ratée de peu.

Il semblait sincère.

— D'accord, ai-je cédé.

J'ai donc repris ma place et j'ai attrapé un coussin pour le serrer contre moi.

Dan ne décrochait pas, j'ai bien vu la frustration se peindre sur les traits d'Adam. Il a essayé un autre numéro en faisant les cent pas devant moi. Quand celui-là n'a rien donné non plus, il a poussé un long soupir et s'est frotté la nuque.

— Je n'aime pas ça, a-t-il fini par déclarer en pianotant sur son écran.

— Tu as essayé ton ex ?

— Elle ne répond pas. Et Dan non plus. Adeline est peut-être en tournage, mais alors Aiden est censé être chez elle avec sa nounou.

—Si ça se trouve, ils sont en chemin, ai-je suggéré, un peu inquiète malgré tout.

—C'est sûrement ça, a-t-il marmonné en posant son téléphone. Je vais encore leur laisser un peu de temps. Parfois, Aiden traîne un peu pour se préparer.

Nous sommes restés assis dans un silence tendu que seul le doux murmure de Frank Sinatra meublait. Le petit humain n'en finissait plus de ne pas franchir la porte en courant, et, plus le temps passait, plus Adam semblait écumer de fureur, plus j'avais l'impression d'être une intruse – un sentiment pour le moins étonnant, étant donné que je m'étais déjà immiscée plus d'une fois dans leur vie de famille.

—Et ça, qu'est-ce que c'est ? ai-je demandé lorsque le silence est devenu insupportable.

Il a avisé les documents que je lui désignais, ceux qu'il étudiait un peu plus tôt.

—De nouveaux scripts.

—Mais encore ? Je suis sûre que tu peux m'en dire plus.

Il a jeté un énième coup d'œil à la porte d'entrée, puis a pris les scripts.

—Ce sont de nouvelles propositions. J'ai un contrat qui me lie à cette société de production et il me reste un film à tourner pour elle. On m'a envoyé deux scénarios et je dois choisir, mais je t'avoue qu'ils ne me tentent pas, ni l'un ni l'autre.

—Je peux voir ? ai-je demandé en tendant la main.

—Ça fait partie des choses dont tu ne peux parler à personne, Lucy.

J'ai levé les yeux au ciel et j'ai remué les doigts d'un air faussement avide.

—Donne-moi ça.

Il a cédé à contrecœur. Pourtant, j'avais autre chose à foutre qu'aller colporter des rumeurs sur le prochain film du grand Adam Connor.

—Et ta mission d'agent littéraire, comment ça se passe ? a-t-il demandé.

—Je touche au but, ai-je répondu sans lever les yeux du premier scénario. Il ne reste que deux éditeurs dans la course, j'attends leur réponse. J'ai aussi conclu d'autres accords – pour des livres audio, etc. Bon, alors, il parle de quoi, celui-ci ?

Il s'est glissé sur le canapé jusqu'à se retrouver assis très, je répète, *très* près de moi. J'ai supplié mon cœur de ralentir, parce que, franchement, il exagérait. *Yo ! Qu'est-ce que tu fabriques, toi ? On n'est pas censés apprécier ce mec, tu te rappelles ? Pas la peine de sortir le grand jeu parce qu'il est à portée de main.*

Lorsque Adam a repris le scénario, son bras a frôlé mon épaule pile au moment où j'inspirais. Quelle coïncidence, hein ?

Un frisson a fusé là où sa peau est entrée en contact avec la mienne. Premièrement, ma peau et ce frisson étaient ridicules. Deuxièmement, l'odeur d'Adam, outre la note de whisky, était chaude, sauvage et délicieusement masculine. Une véritable invitation à plonger le nez dans son cou et à se laisser enivrer par le parfum de son corps… Très, très mauvaise idée. J'ai fermé les yeux pour tenter de faire abstraction de toutes ces tentations olfactives, mais ça n'a fait que rendre sa fragrance et sa proximité plus intenses. D'ordinaire, il ne m'en fallait pas plus pour passer à l'action sur-le-champ. D'ailleurs, si ça n'avait pas été lui, j'aurais foncé sans hésiter, mais avec Adam, j'étais obligée de dompter mes ardeurs.

M'éloigner de lui aurait certainement pu contribuer à résoudre le problème, mais je n'étais pas une poule mouillée ; jamais je ne reculerais devant un mec parce que j'avais envie de lui. Sans déconner. S'il me cherchait, il allait me trouver.

M'évertuant à respirer par la bouche sans avoir l'air d'une tarée, je me suis penchée vers lui et j'ai posé mon bras contre le sien tandis qu'il feuilletait le scénario. Il semblait si à l'aise, c'en était vexant.

J'étais en train de me démener pour lui faire croire qu'il me laissait complètement indifférente, et lui, il restait là, tranquille. Ne voyait-il donc pas que je frôlais la crise de nerfs à cause de lui ? Bon sang, j'étais à deux doigts de lâcher la chanteuse qui sommeillait en moi et d'entonner *Pillowtalk* de Zayn.

Oh oui, j'aurais adoré faire enrager les voisins avec Adam Connor, comme dans la chanson – surtout si les voisins en questions étaient Olive et Jason.

Lorsque Adam a recommencé à parler, mon esprit était à des années-lumière de là, j'étais nue dans un lit *king size* avec lui, bref, j'ai eu beaucoup de mal à me concentrer sur ce qu'il disait.

—Dans celui-ci, je suis censé jouer le mari dévoué d'une mondaine. Je la tue, je m'enfuis et je me retrouve avec un super inspecteur à mes trousses.

—Sans intérêt, suis-je parvenue à articuler.

—Oui. Pour moi aussi, c'est non.

—Dis donc, ton agent ne peut pas te trouver quelque chose de mieux ?

—Normalement si. C'est pour ça que je l'ai viré.

Interloquée, j'ai risqué un regard dans sa direction.

—On dirait que tu vires pas mal de monde en ce moment. C'est vrai ce qu'on dit ? Que tu te débarrasses de plein de collaborateurs à cause du divorce ?

J'ai commis l'erreur de croiser son regard ; il a accroché le mien d'un air sévère.

—On dirait que ça ne te suffit pas d'espionner les gens. Il faut en plus que tu épluches les tabloïds pour satisfaire ta curiosité.

—Oh, pitié. Qu'est-ce qui te fait croire que ta vie m'intéresse ? Je suis tombée là-dessus par hasard en cherchant des photos de l'avant-première d'Olive et Jason. J'ai cliqué sur un lien qui m'a menée à un autre lien et ainsi de suite… Je ne faisais pas de recherches sur toi, tu peux me croire. J'ai habité chez toi pendant une semaine, tu te rappelles ? Il n'y a rien d'excitant du tout chez toi. Bon sang, même Dan a une vie plus palpitante que toi.

Il a jeté le scénario à terre avec une force disproportionnée. Je l'ai interrogé du regard, mais il m'a ignorée ouvertement, se concentrant déjà sur le deuxième scénario.

—C'est donc lui, le grand gagnant ? ai-je hasardé.

—Comment se fait-il que tu connaisses la vie « palpitante » de Dan ?

La question était plutôt inoffensive, mais sa façon d'attendre ma réponse, dans un silence pesant, comme si ça avait de l'importance, m'a paru étrange.

—Mais parce qu'on a discuté. Il ne me déteste plus autant que le jour où il m'a coincée dans ton jardin. Je n'irais pas jusqu'à affirmer qu'il m'aime bien, mais au moins maintenant, il engage la conversation. J'ai même réussi à le faire rire plusieurs fois. On est en train de devenir potes, je pense. Je finirai bien par l'avoir à l'usure.

—Mais quand avez-vous eu le temps de discuter ?

—Quand tu l'as envoyé avec moi au poste de police, par exemple. Où est le problème ?

Il a balayé ma question d'un haussement d'épaules.

—Il n'y a aucun problème. Alors celui-ci, c'est l'histoire d'un frère et d'une sœur. Ils font partie d'une petite bande d'escrocs et le personnage que je dois incarner tombe amoureux de la victime qu'ils sont censés arnaquer. Sa sœur découvre le pot aux roses et il finit par la tuer quand elle devient une menace pour son amour.

—Ça m'a déjà l'air un peu plus intéressant.

Il a grogné et a feuilleté un peu le scénario avant de me le tendre.

—Les dialogues ne tiennent pas la route. La sœur devrait avoir une personnalité plus marquée, elle s'en prend à la chérie de son frère quand même. Là-dedans, on la dépeint comme une personne psychologiquement instable, ce qui ne colle pas avec le personnage. Quelqu'un doit tout reprendre depuis le début et apporter les modifications nécessaires.

J'ai parcouru le récit en diagonale, mais rien ne m'a sauté aux yeux.

—Que voudrais-tu changer ?

Il s'est encore approché de moi et nos jambes se sont effleurées.

Doux Jésus ! Il n'était pas loin d'abuser de moi, là.

—On n'a qu'à faire une lecture rapide, tu vas vite comprendre.

—Une lecture ?

—Donne-moi la réplique, Lucy.

—Je suis qui, moi ?

J'ai désigné un nom.

—Laurel ?

—Oui, tu es Laurel, ma sœur. Et moi, je suis Damon.

—O.K. Vas-y, commence.

Au début de la page, il était écrit : *Ext. Le cimetière – nuit*, puis il était expliqué que Damon attendait Laurel à côté de la tombe de leur père et que celle-ci s'approchait de lui avec un air suspicieux.

Tout à coup, Adam s'est levé et m'a tendu la main.

—On va le faire debout, ça t'aidera à entrer dans la peau du personnage.

J'ai poussé un reniflement de dérision, mais j'ai pris sa main et je l'ai suivi.

—De toute façon, je ne serai pas l'actrice du film. Je n'ai pas besoin « d'entrer dans la peau du personnage ».

— Allez, pour me faire plaisir.

— Tu insistes parce que tu me trouves psychologiquement instable aussi, c'est ça ? D'après toi, je rendrais le personnage plus crédible ?

— Ne sois pas aussi méfiante, Lucy. Contente-toi de lire ces fichues répliques.

La scène se résumait à une discussion entre un frère et sa sœur. Pas de quoi s'affoler, hein ? Et puis, qui refuserait une occasion unique de donner la réplique à ce maudit Adam Connor – des répliques qui risquaient de finir dans toutes les salles de cinéma qui plus est ?

— Et toi, comment vas-tu faire pour lire ? Tu as une autre copie ? ai-je demandé en fouillant le salon du regard.

— J'ai déjà tout lu deux fois. Je suis prêt pour cette scène. Commence.

Le scénario dans une main, j'ai défroissé mon tee-shirt de l'autre, secoué mes épaules et je me suis jetée à l'eau.

— Pourquoi m'as-tu donné rendez-vous ici, Damon ?

Adam m'a soulevé le menton du bout des doigts, court-circuitant mon cerveau par la même occasion.

En guise de bande originale, Frank Sinatra était en train de chanter *Fly Me to the Moon*.

— Tu es censée me regarder quand tu t'adresses à moi. Et mets-y un peu plus d'émotion. Tout est indiqué dans le scénario, essaie de lire entre les lignes pour bien saisir toutes les nuances.

J'ai imploré mon cœur et d'autres parties intimes de mon anatomie de se calmer, puis j'ai planté mon regard dans ses yeux verts insondables.

— Je ne suis pas actrice… tu devras te contenter de ce que tu as.

Et gourmand, avec ça !

J'ai parcouru le dialogue, mémorisé quelques lignes et, cette fois, j'ai récité sans baisser les yeux.

— Pourquoi m'as-tu donné rendez-vous ici, Damon ?

—J'ai pensé que le lieu était approprié, a répondu Adam, dans son rôle.

J'ai observé la page avec scepticisme.

—Attends, ils trouvent qu'une réunion de famille dans un cimetière, c'est approprié ? Et ça, qu'est-ce que ça veut dire ?

J'ai désigné un truc gribouillé entre deux lignes.

—J'ai pensé que le lieu était approprié, a répété Adam d'un ton appuyé.

Sérieux, c'est quoi ton problème, mec ?

J'ai levé les yeux au ciel et j'ai repris.

—On n'a plus remis les pieds ici depuis quoi… quinze ans ? Alors pourquoi maintenant ?

—Tu te rappelles, le jour où on s'est assis sur cette pierre tombale et qu'on s'est fait une promesse ?

—C'est là que tout a commencé ; bien sûr que je me rappelle, Damon.

Il a hoché la tête d'un air solennel et a enfin arrêté de me dévorer du regard.

—Eh bien, notre route s'achève ici.

J'ai jeté un coup d'œil au script.

—De quoi tu parles, Damon ? ai-je demandé en relevant vivement la tête.

Adam s'est passé une main dans les cheveux en poussant un soupir et s'est approché de moi, un peu trop près à mon goût, comme d'habitude.

—Je ne peux plus continuer, Laurel. Je ne veux plus être un fantôme dans la nuit, je ne veux plus faire semblant d'être quelqu'un d'autre. On vaut mieux que ça.

J'ai pris ma voix la plus cassante pour la réplique suivante.

—Tout ça, c'est à cause d'elle, hein, Damon ? C'est à cause de Jessie. Ce n'est qu'une de nos pigeonnes, au cas où tu l'aurais oublié.

Adam m'a pris le scénario des mains pour le consulter et me l'a rendu aussi vite. J'allais faire une petite réflexion sur son laisser-aller, mais il a appuyé un doigt sur mes lèvres.

Voilà qu'il recommençait à me toucher.

J'ai froncé les sourcils, mais je me suis tue.

De son côté, Sinatra continuait à tout donner.

—Allons, ne me dis pas que tu n'en as pas marre de tous ces mensonges, Laurel. Quand est-ce que ça s'arrêtera ?

—Est-ce qu'ils se parlent comme ça pendant toute la scène ? Face à face ? ai-je demandé d'un ton boudeur, sortant de mon rôle.

Adam a patienté, tête inclinée sur le côté, mine éloquente.

—C'est trop tôt, Damon. On ne peut pas arrêter si près du but, ai-je repris.

Il a de nouveau détourné la tête.

—Elle est enceinte, Laurel. Jessie attend un enfant.

Oh-ho, l'affaire se corse.

J'ai lu la suite, puis j'ai lâché un petit rire moqueur.

—Comment peux-tu être sûr que c'est le tien ? Il y a quelques mois, elle sortait encore avec ce Jake…

—C'est le mien, a rétorqué Adam, les traits tendus.

—Il faut que tu t'occupes de ça. Tu dois la convaincre de s'en débarrasser. Tu ne peux pas foutre en l'air tous nos plans à cause de ça. Ça fait trop longtemps qu'on attend ce moment.

J'ai tourné la page.

—Laurel est une belle garce, on dirait, ai-je marmonné.

Sans crier gare, Adam a saisi mes joues entre ses mains et a pressé un baiser sur mon front.

Danger ! Danger !

Arrêtez tout !

— Eh ! Ça va pas, non ? ai-je protesté en tentant de lui échapper.

Il a désigné le scénario.

— Lis.

Évidemment, c'était écrit juste là, en haut de la page : *Damon l'embrasse sur le front.*

J'ai repris mon rôle, m'efforçant de ne pas perdre mon sang-froid.

Il m'a de nouveau embrassée – ses lèvres étaient d'une douceur étonnante – et j'ai fait de mon mieux pour rester impassible malgré la proximité de son visage.

Ensuite, il m'a forcée à le regarder dans les yeux. Oui, forcée… Il devait y avoir de la magie là-dessous ; c'est à peine si je parvenais à respirer tandis qu'il me comprimait les joues avec ses mains et aspirait mon âme avec ses yeux.

Salaud.

J'ai dégluti et je me suis éclairci la voix pour faire bonne mesure.

— Tu es ma sœur, Laurel. Je t'aime, a-t-il déclaré avec un petit sourire triste. Je t'aime, mais c'est terminé pour moi. Ne m'oblige pas à choisir. Je ne peux plus continuer, j'ai trop à perdre maintenant.

J'ai consulté le scénario. Mon cerveau avait de plus en plus de mal à fonctionner normalement.

— Et moi, Damon ? Qu'est-ce que je deviens là-dedans ? Je poursuis ma vie en faisant comme si elle n'avait jamais détruit notre famille ?

Du pouce, Adam m'a caressé la pommette et mon corps tout entier s'est embrasé. Ça figurait dans son putain de script, ça ? Il a de nouveau approché son visage du mien et je me suis préparée à un baiser sur le nez ou un truc innocent du même genre.

Bizarre comme relation entre frère et sœur, mais soit.

Nos regards se sont agrippés l'un à l'autre et ses lèvres ont délicatement effleuré les miennes. Je suis restée pétrifiée.

Moi, Lucy Meyer, la fille qui rêvait d'embrasser Adam Connor pas plus tard qu'un mois plus tôt, je suis restée pétrifiée lorsque la bouche dudit Adam Connor a touché la mienne. Ensuite, mon corps, ce traître, a quand même fait un pas vers lui pour maintenir le lien.

Vraiment bizarres, ce frangin et sa frangine.

Pendant quelques longues et dangereuses secondes, Adam m'a laissé goûter à sa bouche avec des mouvements très lents. Puis il a happé ma lèvre inférieure entre les siennes et, avant même que je n'aie compris ce qui se passait, il m'obligeait même à entrouvrir la bouche.

Avec douceur.

Mais j'ai senti sa langue. Je vous jure que je l'ai sentie.

J'ai hoqueté de surprise, mais je n'ai pas eu le temps d'en profiter parce qu'il s'est écarté aussitôt.

Que ce soit clair : je n'ai pas quémandé ses lèvres. Pas plus que je ne me suis laissé aller contre lui comme une ado entichée. C'est vraiment pas mon genre. Non, ça devait être une illusion d'optique.

Dès qu'il m'a lâchée, je me suis mise à tourner les pages avec frénésie. Ne trouvant pas ce que je cherchais, j'ai levé la main et je l'ai giflé. Fort.

Nous sommes longuement restés immobiles. Hormis mon souffle haché et Frank qui, imperturbable, terminait une autre chanson, il n'y avait pas un bruit.

—C'était pourquoi, ça ? a fini par demander Adam.

—À ton avis ? ai-je coassé.

Cela faisait plusieurs minutes que je me trouvais au même endroit, pourtant j'avais l'impression d'avoir couru un marathon – tout ça à cause d'un minuscule baiser qui me laissait sur ma faim. J'ai toussoté, puis j'ai pointé un doigt accusateur sur lui.

—Tu viens d'embrasser ta sœur, je te signale. Et ne t'avise pas de me faire croire que c'était un petit bisou affectueux de rien du tout. Comment crois-tu qu'elle aurait réagi ?

Les premières notes de *It Was a Very Good Year* ont résonné, ma préférée de Frank Sinatra. Adam a saisi mon menton et m'a relevé la tête sans ménagement. Sa grande main chaude enveloppait presque toute ma mâchoire inférieure.

Là, il y avait de quoi tremper sa culotte. Quelle femme n'aime pas laisser un homme – en particulier un homme au physique d'Adam Connor – prendre le contrôle de son corps ? De son plein gré, bien sûr.

—Je n'ai pas embrassé ma sœur, Lucy, a-t-il murmuré avant de se pencher et de m'embrasser.

Encore.

Un long baiser, cette fois. Un vrai. Il a délicatement renversé ma tête en arrière et a glissé sa langue dans ma bouche.

Voilà. Ce genre de baiser.

C'est ainsi que j'ai découvert le goût qu'il avait. Chaud. Soyeux. Enivrant. Érotique. Dangereux. Dément.

Le scénario m'a échappé des mains et a atterri sur le sol.

Dans mon esprit, c'était le chaos. Mon cerveau m'envoyait toutes sortes de signaux d'alerte.

Il m'a incliné la tête sur la droite et j'ai bien failli me liquéfier quand son baiser s'est intensifié.

C'était un baiser emballé dans un autre baiser.

Est-ce que ça a un sens, ce que je raconte ? Non ? Eh bien, c'est à l'image de l'expérience que je vivais.

Oui, Lucy ! Oui !

Non, Lucy ! Non !

C'était comme si plusieurs personnalités restées tapies dans ma tête pendant tout ce temps avaient attendu cette occasion bien spéciale pour surgir de leur tanière.

Cela dit, pardon, je me répète, mais Adam Connor était en train de m'embrasser… Toute femme normalement constituée aurait été incapable de faire face à un problème de cette envergure, non ? Que vous le détestiez ou pas, vous auriez sauté à pieds joints, vous aussi. Vous vous seriez données corps et âme.

De mes mains désœuvrées, j'ai agrippé son tee-shirt et je l'ai attiré contre moi pour me soumettre aux assauts de sa bouche avec ferveur. J'aurais pu composer tout un poème sur le bonheur que j'éprouvais à me sentir dominée. Pourtant, ce n'était pas moi l'écrivaine.

Il a resserré sa prise sur mon menton presque au point de me faire mal, mais j'adorais ça. Lui, je le détestais, mais j'adorais sa façon de contrôler notre baiser, de me contrôler. C'était tellement différent de ma mésaventure avec ce connard de Jake Callum.

J'adorais aussi la façon dont sa respiration s'emballait – exactement comme la mienne – et le fait qu'il ait enroulé le bras gauche autour de ma taille pour m'étreindre.

Nos langues se livraient bataille et je me fichais de savoir qui sortirait vainqueur, du moment que ses lèvres restaient sur les miennes le plus longtemps possible.

J'avais envie de lui enlever son tee-shirt, de sentir sa peau sous mes doigts, mais pour ça, il aurait fallu que je m'arrache à ses lèvres, et ce n'était pas envisageable. La terre aurait pu s'ouvrir sous mes pieds que je ne l'aurais pas lâché. Il a incliné la tête un peu plus, approfondissant encore notre baiser, m'obligeant à me cambrer contre lui.

J'étais d'accord pour être privée de baisers pendant plus d'un mois si celui que j'obtenais à la fin de chaque période d'abstinence ressemblait à celui-ci. De toute façon, j'étais d'accord avec tout ce que cet homme déciderait de me faire.

Pour l'instant, il était en train de me dévorer comme s'il était affamé. La vache. J'étais à deux doigts de lui grimper dessus pour qu'il me saute sur place, là, debout. Cela demanderait beaucoup d'agilité, mais j'étais prête à donner le meilleur de moi-même.

Incapable de me retenir plus longtemps, j'ai poussé un gémissement. Il a ralenti la cadence et m'a mordillé les lèvres tandis que je m'efforçais de ne pas m'effondrer devant lui, en hyperventilation. Il a lâché mon visage et a délicatement coincé une mèche de mes cheveux derrière mon oreille.

Au moment où je pensais que cette torture des sens était terminée, il s'est penché et a déposé un baiser sur ma joue, puis un autre un peu plus haut en direction de mon oreille. Sans que je l'y aie autorisée, ma tête s'est inclinée sur le côté pour lui laisser l'accès à cette zone. C'est le moment qu'il a choisi pour me lécher l'arrondi de l'oreille, m'arrachant un autre gémissement.

Tout ce que j'ai pu faire, c'est m'agripper à lui. J'étais fichue. Non, mais vous vous rendez compte ? Mon vagin, lui, était ravi, par contre.

—Lucy, a-t-il murmuré.

Des petits frissons ont parcouru ma peau.

Pourquoi fallait-il que mon nom sonne si bien dans sa bouche ?

Lorsqu'il a plongé le nez dans mon cou pour me humer, je me suis presque liquéfiée entre ses mains. J'avais l'impression de naître une deuxième fois. Ou de flotter hors de mon corps. Ou un peu tout à la fois.

—Traite-moi de fou si tu veux, ma petite espionne, mais je crois que je commence à t'apprécier, a-t-il chuchoté contre ma peau avant de me mordiller.

Son souffle chaud m'enflammait de la tête aux pieds.

—Moi, je ne t'aime pas du tout, ai-je rétorqué dans un murmure, lorsque j'ai de nouveau été capable de formuler une phrase.

—Mmmh, a-t-il fait près de mon oreille.

Mes paupières se sont fermées en papillonnant. À quel jeu jouait-il ?

— Alors je suppose que tu ne me rendras pas mon baiser si j'essaie encore de t'embrasser ?

Quelle supposition débile ! Tous les baisers étaient les bienvenus, surtout avec ces lèvres-là, et cet enfoiré l'avait très bien compris.

Visiblement, il avait envie d'une autre gifle. J'ai tenté de m'écarter, mais il m'a saisie au niveau de la taille avec ses grandes mains et, avant que je n'aie pu deviner ses intentions – je n'ai pas honte de dire que j'espérais un autre baiser fougueux –, il est parti à reculons en m'entraînant avec lui.

Il s'est affalé sur le canapé et, comme par magie, j'ai atterri sur ses genoux. Encore une fois, moi, je ne demandais pas mieux que d'arrêter. C'était la faute de ses grandes mains puissantes si j'étais encore là. Celles-ci m'emprisonnaient au niveau de la taille, sans quoi j'aurais pris mes distances. Alors bon, puisque j'étais là et qu'il insistait, je me suis laissé aller contre lui pour goûter encore un peu à ses lèvres divines.

On fait les choses en grand ou on ne les fait pas.

Une main posée sur ma hanche, il a glissé l'autre sous mon tee-shirt, dans mon dos.

Je me suis cramponnée au dossier du canapé d'une main et j'ai posé l'autre sur son torse. Les battements frénétiques de son cœur sous ma paume me donnaient le vertige. Il fallait que je me relève tout de suite et que je prenne mes jambes à mon cou.

Qu'ai-je fait, à votre avis ? Je suis restée, bien sûr. J'en voulais plus.

Sa main s'est arrêtée entre mes omoplates. Peau contre peau. Peau chaude contre peau brûlante. Toujours assise sur ses genoux, j'ai pressé ma poitrine contre ses larges pectoraux et je l'ai entraîné dans un nouveau baiser étourdissant.

Il a poussé un long grognement satisfait complètement affriolant qui a signé l'arrêt de mort de ma petite culotte. Sa main s'est déplacée encore plus haut et il a saisi ma nuque pour me maintenir contre ses lèvres et me maîtriser. C'était à la fois excitant et tendre. Protecteur. Cela aurait été encore plus excitant s'il avait été sur le point d'enfoncer son sexe en moi.

Cette idée m'a fait pousser un gémissement encore plus fort que les précédents.

La bête en moi était lâchée et n'avait plus qu'une envie : dévorer l'homme qui se trouvait entre mes cuisses.

Soudain, il a détaché mes lèvres des siennes et a exercé une légère pression sur ma nuque pour capter mon attention. Mes paupières pesaient trois tonnes, mais je suis parvenue à les soulever suffisamment pour apercevoir son regard expressif qui sondait mon âme.

—Tu n'es pas aussi doué que je le pensais.

Cette affirmation m'avait échappé, me prenant totalement au dépourvu.

Il a ouvert la bouche d'un air indéchiffrable, mais il n'a pas eu le temps de dire quoi que ce soit, parce que la porte d'entrée s'est ouverte brusquement et s'est refermée en claquant.

Aiden.

Cela a suffi à me faire sortir de ma torpeur. Je me suis levée d'un bond et me suis empressée d'essuyer ma bouche du dos de la main. Mon tee-shirt est retombé, me couvrant de nouveau le dos. Maudit Adam qui me donnait la sensation d'être nue maintenant que ses mains n'étaient plus sur mon corps.

Toujours assis sur ce fichu canapé, il me dévisageait comme s'il me voyait pour la première fois.

— Adam, on a un problème. Ça ne va pas te plaire, a lancé une voix.

Dan le colosse a surgi du hall.

— Je vais dans ma chambre, ai-je marmonné en battant en retraite.

L'air méfiant, Dan m'a regardée passer devant lui, heureusement sans faire de commentaire. À mi-chemin, je me suis rappelé que je ne logeais plus ici. Adam et Dan s'entretenaient à voix basse. Avec une tape sur le front, j'ai fait demi-tour et je suis repartie vers le salon.

— Vous allez rire, ai-je lancé en contournant les deux hommes.

J'ai foncé dans le jardin sans achever ma phrase.

Il ne m'a fallu que quelques secondes pour franchir le mur et arriver devant la baie vitrée d'Olive. Verrouillée.

— Mais ?

J'ai frappé à la fenêtre. Les lampes étaient toujours allumées, ils n'étaient donc pas couchés.

— Olive ! ai-je crié en m'approchant de la vitre pour scruter l'intérieur de la maison.

Tout à coup, le fin rideau écru a remué et Olive est apparue comme par enchantement.

J'ai sursauté.

— Woh, putain ! T'es folle ? Tu m'as fichu une de ces trouilles !

— Je ne te laisserai pas entrer, a-t-elle décrété en se campant devant la vitre avec un petit sourire en coin.

— Quoi ? Mais enfin pourquoi ?

Un sourcil arqué, elle a croisé les bras.

— Raconte.

— Mais que veux-tu que je te raconte ?

Elle s'est penchée avec un regard soupçonneux pour analyser mon visage. Tout à coup, elle a écarquillé les yeux en poussant un petit cri.

—Tu l'as embrassé ! Tes lèvres sont enflées ! Tu l'as embrassé et tu n'allais même pas me le dire !

—Excuse-moi ? J'essayais justement de rentrer pour t'en parler, figure-toi !

—Tu mens.

—Non, Olive.

—Alors raconte-moi ce que vous avez fait.

—Je n'ai rien fait.

Elle m'a décoché un regard incrédule.

—On ne va quand même pas continuer la conversation ici, comme ça ? ai-je risqué.

—Ça vient ?

—D'accord, d'accord. Mais je ne t'ai jamais forcé la main comme ça, moi, merde.

Elle s'est esclaffée.

—Tu en es sûre, Lucy ? Réfléchis bien. Tu m'as fait bien pire. Je ne suis pas près d'oublier la fois où tu as répondu à un texto de Jason à ma place pour lui dire que j'étais célibataire à cent pour cent.

—Tu devrais me remercier. Tu as fini par l'épouser, non ?

—N'essaie pas de changer de sujet. Raconte-moi plutôt ce qui s'est passé là-bas, sinon je ne te laisse pas entrer et je ne t'envoie pas mon roman. Jasmine le trouve génial. Tu devrais l'entendre.

—Tu traînes avec moi depuis trop longtemps ; je commence à déteindre sur toi.

—Crache. Le. Morceau.

J'ai levé les mains.

—O.K. O.K. Calme ta joie, ma caille. Je croyais aller dire bonjour à Aiden, mais quand je suis arrivée, il n'était pas encore rentré, alors Adam m'a proposé de l'attendre avec lui.

—Tu vois, quand tu veux. Continue.

En dépit de la situation, j'ai pouffé.

—D'accord. Il m'a embrassée, ai-je confessé dans un filet de voix, en m'approchant de la fenêtre. Ensuite, je l'ai giflé parce qu'il venait d'embrasser sa sœur.

La stupéfaction s'est peinte sur les traits d'Olive.

—Après ça, il a recommencé. Un baiser de dingue que je lui ai rendu sans me faire prier. Et au moment où j'étais sur ses genoux et où je m'apprêtais enfin à vérifier la taille de sa bite pour satisfaire ma curiosité, SuperDan a débarqué.

—T'es nulle pour raconter, Lucy. J'y comprends rien. Il t'a embrassée, et sa sœur aussi, et après, tu l'as giflé ?

J'ai hoché la tête, assez fière de moi.

—Oui, enfin, si on peut dire. Je venais de lui parler de Catherine et de ma malédiction, et il m'a embrassée.

Elle a appuyé son front contre la vitre, l'air sous le choc.

—Tu lui as parlé de la malédiction ?

J'ai de nouveau hoché la tête.

—Après la gifle, il a recommencé à m'embrasser et… boarf.

J'ai marqué une pause.

—C'était mieux que la première fois, il me semble. Au moins, c'était doux. La gifle doit y être pour quelque chose.

—Je te déteste, a déclaré Olive.

—C'est exactement ce que je lui ai dit. Il m'a avoué qu'il commençait à m'apprécier, alors je lui ai répondu que moi, je ne l'aimais pas.

Un grand sourire s'est dessiné sur les lèvres d'Olive.

—Adam Connor est amoureux de toiiiii !

—Je ne crois pas avoir dit ça, ai-je rétorqué d'un ton las.

—Et toi, tu es en train de tomber amoureuse de lui, ça saute aux yeux.

J'ai secoué la tête en ricanant.

—Si tu le dis. Ma pauvre, tu es folle. Maintenant, ouvre, que je puisse te donner des détails.

Elle m'a tourné le dos, s'est appuyée à la baie vitrée et m'a décoché un regard innocent par-dessus son épaule.

—Je vais écrire un roman sur ton histoire d'amour avec Adam. Ça va être épique !

—Mais je ne suis pas du tout en train de tomber amoureuse de lui, enfin !

—Ça ne saurait tarder. Et je vais savourer chaque instant.

—Je suis maudite, Olive, tu as oublié ? Arrête tes bêtises et ouvre-moi. Ça commence à se rafraîchir, ici.

—Oh, ça va, on est à Los Angeles en septembre, je ne vois pas comment tu pourrais avoir froid. Et je suis certaine qu'Adam t'a déjà bien réchauffée. Tiens, je devrais lui envoyer un message. Où est ton téléphone ?

—Olive ! Je te jure que…

Je me suis mise à tambouriner à la vitre.

—Ouvre cette putain de fenêtre ! Tu es en train de te transformer en mini-moi, je n'aime pas ça du tout. Il ne peut y avoir qu'une seule Lucy. Toi, tu es la fille calme et sensible, pas celle qui laisse sa copine dehors dans le froid à la merci des coyotes dans le seul but de lui soutirer des informations. C'est moi qui fais ce genre de trucs !

—J'ai eu une excellente prof.

J'étais partagée entre fierté de maman poule et exaspération de mère blasée.

Ses yeux pétillaient de jubilation.

—Je fais des recherches pour mon prochain roman. Et comme tu en seras l'héroïne, il faut que je m'imprègne du personnage.

Puis elle a retrouvé son sérieux.

—Pourquoi tu t'infliges ça ? a-t-elle demandé dans un soupir.

Elle a désigné la maison d'Adam.

—Retourne chez lui, va prendre ton pied. Tu n'es pas maudite, Lucy. S'il t'a embrassée, ça veut dire que tu l'intéresses malgré toutes les bêtises que tu as faites.

—Pardon ? Ahem, tu étais avec moi sur ce mur, le premier jour, il me semble ? Si je suis une espionne, toi aussi.

—Peut-être, mais moi, je ne me suis pas fait prendre.

—Ah bravo. Quel argument imparable. Maintenant, ouvre.

—D'abord, dis-moi pourquoi ?

—Pourquoi quoi ?

—Pourquoi tu ne retournes pas là-bas pour lui donner une chance et voir où ça te mène ?

Bon. Puisqu'elle s'obstinait à me laisser moisir dehors, je me suis assise devant la porte en lui tournant le dos.

—Lucy ?

J'ai levé la tête vers le ciel.

—Parce que si je « tombe » amoureuse de lui, je ne survivrai pas à la chute.

Adeline Young oublie son fils à l'aéroport

Ces photos exclusives d'Aiden Connor (5 ans) à l'aéroport, en sanglots et encerclé de paparazzis, sont devenues virales en moins de temps qu'il n'en faut pour le dire. Comme vous pouvez le voir sur nos images, à son arrivée à l'aéroport de Los Angeles vers 18 heures, Adeline Young est descendue de sa voiture et s'est précipitée vers le terminal avec son équipe. Jusque-là, cela ressemble à n'importe quel départ en déplacement d'une célébrité, n'est-ce pas ? Détrompez-vous, il n'en est rien. Cependant, avant de poursuivre notre récit des événements, nous tenons à vous informer que nous avons eu une réunion en interne à la rédaction afin de déterminer s'il était opportun de partager ces photos déchirantes avec vous. Il en est ressorti que nous abstenir de les publier n'y changerait rien puisque tous les autres médias s'en sont déjà emparés. Toutefois, nous vous avertissons que nous ne laisserons pas ces clichés en ligne très longtemps, car ce qu'on y voit est intolérable. Braquer un énorme objectif sous le nez d'un enfant en beuglant pour obtenir son attention alors qu'il est déjà terrorisé, c'est tout bonnement inadmissible. Quels que soient les parents de cet enfant.

Cela étant, ces paparazzis sans scrupule sont-ils les seuls coupables dans cette affaire ? La réponse est un grand non. Lorsque Adeline Young est arrivée à l'aéroport pour prendre son avion à destination de New York, elle était accompagnée de Neil Germont, attaché de presse et bras droit de Michel Lewis, ainsi que de deux assistantes. Mais alors que le petit groupe s'engouffrait dans le terminal, les images montrent une troisième assistante qui descend de la voiture et se précipite derrière les autres. C'est là que tout a mal tourné. Sur la photo suivante, on aperçoit Aiden Connor qui saute du SUV, seul. Il est évident qu'il cherche sa mère et la panique qui se lit sur ses traits parle d'elle-même.

On se dit alors que quelqu'un va forcément faire demi-tour pour venir le rechercher. Comment serait-il possible d'oublier un enfant avec autant d'assistants autour de soi ?

La photo suivante est celle qui est devenue virale sur la Toile hier soir. On y voit Aiden en larmes, littéralement assaillis de paparazzis, car on ne parle pas de deux ou trois témoins qui auraient sorti leur téléphone pour prendre quelques photos de loin. Non. Si vous examinez l'arrière-plan de cette image, vous aurez une idée du nombre de gens qui encerclaient ce pauvre enfant en pointant leur objectif sur lui. Tout le monde aurait paniqué en pareille situation, tout le monde, vous comme nous. Alors, pour un petit bonhomme de cinq ans, cette expérience a dû être très traumatisante – imaginez un instant : tout ce que vous voulez, c'est retrouver votre maman et voilà qu'une bande d'enragés se rue sur vous en vous criant votre nom à la figure.

C'est le cœur lourd que nous vous apprenons également qu'aucun de ces photographes n'a aidé le petit Aiden à retrouver sa mère. D'après nos sources, une assistante d'Adeline aurait rebroussé chemin dès qu'elle se serait aperçue qu'il manquait à l'appel. Au final, cette épreuve n'aura duré qu'une minute ou deux, mais pour un enfant de cet âge, c'est une éternité. Ce qui nous dérange – et nous sommes loin d'être les seuls à le souligner –, c'est que ce ne soit pas Adeline elle-même, la mère du petit Aiden, qui soit venue à son secours. Non, il n'a eu droit qu'à une assistante.

Nous savons tous que, depuis son divorce, Adeline Young est une jeune femme très occupée, qu'elle donne tout pour revenir dans la course et décrocher un contrat tant que tous les regards sont braqués sur elle. Cependant, cet incident lui vaudra, à n'en pas douter, de nombreuses retombées négatives. Pour l'heure, nous n'avons toujours pas réussi à joindre la nouvelle agence de communication d'Adam Connor afin d'obtenir une réaction. À vrai dire, il semble peu probable que nous en obtenions une, mais nous sommes impatients de découvrir s'il prendra des mesures suite à ce rebondissement.

12
ADAM

— Je veux que tu déposes la demande aujourd'hui. Je me fiche que ton emploi du temps soit chargé, ça doit être fait d'ici la fin de la journée.

J'étais au téléphone avec mon avocate, Laura Corey.

— Une seconde, Adam.

J'ai fermé les yeux et j'ai attendu.

— Voilà. Donc tu veux qu'on dépose une demande de garde exclusive pour Aiden. Ce n'est pas simple, comme procédure. Tu es prêt à te lancer là-dedans ?

— Je veux mon fils, Laura.

C'était une certitude, désormais. Il n'était plus question de laisser « un peu de temps » à Adeline pour s'éclaircir les idées.

— Très bien, Adam. D'accord. J'envoie le dossier aujourd'hui. Veux-tu que je prenne contact avec ta nouvelle équipe de communication pour discuter de la stratégie à adopter ? Je vais être honnête avec toi, ce serait bien que tu publies au moins un communiqué de presse, mais en t'adressant à un média auquel tu fais confiance. Mieux vaut prendre les devants et fournir une courte explication aux gens plutôt que de laisser les imaginations se déchaîner sur le sujet.

— Je n'ai pas l'intention de provoquer un scandale pour profiter de la situation, Laura.

—Ce n'est pas du tout ce que je suis en train de te dire. Mais penses-y. Dans ce genre de cas de figure, il vaut mieux se fendre d'une explication plutôt que de se murer dans le silence et laisser la presse se déchaîner. Et avec les photos d'hier soir, ils vont se déchaîner, tu peux me croire.

Un poids s'est installé sur mon estomac.

—Oh, ça me fait penser… Je veux que les photos d'Aiden disparaissent d'Internet et je veux le nom de ces photographes. Ce qu'ils ont fait est illégal et ils le savaient très bien. Ça n'aurait jamais dû se produire.

Un soupir a retenti dans le combiné, ce qui n'a fait qu'accroître ma nervosité.

—Tu as raison, Adam, c'est illégal, mais c'est une loi difficilement applicable. Je vais mettre mes enquêteurs sur le coup pour essayer de retrouver l'identité de ces paparazzis, mais tu sais très bien qu'ils se couvrent entre eux. Ça va prendre du temps.

—Essaie quand même.

—Bien sûr que je vais essayer. On se tient au courant.

Elle a raccroché. Sans lâcher mon téléphone, je suis sorti sur la terrasse pour appeler Adeline. Une fois de plus. La veille, lorsque Dan était rentré de chez elle sans Aiden et m'avait expliqué qu'elle avait quitté la ville avec lui sans m'avertir, alors qu'elle savait très bien que c'était le jour où je le récupérais, je l'avais appelée sans discontinuer jusqu'à ce qu'elle réponde. La conversation n'avait pas été très agréable. Lorsqu'elle m'avait expliqué pourquoi elle l'avait emmené, j'étais resté sans voix.

Elle a décroché à la cinquième tonalité.

—Bonjour, Adam.

—Adeline. Où es-tu ?

—On vient d'atterrir à Los Angeles.

— Tu rentres chez toi ? Je vais t'envoyer Dan pour récupérer Aiden. Ensuite, toi et moi… il faudra qu'on ait une petite discussion.

— Adam, a-t-elle soupiré. Je sais que j'ai complètement merdé et tu as tous les droits d'être en colère, mais je peux très bien te déposer Aiden moi-même.

— Et moi, je te dis que tu n'es pas obligée.

— Mais j'en ai envie, Adam. S'il te plaît, laisse-moi une chance de t'expliquer ce qui s'est passé. Je tiens à te présenter mes excuses de vive voix. Et puis, je crois que ce serait bien qu'Aiden nous voie ensemble.

Je n'avais pas besoin de ses excuses et je n'avais pas envie de la voir, encore moins depuis que j'avais vu les photos d'Aiden en larmes, perdu au milieu d'une nuée de paparazzis. En ce qui me concernait, c'était terminé avec elle. Sur tous les plans.

Après avoir raccroché avec Adeline, j'ai encore passé un coup de fil, à ma nouvelle équipe d'attachés de presse cette fois, pour régler tout ce qui devait l'être. Même si je voulais rester le plus discret possible sur ma vie privée et que je ne partageais pas l'avis de mon avocate, je savais que, de toute façon, cette histoire allait se répandre, alors autant avoir le contrôle sur la qualité et la quantité de ce qui serait répandu.

Une heure plus tard, Adeline est arrivée en tenant Aiden par la main. La veille au soir, quand j'avais appelé Adeline pour parler à mon fils, elle m'avait répondu qu'il était exténué et qu'il dormait déjà. Je n'avais donc pas encore pu lui parler de ce qui lui était arrivé ni lui demander comment il se sentait.

Chaque fois que je le déposais chez Adeline, il se murait dans le silence pendant le trajet et me regardait comme si je le trahissais. C'est exactement ce regard qu'il m'a lancé en entrant ; ça m'a brisé le cœur.

C'est avec une légère appréhension que je me suis agenouillé devant lui dans l'espoir de recevoir un câlin. Hélas, il ne m'a pas serré dans ses bras et, quand je l'ai étreint, il est resté immobile contre moi.

Sans le lâcher, j'ai levé les yeux vers Adeline. Elle a fait la moue et a articulé un « désolée » silencieux.

Je me suis relevé en soupirant.

—Salut, mon bonhomme. Tu m'as manqué.

Il a marmonné un « salut ».

—Tu t'es bien amusé à New York avec maman ?

Nouveau semblant de réponse mâchonné.

Adeline a lâché sa main pour le recoiffer.

—Aiden, a-t-elle chuchoté avec douceur. Tu veux bien nous laisser quelques minutes, ton père et moi ?

—D'accord.

Sans m'accorder un regard, il m'a contourné et s'est dirigé vers sa chambre avant de s'arrêter à mi-chemin. Cette fois, son regard a vaguement croisé le mien.

—J'ai été sage, alors je peux te demander quelque chose ?

—Bien sûr, ai-je répondu.

À ce stade, j'étais prêt à lui accorder tout ce qu'il voulait, si c'était ce qu'il fallait pour qu'il me regarde dans les yeux.

—Est-ce que je peux voir Lucy ?

—Il la réclame depuis qu'on a atterri, est intervenue Adeline.

Évidemment. Moi aussi, j'aurais voulu que Lucy soit là, à sa place. À vrai dire, elle me manquait aussi, mais je n'avais pas le temps de régler cette question pour l'instant… même si c'était une grave erreur de croire qu'on pouvait « régler » Lucy. Il faudrait tout de même qu'on reparle de ce baiser. Au risque de passer pour une mauviette, après ce qui c'était passé la veille… il fallait qu'on ait une petite conversation. Ensuite, je l'embrasserais de nouveau – sans doute pour la faire taire.

—On peut essayer de l'appeler, mon lapin, mais elle est peut-être occupée.

—On peut le faire tout de suite ? Parce que si on l'appelle maintenant, on pourra lui demander si je lui ai manqué. Si je lui ai manqué, elle viendra me voir ; ça, c'est sûr.

Je me suis tourné vers Adeline.

—Ça ne t'ennuie pas de patienter une minute, le temps que je passe un coup de fil ?

—Pas du tout, Adam, a-t-elle répondu avec un sourire aimable.

Elle a effleuré mon bras avant de se diriger vers le salon. J'ai attrapé mon téléphone.

Aiden s'était rapproché de moi, mais il continuait à se montrer distant. J'espérais vraiment que la présence de Lucy lui ferait du bien. Elle a répondu au bout de trois tonalités.

—Tu m'appelles pour que je te donne quelques conseils ? a-t-elle lancé d'emblée.

Mais de quoi parlait-elle ?

—Des conseils sur quoi ?

—Mais pour bien embrasser, quelle question ! Je veux dire : j'ai connu pire, enfin je crois, mais… je ne sais pas, il m'a semblé qu'un petit coup de pouce ne te ferait pas de tort. En fait, non, tu as besoin d'un *gros* coup de pouce.

Adeline était assise à quelques mètres de moi et Aiden me dévisageait avec des yeux plein d'espoir, mais j'ai pincé les lèvres pour réprimer un sourire.

—Ah, parce que toi, tu trouves que tu maîtrises ?

Il y a eu un court silence.

—C'est censé vouloir dire quoi, ça ?

—Je dis ça, je dis rien, mais figure-toi que je me faisais justement la réflexion que toi aussi, tu aurais bien besoin de quelques conseils. Je ne veux pas te saper le moral, mais…

—Mais… ? Mais quoi ?

Sa voix était montée dans les aigus.

—Écoute, le moment est mal choisi. Il faudra qu'on en reparle plus tard.

—Personne ne t'a jamais embrassé aussi bien que moi, enfoiré, a-t-elle grommelé.

—Si tu le dis, Lucy.

—Si je le dis ? *Si je le dis ?* Mais pour qui tu te prends ?

Cette fois, je n'ai pas pu m'empêcher de sourire. Si elle avait été à côté de moi, j'aurais adoré lui montrer pour qui je me prenais, mais malheureusement, elle n'était pas là. Aiden a tiré sur mon tee-shirt.

—Je peux lui parler ? Je lui ai sûrement manqué. Je crois que c'est moi qui devrais lui parler.

J'ai levé le doigt en hochant la tête.

—Lucy, il y a quelqu'un ici qui aimerait te parler. Est-ce que tu as une minute ?

—Ah, parce que maintenant, tu me demandes si j'ai une minute ? Après avoir gâché mon après-midi ? Et qui veut me parler ? Dan ? On a déjà discuté ce matin.

Ah bon, elle avait été en contact avec Dan ? La question me démangeait, mais je me suis abstenu.

—Non, ce n'est pas Dan, ai-je répondu sèchement.

Sans plus d'explication, j'ai tendu le téléphone à Aiden.

—N'insiste pas trop, d'accord ? lui ai-je demandé gentiment. Si elle est occupée, tu pourras toujours la voir un autre jour.

—Allô ? Lucy ? C'est toi ?

Concentré sur ses chaussures, il tenait le téléphone à deux mains.

—C'est Aiden. Tu te souviens de moi ?

J'ai jeté un coup d'œil à Adeline pour voir ce qu'elle faisait et je l'ai surprise en train de nous observer. Elle m'a adressé un signe du menton avant de détourner la tête. C'était bizarre de la voir chez moi, un peu comme si elle n'avait jamais fait partie de ma vie. Tant de choses avaient changé en si peu de temps.

—Est-ce que je t'ai manqué ? Parce que si je t'ai manqué, tu peux venir me voir tout de suite, si tu veux.

—Aiden, ne la force pas, lui ai-je rappelé à voix basse.

Il ne m'a même pas accordé un regard.

—D'accord. Est-ce qu'Olive peut venir aussi ? Je dois lui avoir manqué. Mmh-mmh… Quand est-ce qu'elle viendra alors ? O.K. Je t'attends, ne traîne pas trop.

Je ne sais pas ce que Lucy lui a répondu, mais il a acquiescé avec un grand sourire.

—À dans cinq minutes, Lucy. Ne sois pas en retard, d'accord ?

Il m'a rendu le téléphone et s'est précipité dans sa chambre.

—Aiden, fais attention ! ai-je crié.

Mais il continuait à m'ignorer.

Après avoir vérifié que Lucy n'était plus en ligne, j'ai posé mon téléphone et j'ai rejoint Adeline. En chemin, je me suis rappelé la passion de Lucy pour l'escalade et pour le mur du jardin, alors je me suis placé près de la baie vitrée pour pouvoir lui ouvrir lorsque ses pensées meurtrières et elle arriveraient. Je me suis appuyé à la fenêtre et j'ai regardé Adeline.

Pendant un moment, nous nous sommes dévisagés en silence.

—Comment vas-tu ? a-t-elle fini par demander.

—Jusqu'à hier, j'allais très bien, Adeline.

—Tu ne peux quand même pas m'en vouloir pour ça, Adam.

—À qui dois-je en vouloir alors ? À Aiden ? Je dois lui reprocher d'être descendu de cette voiture tout seul ?

Elle a ramené ses longs cheveux blonds derrière son oreille en soupirant.

—Il aurait dû attendre que quelqu'un vienne le chercher, mais tu as raison, ce n'est pas sa faute.

—Comme c'est gentil d'être d'accord avec moi sur un point.

Un éclair de douleur a traversé son regard, mais elle s'est vite ressaisie.

Elle s'est levée du canapé. Son jean blanc moulait ses longues jambes, mais son tee-shirt gris était relativement ample au niveau de la poitrine. Cela dit, on devinait sans difficulté qu'elle ne portait pas de soutien-gorge. Était-ce une tactique de sa part ? Aucune idée, mais je ne tomberais pas dans le piège – et encore moins dans un lit avec elle.

Elle s'avançait vers moi lorsque son téléphone s'est mis à sonner dans son sac, sur le canapé. Elle a jeté un coup d'œil à ce dernier avant de rebrousser chemin.

—J'attends un appel du réalisateur de New York, Adam. Ça t'ennuie si je réponds ?

Ce qu'elle a fait sans attendre ma réponse.

À cet instant, quelqu'un a frappé à la baie vitrée et j'ai sursauté. J'étais en train de me demander si je devais mettre Adeline au courant de mes intentions. J'ai souri en rencontrant le regard furibond de Lucy de l'autre côté de la fenêtre. En fait, j'adorais la voir comme ça, dans tous ses états, prête à cracher du feu sur moi.

Ma petite guerrière.

Elle a levé la main et j'ai ouvert avant qu'elle ne brise la vitre avec ses coups virulents.

—Trouduc, a-t-elle marmonné en passant devant moi.

—Pardon ? ai-je demandé, stupéfait.

—Trou-duc, a-t-elle répété, très distinctement cette fois. Et d'abord, c'est quand, la dernière fois que tu as embrassé quelqu'un ? De toute façon, c'était nul. Grosse, grosse déception.

Je me suis penché et je n'ai pas pu m'empêcher de sourire en voyant son corps démarrer au quart de tour et venir instinctivement à ma rencontre.

— Serais-tu en train de tout faire pour que je t'embrasse encore, Lucy ? ai-je demandé en effleurant son oreille avec mes lèvres. C'est ta façon de m'en demander plus sans en avoir l'air, c'est ça ? Tu crois vraiment que je vais tomber dans le panneau ?

Un long grognement sourd est remonté de sa gorge. Cette fois, je n'ai même pas cherché à réprimer mon sourire.

— Parce que si c'est le cas, ça marche. Rien ne me ferait plus plaisir que recommencer à t'embrasser comme un fou et te regarder t'accrocher désespérément à moi.

J'ai bien perçu le frisson qui parcourait tout son corps, le mouvement subtil de son cou vers mes lèvres. C'était hyper sensuel et plus que tentant. Dans le reflet de la baie vitrée, j'ai repéré Adeline qui nous tournait le dos, toujours au téléphone. Enhardi, j'ai effleuré la peau de Lucy du bout du nez et j'ai inspiré profondément.

— Seulement, cette fois… cette fois, j'aimerais terminer ce que tu as commencé. J'aimerais t'enlever tous tes vêtements. Te caresser.

J'ai déposé un petit baiser dans son cou avant de continuer.

— Et puis t'embrasser… t'embrasser… et encore t'embrasser… je t'embrasserai tant que tu voudras, mon cœur. Et je continuerai à t'embrasser pendant que tu jouiras sur mes doigts…

J'ai encore approché mes lèvres jusqu'à ce qu'elles soient tout contre son oreille. Du coin de l'œil, j'ai remarqué qu'elle tentait d'humecter les siennes.

— … puis sur ma queue, ai-je ajouté, la voix plus rauque que je ne l'aurais voulu. Je te regarderai dans les yeux et je t'embrasserai jusqu'à ce que tes lèvres soient toutes rouges et gonflées. Je parie que tu adorerais ça.

Quand je me suis redressé, elle s'était complètement figée, mais son regard… oh, ses yeux gris se consumaient de désir. Un feu qui brûlait pour moi et que j'aurais adoré observer en étant sur elle, sous elle, ou enserré par ses jambes.

— Je… Je…

— Oui, Lucy ?

Lentement, ses yeux se sont réduits à deux fentes. Lorsque, du doigt, elle m'a fait signe d'approcher, j'ai compris qu'elle préparait une réplique cinglante pour dissimuler l'état dans lequel je l'avais mise.

— Même avec des gants, je ne toucherais pas tes lèvres, Adam Connor, a-t-elle sifflé, la poitrine soulevée par son souffle impétueux. Et je doute sérieusement que tu puisses me combler avec ta bite de dix centimètres.

Je me suis redressé, hilare.

— Parce que tu crois qu'elle fait dix centimètres ?

— Adam ? m'a hélé Adeline.

Lucy s'est raidie.

J'ai fait un pas en arrière et je me suis tourné vers mon ex-femme.

— Voici notre fameuse Lucy, ai-je annoncé.

Adeline a posé les yeux sur mon petit feu d'artifice et s'est approchée pour le saluer en affichant un grand sourire.

Notre Lucy, car c'était « notre » Lucy, à Aiden et à moi, nous a observés tous les deux sans rien dire.

Lorsque Adeline est arrivée à sa hauteur, j'ai reculé et je l'ai regardée embrasser Lucy sur la joue.

— Je suis enchantée de faire enfin votre connaissance, a dit Adeline.

Elle avait l'air sincère.

—Euh…

Lucy m'a interrogé du regard, mais n'obtenant aucune réponse de ma part, elle s'est de nouveau focalisée sur Adeline.

—Bonjour. Enchantée aussi.

—Vous devriez voir comme les yeux d'Aiden s'illuminent chaque fois qu'il parle de vous.

—Ah bon, il parle de moi ?

Un sourire attendri s'est formé sur les lèvres de Lucy, ces lèvres qui commençaient vraiment à m'obséder.

—Il n'arrête pas, il parle de vous non-stop, a affirmé Adeline en posant la main sur son bras. Vous êtes son truc préféré du moment. Ça me fait plaisir qu'on se rencontre enfin. Je comptais justement dire à Adam de passer avec vous un de ces quatre pour qu'on puisse faire connaissance.

« Son truc préféré du moment… » Adeline et son tact légendaire. Et pourquoi diable aurait-elle envie que je vienne chez elle avec Lucy ?

—Ah bon ? a fait Lucy, aussi déroutée que moi.

Adeline m'a jeté un coup d'œil par-dessus son épaule.

—Adam m'a dit qu'il avait dû se séparer d'Anne, la nounou qui était là avant vous.

Oh, le vilain quiproquo. Malheureusement, elle ne m'a pas laissé l'occasion d'intervenir.

—Il ne m'a pas expliqué pourquoi, bien sûr, mais, si vous voulez mon avis, Anne s'intéressait un peu trop à ce qui se passait ici, a-t-elle continué. En tout cas, je suis heureuse qu'il ait trouvé une nouvelle nounou aussi vite.

—Euh ? C'est un peu gênant…, a répondu Lucy en me cherchant du regard par-dessus l'épaule d'Adeline.

J'ai secoué la tête.

—Lucy n'est pas une nounou, suis-je intervenu.

Adeline s'est brusquement tournée vers moi.

—Mais Aiden m'a dit qu'elle s'occupait de lui.

—Oui, mais Lucy n'est pas une nounou. Elle a eu la gentillesse de passer un peu de temps avec lui la semaine dernière, parce que je n'avais trouvé personne.

Adeline n'arrêtait pas de nous regarder à tour de rôle.

—J'habite juste à côté, a précisé Lucy. Temporairement, a-t-elle ajouté. Je suis l'amie d'Olive. Olive Thorn ? La femme de Jason Thorn ? Vous devez avoir entendu parler d'elle.

Son regard a glissé jusqu'à moi.

Sur ce coup-là, tu es toute seule, mon cœur.

Les traits d'Adeline se sont illuminés tandis que je restais spectateur de leur échange maladroit. J'aurais pu les aider, mais alors ça n'aurait plus été aussi amusant, n'est-ce pas ?

—La romancière ? Alors c'est elle, l'Olive dont Aiden n'arrête pas de parler aussi ?

Adeline s'est tournée vers moi.

—Je savais qu'ils habitaient dans ton quartier, mais je n'avais pas compris qu'ils étaient tes voisins directs.

—Qu'est-ce que ça change ?

Elle a levé les yeux au ciel et a entraîné Lucy dans le salon.

—Venez, allons nous asseoir pour papoter de tout ça.

Lucy m'a adressé un regard perplexe lorsqu'elles sont passées devant moi et je lui ai souri.

—J'ai adoré son livre, et j'ai entendu dire que le film faisait un nombre d'entrées impressionnant, a continué Adeline une fois assise. J'adorerais faire sa connaissance aussi.

—Elle sera ravie de l'apprendre, a répondu Lucy.

—J'espère que je ne vous ennuie pas avec mes questions, Lucy, mais comme vous passez du temps avec Aiden, j'aimerais vous connaître un peu plus. Je sais qu'il vous adore, mais…

J'ai secoué la tête. *Ah, voilà où elle veut en venir.*

—Aiden ! ai-je crié.

Quelques secondes plus tard, ses petits pas ont résonné dans notre direction. Lorsqu'il a aperçu Lucy, il s'est mis à courir. Lucy s'est levée, Aiden s'est jeté sur elle et lui a serré les jambes. Elle a poussé un grognement sous la force de l'étreinte, mais le rire qu'elle a émis ensuite était magnifique.

—Salut, petit homme, a-t-elle dit avec tendresse.

Aiden a rejeté la tête en arrière pour la contempler, en adoration.

—Tu es venue !

—Évidemment. Comment aurais-je pu manquer une occasion de te voir ?

—Par contre, tu as failli être en retard, tu vas devoir rester plus longtemps.

Aiden l'a lâchée et a attendu sa réaction avec un air scrutateur.

Le voir si heureux m'a un peu allégé le cœur. Peut-être était-il enfin rassuré, maintenant qu'il avait retrouvé Lucy. L'espace d'une seconde, je me suis demandé ce qu'elle aurait fait si elle avait été dans ce SUV avec lui. L'aurait-elle laissé sous la responsabilité de ses assistants ? L'aurait-elle carrément oublié, elle aussi ?

J'en doutais fort.

Lucy a fait mine de consulter une montre inexistante.

—Euh, ça, je ne sais pas, j'étais très en retard ?

Aiden lui a attrapé le poignet et a longuement étudié sa montre fictive.

—Tu étais une heure en retard, Lucy ! Tu vas devoir rester une heure de plus.

—Quoi ? Ça alors ! Et moi qui croyais n'avoir que cinq petites minutes de retard. Bon, alors je vais rester une heure de plus.

Aiden a sauté en levant ses petits poings victorieux.

— Youpi !

— Aiden, ai-je dit pour attirer son attention.

Il m'a regardé avec ce beau sourire qu'arborent les enfants qui ont réussi à convaincre leurs adultes préférés de passer du temps avec eux.

— Il faut encore que je parle à ta maman. Et si tu emmenais Lucy dans le jardin pour lui raconter ce que tu as fait à New York ?

— D'accord, a-t-il répondu aussitôt, les yeux toujours brillants d'excitation.

Il a attrapé Lucy par la main et l'a entraînée vers le jardin.

— Euh, Adam…, a maugréé Lucy avant que je ne referme la baie vitrée.

Aiden l'a lâchée et s'est mis à courir en direction de la piscine.

— Doucement, Aiden ! ai-je crié.

Lucy a jeté un petit coup d'œil à Adeline et a souri.

— Elle n'est pas au courant de la raison pour laquelle tu as viré la nounou ? a-t-elle demandé en chuchotant.

— Si.

— Alors tu ne lui as pas dit que tu m'avais fait arrêter ?

— Si, elle sait ça aussi.

Elle a froncé les sourcils et m'a longuement dévisagé avant d'aller rejoindre Aiden en marmonnant d'une façon inintelligible pour moi.

Adeline les a observés tandis qu'Aiden revenait vers Lucy et la prenait de nouveau par la main.

— Elle fait du babysitting ?

— Quand elle n'est pas occupée, elle vient passer quelques heures avec lui jusqu'à ce que je rentre. Sinon, c'est Dan qui s'occupe de lui.

— Tu as confiance en elle après cette histoire avec Anne ?

— Tu parles de l'histoire dans laquelle notre fils a failli mourir noyé ?

Adeline était au courant pour « l'incident de la piscine », mais, sans surprise, elle ne manifestait aucun signe de sollicitude envers Aiden.

Elle a levé les yeux au ciel.

— Pas la peine de le dire comme ça. On ne veut surtout pas que ça se sache.

C'est sûr que ça n'aurait pas fait ses affaires. J'ai secoué la tête en m'efforçant de ne pas relever.

— Donc tu lui fais confiance ? a-t-elle poursuivi. Et Jason et Olive ?

Je n'ai même pas eu à réfléchir pour répondre.

— Si je n'avais pas confiance, je ne le laisserais pas sous leur responsabilité. En plus, il adore Jason et Olive aussi.

J'ai jeté un coup d'œil dehors, où notre joyeux duo s'était installé sur les transats ; Aiden babillait avec animation.

— Et d'après ce que j'ai pu voir et entendre, c'est réciproque, ai-je ajouté.

Toutefois, je n'étais pas dupe, elle ne me parlait pas de Jason et Olive parce qu'elle se tracassait pour Aiden.

Je n'ai pas jugé utile de préciser qu'on avait placé un mouchard dans l'un des jouets d'Aiden par mesure de précaution. À la réflexion, je ne jugeais plus utile d'expliquer quoi que ce soit à Adeline.

Tandis que j'étais là, assis en face d'elle, je me détachais encore un peu plus d'elle. De ce qu'elle représentait pour moi. De ce qu'elle avait été pour moi.

— Et toi, comment vas-tu ? a-t-elle demandé, brisant le silence.

— Bien.

— Tu es sûr ? J'ai appris que tu faisais aussi une pause avec Michel. Je suis là si tu as besoin de parler, Adam.

Je l'ai dévisagée d'un air incrédule et elle a eu la décence de détourner les yeux.

—Je n'ai jamais eu l'intention de foutre ta vie en l'air, tu sais.

—Ma vie va très bien, Adeline. En fait, je suis même très content du tournant qu'elle prend, et je ne fais pas une pause avec Michel, je l'ai viré. Toi et moi… on ne va plus du tout dans la même direction. Ça n'avait pas de sens de continuer à collaborer avec lui.

—Les choses ne doivent pas nécessairement se passer comme ça.

J'ai secoué la tête et je me suis détendu.

—La façon dont les choses se passent entre toi et moi me convient tout à fait, Adeline. Tu as pris une décision et je m'y suis fait. Je suis passé à autre chose. Toi aussi. Notre problème, là tout de suite, celui dont je voudrais te parler, c'est Aiden.

—Je ne le considère pas comme un problème, Adam.

—Oh, mais si, Adeline. C'est lui la raison qui t'a poussée à demander le divorce, tu te souviens ?

Elle a soupiré, puis s'est levée pour aller contempler le jardin où Lucy et Aiden se trouvaient toujours.

—Tu penses qu'on a commis une erreur ? a-t-elle demandé.

—Une erreur ?

J'avais du mal à la suivre.

Elle s'est tournée vers moi en se tordant les mains et s'est appuyée contre la fenêtre. Tandis que je l'observais, j'ai cherché à retrouver les sentiments que j'avais eus pour cette fille qui était la douceur incarnée autrefois. En vain. En ce qui me concernait, c'était bel et bien fini entre nous. Et pas seulement parce que je ne parvenais pas à retrouver l'Adeline que j'avais connue. Bien sûr, elle était toujours gentille et attentionnée quand elle le voulait, mais ce n'était plus la fille dont j'étais tombé fou amoureux sur un tournage. Peut-être qu'elle n'avait fait que s'adapter à Hollywood et que c'était moi qui avais changé – radicalement.

— Je veux parler d'Aiden. Tu crois que c'était une erreur ?

J'en suis resté coi.

— Comment peux-tu dire ça, Adeline ? suis-je parvenu à articuler au bout d'un moment.

Avec le recul, je pense que c'est ce moment qui a scellé ma décision d'éloigner mon fils d'elle.

— Non, je ne suis pas en train de dire qu'Aiden *est* une erreur, Adam. Ne le prends pas comme ça. Je l'aime.

J'ai senti venir le « mais » et elle ne m'a pas démenti sur ce point.

— Mais est-ce que tu ne trouves pas que *notre décision* a été une erreur ?

Pour moi, ça revenait exactement au même.

— Quand tu as découvert la grossesse, c'est toi-même qui as fait tous les projets, Adeline. C'était ta décision.

— Au début, oui, mais pas après.

— C'est vrai, ai-je reconnu. Quand je l'ai vu, c'est devenu notre décision.

Elle a quitté la fenêtre pour venir s'asseoir à côté de moi. Très près de moi.

— Tu crois que la situation aurait été différente aujourd'hui pour nous ? S'il n'y avait pas eu Aiden ? Tu penses qu'on en serait là malgré tout ? Aurait-on fait d'autres choix en cours de route ?

Je l'ai regardée bien en face. Elle était sincère. J'ai soupiré sèchement.

— Je n'en sais rien, Adeline. C'est impossible à deviner. Si tu me demandes si on se serait mariés quand même… je le pense, oui. Je t'aimais. Peut-être que ce ne serait pas arrivé si vite, mais oui, on aurait sans doute fini ensemble.

— Je t'aimais aussi, Adam, a-t-elle murmuré. Tellement que je ne pouvais pas imaginer m'éveiller ailleurs qu'à côté de toi le matin…

— Alors que maintenant, tu y arrives très bien.

Elle a fui mon regard.

—*J'ai* commis une erreur en m'imposant à toi et en t'imposant Aiden. Et tu as changé avec lui. Nous avons tous changé.

—Évidemment, j'ai évolué avec lui, c'est normal. Le problème, c'est que toi, tu n'as pas évolué et c'est ça qui a fini par nous éloigner. Je n'en reviens pas qu'on soit encore en train d'avoir cette discussion, Adeline. On a déjà largement débattu de tout ça depuis le jour où tu as débarqué en demandant le divorce. Il y a d'autres choses dont je voudrais te parler. Je n'ai pas le temps de t'écouter m'expliquer encore une fois que notre fils a été une erreur selon toi.

—Notre fils, a-t-elle répété. Je suis désolée. Ce n'est pas facile pour moi en ce moment.

—Quoi ? Ton réalisateur ne t'a pas donné ce que tu voulais ?

—En fait… Non, je n'ai pas obtenu ce que je voulais. Je t'ai déjà expliqué que j'avais dû prendre Aiden avec moi parce que le réalisateur voulait voir comment je me comportais avec lui. Le rôle qui m'intéressait, c'était celui d'une mère qui tente de protéger son fils d'un père abusif, alors tous ces tabloïds qui se mettent à claironner que j'ai oublié Aiden dans la voiture… ça a sûrement influencé sa décision.

—Sûrement… C'est un gamin, pas un sac à main que tu peux exhiber à ta guise, Adeline. Ce n'est pas parce que tu passes du temps avec ma mère que tu dois devenir comme elle.

Elle a fait la moue.

—Si je voulais qu'on ait cette discussion, ai-je continué, c'est surtout pour t'informer que je suis en train d'ouvrir une demande de garde exclusive pour Aiden. Je ne voulais pas que tu l'apprennes *via* un communiqué de presse ou dans les médias.

Elle a posé une main sur mon bras et s'est penchée vers moi.

—Tu savais que j'y réfléchissais, ai-je poursuivi sans lui laisser la moindre chance d'objecter. Et, après ce qui s'est passé hier, il est grand temps qu'on règle ça.

—Adam, tu ne peux pas me faire ça. Pas maintenant, pas après ce qui s'est passé. Et puis, pense à Aiden aussi. On en a déjà parlé. Même en ne tenant pas compte de moi, tu sais ce qu'il va penser ? Ce que tout le monde va penser ?

Je me suis tourné face à elle. Sa main a exercé une légère pression sur mon bras.

—Non, dis-moi. Que va-t-il penser, Adeline ?

Elle a poussé un long soupir.

—Il va penser que je ne veux pas de lui, et tout le monde aussi.

—Et tu veux de lui ?

—Oui, Adam. Évidemment. Et pour lui, ça marche très bien comme ça. Une semaine avec moi, une semaine avec toi. Et comme ça, j'ai le temps de me consacrer à ma carrière. Je peux enfin recommencer à faire ce que j'aime.

—Je ne t'ai jamais empêchée de faire ce que tu aimes, Adeline. Comme pour tout le reste, c'est toi qui as décidé de faire une pause dans ta carrière. Tu étais persuadée que les gens allaient te juger si tu laissais le petit avec des nounous pour pouvoir reprendre les tournages. En fin de compte, tu as toujours fait ce que tu voulais, alors ne t'avise pas de rejeter la faute sur moi.

—Adam, a-t-elle de nouveau commencé, mais ma colère s'est enflammée.

Je me suis levé et j'ai considéré son visage triste avec mépris.

—Que s'est-il passé hier, Adeline ? Tu as oublié qu'il était avec toi dans la voiture ?

Elle m'a jeté un regard noir.

—Bien sûr que non.

—Alors que s'est-il passé ? ai-je insisté en grinçant des dents.

—C'est Rita qui était censée s'occuper de lui. C'est sa faute.

—Rita, ton assistante. Tu comptes vraiment accuser une assistante de ne pas avoir été attentive à *ton* fils ?

Elle n'a pas bronché.

Son téléphone s'est mis à vibrer sur le canapé d'en face, détournant son attention. À ma grande surprise, elle n'a pas décroché.

—J'ai vu les photos, ai-je repris. J'ai vu les photos et, à aucun moment, je ne t'ai vue venir à son secours. Il est resté là, tout seul. Il est resté là et il a pleuré jusqu'à ce qu'une de tes assistantes vienne le chercher.

Elle s'est levée en soutenant mon regard.

—Il aurait dû attendre dans la voiture, a-t-elle argué en élevant la voix.

—Il a cinq ans, Adeline. Il suivait sa maman.

Son téléphone a cessé de vibrer pour recommencer presque aussitôt.

—Réponds, lui ai-je dit. Je vais t'envoyer Aiden pour qu'il te dise au revoir – si tu n'es pas trop pressée, bien sûr. Si pas, je vais sortir et passer un peu de temps avec lui. Ce serait pas mal qu'il recommence à me regarder dans les yeux plutôt que de s'adresser à mes pieds. Et après, j'ai rendez-vous avec mon avocate. Je te suggère de contacter le tien aussi. En attendant que le tribunal rende sa décision, tu auras toujours Aiden une semaine sur deux.

Je me suis éloigné d'elle, mais sa voix m'a arrêté avant que je ne sorte.

—Je ne le lâcherai pas aussi facilement, Adam, a-t-elle lancé d'une voix beaucoup plus dure. Je ne laisserai personne s'imaginer que j'accepte que tu le prives de sa mère.

— Bien sûr, Adeline. De quoi aurais-tu l'air aux yeux du public, sinon ? Une mère qui n'en a rien à foutre de son enfant…

J'ai secoué la tête.

— Tu aurais encore plus de mal à décrocher des rôles, j'imagine, avec la mauvaise réputation que ça te donnerait dans la presse… Tu vas te battre ; ça, je le sais. De mon côté, je me fiche pas mal de ce que pensent les gens. Tout ce qui m'intéresse, c'est ce que pense cet enfant.

J'ai pointé le pouce derrière moi, en direction du jardin.

— Et si je pouvais ne plus jamais l'entendre me supplier de ne pas l'abandonner chez toi, je serais déjà très heureux.

13

LUCY

— Toi… tu es un chien, ai-je dit à Aiden qui s'est mis à pouffer, la main sur la bouche.

— Je ne suis pas un chien, Lucy, a-t-il réussi à articuler entre deux gloussements.

Je lui ai souri.

Nous profitions d'un petit moment de détente au jardin pendant que son père discutait avec sa mère. Oh là là, je m'étais comportée comme une débile avec cette dernière. Je veux dire : c'était une actrice. Elle n'avait pas joué dans beaucoup de films, mais tout de même. Et surtout, elle était connue pour être la femme d'Adam Connor.

Cet enfoiré de petit malin venait de me murmurer des tas de trucs suggestifs à l'oreille ; alors, quand j'avais relevé la tête et que j'avais aperçu sa femme – ou plutôt, son ex-femme –, j'avais eu un moment de confusion totale.

— D'accord, ai-je capitulé. En fait, tu es un adorable chiot.

— Si je suis un chiot, tu es quoi, toi ? Un chat ? a-t-il demandé avec malice.

— Pourquoi faut-il toujours qu'on pense au chat pour moi ? Non, aujourd'hui, je suis un oiseau. Maintenant, ferme les yeux.

— Mais moi aussi, je veux être un oiseau.

— Ah oui ?

J'ai rouvert un œil à moitié pour l'observer.

—D'accord, on est tous les deux des oiseaux aujourd'hui.

Aiden a hoché la tête avec enthousiasme, puis il a fermé les yeux.

—Maintenant, dis-moi : que ferais-tu si tu étais un oiseau ?

—Je m'envolerais !

—Pour aller où ?

—T'es bizarre, Lucy.

—Bizarre dans le bon sens ou dans le mauvais sens ?

Il a hésité un instant.

—Dans le bon sens, a-t-il fini par trancher en souriant. Je t'aime bien.

—Aiden !

C'était son père qui l'appelait. J'ai jeté un coup d'œil en direction d'Adam.

Il est beau, ce con.

Il nous a rejoints d'un pas tranquille. J'ai eu tout le loisir de reluquer Adam Connor de la tête aux pieds. Il m'a regardée, donc, évidemment, j'ai dû détourner la tête, mais ces yeux, bon sang !

Il s'est agenouillé entre nos deux transats en se tenant au dossier de l'un deux, le visage à quelques centimètres du mien, puis il s'est focalisé sur Aiden.

—Dan va arriver. Tu veux bien rester avec lui quelques heures ? Je dois partir.

Aiden a haussé les épaules.

Tiens, tiens, tiens... intéressant, non ?

—J'ai besoin que tu me regardes quand je te parle, Aiden, a soupiré Adam.

Le petit homme a levé les yeux vers son père, mais il était évident que c'était bien la dernière chose dont il avait envie.

—Je dois aller voir mon avocate. Ça ira avec Dan ?

— Pourquoi je ne peux pas rester avec Lucy ? a demandé Aiden.

Adam a accroché mon regard.

J'ai arqué un sourcil.

Il a reporté son attention sur son fils.

— Parce que je suis sûr que Lucy a autre chose à faire. Je me dépêche et, dès que je reviens, j'aimerais qu'on parle de ce qui s'est passé hier. Je tiens à ce que tu saches que ça ne se reproduira plus jamais, d'accord ?

Ah, c'était donc pour ça que le petit homme le boudait.

Aiden a de nouveau haussé les épaules.

— De quoi on va parler ? Tu ne voulais pas de moi, alors maman m'a emmené en avion.

J'ai aussitôt regardé Adam. Tout son corps s'est crispé, c'était presque effrayant.

— C'est ta maman qui t'a raconté ça ?

— Non, a reconnu Aiden à contrecœur.

— Lève-toi, lui a ordonné Adam.

C'est là que j'ai pris conscience que je me retrouvais de nouveau comme un cheveu dans la soupe. Oui, mais cette fois, je n'y étais pour rien. Ils n'avaient qu'à arrêter de vivre ce genre de moments intimes en ma présence. Alors je suis restée.

Aiden s'est arraché au transat et s'est levé devant son père. Les yeux baissés sur ses chaussures, il se tordait les doigts.

Avec beaucoup de douceur, Adam lui a levé le menton pour qu'il le regarde.

— Je sais que tu es un peu perdu en ce moment, ça fait beaucoup, avec tous ces allers-retours chez ta maman et…

— Je ne suis pas perdu, a contesté Aiden, son petit visage tout chiffonné. Tu n'as plus envie d'embrasser maman ni de la serrer très fort dans tes bras, alors tu t'es trouvé un divorce.

J'ai failli sourire, mais je me suis retenue. Adam, lui… Adam ne trouvait pas ça drôle du tout, mais ça lui allait vachement bien, cet air furieux.

—On voulait divorcer tous les deux, Aiden. Ce n'était pas que moi.

Nouveau haussement d'épaules.

—Alors tu as toujours envie d'embrasser maman et de la serrer très fort ?

—Je n'ai pas dit ça.

Ah là là, ce qu'il était nul. Il fallait que j'intervienne.

—Je crois que ton papa t'aime très fort, Aiden.

Je n'avais pas à m'en mêler, bien sûr, mais le sexy papa tournait beaucoup trop autour du pot. Père et fils ont braqué le regard sur moi et, cette fois, c'est moi qui ai haussé les épaules.

—Il est très triste quand tu dois partir chez ta maman. Je le sais. Je le vois, tu sais. Il s'assied et il pleure toute la journée. Vraiment pathétique, ai-je conclu en fronçant le nez.

—Non, c'est pas vrai ! s'est écrié Aiden avec un grand sourire.

—Oh si, je t'assure, petit loup. Puisque je te dis que je l'ai vu.

Il a penché la tête sur le côté.

—Toi, tu étais encore en train de l'espionner au-dessus du mur, hein, Lucy ?

—Voilà, c'est ça.

Il s'est tourné vers son père et s'est jeté à son cou.

—Je ne veux pas que tu pleures, papa. Je ne t'abandonnerai jamais et je n'irai plus jamais en avion. Promis.

Adam a croisé mon regard tandis qu'il étreignait son fils.

—Non, ça n'arrivera plus. Je ne te laisserai plus repartir. C'est terminé.

Je ne craquerai pas.

Je ne craquerai pas.
Je ne craquerai pas.

* * *

—Tu as bien mis le mot sur la porte ? a chuchoté Aiden depuis sa cachette, sous la table en bois.

Moi, j'étais planquée derrière le canapé.

—Oui. Il le verra, ne t'inquiète pas.

—Et le fusil, tu l'as mis où ? On le voit bien ?

—Oui.

Il a pouffé.

—Tu crois qu'il va se fâcher ?

—Se fâcher ? Meuh non, il va passer le meilleur moment de sa vie. Au contraire, il nous remerciera, tu peux me croire.

Pour finir, j'étais restée avec Aiden après le départ d'Adam. Une heure plus tard, lorsque SuperDan nous avait rejoints, nous avions réussi à le convaincre de partir à la chasse au trésor pour nous. En gros, tout ce qu'il fallait pour une bonne soirée cinéma à la maison : pizzas, bonbons, chocolats, M&Ms, hamburgers… la liste était longue. Dès qu'il était reparti faire nos courses – j'aurais juré qu'un petit sourire flottait sur ses lèvres –, nous avions imaginé un plan d'attaque pour venger Aiden d'Adam qui avait laissé Adeline l'emmener à New York. Bien sûr, je savais qu'Adam n'était pas responsable de tout ça, mais nous étions prêts à nous venger – et à nous amuser aussi –, alors ce prétexte était aussi valable qu'un autre. Et puis, plus important, c'était le sourire qui avait illuminé le visage d'Aiden lorsque j'avais lancé cette idée.

Après avoir appelé Adam pour confirmer l'heure à laquelle il rentrerait, nous avions laissé un message sur la porte.

Es-tu prêt à pleurer toutes les larmes de ton corps, Adam Connor ?

Attrape-nous si tu peux !

P-S : Comme on avait pitié de toi, on te laisse un fusil. Tu peux t'en servir, il est chargé.

Sous le message, nous avions placé le plus petit des pistolets à eau. Nous nous étions réservé les plus gros. Ils étaient d'ailleurs si gros qu'Aiden avait du mal à tenir le sien.

Soudain, nous avons entendu la porte s'ouvrir, puis la voix d'Adam.

— Aiden ?

L'index sur la bouche, j'ai encouragé Aiden à se taire. Il a hoché la tête, mais n'a pas pu réprimer un petit gloussement. Il semblait si heureux. Je lui ai souri, puis je me suis préparée à asperger son père d'eau glacée.

J'ai risqué un coup d'œil par-dessus le dossier du canapé, ne laissant dépasser que le sommet de mon crâne et mes yeux. Adam a franchi la grande ouverture qui séparait la cuisine du salon où nous nous tenions en embuscade et nous efforcions de faire le moins de bruit possible.

— Dan ? Il y a quelqu'un ?

Aiden a encore gloussé.

Lorsque j'ai de nouveau vérifié où en était Adam, j'ai constaté qu'il ne prenait pas notre jeu au sérieux : le petit fusil et notre message pendaient mollement au bout de sa main. Tant pis pour lui. Il avait été prévenu.

Il continuait à se rapprocher.

J'ai capté l'attention d'Aiden et j'ai levé le doigt. C'était notre signal. Puis j'ai ouvert la main et j'ai crié en silence : « GO ! »

Pile au moment où Adam arrivait entre nous, nous avons bondi en même temps et nous l'avons aspergé d'eau de chaque côté. Lorsque le premier jet d'eau froide a frappé son tee-shirt, il a ouvert grand la bouche, sous le choc. Tout en pompant le fusil, j'ai éclaté de rire.

Celui d'Aiden était presque hystérique tandis qu'il pulvérisait de l'eau sur le ventre de son père.

Le regard éberlué d'Adam a fait un aller-retour entre son fils et moi, puis il a enfin brandi son petit fusil… Sans mauvais jeu de mots… Et il s'est mis à tirer sur son fils. Touché, Aiden a poussé un petit cri et s'est enfui de la maison. Un deuxième fusil chargé l'attendait près des transats. Je me retrouvais donc seule avec le père.

Ce dernier s'est tourné vers moi et a baissé son fusil.

Grave erreur.

—Tu peux m'expliquer ce qui se passe ? a-t-il demandé en raclant son tee-shirt trempé.

Il a secoué l'eau de sa main. Il fallait reconnaître qu'on ne l'avait pas raté. *Oh, my God*. On devinait le contour de ses abdominaux et de ses pectoraux à travers le tissu mouillé. Quelle vision enchanteresse. Il a fait un pas vers moi et j'ai reculé en brandissant mon arme.

—N'approche pas.

Bien entendu, il a continué à avancer. Mes parties intimes ronronnaient devant son expression. Et ces yeux, bon sang, ces yeux !

—On fait ça pour remonter le moral à Aiden, ai-je expliqué.

J'ai commencé à battre en retraite, puisqu'il ne semblait pas vouloir s'arrêter.

—On ? J'ai bien l'impression que c'est moi qui fais tout le boulot, a-t-il répliqué.

—Oui, eh bien, c'est à cause de toi qu'il est triste, après tout. Ce n'est qu'un peu d'eau, monsieur la star de cinéma qui se la pète. Tu ne vas pas te désintégrer.

—Je crois que tu…

Je l'ai réduit au silence en l'aspergeant au niveau de l'entrejambe.

Il a baissé les yeux sur son pantalon trempé. Lorsqu'il a relevé la tête, l'air offusqué, j'ai posé mon fusil sur ma hanche avec un petit haussement d'épaules moqueur.

—Cours, Lucy. Cours, si tu veux avoir une chance de survivre, a-t-il murmuré avant de se ruer sur moi.

Il a jeté son fusil et s'est élancé vers moi, mais je lui ai échappé de justesse.

—Ennemi en approche ! ai-je hurlé, avertissant ainsi Aiden que son père arrivait au jardin.

Adam allait m'attraper lorsqu'un jet d'eau sorti de nulle part l'a touché au visage. Ses doigts ont frôlé mon bras. J'ai poussé un petit cri, mais grâce à mes talents de ninja, j'ai de nouveau réussi à lui échapper, à lui et aux fourmillements que déclenchait sa main sur ma peau chaque fois qu'il me touchait.

Comme j'étais à court de munitions, j'ai saisi le cinquième fusil, que nous avions aussi caché dans le jardin, et j'ai touché Adam dans le dos.

Ce dernier s'est dirigé vers Aiden qui s'est relevé d'un bond et s'est enfui en riant.

—Papa, tu ne nous attraperas jamais !

—Oh si, fais-moi confiance.

—Tu es tout mouillé ! On t'a eu !

—Ce ne sera plus le même refrain quand je vous aurai coincés tous les deux.

Adam a saisi Aiden, puis l'a laissé s'enfuir.

—Hé, tu oublies Lucy ! Va attraper Lucy ! a crié Aiden en observant son père pour deviner quelle direction il allait prendre.

—Eh ! me suis-je indignée, mais c'était trop tard.

Tout à coup, mon fusil s'est enrayé – stupide machin. Je n'ai pas eu le temps de comprendre ce qui lui arrivait ni de le réparer ; Adam a fondu sur moi et m'a manquée d'un cheveu.

J'ai lâché le fusil et j'ai tenté de prendre la fuite, trop tard, hélas. Son bras s'est enroulé autour de ma taille et il m'a brusquement attirée contre lui. Son torse a amorti le choc. J'étais sa prisonnière.

—C'est gentil de faire tout ça pour lui, Lucy, a-t-il chuchoté à mon oreille, mais…

Je n'ai pas du tout flanché et mon cœur ne s'est pas du tout emballé. Ça ne me faisait rien du tout. Nada. Que dalle. De toute façon, je ne l'aimais pas, ce mec.

—… je n'ai pas le choix, je vais devoir t'exécuter. Aiden, viens voir !

Ce dernier a surgi devant nous, fusil au poing.

—Aiden ! Soldat à terre ! Aide-moi, petit homme !

—Lâche-la, papa !

—Viens donc la chercher, si tu la veux tellement, a rétorqué Adam.

Il a raffermi son étreinte et s'est caché derrière moi, profitant de la situation pour déposer un petit baiser sur ma nuque.

Oh, le petit fumier !

—Je vais te sauver, Lucy !

Me sentant libre, en sécurité, heureuse, j'ai renversé la tête en arrière, sur l'épaule d'Adam. Nos regards se sont croisés. Quand j'ai découvert la lueur qui brillait dans ses yeux, le sourire qui étirait mes lèvres a peu à peu disparu.

Merde.

Merde.

Merde !

—Eh ! Tu n'as pas le droit de me regarder comme ça, ai-je soufflé tandis qu'il nous faisait lentement reculer.

Malgré toute l'eau froide qu'il avait reçue, son corps diffusait de la chaleur dans mon dos. Son corps ferme. J'en avais l'eau à la bouche. Et le cœur en déroute.

— Ah bon, pourquoi ?

— Parce que je suis censée te détester.

Il m'a gratifiée d'un sourire tendre et, sans crier gare, ses doigts ont enlacé les miens sur ma poitrine.

— Mais moi, je t'apprécie beaucoup, Lucy.

Je n'ai pas eu le temps de l'insulter parce que j'ai reçu un jet d'eau froide en pleine figure.

— Aiden ! ai-je crachoté tandis que le torse d'Adam était secoué de rire.

— C'est sur lui que je veux tirer, Lucy ! Mais tu es dans mon chemin !

— Vise sa tête ! ai-je crié.

— Il t'a attrapée !

— Il a raison. Je crois bien que je t'ai attrapée, a renchéri Adam.

— Que tu crois, ai-je grommelé en lui assenant un coup de coude ridicule.

Puis un autre. Je me faisais sûrement plus mal qu'à lui. Lamentable, je sais…

Il m'a entraînée avec lui, mais comme j'étais toujours dans ses bras, je n'ai pas trouvé le courage de me plaindre.

Soudain, nous avons basculé en arrière et avons atterri dans la piscine dans un grand fracas aquatique. Adam m'a lâchée et je suis aussitôt remontée à la surface pour reprendre de l'air. Dès que la tête d'Adam a émergé à son tour, Aiden a recommencé à l'asperger. J'ai uni mes forces aux siennes en éclaboussant son père le plus possible.

Adam s'est frotté les yeux en poussant un grognement menaçant.

— Attention, j'arrive te chercher, Aiden ! a-t-il grondé.

Je me suis tournée à temps pour voir Aiden s'enfuir vers la maison en poussant de petits cris. Heureusement, il n'était pas très mouillé, car mon petit doigt me disait que le parquet et tous les tapis moelleux qui agrémentaient l'intérieur avaient coûté une fortune à Adam.

Lorsque je me suis de nouveau intéressée à ce dernier, je l'ai surpris en train de nager dans ma direction, tel un prédateur. Prise de panique, je me suis éloignée aussi vite que je pouvais, jusqu'à ce que mon dos heurte l'extrémité de la piscine.

Adam s'est enfoncé sous l'eau, ne laissant apparaître à la surface que ses pétillants yeux verts. Il a foncé sur moi avant que je n'aie pu reprendre le contrôle de mon souffle saccadé et de mon cœur en transe. Il a placé un bras de chaque côté de moi en attrapant le rebord de la piscine et je me suis retrouvée coincée entre lui et le mur carrelé du bassin.

Mon regard s'est posé sur sa bouche. Il ne respirait pas aussi fort que moi, mais il n'était pas impassible non plus.

—À toi l'honneur, a-t-il lancé. Tu as quelque chose à dire pour ta défense ? Des excuses à présenter, peut-être, pour implorer ma clémence ?

—De quoi est-ce que je m'excuserais ? me suis-je écriée, outrée.

—De m'avoir tendu un piège.

J'ai penché la tête sur le côté en me tapotant les lèvres de l'index.

—Mmmh… non.

—Très bien. Tu l'auras voulu.

C'est ainsi que sa bouche a retrouvé la mienne. J'ai tenté de repousser son torse en grognant, mais il m'a attrapé les mains et nos doigts se sont de nouveau entrelacés.

Maudit soit Adam Connor.

Maudits soient-ils, lui et sa langue experte qui venait de se frayer un chemin jusqu'à la mienne.

J'ai cessé de me débattre et je lui ai rendu son baiser avec la même ardeur parce que, bon, tout ça, c'était du bluff. Il embrassait vachement bien. Il a poussé un grognement guttural, comme si ça ne lui suffisait pas, qu'il lui en fallait plus sur-le-champ. Lâchant mes mains, il m'a saisie sous les cuisses et a placé mes jambes autour de sa taille. J'ai passé les bras autour de son cou et j'ai recommencé à l'embrasser lorsque…

Son sexe m'a effleurée.

La vache !

Rien à voir avec le petit fusil, pas de doute. Il ne pouvait pas faire dix centimètres. Il était très épais ; un sexe aussi épais ne pouvait pas être petit. Ce serait trop décevant ; un leurre ! Cela dit, je n'avais jamais pensé qu'Adam avait une queue de dix centimètres, même si ça m'aurait facilité les choses.

J'ai resserré les jambes autour de sa taille – vous savez, pour tenter d'estimer sa longueur en me frottant contre lui – mais il a repoussé mes jambes et a arrêté de m'embrasser.

Vous ai-je déjà dit que c'était un beau salaud ?

J'ai rouvert les yeux. Les siens étaient toujours aussi verts. J'avais tellement le vertige que je n'arrivais pas à rester focalisée sur ce regard hypnotique. Le seul point positif dans tout ça, c'est qu'il avait autant de mal que moi à reprendre son souffle.

La petite voix impatiente d'Aiden a résonné quelque part dans la maison. J'ai jeté un coup d'œil dans cette direction. Avec un peu de chance, il avait respecté mes consignes et était parti se cacher dans un placard de la cuisine, comme je lui avais conseillé de le faire si les choses se corsaient.

—Papa, tu ne me trouveras jamais ! Je suis trop fort !

J'ai regardé Adam.

Il a semblé hésiter, mais il a fini par détourner la tête.

Pfiouu ! Il était moins une. À titre personnel, le fait de ne pas lui avoir arraché ses vêtements trempés pour lécher toutes les parties de son corps – et une en particulier – était une fameuse victoire.

— Si tu ne restes pas ici ce soir, Lucy, je vais débarquer comme un fou chez Jason, m'a-t-il avertie en s'emparant de nouveau de mon regard.

Un frisson a parcouru mon échine avant de se propager dans tout mon corps… et jusqu'à mon cœur.

— Alors ça, je voudrais bien le voir, ai-je rétorqué après une inspiration frémissante.

Il s'est penché et a déposé un baiser à la jonction entre mon cou et mon épaule. La douceur de ses lèvres, la chaleur de son souffle sur ma peau mouillée…

Attention, danger, Lucy. Fuis. Mets ton cœur à l'abri.

Avez-vous déjà ressenti le souffle chaud de quelqu'un sur votre peau humide ? Non ? Vous devriez essayer, ça produit des sensations dingues dans le vagin.

— Reste, et je te promets que tu auras bien mieux à voir.

Il s'est propulsé loin du mur, et de moi, puis il est sorti de l'eau pour aller attraper son fils.

14

Adam

Elle n'est pas restée. Qui l'eût cru ?

Je suis entré dans la chambre de Lucy et j'ai refermé la porte. Elle était assise en tailleur au milieu du lit, comme si elle m'attendait. Pour être honnête, je n'étais pas très surpris ; ça lui ressemblait bien d'attendre pour voir si j'allais réellement faire ce que j'avais dit. Quand elle m'a vu, elle a écarquillé les yeux et un petit sourire a dansé sur ses lèvres.

— Espèce d'enfoiré ! a-t-elle lancé, l'air impressionnée. Tu l'as fait. Tu as réellement débarqué chez eux comme un fou !

Je n'avais rien fait de tel, mais je ne voyais pas l'intérêt de la contredire. En réalité, j'avais appelé Jason pour lui expliquer que je devais parler à Lucy et lui demander de me laisser entrer. Il avait eu la gentillesse de ne pas poser de question sur mon étrange requête – même s'il avait murmuré « bonne chance » après m'avoir désigné la chambre de Lucy.

Au lieu d'avouer à celle-ci que j'étais de connivence avec Jason, je me suis adossé à la porte et j'ai demandé :

— Pourquoi as-tu filé en douce pendant que je mettais Aiden au lit ?

À la demande d'Aiden, nous avions regardé *Happy Feet* en partageant une pizza ; il avait papoté avec Lucy tout le long du film avant de tomber endormi sur le canapé.

—Dan m'a annoncé qu'il n'allait pas tarder à partir, alors je me suis dit que tu avais peut-être besoin de passer un moment seul avec ton garde du corps et ton fils.

Elle a pris une grande inspiration.

—Ne reste pas planté là, viens.

—Tu savais très bien qu'Aiden était déjà endormi quand je l'ai emmené dans sa chambre, Lucy. Et je t'ai expressément demandé de rester avec nous quand on était dans la piscine.

—Ah oui, la piscine…

Nous nous sommes défiés du regard pendant un instant, puis elle s'est renversée en arrière, bras et jambes écartés, comme si elle s'apprêtait à se faire ligoter au lit.

—Vas-y, a-t-elle déclaré avec un soupir résigné.

—Où ça ? ai-je demandé, déconcerté.

Elle avait les yeux rivés au plafond.

—Eh bien. Tu es venu jusqu'ici, donc je suis obligée de coucher avec toi. C'est vrai, ce serait cruel de ma part de refuser. Tu l'as mérité.

Comme je ne réagissais pas – j'étais trop occupé à tenter de comprendre sa logique –, elle s'est redressée sur les coudes.

—Quoi ? Tu n'es pas venu ici pour me sauter ? Qu'est-ce que tu attends ? Vas-y, prends-moi. J'attendrai que ça passe.

J'ai vraiment dû lutter pour ne pas éclater de rire.

—Tu attendras que ça passe ? Te sauter ?

Elle a poussé un soupir théâtral et j'ai vite souri avant de me faire prendre.

—Oui, mais si tu préfères, on peut s'envoyer en l'air, faire des galipettes, grimper aux rideaux, faire crac-crac, mettre ta saucisse de dix centimètres dans mon pain, tremper ton biscuit de dix centimètres, ramoner ma cheminée – encore qu'avec une tige de dix centimètres, je ne suis pas certaine qu'on aille bien loin, mais… je suis curieuse et prête, alors allons-y.

Je me suis assis au bord du lit, près de sa hanche.

Aussitôt, elle a basculé sur son côté pour me faire face. Elle avait beau jouer les vierges effarouchées prêtes à se sacrifier, je l'avais surprise plusieurs fois en train de me jeter des œillades pas si innocentes. En outre, son corps frémissait chaque fois que je la touchais et, dès que je commençais à l'embrasser, elle ne pouvait pas s'empêcher de se coller à moi. Non, vraiment, si on finissait par s'envoyer en l'air, ce ne serait certainement pas un sacrifice pour elle.

—Tu as vraiment un truc avec les bites de dix centimètres, non ?

—Je les préfère plus longues, mais je suis sûre que la tienne est trop mignonne.

J'ai souri.

Elle m'a aussi gratifié d'un sourire, mais plus hésitant.

—Alors, tu as envie de faire des galipettes avec moi ? C'est pour ça que tu voulais que je reste chez toi, non ? Et que tu as débarqué ici ?

—En fait, je voulais surtout que tu restes pour qu'on puisse discuter et pour te remercier de tout ce que tu fais pour Aiden. Pour Aiden et pour moi. Et aujourd'hui, on en avait bien besoin, lui comme moi. Bon, si on m'avait demandé mon avis, je n'aurais peut-être pas choisi la bataille d'eau glacée, mais…

Un éclair de déception a traversé ses traits ravissants, mais elle s'est empressée de le faire disparaître.

Ma petite menteuse.

—Ah bon. Vu ta façon de m'embrasser dans la piscine, j'ai cru que tu voulais que je reste pour qu'on baise. Mais de rien, j'adore le voir rire, ce petit bonhomme.

—Pfiou, tant de romantisme, ça me donne le tournis.

—La romance, c'est pas pour moi, Adam Connor.

—Ah oui, c'est vrai. La malédiction, c'est ça ?

Elle a acquiescé, me défiant du regard d'oser me moquer d'elle.

Ses lèvres entrouvertes ont attiré mon attention et je n'ai pas pu m'empêcher de tendre la main pour effleurer sa lèvre inférieure. Elle a retenu son souffle.

—Tu aimes quand je t'embrasse ? ai-je demandé.

Elle a secoué la tête.

—Tu embrasses atrocement mal.

—À ce point ?

—Pire encore.

—Alors tu ne m'embrasseras plus jamais ?

—Plus jamais.

Je me suis penché et j'ai caressé ses lèvres avec les miennes… la lèvre supérieure d'abord, puis l'autre. Elle a baissé ses paupières frémissantes et ses mains ont agrippé les draps. Sans la lâcher du regard, je me suis écarté et j'ai passé la langue sur ma lèvre inférieure.

—Même ça, c'était nul ?

—Jamais rien connu de pire, a-t-elle affirmé dans un souffle en rouvrant à peine les yeux.

—Je ne veux surtout pas être ta pire expérience, Lucy.

Elle s'est humecté les lèvres, mais n'a pas émis de commentaire.

—Tu as envie que je te baise ? ai-je demandé en promenant mon regard sur son corps.

Elle s'est agitée. Elle portait les mêmes vêtements qu'un peu plus tôt : un legging noir et un tee-shirt Superman. Le tee-shirt cachait mal le fait qu'elle ne portait pas de soutien-gorge.

—Non. Je n'en ai aucune envie. Parce…

—Parce que tu ne m'aimes pas, l'ai-je devancée en m'arrachant à la contemplation du galbe de ses seins.

Elle a hoché la tête.

—Néanmoins, comme tu as respecté ta parole et que tu t'es donné la peine de venir jusqu'ici, je me sens obligée d'accepter. Tu as gagné le droit de me sauter, si tu préfères. Considère ça comme une médaille pour récompenser ton audace et ta réussite. C'est vrai, tu es parvenu à pénétrer chez Jason par effraction.

J'ai regardé ailleurs en faisant semblant de réfléchir à ce qu'elle venait de dire. Ensuite, je me suis adossé à la tête de lit et j'ai allongé mes jambes.

—Euh… excuse-moi ? Je peux savoir ce que tu fais ? m'a-t-elle interrogé, l'air perplexe.

—Je me mets à l'aise. Allez, viens te coucher.

—Non merci, ça ira. Et si tu rentrais plutôt chez toi… te mettre à l'aise dans ton lit ?

Brusquement, elle s'est redressée et m'a jeté un regard noir.

—Non. Tu n'as quand même pas fait ça ?

—Fait quoi ?

—Tu as laissé Aiden tout seul dans la maison.

—C'est une question ou une affirmation ?

—Question.

J'ai appuyé ma tête contre la tête de lit et j'ai fermé les yeux.

—Tu vois, c'est pour ça que je t'aime bien, Lucy Meyer. Évidemment que non, je ne l'ai pas laissé seul. Dan est toujours là.

Elle a grogné.

—Et que viens-tu faire ici, alors, si ce n'est pas pour le sexe ?

—Je te l'ai dit : je suis venu te remercier et peut-être te voler un baiser ou deux au passage.

J'ai rouvert les yeux et je me suis tourné vers elle.

—Tu n'arrêtes pas de répéter que j'embrasse mal, alors j'essaie de m'améliorer.

—Et je suis ton cobaye ?

—Eh bien, comme tu es la seule jusqu'à présent à t'être plainte de mes prestations…

— Va t'entraîner sur quelqu'un d'autre. Moi, j'ai assez donné.

— Je vais y réfléchir.

— Tu es venu pour me foutre en rogne, en fait ?

J'ai refermé les yeux.

— Tu as vu les articles qui circulent dans la presse ? Les photos d'Aiden ?

Son hésitation était palpable. Tout à coup, le matelas a remué. J'ai risqué un coup d'œil. Elle s'était rallongée sur le dos, la tête à hauteur de mes hanches.

— Oui. Difficile de passer à côté.

— Je vais demander sa garde exclusive. Je ne veux plus jamais que ça arrive et tant qu'il devra aller chez elle, je sais que ça se reproduira. Peut-être pas le mois prochain ni le suivant, mais ça finira par se reproduire. Je suis obligé de continuer à l'envoyer chez elle tant que le jugement ne sera pas rendu, mais je pense que la justice sera de mon côté.

— Et Aiden ? Tu as pensé à Aiden ?

— Comment ça ?

Elle s'est tournée vers moi et m'a regardé droit dans les yeux.

— C'est sa mère, tu sais. Il l'aime. On en a parlé, et il m'a dit qu'il était sorti de la voiture en sachant très bien que c'était interdit parce qu'il croyait qu'elle l'avait oublié et qu'elle allait être triste si jamais elle ne le voyait plus. Tu penses qu'il serait d'accord de ne la voir que de temps en temps ? Il est encore petit, Adam. Il a besoin de sa maman.

— Parce que tu crois une seconde qu'elle passe du temps avec lui ? Que c'est une bonne mère ? Oh, elle l'a été. Au début, il n'y en avait que pour Aiden, mais ensuite, le charme a été rompu. Elle disait qu'elle n'arrivait pas à créer de lien avec lui comme elle l'avait imaginé. Elle s'est aperçue que ça ne se passait pas comme elle voulait, qu'il ne correspondait pas à ses attentes. Si elle a pris cet avion pour New York avec lui, c'est uniquement parce qu'elle devait le montrer à un réalisateur dans l'espoir d'obtenir un rôle, rôle qui lui est passé sous le nez, soit dit en passant. Je ne la laisserai pas se servir de mon fils.

Mon fils.

Il était à moi, et à moi seul.

Il n'avait toujours été qu'à moi.

—Ne pas avoir de mère, ça craint, m'a fait remarquer Lucy à voix basse, interrompant le fil de mes pensées. On ne me demande pas mon avis. Je sais très bien que je n'ai rien à dire, mais… avant de faire quoi que ce soit, assure-toi que tu le fais vraiment pour le bien d'Aiden, pas pour le tien.

—Il pourra la voir quand il veut. Je ne compte pas lui interdire de passer du temps avec elle. Mais quand ça arrivera, je veux être sûr que ce soit dans de bonnes conditions, qu'il ne risque rien.

—C'est avec Aiden que tu devrais en parler, pas avec moi. Demande-lui si ça l'intéresserait de vivre en permanence avec toi.

—Il a cinq ans, pas douze.

J'avais besoin de changer de sujet.

—Au fait, j'ai trouvé quelqu'un pour s'occuper de lui. Meredith Shay, 42 ans, de bonnes références. Elle a l'air gaie de nature. En tout cas, elle est très souriante et j'aime ça. Cette fois, ça devrait marcher, mais je sais qu'Aiden adorerait continuer à te voir.

Elle a levé la tête vers le plafond, un petit sourire aux lèvres.

—Alors ça y est, je suis virée de mon poste de nounou.

—Tu n'as jamais accepté le moindre sou pour ça, donc techniquement, ce n'était pas un vrai boulot.

Elle s'est avachie sur le lit en grognant.

—J'aimerais continuer à le voir aussi, si ça ne te dérange pas.

— Tu l'adores, en fait. Je t'ai observée avec lui. Et, bien souvent, je n'arrive pas à détacher le regard de cette Lucy. Je suis heureux que tu n'aies pas peur de subir ta malédiction avec lui.

— Tiens, tiens, on se demande bien qui espionne qui, maintenant, monsieur Connor.

Je m'attendais à ce qu'elle enchaîne avec d'autres sarcasmes, mais non. Au lieu de ça, un silence pesant s'est installé dans la chambre.

— Je l'adore, a-t-elle confirmé au bout d'un moment, sans l'ombre d'un doute. Ce n'est qu'un enfant. Il mérite tout l'amour du monde. La malédiction n'est pas valable dans ce cas. Je suis autorisée à aimer mes amis et à être aimée de mes amis, et Aiden est mon meilleur ami en ce moment, parce qu'Olive me tape un peu sur les nerfs. Juste un peu. Enfin, pas vraiment.

Elle a soupiré.

— Je ne peux pas tomber amoureuse de quelqu'un qui a une bite entre les jambes, c'est tout. Tant que le mec me laisse indifférente, tout va bien. Je ne perpétuerai pas la lignée maudite. Je ne serai pas comme elles et je mettrai fin à la malédiction.

« Elles », c'était sa grand-mère et sa mère. *Quel tas de conneries,* ai-je songé. Lucy était unique et chaque sourire, chaque rire décomplexé, chaque moue ironique, chaque regard noir qu'elle me lançait me faisait craquer un peu plus chaque jour.

— Tu as le cœur brisé, Lucy, ai-je répondu.

J'étais sûr qu'elle le savait déjà et qu'elle se donnait beaucoup de mal pour le cacher à tout le monde. À moins qu'elle n'en ait jamais eu conscience depuis tout ce temps.

Elle ne me regardait pas, mais je l'ai sentie se raidir. J'avais touché une corde sensible. Parfait.

— Je crois qu'elles t'ont brisé le cœur il y a très longtemps, ai-je continué, et que tu avances dans la vie sans trop savoir quoi faire des morceaux ni à qui les confier, et ça, depuis que tu es toute petite.

Elle a croisé les mains sur son ventre avec précaution et les a serrées très fort.

— Et je crois qu'il est temps pour toi de te libérer de tout ça.

Elle avait un grain de beauté juste sous l'œil droit, à la lisière des cils. Je l'avais remarqué dès le premier jour, lorsque j'avais intercepté son poignet et que je l'avais maintenue contre moi. Ce détail discret m'intriguait, comme tout le reste chez elle. J'avais beaucoup de mal à me retenir de l'effleurer du bout des doigts.

— Je ne dis pas ça pour t'agacer, Lucy, ai-je précisé avec douceur.

— Mais je ne suis pas du tout agacée, Adam, a-t-elle rétorqué.

— Bon, tant mieux.

Pourtant, elle était en train de se renfermer dans sa coquille, c'était évident.

Je me suis redressé et j'ai glissé mes jambes hors du lit, prêt à me lever, à la laisser avec ses pensées pour aller retrouver Aiden et libérer Dan. Mais en l'observant, j'ai changé d'avis. N'allez pas croire qu'elle me regardait. Ne rêvez pas. Elle était toujours concentrée sur le plafond, mais son attitude ne me plaisait pas. Je n'aimais pas être le responsable de cette crispation chez elle alors que je ne demandais pas mieux que de la serrer contre moi et de la sentir fondre entre mes mains. Toutefois, elle n'était pas prête pour ça. Pas encore. Ça viendrait. Mais pas tout de suite.

Au lieu de me lever et de partir, je me suis rapproché d'elle et je me suis penché jusqu'à ce qu'elle puisse sentir mon souffle chaud sur sa peau. Elle n'a pas cillé, mais, plus important encore, elle ne m'a pas arrêté.

J'ai soupiré et j'ai enfin touché ce grain de beauté, sous son œil. Elle en avait d'autres. Sur le bout du nez, près de la lèvre supérieure, et juste sous sa lèvre inférieure. Ce dernier était caché dans l'ombre… exactement comme son cœur.

— Dans quoi as-tu enfermé ton cœur pour le protéger, jolie demoiselle ? ai-je demandé en promenant mon doigt de sa joue jusqu'à son menton.

Son regard vif a transpercé le mien. Cette fois, j'avais toute son attention.

— Parfois, je te vois le sortir, alors je sais que tu en as un. Tu le sors quand tu es avec tes amis ou avec Aiden, tu n'es plus la même, mais dès que tu en as l'occasion, tu le ranges. J'espère que tu ne l'emprisonnes pas dans une cage en acier, Lucy. J'espère aussi que tu ne le malmènes pas trop, ce cœur, que tu en prends soin pour moi.

Elle s'est redressée en prenant appui sur ses mains, mettant de la distance entre nous par la même occasion. Son air furieux s'est mué en sourire caustique, mais il y avait toujours de la vulnérabilité dans son regard.

— C'est une réplique de l'un de tes films ?

— Est-ce que tu es un personnage de fiction, Lucy ? Un rôle écrit par quelqu'un ? Ou bien une vraie personne ?

Son air furieux a refait surface.

— Une vraie personne, évidemment.

— Alors ne pose pas de bête question. Je n'ai pas besoin de répliques de film pour impressionner une vraie personne qui commence à compter pour moi.

— Ah, parce que tu crois que tu m'impressionnes ? Tu t'imagines peut-être que je suis cette pauvre fille qui va tomber en pâmoison à tes pieds parce que tu lui sors des niaiseries écrites par quelqu'un d'autre ?

— Je suis un mec simple, Lucy, ai-je repris au lieu de répondre. Ces petits jeux ne m'intéressent pas. Même si j'en apprécie certains et que ça ne m'empêche pas d'être joueur parfois, ce jeu-là… *(Je nous ai désignés tous les deux.)* C'est sans moi. On n'a qu'une vie, et je n'ai pas de temps à perdre avec ces bêtises. Je ne suis pas comme ça. Avec moi, ce qu'on voit, c'est ce qu'on obtient, et plus je te regarde, plus je passe du temps avec toi, plus j'apprécie ce que je vois. Je ne parle pas uniquement de ton visage, de ton sourire ou de tes yeux magnifiques qui me racontent toutes sortes d'histoires chaque fois que je m'y plonge assez longtemps. J'aime ta relation avec mon fils, j'aime l'idée que passer du temps avec lui te fasse plaisir, j'aime nos petites taquineries. J'aime te voir te donner tant de mal pour préserver ton cœur de moi en essayant de faire croire que c'est facile alors que ça ne l'est pas du tout. Ce que je suis en train de te dire, c'est que je vais te donner ce que tu veux de moi, ce que tu voulais déjà quand tu m'épiais sur ce putain de mur. Je vais passer la nuit avec toi, Lucy Meyer, ma petite espionne tombée de nulle part, et je vais t'embrasser. Oui, je vais t'embrasser sans rentrer dans ces petits jeux de dupes, ai-je annoncé.

Son regard déconcerté a glissé sur moi.

—Si je te préviens, c'est uniquement parce que je sais que tu vas avoir besoin d'un peu de temps pour t'y préparer, ai-je précisé.

—Je ne passe jamais la nuit avec un mec. Je le baise ou je le laisse me baiser, mais quand c'est terminé, je lui demande de partir. Et c'est très gentil de me proposer qu'on couche ensemble parce que tu as pitié de moi, mais là, je ne suis plus d'humeur.

—Ça tombe bien, je ne comptais pas faire ça maintenant. Je ne coucherai pas avec toi tant que tu n'auras pas reconnu que tu m'aimes bien. Je n'espère pas de déclaration d'amour, mais ce serait sympa d'entendre autre chose que « je te déteste » sortir de ta bouche.

Elle a ouvert cette dernière pour rétorquer, mais je l'ai devancée.

—Oui, Lucy, même si je t'ai fait envoyer en « prison », je suis sûr que tu m'aimes bien quand même et que ça te démange.

J'ai souri devant ses yeux étincelants de colère.

J'ai voulu toucher le grain de beauté qui se trouvait près de sa lèvre, mais elle a écarté ma main d'une gifle. J'ai pouffé. Elle n'avait pas frappé fort. Avec nous, on aurait même pu appeler ça des préliminaires.

—Quand ça arrivera – je veux dire : le jour où tu admettras que tu m'aimes bien –, j'aurai aussi besoin que tu enlèves ce bouclier protecteur qui entoure ton cœur. Je ne ferai pas de « galipettes » avec toi tant que tu resteras sur la défensive au point de rater ce qui se passe autour de toi.

—Il ne se passe rien du tout, Adam. Qu'on fasse crac-crac ou pas, il ne se passera jamais rien entre nous. Je crois que je n'ai même plus envie de faire des galipettes avec toi. J'ai l'impression que j'aurai plus de chances sur Tinder. Si tu t'imagines que tu vas réussir à me faire tomber amoureuse de toi, tu te fourres le doigt dans l'œil. Je t'encourage à faire preuve d'un peu plus d'humilité et à passer à autre chose.

À ces mots, elle a commencé à se tourner pour se lever, mais j'ai saisi son menton entre mon pouce et mon index, l'obligeant à garder la tête braquée vers moi.

—J'ai un enfant, lui ai-je rappelé. Les plans cul, ça ne m'intéresse pas. Si on se retrouve dans un lit, toi et moi, ce ne sera pas pour un truc sans lendemain. Je ne suis pas de ce genre-là. S'il se passe quoi que ce soit entre nous, ce sera différent de ce que tu t'imposes avec les autres mecs.

—Tu étais marié, c'est normal d'avoir laissé tomber les plans cul. Mais tu sais, c'est très sympa, les aventures sans lendemain. Tu devrais t'y remettre. Tu es un mec, va donc prendre ton pied.

—Ça commence à faire un bout de temps que je suis séparé d'Adeline, Lucy.

Je lui ai lâché le menton et elle s'est rallongée.

—J'ai beaucoup de propositions et des tas d'occasions de baiser un coup en vitesse. Mais, comme je viens de te le dire, j'ai un enfant et je n'ai pas l'intention de faire défiler toute une série de conquêtes devant lui. Je ne serai pas non plus ce père absent qui confie son fils à des assistantes et des nounous pour aller s'éclater sur des tournages à l'autre bout du monde. Cela dit, même si Aiden n'était pas là, je n'ai jamais été ce genre de mec. Je ne suis pas un gros fêtard ni un queutard ; ça ne m'a jamais intéressé. Tu n'es pas la seule à refuser de commettre les mêmes erreurs que tes parents.

—Que veux-tu dire ?

Il lui a fallu un moment, mais lorsqu'elle a compris, elle m'a considéré avec des yeux exorbités.

—Ton père a trompé ta mère ? Le grand Nathan Connor a trompé sa chère Helena ? Et tu étais au courant ?

—Ils ont tous les deux eu de nombreuses liaisons extra-conjugales, Lucy. Mais pour eux, ce n'est pas « tromper ». Ils n'ont pas la même conception de l'amour et du mariage que tout le monde. Ils travaillaient beaucoup et ils estimaient avoir le droit de s'amuser tout autant.

J'ai haussé les épaules.

—C'est leur choix, mais ce n'est pas pour ça que je dois suivre leur exemple. Si c'était le cas, je n'aurais jamais épousé Adeline.

—Alors ils avaient un mariage libre…

—Quelque chose comme ça, oui.

—Celle-là, je ne l'avais pas vue venir. Je suis sur le cul.

Je me suis un peu détendu.

—Tu veux savoir ce que m'a dit un réalisateur un jour ?

—Oui, je crois qu'il me reste un peu de temps.

J'ai secoué la tête en souriant. Elle n'arrêtait donc jamais.

—Douglas Trent. Je travaillais avec lui pour la première fois.

Je me suis rallongé à côté d'elle. Nos bras se touchaient, mais elle ne s'est pas écartée.

— Je devais avoir dix-huit ans quand on a commencé à tourner son film. C'était l'un des plus gros rôles que j'avais décrochés jusque-là et je me donnais à fond pour prouver à toute l'équipe que j'étais là parce que je le méritais, parce que j'avais réussi le casting, et pas grâce à mes parents.

— Le film dont tu parles, c'est *Le Premier Jour* ?

— Oui. Un gros casting. Plein de noms célèbres à l'affiche. Le premier jour, je suis arrivé en retard. C'est ma sœur… il s'était passé un truc et je ne pouvais pas la laisser seule à la maison. Quand je suis enfin arrivé aux studios, Douglas est venu me trouver dans ma caravane et m'a passé un sacré savon. Je le revois, avec son expression, genre « joue pas aux cons avec moi ». J'étais vachement impressionné. Jusque-là, tout le monde m'avait toujours léché les bottes, à cause de mes parents et de leur influence dans le milieu. J'étais persuadé que personne ne me reprocherait de me présenter avec une heure de retard. Douglas m'a averti qu'avant de mettre un pied sur le plateau, j'allais devoir décider ce qui était le plus important pour moi et ce qui le serait dans dix ans. En gros : est-ce que j'avais envie d'être un Connor ou d'être Adam Connor. Pour lui, il y avait une grosse différence entre les deux. Je suis resté bouche bée, complètement sous le choc qu'il me cerne aussi bien après m'avoir vu deux fois. J'étais hyper impressionné, parce qu'à l'époque, c'était déjà très important pour moi que les gens ne fassent pas l'amalgame. Entendons-nous bien, mes parents étaient de grands acteurs, ils le sont toujours d'ailleurs, mais… enfin, ça, je te le raconterai une prochaine fois.

— Il t'a dit autre chose, ce réalisateur ?

— Plein. Il m'a dit que dans l'équipe, il y avait un acteur célèbre en particulier qui était convaincu que je n'avais pas les épaules pour ce rôle et que j'allais faire baisser le niveau. On avait beaucoup de scènes ensemble et il était persuadé que j'étais un mauvais choix, alors, forcément, mon retard venait de prouver qu'il avait raison. Douglas m'a demandé si je pensais pouvoir tenir le coup : les horaires, le boulot et tout ce qui va avec. Il m'a aussi demandé ce qui m'intéressait le plus dans le métier d'acteur : les interviews, les fans, l'attention du public, les femmes, l'argent ? Je lui ai répondu que c'était l'énergie qui m'envahissait quand j'entendais le mot « action », la caméra, le réalisateur, le casting, le scénario, la collaboration avec l'équipe de tournage, la préparation du rôle. Voilà ce qui compte le plus, pour moi. Bien sûr, l'argent, les fans, les interviews, tout ça fait partie du métier aussi, et je ne crache pas dessus, mais c'est accessoire. Ce n'est pas le plus important. Et ce n'est certainement pas ce qui me pousse à faire ce métier. Je le fais avant tout pour moi, parce que c'est ce que je veux faire de ma vie et qu'apparemment, j'ai les compétences requises.

J'ai tourné la tête vers Lucy.

—Et toi ? Qu'est-ce qui compte le plus pour toi ? Comment tu te vois dans dix ans ? Toujours occupée à interdire l'accès à ton cœur pour ne pas finir comme ta mère et ta grand-mère ? Ou est-ce que tu vivras pleinement, en suivant tes propres règles ? Est-ce que tu préfères passer ta vie à tout faire pour éviter de leur ressembler ou bien écrire ta propre histoire ?

—Tu es au courant que je sors d'une rupture ? Ce n'est pas comme si j'étais incapable d'aimer. Je reste pragmatique, c'est tout. Je sais ce qui m'attend si je baisse la garde. Pourquoi m'approcher du précipice si je sais déjà que je tomberai dans l'océan ? Et comme je viens de te le dire, j'ai marché au bord de ce précipice il y a quelques mois et on voit ce que ça a donné.

—Je n'ai jamais dit que tu étais *incapable* d'aimer. Que s'est-il passé, exactement ? Tu as dit à ce mec que tu l'aimais, tu es tombée dans l'océan et puis quoi ? Tu as bu la tasse au point de ne plus jamais tomber amoureuse de quelqu'un d'autre ?

Elle m'a décoché un regard exaspéré en poussant un soupir chargé de frustration.

—Pas du tout. J'ai réussi à sortir de l'eau, bien sûr. Ce n'est pas parce que je me suis fait jeter par un mec que je vais passer le restant de mes jours à l'aimer en secret en me noyant dans mes larmes.

Sans crier gare, je me suis retourné en la faisant glisser sous moi. Elle a émis un petit son étranglé, entre le cri et le hoquet.

—Mais qu'est-ce que tu fais ?

—Je t'apprécie vraiment, vraiment beaucoup, Lucy Meyer, ai-je répondu sans la lâcher du regard. Je suis en train de me poser des questions.

—Quel genre de questions ?

—Eh bien, je me demande par exemple : combien de temps je vais devoir attendre pour que tu chasses tes vieux démons et que je puisse te caresser comme j'en ai envie ?

Elle m'a adressé un sourire suave. J'étais en train de contempler ses lèvres envoûtantes lorsque, tout à coup, elle a réussi à me faire basculer et à rouler sur moi. C'était à n'y rien comprendre. Il lui avait fallu moins d'une seconde pour se retrouver à califourchon sur moi – enfin, pas tout à fait : elle était dressée sur ses genoux au-dessus de moi sans que son corps ne touche le mien, même s'il n'en était pas loin. Je suis resté allongé là, complètement abasourdi, complètement en érection aussi, et plutôt content. Je la laisserais faire ce qu'elle avait en tête, mais jusqu'à un certain point. Je serais obligé de l'arrêter à un moment donné parce que jouer avec elle ne m'intéressait pas. Non, pardon, je reformule : jouer avec elle m'intéressait beaucoup, au contraire, et je ne demandais pas mieux que de faire tout ce qu'elle voulait, mais pas selon ses règles. Je ne voulais pas d'un petit coup en vitesse. Pas alors que le désir qu'elle attisait en moi dès qu'elle ouvrait la bouche dépassait l'entendement.

Elle a posé ses mains sur le matelas, de chaque côté de ma tête, et s'est penchée en écrasant ses seins sur mon torse. Ses lèvres se sont arrêtées à quelques centimètres des miennes seulement. Mes mains ont trouvé ses hanches et je m'y suis agrippé, la maintenant au-dessus de moi.

—Tu es si sûr de toi, hein ? a-t-elle chuchoté. Toutes les filles se sont toujours jetées à tes pieds depuis que tu as… quoi ? Quatorze, quinze ans ? Eh bien, j'ai un scoop pour toi, sexy papa : je ne suis pas une de tes fans. Plus maintenant.

Elle s'est redressée à quatre pattes et a baissé la tête pour jeter un coup d'œil entre nos deux corps. Je n'ai pas eu besoin de suivre son regard pour comprendre que mon érection était visible. Lucy ne savait pas dans quoi elle s'embarquait.

J'ai resserré mes doigts sur ses hanches et je l'ai ramenée vers le haut. Ses yeux ont rejoint les miens. Elle a dégluti et j'ai observé le mouvement de sa gorge. Ses seins avaient rejoint mes pectoraux, mais elle avait dû s'appuyer sur moi sans s'en rendre compte, parce qu'au bout d'un moment, elle s'est vivement redressée et s'est placée de manière à ne plus me toucher.

—Pourquoi tu ne t'assieds pas, Lucy ? Mets-toi à l'aise.

Je luttais contre une furieuse envie de lui arracher son legging et de la guider sur moi.

Toujours en suspens au-dessus de moi, elle a pincé les lèvres. Je commençais à croire qu'elle allait se lever et partir lorsque…

—Tu sais ce que j'aime, Adam Connor ?

Elle a continué sans attendre ma réponse.

—J'aime les tatouages. Je trouve ça hyper sexy sur un homme. Sexy genre : « Arrache mes vêtements et prends-moi, là, tout de suite. Tu as ma permission. » J'aime aussi les grosses queues parce que quand un mec sait s'en servir, c'est dément.

Elle s'est penchée.

—Tu n'as pas idée à quel point j'adore me faire sauter par une bonne grosse queue bien dure, Adam. Et puis jouir sur elle et autour d'elle, c'est… indescriptible. C'est trop et pas assez en même temps, tu vois ?

Elle a approché sa bouche de mon oreille et a émis un petit gémissement guttural qui est allé directement se loger dans mon sexe durci.

—Et crois-moi, je peux jouir très, *très*, fort, a-t-elle ajouté.

J'ai fermé les yeux et j'ai souri avant qu'elle ne puisse s'en apercevoir. Elle a continué à parler en s'appuyant de plus en plus sur moi. Il n'y avait rien, *rien*, de plus excitant qu'une femme qui savait ce qu'elle voulait au lit, qui n'avait aucun scrupule à expliquer ce qui la faisait grimper aux rideaux et comment elle voulait y grimper. Or, Lucy Meyer était déjà dangereusement excitante.

À cet instant, elle était loin de se douter qu'elle me rendait encore plus accro à elle, et j'avais la ferme intention de la rendre encore plus accro à moi, bien plus qu'elle ne l'était déjà.

—J'aime les hommes qui savent se servir de leur langue, de leurs mains *et* de leur bite. J'aime les hommes qui sont capables de me rendre folle, toujours plus folle, au point de les supplier de m'en donner plus, a-t-elle continué. Mon mec, il doit savoir comment tout obtenir de moi.

Elle s'est redressée en tapotant mon torse avec condescendance et le ton de sa voix a changé.

—Malheureusement, ce mec, ce n'est pas toi, Adam Connor. On aurait pu le croire, mais non.

—Tu le penses sincèrement ?

Elle a acquiescé.

—Je vais même t'expliquer pourquoi, c'est cadeau. Tout d'abord, tu embrasses mal. Je ne ressens rien avec toi, et ça, je l'ai appris à mes dépens. On a aussi découvert que tu avais une petite bite. Enfin, trop petite pour moi, s'est-elle empressée de préciser. D'autres filles s'en satisferaient sans doute, surtout que tu es une star de cinéma et tout ça… Quant à tes mains…

Elle s'est humecté les lèvres.

—Moui… O.K. Tu as de grandes mains, je te le concède. Mais je doute que tu saches t'en servir correctement.

Elle s'est redressée sur ses genoux.

—Bref, comme tu vois, ça ne peut pas coller entre nous. Tu es un excellent acteur, mais je n'ai pas besoin qu'on me joue la comédie au lit.

Elle a levé un genou pour s'éloigner de moi et j'ai sauté sur l'occasion pour reprendre le léger avantage que je lui avais accordé.

Je l'ai renversée sur le dos, lui arrachant un petit hoquet de surprise, et je me suis retrouvé au-dessus d'elle, à quelques centimètres de sa bouche.

—Tu veux que je te dise ce que j'aimerais te faire, Lucy ? Ce que je *vais* te faire, dès que, *toi*, tu arrêteras de jouer la comédie ?

—Mais volontiers. J'ai hâte d'entendre ça, a-t-elle ironisé d'une voix haletante.

Du bout du nez, j'ai poussé le sien sur le côté, m'offrant ainsi l'accès à son cou. Puis, lentement, sans me précipiter, j'ai commencé à lui décrire mes intentions, en parlant tout contre sa peau.

—D'abord, je t'embrasserais jusqu'à te faire oublier ton propre nom, Lucy Meyer. Et tant pis s'il me faut des heures pour goûter ta superbe bouche jusque dans les moindres recoins ; je n'arrêterai que lorsque tu seras réduite à l'état de pauvre petite chose à ma merci et que ton cœur menacera de jaillir de ta poitrine.

J'ai glissé ma main sous sa nuque et l'ai caressée avec le pouce. Ses yeux luisaient de désir.

—Ensuite, sans cesser de t'embrasser, Lucy…

Je me suis interrompu pour effleurer ses lèvres avec les miennes. Aussitôt, elle a entrouvert celles-ci et j'ai remarqué que ses paupières étaient déjà closes.

« *Ce mec, ce n'est pas toi.* » *Mon cul !*

—… je te déshabillerais pour pouvoir caresser ton corps tout entier avec mes lèvres, avec mes mains…

J'ai tracé un sentier de baiser depuis la commissure de ses lèvres jusqu'à l'encolure de son tee-shirt, puis j'ai laissé ma main descendre jusqu'à sa taille avant de glisser celle-ci sous son tee-shirt. J'avais besoin de toucher sa peau. Elle a poussé un petit cri de stupeur et j'ai ordonné à mon sexe de ne pas y prêter attention.

—Tu es si douce, ai-je murmuré en l'embrassant juste sous l'oreille tandis que ma paume remontait lentement en direction de sa poitrine.

Son souffle s'est accéléré et elle a rouvert les yeux.

Deux orages, deux magnifiques tempêtes, regardaient droit dans mon âme.

Elle était en colère, c'était évident, mais elle semblait aussi affamée, alors j'ai cédé un petit peu et j'ai embrassé ses lèvres. Lorsqu'elle s'est mise à remuer le bassin, j'ai raffermi mon étreinte autour de sa taille. Elle s'est humecté la lèvre inférieure et j'en ai profité pour happer sa langue et la mordiller, lui arrachant un long gémissement.

—Ceci n'est qu'un avant-goût, ai-je déclaré. Pour te faire patienter.

Son air furieux est réapparu, plus virulent que jamais.

—Peut-être qu'ensuite, je mettrai ma queue dans ta bouche pour que tu puisses la goûter avant d'aller plus loin. Ou pas. Si ça se trouve, je ne pourrai pas me retenir de plonger directement en toi. Je ne voudrais pas exploser dans ta bouche et te regarder tout avaler.

— Qui a dit que j'avalais ? est-elle intervenue en serrant les poings.

J'ai souri – c'était plus fort que moi.

— Oh, tu as sûrement hâte de me dévorer tout entier, non ? Tout comme j'ai hâte de lécher le moindre centimètre de ta chatte.

Nous nous sommes défiés du regard pendant de longues secondes.

— Et après, qu'est-ce que tu ferais ? a-t-elle fini par demander. Ça ne risque pas d'arriver, mais je suis curieuse…

— Oh, plein de choses, Lucy. Et tu pourras m'en faire plein aussi, parce que je sais que tu aimes ça.

J'ai baissé les yeux sur son ventre que je venais de dévoiler en relevant son tee-shirt. Ne me demandez pas comment, mais j'ai réussi à empêcher ma main de monter plus haut. J'ai même fini par baisser son tee-shirt.

— Dommage que je ne puisse pas t'arracher tes vêtements pour te montrer tout ce que j'aimerais te faire si seulement tu le voulais bien, ai-je murmuré en la regardant droit dans les yeux. La force des cris que je te ferais pousser en m'enfonçant dans ta jolie chatte qui se contracterait autour de moi… Je parie qu'elle est gourmande, ta chatte. Je parie aussi que tu me supplierais de ne pas arrêter.

Moi qui trouvais déjà la tentation insupportable devant son ventre nu… le regard qu'elle m'a jeté à cet instant a été une véritable torture.

— Dommage que je sois obligé de partir et que je ne puisse pas t'avoir pour moi tout seul cette nuit, ai-je conclu.

Au moment où je me redressais, elle a pris appui sur ses coudes, m'a de nouveau fait basculer sur le dos et s'est replacée au-dessus de moi.

— Tu devrais arrêter de faire ça, ai-je marmonné en écartant ses cheveux pour dégager ses yeux magnifiques dont je semblais incapable de me détacher.

La vue de ses joues rosies et de sa poitrine qui se soulevait vivement à chaque inspiration a fait tressauter ma queue déjà bien dure dans mon pantalon.

— Alors, prête à m'avouer qu'en réalité, tu m'aimes un peu ?

Elle a secoué la tête.

— Chaque fois que je me dis qu'au fond, je ne te déteste peut-être pas tant que ça, tu débarques et tu fais un truc qui me rappelle à quel point je te hais.

— Et maintenant, par exemple, qu'ai-je fait pour mériter tant de haine ? ai-je demandé, sidéré.

— Tu parles. Tu me touches. Tu susurres. Tu te penches trop près. Tu me regardes dans les yeux. Et puis, tu prends cette voix toute rauque. Faut arrêter. Quand je t'explique qu'on ne peut pas baiser ensemble, tu me parles de mon cœur et de tout un tas de trucs qui ne te concernent pas.

J'ai lâché ses cheveux et j'ai levé les mains comme si je me rendais.

— Je ne savais pas que tu voulais tellement baiser avec moi, Lucy.

— Mais je ne veux pas, justement ! C'est bien ce que je dis. C'est toi qui m'as lancé sur les mecs qui ont des grosses queues et qui savent s'en servir…

Contre toute attente, elle a saisi mon poignet et a enfoncé ma main dans sa petite culotte.

J'aurais pu l'en empêcher. J'aurais pu l'attirer contre moi et lui demander un peu de tenue avant de m'emparer de ses lèvres pour un baiser effréné. J'aurais pu faire plein de choses, mais non, j'ai replié les doigts et je les ai introduits dans son intimité chaude et moite. C'est sa faute, aussi, elle était bien trop fascinante, et puis, j'étais curieux de découvrir comment elle allait justifier le fait qu'elle était trempée entre les cuisses alors qu'elle ne ressentait rien pour moi.

—Et voilà… Ce qui devait arriver arriva, a-t-elle argué avec maladresse, d'une voix essoufflée.

Je jouais délicatement avec les replis de son sexe.

—Regardez-moi ça, ai-je murmuré en étalant sa moiteur un peu partout. Tout ça parce que je t'ai encouragée à parler de grosses bites ?

Elle a vivement acquiescé. Mon regard est tombé sur mon poignet qu'elle agrippait toujours pour m'empêcher de sortir de sa culotte.

—Je suppose que je te dois des excuses, ai-je déclaré en enfonçant mon majeur un peu plus profondément dans sa chair juteuse. Je veux dire : pour que tu me pardonnes de t'avoir fait mouiller à ce point.

Elle a renversé la tête en arrière et son bassin a bondi, enfonçant mon doigt un peu plus loin.

—Ce n'est pas toi qui me fais mouiller, a-t-elle affirmé dans un souffle.

Elle a laissé échapper un petit gémissement au moment où j'ai enfoncé mon doigt tout entier après l'avoir fait tournoyer quelques instants.

La façon dont son corps prenait vie sous mes yeux, dont elle se mordait la lèvre inférieure, ou ces petits hoquets qu'elle était incapable de réprimer… chaque détail me rendait dingue.

—Ah non ?

J'ai sorti mon doigt de son sexe étroit pour caresser son clitoris.

—C'est vraiment dommage.

J'ai commencé à enlever ma main de sa culotte, mais elle m'a arrêté.

—Attends ! Attends !

—Oui ?

Elle a soufflé toute sa frustration en me fusillant du regard.

—Tu vois, c'est exactement pour ça que je ne t'aime pas.

Cette fois, j'ai bel et bien repris ma main.

—Mais attends ! Merde !

Elle s'est emparée de mon poignet et a remis ma main de force dans sa culotte. Bon sang, le moins qu'on puisse dire, c'est que ses yeux ne me laissaient vraiment pas indifférent. Ce gris tempétueux dans lequel se mêlaient détermination et confusion… c'était quelque chose. Bon sang, Lucy était une tempête à elle toute seule. Un ouragan, même, depuis qu'elle avait déboulé dans ma vie.

—D'accord, d'accord. Ta voix n'est pas mal, a-t-elle daigné admettre.

—Mmmh.

J'ai doucement ramené mon doigt en elle.

—Tu aimes ma voix et ma main. Pour une fille qui ne m'aime pas, tu m'as tout de même l'air d'apprécier beaucoup de choses chez moi.

—Uniquement ta main et ta voix. Tout le reste… je le déteste.

J'ai plaqué ma main libre dans son dos et j'ai opéré un nouveau retournement de situation. Elle se retrouvait sous moi une fois de plus.

—La haine est une émotion très puissante, Lucy. Et tu sais ce qu'on dit sur la limite infime entre l'amour et la haine… Il suffirait de pas grand-chose pour que tu bascules du côté de l'amour.

Elle a spontanément écarté les cuisses.

—C'est ça, continue de rêver.

J'ai souri.

—On verra.

Lui écartant un peu plus les jambes, j'ai introduit un deuxième doigt dans sa chair bouillante et j'ai regardé ses yeux se perdre dans le vague.

— Écoute, je pense que…

J'ai glissé ma main libre sous sa nuque, j'ai amené sa bouche à la mienne et je lui ai coupé la parole avec un baiser intense tandis que mes doigts continuaient à se baigner dans son excitation. Chaque fois que je l'embrassais, j'entendais le sang battre dans mes veines et je la sentais trembler contre moi. Elle avait beau tout faire pour le cacher, tout son corps vibrait de désir.

Pourtant, même si je savais qu'elle allait s'offusquer, il était temps pour moi de m'en aller en emportant mon érection spectaculaire. Alors, j'ai ressorti mes doigts, je lui ai saisi le menton et j'ai approfondi notre baiser quelques instants encore, avant de libérer ses lèvres, de me lever et de me diriger d'un pas nonchalant vers la porte.

— Quoi ? a-t-elle balbutié en levant un regard décontenancé sur moi. Qu'est-ce que tu fais ?

Bon sang, ses seins étaient superbes. On le devinait sans mal tandis qu'ils se soulevaient au rythme saccadé de sa respiration, mais là, la patience de ma queue avait atteint ses limites.

— Bonne nuit, Lucy.

Ses traits se sont décomposés.

— Tu t'en vas ? Maintenant ?

— Rien ne me ferait plus plaisir que t'entendre gémir sous moi toute la nuit pendant que j'enfonce mon sexe dans une certaine partie de ton corps, mais tu ne m'aimes pas, tu te rappelles ? Dis-moi que tu m'aimes, ne fût-ce qu'un peu, et peut-être que je reviendrai sur ma décision.

— Je ne t'aime pas.

J'ai hoché la tête.

— C'est bien ce que je pensais. Et puis, il faut que je rentre pour Aiden.

Quand elle a entendu le nom de mon fils, ses épaules ont semblé se décontracter un peu et elle a ramené ses genoux contre sa poitrine.

—Oh, tu ne comptais pas rester, de toute façon. Même si j'avais menti et prétendu que, finalement, je t'aimais bien, tu serais parti. Super. Quel mec fiable.

J'ai ouvert la porte en haussant les épaules.

—Peut-être, mais je t'aurais emmenée, c'est sûr.

—Je n'aurais jamais accepté de te suivre.

Je suis sorti et je lui ai jeté un coup d'œil en souriant.

—Oh si, je crois que tu serais venue, ma petite espionne, et tu aurais joui. En fait, je suis même persuadé que tu aurais joui bien plus qu'avec n'importe quel autre mec.

Elle a plissé les yeux, comme si elle hésitait à me balancer une de ses reparties bien senties. Cela dit, elle n'a pas hésité bien longtemps. Lui arrivait-il de garder certaines réflexions pour elle ?

—Merci d'avoir arrêté avant que je commette une grave erreur, Adam.

Chaque mot qui sortait de sa bouche résonnait comme un défi que j'étais obligé de relever. C'était sans doute ce qui m'excitait le plus chez elle – après son beau visage, son incroyable regard tumultueux et ses seins divins, bien sûr… et sans oublier son petit cul parfait.

—Mais de rien, ai-je rétorqué du tac au tac. Tu n'as peut-être pas tort. De toute façon, je ne suis pas sûr que tu réussirais à suivre mon rythme ni à me satisfaire. Et je préférerais éviter de me sentir obligé de simuler pour ménager ta sensibilité.

Elle a poussé un grognement rageur, mais j'ai fermé la porte de justesse avant d'être atteint par l'oreiller qu'elle venait de me jeter à la figure.

J'étais impatient de voir ses yeux magnifiques se révulser de plaisir.

15

LUCY

— Olive. Olive, réveille-toi.

Rien. Pas même un grognement.

— Olive. Olive. Olive.

— Va-t'en, Lucy, a-t-elle grogné.

Ah ! Enfin.

— Non, tu dois te réveiller, ai-je affirmé en me mettant à exercer des pressions sur le matelas pour la faire rebondir.

— Donne-moi une seule bonne raison et j'envisagerai peut-être d'ouvrir un œil, a-t-elle marmonné avant de me tourner le dos et de serrer son oreiller un peu plus fort dans ses bras.

— Eh bien, parce que je suis levée.

— Moui. Mais ça ne va pas le faire. Bien essayé, cela dit. Maintenant, ouste !

— Olive.

— Lucy.

J'ai grimpé sur le lit en soupirant.

— Olive, réveille-toi.

— Lucy, va-t'en.

Cette fois, c'est moi qui ai grogné.

— Ce n'est pas comme ça que ça marche, Olive. Normalement, quand je viens dans ta chambre pour te réveiller, tu te réveilles. En plus, je ne peux même pas m'installer confortablement sur tes nichons parce que tu es couchée sur eux. Tu les écrases. Tu les étouffes. C'est un meurtre. N'as-tu donc pas de cœur ?

—Qu'est-ce que tu as fait à Jason ?

—Qu'est-ce que *je* lui ai fait ? Tu étais en train de rêver qu'on faisait un plan à trois ou quoi ?

Je lui ai donné une bourrade avant de m'allonger à côté d'elle.

—Je suis flattée que tu m'aies choisie pour jouer dans tes fantasmes, mon Olive verte. Vas-y, donne-moi tous les détails.

Elle a poussé un long soupir.

—Tu ne t'en iras pas, hein ?

—Mmmmh…

J'ai tiré sur l'un des oreillers calés sous sa tête.

—… non, ai-je fini par répondre.

—C'est bien ce que je pensais. Bon, d'accord.

Acceptant l'inéluctable, elle a roulé sur le dos en abattant ses poings sur les draps avec un peu trop de vigueur à mon goût.

—Quelle heure est-il ? a-t-elle demandé.

—Neuf heures et des poussières.

—C'est vrai ? Ça, c'est une première. En général, tu m'arraches au sommeil à des heures plus scandaleuses.

Je lui ai donné un petit coup d'épaule.

—Ah, tu vois ? Je peux être gentille, parfois. Je suis une véritable amie.

—O.K. Maintenant que je ne dors plus… tu peux me rappeler pourquoi je dois me réveiller si tôt ?

—Parce que j'ai des nouvelles.

—Bonnes ou mauvaises ? s'est-elle inquiétée en soulevant les draps pour que je puisse me glisser sous ceux-ci.

Elle avait beau proclamer haut et fort qu'elle détestait que je la tire des bras de Morphée, je savais qu'elle adorait mes petites visites matinales autant que moi.

Bon, d'accord, peut-être pas autant que moi, mais elle aimait bien quand même.

J'ai réfléchi à ce que je m'apprêtais à lui annoncer et je n'ai pas pu déterminer si c'était de bonnes ou de mauvaises nouvelles. Disons qu'il y en avait quelques bonnes, mais aussi une mauvaise, énorme, qui risquait d'éclipser les autres. Celle-là, je préférais n'y penser que lorsque je serais obligée.

—Quelques bonnes et peut-être quelques mauvaises aussi, ai-je hasardé sans trop me mouiller.

—D'accord. Vas-y, balance.

—Par quoi veux-tu que je commence ?

—Donne-moi toutes les bonnes nouvelles d'abord.

J'ai hoché la tête. Excellent choix.

—La meilleure de toutes, c'est que je t'ai obtenu…

J'ai tiré le mot en longueur, puis je me suis tue pour laisser monter le suspense.

—Tu m'as obtenu… ?

—… un contrat pour un putain de LIVRE AUDIO d'*Âmes en peine* !

Elle s'est redressée dans le lit et m'a dévisagée avec des yeux immenses.

—On a un contrat ?

—Oui. On en a un. Et ce n'est pas tout…

J'avais tellement de mal à contenir mon exaltation que je me suis redressée aussi pour m'asseoir en tailleur.

—Raconte !

—Ce sera toi la narratrice !

Ses traits se sont décomposés.

—Quoi ? La narratrice ? Mais pourquoi ?

—Qui mieux que toi pourrait lire ton livre ?

—Non, Lucy.

Je lui ai donné une bourrade à l'épaule et elle a failli basculer en arrière.

—Si, Olive !

Elle s'est levée en secouant la tête.

—Pas question. Je ne ferai jamais ça.

Elle s'est mise à faire les cent pas le long du lit et j'ai poussé un long soupir.

—Si, tu vas le faire, et avec le sourire, en plus. Et tu veux savoir pourquoi, mon Olive verte ?

—Oh, oui, je t'en prie. Éclaire ma lanterne.

—Parce que ton mari trop canon sera narrateur avec toi. Voilà pourquoi.

Elle s'est arrêtée. J'avais beaucoup de mal à dompter mon large sourire.

—Jason ? Il va lire avec moi ? Tu lui en as déjà parlé ?

—Évidemment. Je ne peux pas prendre ce genre de décisions à sa place, même si j'estime que je devrais avoir le droit, étant donné que je lui ai pratiquement offert sa femme sur un plateau d'argent. Je lui en ai parlé il y a quelques jours et, vu la largeur du sourire qu'il m'a adressé, l'idée lui a vraiment, mais alors vraiment beaucoup plu. L'éditeur est ravi aussi, aloooors… c'est vendu !

Olive m'a rejointe et s'est agenouillée sur le lit avec le plus adorable des sourires.

—Tu es un génie, Lucy. J'adore l'idée. Celle de devoir lire mon propre roman à voix haute, beaucoup moins, mais avec Jason… j'adore !

Je lui ai rendu son sourire.

—Mais avec plaisir, ma petite Olive verte. Au début, ils se sont inquiétés de devoir payer Jason, mais il ne veut aucune contrepartie, donc l'offre ne porte que sur les droits audio d'*Âmes en peine*. Et tu vas avoir une belle avance. J'ai été attentive à ça.

—Alors ça veut dire que tu vas avoir une belle commission.

J'ai froncé les sourcils.

—Euh… non. Je fais ça pour te rendre service. En fait, je l'aime bien, cette casquette d'agent temporaire, alors je veux bien la garder, mais pas question que je te prenne ton argent.

—Oh si. Sinon à quoi bon passer tout ce temps à négocier avec les éditeurs ?

— Mais pour t'aider.

—Oui. Et parce que tu es faite pour ça ; tu es douée avec les chiffres et tu parviens toujours à obtenir ce que tu veux des gens. Et aussi parce que mes livres et mes personnages te tiennent à cœur, et que tu veux ce qu'il y a de mieux pour moi. C'est simple, je ne crois pas qu'il existe un meilleur agent que toi pour moi. Alors, je te garde, et toi, tu prends ta commission.

Je me suis mise à gamberger là-dessus. C'est sûr, j'avais besoin de trouver du boulot. Ça, on le savait, mais de là à profiter de l'argent de ma meilleure amie… cette idée me plaisait tout de suite beaucoup moins. Olive était ma meilleure amie, ma sœur de cœur. Je l'aiderais du mieux que je pouvais et j'aimais beaucoup ce que je faisais pour elle, mais…

Olive a claqué des doigts devant moi, interrompant le fil de mes pensées.

—C'est tout réfléchi, Lucy. Je t'ai demandé d'être mon agent. Les agents sont payés. Tu m'as obtenu un contrat, ce qui officialise ta fonction. Tu n'es plus temporaire. Je ne t'avais même pas demandé de m'obtenir un contrat pour un livre audio, et pourtant, tu l'as fait. Tu es mon agent, Lucy. Et tu as droit à tes vingt-cinq pour cent.

—Vingt-cinq pour cent ? Mais tu es folle ! As-tu seulement idée de l'avance que tu vas recevoir ?

Étais-je réellement en train d'envisager de me faire rémunérer par ma meilleure amie ? Et une telle somme qui plus est ? Non, pas question.

—C'est ce que les agents prennent en général. À chaque contrat, que ce soit pour un livre papier, numérique ou audio, pour la vente de mes droits à l'étranger, bref pour tout ce que tu me demanderas de signer, tu obtiendras vingt-cinq pour cent sur l'avance *et* sur les droits d'auteur.

J'ai remué, mal à l'aise, et j'ai secoué la tête.

—Jamais de la vie, Olive.

Impensable. Ça représentait beaucoup trop d'argent.

—Vingt-cinq, c'est beaucoup trop. C'est ton argent, n'en donne jamais autant, à personne.

Elle a haussé les épaules comme si c'était moi qui divaguais.

—Tu es mon agent, Lucy. Tu vas devoir veiller sur moi et m'obtenir les meilleures offres. C'est déjà ce que tu fais, d'ailleurs. Je ne vois même pas pourquoi on est encore en train de discuter de ça. Jamais je n'aurais pensé à proposer qu'on soit les narrateurs, Jason et moi. Et même si j'y avais pensé, je n'aurais jamais réussi à convaincre qui que ce soit d'accepter. Par contre, Jason joue déjà le rôle d'Isaac dans le film, tu es certaine qu'aucune clause de son contrat ne risque de poser problème ?

—J'ai une longueur d'avance sur toi. J'ai déjà discuté avec son agent. Tom m'a dit qu'au contraire, ça ferait une bonne publicité pour le film au moment de sa sortie en DVD. Il a réétudié le contrat de Jason pour être sûr. De ce côté-là, tout est O.K.

Elle a appuyé son index sur mon épaule – un peu trop fort.

—Tu vois ? Tu as déjà pensé à tout. Tu es mon agent.

—Oui, ai-je admis en me frottant l'épaule. Enfin, je te rappelle que je n'ai toujours pas reçu de copie des épreuves de ton prochain livre. Tu parles d'un agent. Tu devrais peut-être proposer le poste à Jasmine.

Est-ce que j'étais encore un peu jalouse ? C'est possible. Et alors ?

Olive m'a tendu la main en désignant celle-ci du menton, alors je l'ai serrée.

—Vingt-cinq pour cent.

— Dix pour cent, ai-je soupiré.

Elle m'a lancé un regard agacé.

— Vingt-quatre pour cent.

Vous avez sûrement une idée du temps qu'il nous a fallu pour trouver un terrain d'entente, mais au cas où vous en douteriez encore, ça a duré très, très longtemps. Il y a eu beaucoup de poignées de main, des hochements de tête et encore des poignées de main. Au final, nous sommes tombées d'accord pour quinze pour cent.

— Bon, on peut se recoucher, maintenant ? a demandé Olive d'un ton rempli d'espoir. Une petite sieste, peut-être ?

Je l'ai serrée dans mes bras, puis je l'ai fait tomber à la renverse avec moi sur les oreillers.

— Tu te rends compte ? On travaille ensemble.

— Oui, a-t-elle répondu en riant. J'entends déjà ton fouet claquer.

J'ai poussé un long soupir.

— Toujours en train d'imaginer des horreurs sur moi. Je suis charmante avec tous les éditeurs.

— Oh, mais j'aime quand tu fais claquer ton fouet. Je ne voudrais personne d'autre comme agent. Tu sais ce que tu devrais faire ?

— Non, quoi ?

— Tu devrais appeler Catherine pour lui annoncer que tu as décroché un job.

Mon estomac s'est soulevé.

— Je ne crois pas qu'elle sera ravie de l'apprendre, ai-je répondu en étudiant le plafond. Elle tenait absolument à ce que j'accepte ce poste de comptable.

Sentant le regard d'Olive peser sur moi, j'ai fait de mon mieux pour ne pas avoir l'air affectée, mais elle me connaissait trop bien, elle n'était pas dupe.

— Je comprends. Je n'aurais même pas dû parler d'elle. Excuse-moi.

J'ai émis un grognement évasif en m'efforçant de ne pas penser à la mauvaise nouvelle.

—Bon, tu es prête pour la deuxième bonne nouvelle ?

—Pas de sieste, alors ? Bon, d'accord. Vas-y.

—Pas de sieste parce qu'on va bientôt sortir. On va fêter ton nouveau contrat.

—On va boire des mimosas ?

Des cocktails… ça, je n'étais pas certaine de pouvoir le faire. Pourtant, je n'aurais pas demandé mieux que d'ingurgiter tout l'alcool, toute la téquila qui me tomberait sous la main, mais j'avais bien peur que ce ne soit plus possible avant un bon moment. J'ai hoché la tête quand même en remerciant ma bonne étoile qu'Olive n'ait pas trouvé mon silence bizarre et en reste là.

—Non, avant d'aller célébrer ton livre audio autour d'un bon petit dej', la deuxième bonne nouvelle que je voulais t'annoncer, c'est que j'ai un autre contrat sur le feu, bien plus gros, énorme même, mais je préfère que l'accord soit conclu avant de t'en parler. Et la troisième bonne nouvelle, c'est que j'ai trouvé un appartement !

Olive s'est redressée sur un coude et m'a dévisagée avec une moue boudeuse, triste même, comme si je venais de lui briser le cœur.

—Quoi ? Tu t'en vas ?

Je me suis tournée face à elle.

—Tu as entendu ce que j'ai dit juste avant ? L'énorme contrat ? Non ?

Elle a continué à me scruter en silence, alors j'ai fini par lever les yeux au ciel.

—Ça fait des semaines que je suis chez toi, Olive, et dès le jour où j'ai mis le pied ici, je me suis mise à la recherche d'un petit appart. C'est juste que je n'avais rien trouvé jusque-là.

—Tu as trouvé, donc. Où ça ?

—Pas très loin de notre ancien appart. Tu te souviens du salon de thé qui a fermé ? Celui où tu m'avais balancé ta tasse à la figure, ce qui nous avait valu d'être mises à la porte ? Eh bien, c'est à deux pas de là. Ça reste près de l'université, alors je crois que je vais prendre un colocataire.

Olive m'a jeté un regard sévère.

—Je ne t'ai pas balancé ma tasse à la figure. J'ai trébuché et je suis tombée.

—Oui, sur moi. Alors que tu avais une tasse de thé brûlant à la main.

—Il n'était pas si chaud. J'avais mis du lait froid dedans. Soit. Tu as survécu. Et ce n'est pas le moment de mettre les voiles. Pas alors que tu te rapproches de plus en plus d'Adam et Aiden.

J'ai reniflé et un rire pas très distingué m'a échappé.

—Moi, je me rapproche d'Adam Connor ? Tu te fous de moi ? Je le déteste encore plus qu'il y a quelques jours.

—Pourquoi ? Parce qu'il ne fait plus ses abdominaux près de la piscine ?

Merde alors ! Même ma propre meilleure amie était dans le camp de ce sale con égocentrique. Je me suis affalée sur le lit.

—Tu me déçois beaucoup, mon Olive verte. Mais je parie que tu le trouveras tout de suite moins romantique quand je t'aurai appris qu'il s'est introduit chez toi hier soir.

Mmmh… je pouvais peut-être convaincre Olive de porter plainte contre Môssieur la star de cinéma qui se la pète. Mais oui, ça ferait un coup de théâtre formidable ! Et quelle merveilleuse revanche ce serait pour moi. Hélas, Olive a très vite anéanti tous mes espoirs.

—Il ne s'est pas introduit du tout. Il a appelé Jason qui l'a laissé entrer. Et dès qu'il a été dans ta chambre, j'ai collé mon oreille à ta porte pour savoir ce qu'il venait faire ici, mais Jason m'a dit d'arrêter ça tout de suite et je n'ai rien pu entendre. Alors, dépêche-toi de me raconter ! Il t'a envoyée au septième ciel ?

—On n'a pas baisé, ai-je bougonné.

—C'est pas faute d'avoir essayé, je présume ?

Ignorant la question d'Olive, je me suis emparée de son téléphone sur la table de nuit pour vérifier l'heure.

—Oh, mais il est plus que temps d'y aller. Je ne veux pas rester coincée dans les embouteillages jusqu'au déjeuner. Mon ventre gargouille, il faut que je mange. J'ai envie de gaufres, ou plutôt d'œufs brouillés, à moins que j'opte pour un croissant. Ou alors un peu de tout. Et j'ai aussi besoin de café. Et après ça, j'aurai sûrement envie d'un dessert. Allez, viens, espèce de marmotte ! Allons faire la fête.

J'ai sauté du lit et je l'ai frappée avec un oreiller.

—Je ne comprendrai jamais ton enthousiasme de si bon matin, Lucy.

Elle a repoussé les cheveux qui lui tombaient devant les yeux et m'a arraché l'oreiller des mains alors que je m'apprêtais à la frapper une deuxième fois – gentiment, bien sûr.

Elle allait rouler sur elle-même pour sortir du lit lorsqu'elle s'est ravisée et m'a considérée d'un air préoccupé.

—Tu as dit que tu avais de bonnes et de mauvaises nouvelles, mais tu ne m'en as pas encore annoncé de mauvaise.

J'ai fui son regard et je me suis mise à triturer les draps.

—Disons qu'il faudra qu'on s'arrête au retour pour acheter un truc. Je t'en parlerai après notre petit dej' de fête. Allez, viens.

Je lui ai jeté le drap à la figure.

—Debout, Olive ! Je meurs de faim. C'est de la torture, ce que tu fais.

—Oh là là. C'est bon.

Elle a rabattu le drap, s'est longuement étirée et a bâillé plusieurs fois avant de daigner enfin se lever.

—Quelle heure est-il au fait ? a-t-elle demandé.

—Oh, quelque chose comme… 8 heures, ai-je lancé par-dessus mon épaule en pressant le pas vers la porte – il n'est pas inutile de prendre un peu d'avance lorsqu'il s'agit d'échapper à une femme en colère.

Lorsque j'ai atteint l'embrasure, elle a baissé les bras, très lentement. Elle me dévisageait avec un regard meurtrier. Alors, évidemment, je lui ai sorti mon plus beau sourire.

—Ça ne s'appelle pas petit-déjeuner pour rien, Olive, ça doit se prendre très tôt. Ne te fâche pas, voyons.

—À ta place, je commencerais à courir.

Le combat d'un père pour son fils : une bataille de plus pour la garde d'un enfant ?

Vous vous en souvenez peut-être, nous avions déjà évoqué certaines rumeurs qui circulaient sur un possible conflit entre Adam Connor et Adeline Young concernant la garde de leur fils. Eh bien, cette fois, chers lecteurs, nous y sommes.

Le combat a commencé.

En général, lorsqu'un couple de célébrités se lance dans une bataille juridique pour obtenir la garde exclusive de son enfant, nous sollicitons des sources proches du couple afin de comprendre ce qui se passe en coulisses, car, après tout, qui n'aime pas suivre de près la vie de ses stars préférées, surtout lorsque l'histoire est truffée de rebondissements ? Or dans ce cas précis, nous n'avons pas besoin de

témoin pour deviner l'origine de ce nouveau rebondissement. Celle-ci nous paraît évidente, pas vous ? Hier, Adam Connor a fait publier un communiqué dans lequel il explique qu'il ne s'agit en rien d'une attaque personnelle contre son ex-femme, mais que, au regard des récents événements et afin d'assurer la sécurité de son fils, Aiden Connor, il a déposé une demande de garde exclusive pour ce dernier. Dans cette déclaration, sa seule allusion au triste épisode de l'aéroport tient en une seule phrase : « Comme vous pouvez l'imaginer, Aiden a encore un peu de mal avec ce qui s'est passé, mais il va mieux. »
Le papa le plus sexy d'Hollywood a également précisé qu'il ne cherchait pas à rompre la relation de son fils avec sa mère et qu'il ne s'opposait pas à ce qu'Adeline obtienne un droit de visite. Même si Adam Connor affirme ne pas faire cela pour blesser son ex-femme, mais uniquement pour le bien de son fils, nous pensons qu'Adeline ne sera pas ravie lorsqu'elle recevra le coup de fil de son avocat.
Que pensez-vous de cette affaire, chers lecteurs ? Adeline Young a déjà été sévèrement dénoncée dans les médias et conspuée par les fans inconditionnels de Connor. C'est notamment sa réaction lors de l'incident de l'aéroport qui est vivement critiquée. Dès lors, nous pensons qu'il ne s'agit peut-être pas du premier différend qui les oppose, Adam et elle, sur la façon dont elle élève – ou, en l'occurrence, n'élève pas – son fils. À votre avis, Adeline fera-t-elle opposition à cette demande de garde exclusive ?
Si vous étiez fan de ce couple de stars et souhaitiez de tout cœur qu'ils se remettent ensemble... nous sommes au regret de vous annoncer qu'il va falloir faire une croix sur ce beau rêve. Nous avons bien tenté de joindre les porte-parole d'Adeline pour

obtenir une réaction au communiqué de presse d'Adam, sans succès. Nul doute que son équipe publiera elle aussi un communiqué lorsqu'elle aura eu le temps de se ressaisir. Bien entendu, nous ne manquerons pas de vous tenir informés de l'évolution de la situation.

Nous concluons cet article avec la plus belle partie du communiqué d'Adam :

« Mon fils représente tout pour moi. J'ai besoin d'être sûr qu'il ne court aucun danger. Je dois veiller à ce qu'il ne s'inquiète pas pour des choses auxquelles il ne devrait même pas avoir à penser à son âge, comme le fait qu'à tout moment, un homme armé d'un appareil photo risque de surgir de nulle part et de se précipiter vers lui alors qu'il s'amuse calmement dans son jardin, chez lui. Le seul moyen pour moi de lui garantir cette sérénité, c'est de l'avoir sous ma responsabilité en permanence afin de toujours savoir où et avec qui il se trouve. Une fois de plus, je n'ai rien contre Adeline. Nous sommes toujours en contact, il nous arrive encore de passer du temps ensemble et je ne lui souhaite aucun mal. Cela n'a rien à voir avec nous. Cela concerne Aiden et son bien-être. Même si je comprends que ce genre d'annonces soit, pour certaines personnes, digne de faire la une des journaux, je vous demande de respecter notre vie privée. S'il vous plaît, ne faites pas de ce communiqué ce qu'il n'est pas. Il ne s'agit pas d'un conflit opposant Adam Connor à Adeline Young. Il s'agit du combat d'un père pour le bien de son fils. »

16

LUCY

Parfois, il faut des années pour que notre vie change. Une vie entière, même, pour certains. Et puis, un beau matin, on s'éveille, on regarde autour de soi et on se rend compte que tout a changé. Les gens qu'on prenait pour nos amis, nos êtres chers… sont partis depuis longtemps. La vie n'est plus la même. Le temps a filé sans qu'on ne s'aperçoive de rien.

Cependant, parfois… parfois, il arrive que la vie change juste sous nos yeux.

En un claquement de doigts.

On est là, tranquille, on se sent capable de surmonter toutes les épreuves que la vie nous envoie… et puis, l'instant d'après… eh bien… on est fichu, pour le dire poliment.

J'étais assise toute seule dans le jardin d'Olive quand cette idée a germé dans mon esprit. J'étais fichue. J'avais merdé.

Royalement merdé.

Après avoir annoncé la nouvelle à Olive et Jason, je les avais laissés dans la maison et j'étais sortie parce que « la nuit est si belle, ce soir » et qu'il fallait « absolument que j'aille admirer les étoiles »… En réalité, j'avais surtout besoin d'aller prendre un peu l'air et de tenter de me convaincre que tout irait bien, qu'il fallait simplement que je respire. Que je ferme mes yeux et que je respire. Olive s'était tout de suite levée pour me suivre, mais, du coin de l'œil, j'avais vu Jason lui prendre gentiment la main et secouer la tête.

Il ne parviendrait sans doute pas à la retenir bien longtemps, mais j'ai apprécié le geste.

Maintenant que j'avais réussi à respirer pendant plusieurs minutes au moins sans être terrassée par une crise cardiaque, j'ai jeté un coup d'œil par-dessus mon épaule pour vérifier si Olive et Jason étaient toujours dans la maison.

Ils y étaient. Et ils dansaient.

Sans musique.

Aujourd'hui encore, j'ignore ce qui, dans cette scène, m'a frappée en plein cœur avec une telle force, mais je me rappelle très bien la douleur dans ma poitrine.

Ne vous méprenez pas, ce n'était pas de la jalousie. Je ne voulais que leur bonheur, mais, pour la première fois peut-être, j'avais envie que quelqu'un me tienne comme ça dans ses bras et me regarde exactement comme Jason était en train de regarder Olive. Elle avait la tête posée sur son torse, les yeux fermés, et il jouait dans ses cheveux avec ses doigts.

Il n'y avait pas de musique.

Ils étaient seuls au monde.

À cet instant, j'ai fait le vœu de connaître la même chose.

Ce sentiment de sécurité de savoir que quelqu'un est là pour nous retenir quand la gravité est trop difficile à supporter seul, de savoir qu'on peut compter suffisamment sur quelqu'un pour lâcher prise.

J'aurais tant voulu que quelqu'un me prenne dans ses bras et me dise que tout irait bien, que mes peurs étaient infondées.

Tout à coup, une musique a éveillé mon attention. Elle provenait de quelque part non loin. Après une courte hésitation, je me suis levée et j'ai grimpé à l'échelle avec prudence pour franchir le mur qui nous séparait, Adam Connor et moi.

J'étais en train de remonter le sentier pavé lorsque je me suis arrêtée net. Il était en train de m'observer, debout devant la baie vitrée. C'était presque le même Adam Connor que celui que j'avais découvert avec Olive, le premier soir : pantalon noir, chemise, manches retroussées… la seule différence, c'est qu'il n'arborait pas cet air soucieux, comme s'il cherchait à comprendre quelque chose. Non, au contraire, même. Tandis que nous nous dévisagions, c'était comme s'il avait tout compris.

Il incarnait le rêve de toutes les femmes.

En plus d'être le père de famille le plus canon de l'univers.

Un frisson a parcouru tout mon corps jusqu'au creux de mes os. J'ai continué à marcher vers lui en me frictionnant les bras.

Sans détacher son regard du mien, il m'a ouvert la baie vitrée.

Je me suis approchée et je l'ai embrassé avant qu'il n'ait eu le temps de dire quoi que ce soit. Ce baiser ne signifiait pas « Vas-y, prends-moi sauvagement », même si on aurait très bien pu se limiter à ça, ça ne me dérangeait pas. Mais ce baiser-ci était… d'un autre genre. Un genre sur lequel je n'avais aucune envie de mettre un nom.

Oh, bon, ça va. C'était un baiser plein de tendresse. Ceux que je fuyais comme la peste.

Il ne m'a pas arrêtée. Il s'est laissé entraîner dans le délicat ballet de nos lèvres tandis que je faisais de mon mieux pour apaiser les hurlements de mon cœur.

Lorsque sa main s'est posée sur ma taille, pour me repousser ou pour m'attirer contre lui – allez savoir –, j'ai interrompu notre baiser pour écouter la musique.

—Lucy…, a murmuré Adam.

Son souffle chaud caressait mes lèvres humides.

J'ai enfin osé le regarder dans les yeux.

—Je ne connais pas cette chanson. Je sais que c'est George Michael qui chante, mais je n'ai jamais entendu cette chanson.

Il a sondé mon regard pendant un moment sans rien dire.

—Ça s'appelle *Jesus to a Child*, a-t-il répondu après ce long silence embarrassant.

J'ai hoché la tête.

—Tu es venue jusqu'ici pour me demander ça ?

—C'est la première fois que je l'entends. Elle est magnifique.

—Elle n'est pas récente, mais, oui, elle est magnifique.

Il me dévorait de ses yeux verts, si vifs et pourtant si doux à la fois. Voyait-il ce dont j'avais besoin, même si, moi-même, je ne le savais plus ? Je me suis efforcée d'afficher un petit sourire. Je me donnais beaucoup de mal pour ne pas montrer à quel point je tremblais de l'intérieur.

Tu n'aurais pas dû franchir ce mur ni venir jusqu'à lui ! vociférait mon cerveau. *Tu n'aurais pas dû écouter ton imbécile de cœur.*

—Tu aimes danser ? ai-je demandé, en dépit de tout bon sens.

—Non.

—Ah, ai-je fait, surprise. D'accord.

—Invite-moi quand même.

J'ai hésité.

—M'accordes-tu cette danse, Adam ?

—Oui.

Sa main, grande et chaude, a enveloppé la mienne et il m'a entraînée à l'intérieur. Il a refermé la baie vitrée et s'est tourné vers moi. J'ai posé une main sur son cœur et ma tête par-dessus. Tout son corps s'est raidi pendant un instant, ensuite il m'a enlacé la taille et m'a attirée tout contre lui.

J'ai relâché le souffle que je retenais depuis longtemps et mon cœur a semblé s'apaiser.

Mon *imbécile* de cœur, devrais-je dire.

Adam ne m'avait pas demandé ce qui n'allait pas, mais je savais qu'il finirait par le faire. En attendant, il s'est contenté de ramener mes cheveux derrière mon oreille, puis a posé le menton sur le sommet de mon crâne.

Mon imbécile de cœur à la con a frissonné.

De la main gauche, Adam a ôté la mienne de son torse. Un peu décevant, mais il fallait reconnaître que j'allais trop loin.

J'allais baisser le bras lorsqu'il a rattrapé ma main et a entrelacé ses doigts aux miens. J'ai rouvert les yeux pour regarder son pouce caresser la zone plus sensible de ma peau entre le pouce et l'index.

Je me suis agrippée à lui.

Sans lever la tête de son torse, je lui ai jeté un coup d'œil à travers mes cils, et j'ai remarqué qu'il se focalisait sur nos mains entremêlées à la perfection. Il semblait… différent. Songeur. Inquiet ? Tout à coup, il a ramené ma main sur son torse en la couvrant avec la sienne.

Il ne manquait pas de culot. Je sais.

C'était moi qui tentais de le séduire pour qu'il enlève son pantalon ; il n'avait pas le droit de tenter de me séduire pour gagner mon cœur.

Mais bon… je l'ai laissé tenir ma main quand même. C'était réconfortant.

Me blottir contre lui était réconfortant. Le rythme régulier de son cœur aussi. Sentir sa chaleur se diffuser dans mon corps aussi.

Et sa main déployée dans mon dos l'était tout autant. Je me sentais ancrée à la terre.

Ou peut-être juste à lui.

C'était si facile.

Et si effrayant à la fois.

Pourtant, je l'ai laissé faire. Ne me jugez pas. À ma place, vous vous seriez déjà liquéfiées sur place ; moi, au moins, je tenais toujours debout. J'ai gagné, vous auriez perdu.

Et donc, je l'ai laissé bercer mon cœur. De toute façon, ça ne durerait pas longtemps.

Lorsque la chanson s'est achevée, le silence qui s'est installé dans la pièce s'est révélé plus puissant que George Michael. Cela n'a duré que quelques secondes, parce que, très vite, la même chanson a recommencé.

Néanmoins… pendant ces quelques secondes, Adam avait continué à danser avec moi, exauçant ainsi mon vœu : danser sans musique. L'espace d'un instant, aussi fugace soit-il, j'avais vécu la même chose qu'Olive et Jason.

J'aurais dû être morte de trouille… mais non.

Vous ai-je déjà dit que mon cœur était un imbécile ?

J'ai à nouveau fermé les yeux et j'ai laissé Adam me guider tandis que je m'imprégnais des paroles douloureuses de la chanson. Et il n'y avait pas que les paroles qui étaient tristes. On sentait qu'il avait mal aussi – je veux parler de George Michael.

Il souffrait à cause d'un amour perdu, alors que moi, j'étais perdue à force de chercher un amour que je ne trouverais probablement jamais.

—Est-ce que c'est vrai, ce qu'il dit ? ai-je demandé à voix basse.

—Quelle partie des paroles ?

—Est-ce que l'amour renferme tant de bonheur que ça ?

—À toi de me le dire, Lucy. C'est toi qui as été amoureuse.

—Et c'est toi qui as été marié, ai-je répliqué. Jameson… je l'ai aimé… mais ça n'avait rien à voir avec ce qui est décrit dans cette chanson. Ça n'a jamais été comparable.

—Comment ça ?

—Il était… On était… Au lit, c'était top ; ça, c'est sûr, mais en dehors de ça… je ne sais pas. Je n'ai jamais eu confiance en lui comme Olive a confiance en Jason. Jameson était un charmeur. Il ne se prenait pas au sérieux, mais ça me fait toujours mal de me dire qu'il était avec les autres comme il était avec moi. Quand je surprends Jason en train de regarder Olive, même quand elle fait un bête truc, comme boire de l'eau ou faire la fofolle comme elle sait si bien le faire, je le vois sourire. Quand je suis d'humeur hyper sentimentale et que je me concentre vraiment bien, je vois même son amour pour elle émaner de lui. C'est gnangnan, je sais, mais c'est si beau quand c'est eux. L'amour leur va si bien. Avec eux, il sonne juste. Avant de venir ici…

J'ai hésité à partager ça avec lui.

—… ils étaient en train de danser sans musique. Au milieu de leur salon.

—Ah. Voilà d'où vient cette soudaine envie de danser, a marmonné Adam en promenant sa main dans mon dos – douce caresse apaisante qui m'a prise au dépourvu.

—Non, me suis-je empressée de nier – un peu trop empressée, même. Non. Je ne suis pas jalouse ni rien. C'est la musique. Je l'ai trouvée très jolie. Je suis venue pour… la chanson.

—Je l'aime aussi, cette chanson, Lucy, a-t-il chuchoté, si bas que j'ai failli ne pas l'entendre.

Étions-nous toujours en train de parler de George Michael ? Je n'en avais pas l'impression.

Après ça, il s'est tu, alors j'ai fermé les yeux pour me concentrer sur les paroles. Je l'aimais vraiment bien, cette chanson. Je l'adorais, même. Adam Connor, en revanche, je ne l'aimais pas. Ce n'était pas pour lui que j'étais venue. Et je n'étais pas en train de craquer pour lui. Pas du tout. Peu importait ce que disait mon cœur. Peu importait que mon corps s'embrase dès qu'il m'effleurait. Je m'en fichais complètement.

Ou pas.

—Détends-toi, Lucy, a grommelé Adam.

C'est là que j'ai remarqué que nous avions arrêté de danser. J'ai respiré un bon coup.

La chanson s'est terminée, pour recommencer presque aussitôt.

George Michael s'était remis à chanter depuis quelques minutes… à moins que ce ne soit quelques secondes ? J'avais perdu la notion du temps dans les bras d'Adam, me sentant à la fois sans attache et reliée à lui par quelque chose que j'étais incapable de nommer. Dans quel pétrin m'étais-je encore fourrée ? Bref. Tout à coup, Adam a lâché ma main et j'ai failli me battre pour qu'il la reprenne encore un peu, ne fût-ce que quelques secondes, jusqu'à la fin de la chanson, ou jusqu'à… Non. Je ne voulais pas être cette fille-là, celle qui réclame quelque chose alors qu'elle sait déjà qu'elle ne l'obtiendra pas.

Arrête ça tout de suite, Lucy !

Il m'a relevé le menton, éloignant ma tête de son torse.

J'ai plongé dans ses yeux verts et j'ai découvert que je n'avais plus envie de fuir ce regard. Je n'avais plus envie d'interrompre ce qu'il était en train de faire à mon cœur, peu importe ce que c'était.

De la sorcellerie, peut-être ?

Il a froncé les sourcils. Était-ce de la colère que je décelais chez lui ?

—Pourquoi est-ce que tu pleures ? a-t-il demandé d'un ton dur. Que se passe-t-il ?

J'ai froncé les sourcils à mon tour et j'ai touché mon visage. Mes doigts étaient mouillés ! J'étais en train de pleurer. Depuis quand ? Comment ?

—Je…

Je me suis tue, je ne trouvais pas les mots tandis que les larmes continuaient à affluer.

Ce doit être à cause des hormones. Ouh, ça commençait mal.

—Lucy…

Il m'a de nouveau soulevé le menton et, cette fois, il a essuyé mes larmes avec son pouce.

Ces dernières n'arrêtaient plus de couler. Adam a resserré son étreinte dans mon dos et j'ai perdu les pédales. J'avais beau être blottie contre son corps puissant, être soutenue par sa main, je me suis mise à trembler comme une feuille, rattrapée par le désespoir que j'avais refoulé toute la journée.

J'ai appuyé mes deux mains sur son torse pour tenter de le repousser. Autant faire reculer un lion obstiné. Il a même réussi à me rapprocher encore plus de lui, et je l'ai laissé faire.

—Lucy, explique-moi ce qui ne va pas, a-t-il insisté d'une voix un peu rauque.

Nos regards sont restés rivés l'un à l'autre pendant une éternité.

—Je suis enceinte, ai-je fini par avouer d'une voix brisée.

Adam m'a lâchée.

C'était le pire moment de ma vie. Tomber enceinte n'était pas une mauvaise chose en soi. Pour quelqu'un qui désirait un enfant, qui attendait ça impatiemment, c'était même merveilleux. Mais pour moi… c'était la confirmation que j'aurais préféré ne jamais recevoir.

J'étais bel et bien maudite.

—Ça, c'est fait, ai-je déclaré en enroulant mon bras autour de mon ventre. Je suis exactement comme elles. Je vais devenir comme elles. Aigrie. Éternellement insatisfaite. En colère. Pas contre le bébé. Non, ça jamais. Contre moi, et je finirai par en vouloir à la terre entière. Je n'aurais jamais dû dire « je t'aime » à Jameson. Ce n'était qu'un flirt, et pourtant, je lui ai dit que je l'aimais. Je savais que ça ne pourrait pas marcher et j'ai quand même prononcé ces putains de mots. Et maintenant, me voilà bien punie. J'aurais dû… Ou je n'aurais pas dû…

Mais bon sang, pourquoi est-ce que je n'arrêtais pas de chialer ?

—Je ne pleure pas parce que je suis triste, ai-je tenté d'expliquer en élevant un peu la voix.

J'étais la honte du genre féminin.

—Je suis en colère, ai-je continué. Ce sont des larmes de colère ridicules. Ou alors c'est à cause des hormones, je ne sais pas, mais je n'ai absolument aucune envie de pleurer !

Il m'a coupé la parole en pressant un baiser sur mes lèvres et le reste de mes récriminations s'est noyé dans mon petit cri de surprise. Ses doigts se sont enfoncés dans mes cheveux. Je me suis hissée sur la pointe des pieds en passant les bras autour de son cou pour l'attirer à moi. Ce baiser-ci n'était ni tendre ni langoureux. Il était plein de vie, de douleur, de plaisir, de haine, de colère et peut-être aussi d'un peu d'espoir et d'amour.

J'ai inspiré par le nez.

Oh là là ! Cette odeur… Celle de sa peau.

Arrête de respirer, Lucy. Arrête ! Il est toxique. Ne fais surtout pas ça.

Oh et puis merde ! Je me suis imprégnée de son odeur en gémissant. J'ai laissé sa langue danser avec la mienne, la lécher, la sucer, l'aspirer tandis que, les doigts emmêlés dans mes cheveux, il inclinait ma tête de tous les côtés.

Cette fois, c'en était fini de moi.

Mon heure avait sonné.

Dans un grognement guttural, il a renversé ma tête en arrière pour m'embrasser encore plus profondément, prenant tout ce qu'il pouvait de moi. Je me suis cramponnée à son col en lui griffant la nuque, puis j'ai à mon tour enfoncé les doigts dans ses cheveux et j'ai tiré dessus. Fort. Il a sifflé de douleur dans ma bouche, un son très satisfaisant qui s'est répercuté dans tout mon corps. Inclinant la tête dans un autre sens, il a continué à m'embrasser comme un possédé. Il me dominait, m'obligeant même à reculer de quelques pas. C'était un moment parfait. Peut-être l'un des meilleurs de ma vie. En tout cas, il figurait dans le top cinq.

C'était le seul baiser qui méritait réellement le nom de baiser. Ses doigts dans mes cheveux, sa paume à l'arrière de mon crâne qui orientait ma tête comme il le voulait avec la dose parfaite de tendresse et de vigueur… et puis les battements violents de son cœur… ma façon de lui tirer les cheveux, de m'agripper à sa nuque pour l'approcher de moi et pouvoir m'immerger en lui…

Tout mon corps le suppliait, frémissant au contact de sa peau chaude. Nos mouvements étaient désordonnés, empreints de frénésie.

C'était du grand n'importe quoi.

Du grand et merveilleux n'importe quoi.

Mon cœur… mes propres battements effrénés assourdissaient tous les autres sons, sauf les siens.

Tout ce qui n'était pas lui n'était que bruit blanc.

Waouh !

Lorsqu'il a détaché ses lèvres des miennes, j'ai protesté en silence, plus tremblante que jamais, le cœur brûlant. Sans rouvrir les yeux, j'ai tenté de rattraper sa bouche, mais il s'est mis à chuchoter, m'obligeant à redescendre sur terre.

— Stop, Lucy. Stop.

N'en avait-il pas aussi douloureusement besoin que moi ? Ne me désirait-il donc pas ?

Moi, je le désirais. Je voulais qu'il vienne en moi.

Oh bon sang, ce que j'avais envie de sentir son sexe en moi. J'aurais tant aimé qu'il continue à m'embrasser pour toujours et que ce lien qui nous avait reliés pendant quelques instants ne se rompe plus jamais. Et cette chaleur. Ces tremblements qu'il suscitait chez moi. Cette euphorie qui m'envahissait lorsque, au contact de ses lèvres, le monde cessait de tourner.

—Regarde-moi, a-t-il dit à voix basse.

J'ai dû forcer mes paupières à se soulever.

Il était si beau. Ces yeux-là étaient en train de m'achever. Plus jamais je ne verrais cette nuance de vert de la même façon. Essoufflée et profondément ébranlée, j'ai lâché ses cheveux et j'ai posé les mains sur ses épaules. À voir sa tête, on aurait cru qu'il venait de vivre la plus belle partie de jambes en l'air de sa vie. Je ne vivais que pour ce genre de baisers ; ceux dont tu ressortais avec l'impression de t'être fait sauter comme une folle sans même avoir vu la couleur d'une bite.

Je me suis éclairci la voix.

—C'était… Wow. C'était vachement bien, Adam Connor, ai-je déclaré en lui donnant de petites tapes sur l'épaule. Tu progresses vite. Je suis contente de te rendre ce service.

—C'était le seul moyen pour que tu arrêtes de pleurer et de débiter des conneries.

J'ai cessé de respirer et je me suis figée dans ses bras.

—Quoi ? Tu m'as embrassée uniquement pour que j'arrête de chialer ? Tu… espèce de salaud !

J'ai eu un mouvement de recul, mais il m'a attrapé le poignet et m'a brusquement ramenée contre son torse.

—Lâche-moi, ai-je sifflé entre mes dents serrées.

—La ferme, a-t-il rétorqué d'une voix rauque en serrant mon poignet moins fort. S'il te plaît, tu veux bien la fermer pendant une seconde ?

Je n'ai plus bougé.

— Comment ? a-t-il demandé.

Nous venions de nous dévisager intensément pendant près d'une minute, en respirant le souffle de l'autre.

— Lucy, comment es-tu tombée enceinte ?

Ah, ça...

M'efforçant de maîtriser ma respiration, j'ai repoussé mes cheveux. Son attention soutenue me mettait mal à l'aise, ses yeux étaient en train de percer les remparts que j'avais si soigneusement construits. Sans parler de son eau de Cologne qui donnait toutes sortes de sensations ridicules à mon pauvre vagin négligé… et peut-être aussi à mon cœur.

— Eh bien, ça arrive quand un pénis pénètre dans un vagin et que…

Il m'a fait taire en m'embrassant et a attendu que mes épaules se décontractent et que je me liquéfie de nouveau dans ses bras pour arrêter.

Combien de fois faudra-t-il que je vous répète que ce mec était un salaud ?

— Arrête, Lucy. Pour une fois, rien qu'une fois, sois franche avec moi. Reste toi-même et raconte-moi ce qui t'arrive.

— Mais bordel, qu'est-ce que je suis en train de faire, à ton avis ?

Il a fait mine de recommencer à m'embrasser.

— D'accord. Stop. Stop. Ça suffit. J'ai compris.

— Épargne-moi tes bêtises et raconte. Tu m'as bien dit que Callum ne t'avait pas… ?

Callum ? Comme dans Jake Callum ? Mais de quoi parlait-il, bon sang ?

— Jake Callum ? Que vient-il faire dans cette histoire ?

Il a eu l'air vivement soulagé.

— Donc ce n'est pas lui ?

J'ai secoué la tête.

—Je ne vois pas du tout de quoi tu parles. Le père de ce bébé…

J'ai de nouveau touché mon ventre en l'observant comme si je pouvais déjà voir la vie grandir en moi.

—C'est Jameson. Mon ex.

—Tu en es sûre ? Et tu es certaine d'être enceinte ? Tu as vu un médecin ?

—J'ai fait un test de grossesse aujourd'hui. Ces machins-là sont plutôt fiables, paraît-il.

À son tour de secouer la tête.

—Tu dois consulter un médecin. Tu lui as déjà dit ? À ton ex ?

—Pas encore. Et évidemment qu'il faut que j'aille faire confirmer ça chez le médecin, mais j'ai un gros retard de règles et c'était pas la grande forme, ces derniers temps, alors j'ai fait un test et…

J'ai écarté les bras.

—Tadaaa… Un bébé.

J'avais la gorge sèche. Je ne devais pas du tout avoir l'air ravie.

—La pomme ne tombe jamais loin de l'arbre, pas vrai ? Et toi qui te moquais de moi quand je t'ai expliqué que ma famille était maudite, ai-je raillé avec un petit rire sec. Qui est-ce qui rigole, maintenant ?

Pas lui en tout cas. Il n'affichait pas même un sourire. J'étais en train de perdre mon avantage.

J'ai inspiré profondément et je me suis éloignée de lui en me massant les tempes.

Qu'étais-je venue faire ici, encore ? Ah oui ! C'est vrai. Je pensais réussir à séduire Adam Connor parce qu'il me devait bien ça, après m'avoir allumée comme il l'avait fait la veille.

Beau boulot, Lucy. Excellent boulot…

—Et tu vas l'appeler… ton ex ? Il va revenir ?

Adam s'était exprimé avec douceur, comme s'il s'adressait à un cheval nerveux.

— Je viens de le découvrir, ai-je soupiré. Ça ne fait que quelques heures. Je n'ai pas encore vraiment réfléchi à la suite.

Il a eu l'air choqué.

— Tu n'as pas l'intention de le lui dire.

Était-ce une question ?

— Mais pour qui tu me prends ? ai-je grommelé, piquée au vif.

J'ai jeté un coup d'œil derrière moi pour m'assurer que le canapé n'avait pas bougé et je m'y suis affalée avant que mes jambes ne décident de me faire jouer les demoiselles en détresse.

— On n'est pas dans un livre ni un film, ai-je argué. On n'est pas dans une histoire d'amour romantique, ce n'est pas un rebondissement dans l'intrigue et il n'y aura pas de fin heureuse. Non, je ne compte pas lui cacher cette grossesse pour débarquer plus tard dans sa vie en criant « Surprise ! », quand le gosse aura quelques années et que je ne supporterai plus le poids de la culpabilité. Bien sûr que je vais l'appeler ; il ne s'en sortira pas si facilement. Et il a plutôt intérêt à m'aider à traverser tout ça.

Le canapé a remué ; Adam venait de s'asseoir à côté de moi. Nos bras se frôlaient. Était-il obligé de se coller à moi ? Sérieux ?

Étais-je toujours décidée à le séduire ?

Après un baiser pareil ? Plus que jamais !

— Tu vas me faire l'amour, ai-je décrété en regardant droit devant moi.

— Pardon ?

— Tu as très bien entendu.

— Non, je ne crois pas. Tu peux répéter ?

— Tu vas me faire l'amour.

— C'est un ordre ?

— Non, c'est… un fait. Tu as été marié, alors tu dois savoir comment on fait. Et si pas, eh bien, tu es un acteur plutôt doué, il paraît. Tu n'as qu'à faire semblant.

— Ah, parce que toi, tu ne sais pas comment on fait ?

— Je sais très bien m'envoyer en l'air, faire des galipettes, tout ça. Mais je…

J'ai tourné la tête vers lui.

— Je ne pense pas avoir déjà réellement fait l'amour.

— Et ton ex ? a-t-il demandé, l'air incrédule. Tu as dit que tu l'avais aimé.

— C'est ce que je croyais aussi. Je veux dire : c'est vrai. Mais mon jugement a peut-être été altéré par l'énorme engin qu'il avait entre les jambes et tu sais maintenant que j'ai un gros faible pour ce genre d'attributs et toutes les sensations qu'ils me procurent quand on sait s'en servir.

J'ai détourné les yeux. Cette chaleur qui me montait aux joues… étais-je en train de rougir ?

Enfin, Lucy, qu'est-ce qui t'arrive ?

— Et comment fait-on l'amour, à ton avis ?

J'ai risqué un coup d'œil dans sa direction. Il était sur le point d'éclater de rire. D'accord, ça, je pouvais gérer. J'ai pivoté sur mes fesses pour lui faire face, jambes ramenées contre moi.

— Eh bien, d'après moi, il faut tout le temps se regarder dans les yeux et y aller lentement. Un petit cri par-ci, un gémissement par-là. Nous, on n'est pas obligés de se chuchoter des « je t'aime », bien sûr. Mais en dehors de ça, je pense que c'est une question de vitesse. Il faut y aller mollo. Et puis, ça peut se conclure en beauté par un orgasme. Si tu y arrives, bien sûr… Je ne veux pas te mettre la pression. Ce n'est pas parce que tu as bien progressé côté baisers que je m'attends à…

— Et pourquoi veux-tu que je te fasse « l'amour » ? Tu ne me crois pas capable de te sauter ?

— Va savoir. En fait, je me suis dit que tu devais savoir comment on faisait. En plus, tu es un acteur, tu pourrais me proposer une belle performance et, comme ça, j'aurai connu cette expérience au moins une fois dans ma vie.

Il a penché la tête sur le côté, l'air un peu perdu. C'était si sexy.

— Au moins une fois dans ta vie ?

— Mais oui, tu sais, la malédiction… Je vais avoir un bébé. Je suis en train de reproduire ce qui est arrivé à ma mère. Alors, comme je ne dirai plus jamais « je t'aime », plus personne ne me fera l'amour.

Il a scruté mon visage, puis il a secoué la tête comme si c'était ridicule et qu'il ne savait plus quoi faire de moi.

— Lucy… Je…

J'ai retenu mon souffle, attendant son verdict. Au pire, je me contenterais de ses baisers. Je m'étais préparée à cette éventualité aussi.

Du bout des doigts, il m'a effleuré la joue, puis mes lèvres encore enflées.

— Tu te rappelles ce que je t'ai demandé hier soir, Lucy ? Ça n'a pas changé. Admets que tu m'aimes bien et je te montrerai comment on fait l'amour.

— Me voilà donc réduite à négocier pour obtenir un « potentiel » orgasme.

— Je n'ai pas l'impression d'en demander trop, si ?

— C'est bon. Je te mets trente-deux.

— Ce qui veut dire… ?

— Pour cent. C'est ta note d'appréciation. Tu obtiens trente-deux pour cent. C'est ce que tu vaux à mes yeux.

Il a pris un air songeur.

— Je devrais pouvoir vivre avec, a-t-il décidé au bout de quelques instants. Toi, je t'accorde quarante-neuf pour cent.

J'ai écarquillé les yeux, abasourdie, et, instinctivement, je me suis écartée de lui.

—Non.

Il a haussé un sourcil.

—Non ?

—Ça fait presque cinquante pour cent, ai-je expliqué, le cœur battant la chamade. C'est presque de l'amour. Reprends ta note. Donne-moi trente-cinq pour cent ou un truc comme ça.

Il a approché sa main, mais j'ai reculé aussi loin que possible.

—Corrige ta note !

Il ne pouvait pas y avoir d'amour entre nous, je ne tomberais plus dans le panneau. Pas question que ça se passe comme avec Jameson.

Il m'a étudiée pendant une éternité, puis il s'est levé et s'est penché pour me susurrer à l'oreille.

—Je serai toujours honnête avec toi, Lucy. Mon fils est fou de toi. Peut-être que je suis en train de tomber amoureux aussi, qui sait ? Si je te dis que j'aime ce que je vois quand je te regarde, est-ce si difficile à accepter ? J'aime parler avec toi, me disputer avec toi, te regarder rire avec mon fils, te regarder sourire. Peut-être que, quand je t'aurai fait l'amour, je serai encore un peu plus séduit. Alors, je trouve que quarante-neuf pour cent, c'est une note correcte pour l'instant. Repose-moi la question demain matin, je te dirai comment tu t'es débrouillée.

J'ai tenté de m'écarter un peu plus, arquant le dos contre le bras du canapé. Il devenait dangereux. Sa bouche, ses yeux, son corps… tout chez lui devenait trop dangereux, il fallait que je prenne de la distance. Cela remettait-il en question ma volonté de coucher avec lui ? Eh bien, pas vraiment. Pas encore.

Je l'avais déjà dit pas mal de fois, mais j'étais prête à faire l'amour et c'était sur lui que mon vagin semblait avoir jeté son dévolu. Et je devais reconnaître que j'approuvais son choix.

—Pas de question ? Pas d'objection ? a-t-il ajouté.

—Non, on va dire que non, ai-je répondu en m'efforçant de me détendre. De toute façon, je ne te crois pas. Tu es libre de prétendre ce que tu veux, mais je ne suis pas du genre à me laisser embobiner par les beaux discours.

Il m'a transpercée du regard et j'ai dû déglutir pour faire descendre la grosse boule qui s'était formée dans ma gorge. J'avais beau ne pas le croire, ses paroles m'affectaient quand même.

Il s'est redressé et a tiré sur les manchettes de sa chemise.

—Ne bouge pas, m'a-t-il ordonné en s'éloignant.

Pendant une fraction de seconde, le brouillard qui obscurcissait mon cerveau s'est suffisamment dissipé pour que je me souvienne d'Aiden. J'ai bondi du canapé.

—Aiden ? Où est Aiden ?

Adam s'est arrêté à l'entrée du couloir qui menait aux chambres.

—Dan, Aiden et moi partons pour Paris demain. Il passe la nuit chez son meilleur ami.

Il a marqué une pause, puis ses lèvres ont esquissé un sourire inattendu.

—Enfin, un de ses meilleurs amis, j'ai l'impression qu'il en a plusieurs. Bref, il dort chez un copain. Tu es tout à moi, Lucy.

—Ah, il est chez Henry ? Le fils de l'actrice anglaise ?

—Tu connais le nom de son meilleur ami ?

—Évidemment, quelle question.

—Ne sois pas si étonnée, Lucy. Tout le monde ne s'intéresse pas à ce genre de détail. Certainement pas sa propre mère, en tout cas.

À ces mots, il s'est remis en marche.

Qu'insinuait-il par là ? Et pour ce qui était de faire l'amour, qu'avait-il décidé ?

—Et le sexe, alors ? ai-je lancé dans sa direction en élevant la voix puisque nous étions seuls dans la maison.

Je me suis laissé glisser sur le dos en levant les jambes en l'air, la tête posée sur le bras du canapé.

—C'est vrai, quoi, j'ai envie de faire l'amour, moi, ai-je marmonné. Qu'est-ce que ça devient ?

J'ai posé une main hésitante sur mon ventre. Je ne me sentais pas si différente de ce côté-là, pourquoi ? N'étais-je pas censée connaître un bouleversement intérieur ? J'ai fermé les yeux et j'ai tâché de lâcher prise.

Mon esprit n'a pas eu le temps de m'entraîner dans une introspection désagréable, les pas d'Adam se rapprochaient déjà. Une seconde plus tard, le bout de ses doigts se promenait sur mes lèvres et j'ai entrouvert celles-ci.

J'ai rouvert les yeux. Placé derrière le bras du canapé, il était penché sur moi, la tête à l'envers, et il était toujours aussi canon vu d'en bas.

—Alors, on le fait ou pas ? ai-je demandé d'un ton aussi neutre que possible.

À la vue de sa chemise sortie de son pantalon, j'ai failli, je dis bien *failli*, trépigner d'excitation. Je m'apprêtais à baiser avec Adam Connor. Cependant, je ne pouvais pas lui montrer à quel point j'étais impatiente de me débarrasser de mes putains de vêtements.

—Non, parce que sinon, j'ai un…

—Toujours aussi romantique, a-t-il murmuré, presque pour lui-même.

Il s'est penché, j'ai fermé mon clapet et je l'ai laissé m'embrasser à l'envers. Autant j'adorais cette scène de baiser inversé dans *Spider-Man*, autant là, c'était tout de même bizarre. Nos dents s'entrechoquaient. Il m'a mordillé la lèvre inférieure avant d'insérer sa langue dans ma bouche et, bon Dieu, sa façon de m'embrasser me rendait dingue. Au moment où j'ai senti qu'il allait se redresser, j'ai plaqué mes mains sur ses joues en grognant et je me suis cambrée pour accentuer notre baiser.

Encore un tout petit peu.

Étonnamment, il ne s'est pas arrêté, mais il a ralenti la cadence. Sûrement pour respecter le cahier des charges de ce qui était convenu. Pour « faire l'amour », il était indispensable de procéder en douceur, de prendre le temps de faire ça bien, non ? Tout à coup, sa main s'est posée sur mon ventre et mon corps a dû trahir ma surprise, car il a redressé la tête pour croiser mon regard. Le souffle coupé, j'ai attendu la suite.

Sa main a poursuivi sa descente. J'ai arqué un sourcil interrogateur avant de baisser la tête pour observer cette belle et grande main. Et cet avant-bras… juste là, qui me suppliait de le caresser.

Merde !

Pourquoi faut-il que tu aies un faible pour les avant-bras, Lucy ?

Ma position allongée m'offrait une vue imprenable sur sa main. J'ai agrippé le coussin du canapé en voyant celle-ci soulever le bord de mon tee-shirt et se glisser sans détour dans mon legging.

Là… j'étais en terrain connu.

J'ai tressailli en sentant le souffle d'Adam effleurer mon oreille. Il a pris mon sexe en coupe dans sa main, puis, sans l'ombre d'une hésitation, il a introduit deux doigts en moi.

—Oh mais tu es déjà toute mouillée, tu es si prête pour moi, Lucy, a-t-il marmonné avant de tracer un sillon humide du bout de la langue dans mon cou.

J'ai arqué la nuque tandis qu'un petit gémissement m'échappait. Frémissante de désir, j'ai levé le bassin pour que ses doigts experts s'enfoncent plus profondément en moi.

—Tu es trempée, Lucy. Ma queue va glisser toute seule en toi.

—C'est exactement ce que je veux, ai-je répondu d'un ton rêveur.

Il a sorti ses doigts et j'ai lâché le coussin pour saisir son bras. Il s'est figé au-dessus de moi. Bien sûr, j'avais envie de sa queue, mais, juste au cas où il ne parviendrait pas à me faire jouir avec celle-ci, je voulais d'abord qu'il termine ce qu'il avait commencé avec ses doigts. Ses doigts habiles ont recommencé à me caresser, délicatement au début, effleurant à peine mon clitoris, avant de retrouver le chemin de mon vagin pour m'offrir quelques délicieux et profonds allers-retours tandis que je m'accrochais à son bras tel un koala. Il a ressorti les doigts et a recommencé sa douce torture à la surface de mon sexe.

—Tu joues avec moi, ai-je protesté lorsqu'il a retiré ses doigts pour la cinquième fois. Je n'aime pas ça.

Ses dents ont titillé le lobe de mon oreille.

—Oh ? Je croyais que tu avais envie que je joue avec toi.

Il a de nouveau effleuré mon clitoris, avant de replonger en moi, avec trois doigts cette fois.

J'ai écarté les cuisses en gémissant de plaisir.

—Cette torture, là, ça fait partie du processus quand on fait l'amour ? Si oui, vas-y, continue, je finirai par jouir ; sinon on peut directement passer à la partie sympa.

—Ce n'est pas toi qui dictes les règles, Lucy. Soit on le fait à ma façon, soit on ne fait rien du tout.

—Et tu me dis ça après m'avoir chauffée à blanc ?

—C'est toi qui choisis.

Il était fou ; je ne voyais que ça comme explication. C'était bien pour ça que je ne l'aimais pas. Cela dit, j'avais encore envie de lui, plus que tout ce dont j'avais pu avoir envie dans ma vie, même. Bon sang, même mon vagin était prêt comme si c'était Henry Cavill qui s'apprêtait à l'honorer.

—Bon, ai-je soupiré.

Il a exercé une pression divine sur mon clitoris et un gémissement m'a échappé tandis que mes yeux se révulsaient.

Et son bras, on en parle ? Je caressais celui-ci de bas en haut, m'évertuant à agacer Adam autant qu'il m'agaçait, alternant moments où j'effleurais à peine ses poils et moments où j'enfonçais mes ongles dans sa chair, souvent lorsque sa main experte m'emmenait à la limite de l'extase.

—S'il te plaît, fais-moi jouir, l'ai-je imploré lorsque la promesse d'une délivrance puissante et torride a commencé à danser au bout de ses doigts.

Ignorant mes suppliques, il est encore ressorti et a remonté la main en laissant un sillon humide sur mon ventre pour aller la poser juste sous mes seins. Il avait entraîné mon tee-shirt dans son ascension.

Tout à coup, il m'a confisqué son bras et il est venu se placer à côté de moi.

Je suivais le moindre de ses mouvements du regard, en évitant de m'attarder sur son entrejambe.

Sans un mot, il m'a fait lever du canapé et m'a enlevé mon tee-shirt. Le cœur tambourinant comme un sourd, je l'ai laissé m'effeuiller complètement. Lorsque je me suis retrouvée entièrement nue, il m'a encore déshabillée, du regard cette fois. Je frémissais de l'intérieur devant l'expression de son visage.

—Je t'accorde une minute.

Il n'a pas dû me le dire deux fois. J'ai fait les deux pas qui nous séparaient et j'ai entrepris de déboutonner sa chemise. J'en rêvais depuis la toute première fois que je l'avais espionné sur le mur. Il a tendu les bras pour que je puisse dérouler les manches. Au moment où j'allais lui ôter sa chemise, il a accroché mon regard et un frisson m'a parcouru toute la colonne vertébrale.

Tant de beauté, c'était exaspérant. Il était aussi affamé. Et puissant.

J'ai laissé mes mains flâner sur son large torse et ses épaules musclées.

—Tu devrais faire plus de sport, parce que, physiquement, c'est pas encore ça…, ai-je affirmé avec un sourire en coin.

Il n'avait pas besoin de se muscler du tout. Son physique était parfait, mais ça aussi, c'était exaspérant.

Il a secoué la tête.

—Tout ce qui sort de ta bouche est…

Au lieu d'achever sa phrase, il m'a pincé un téton, m'arrachant un gémissement. Tandis qu'il s'amusait avec mes seins, ses lèvres fantastiques se sont attaquées à mon cou, aspirant ma peau, la mordillant. Lorsque j'ai enfin pu me concentrer sur son pantalon, mes mains tremblaient de fébrilité. J'allais enfin découvrir ce qui s'y cachait.

Mon doigt a longé quelque chose de dur lorsque j'ai descendu la fermeture Éclair. Hélas, je n'ai pas eu le temps d'approfondir la question, parce qu'Adam m'a soulevée pour me jeter sur le canapé.

—Ton temps est écoulé, a-t-il annoncé.

Je n'ai pas eu le courage de râler ; j'avais bien trop hâte de le sentir en moi.

Je me suis fait un devoir de fermer les yeux tandis qu'il se débarrassait de son pantalon et me rejoignait sur le canapé. Il m'a écarté les genoux.

—On peut faire l'amour sur un canapé ? l'ai-je interrogé, déjà un peu pantelante. Ça n'enfreint pas les règles ?

Je n'étais pas sûre de survivre jusqu'à la fin. Maintenant que nous étions enfin nus, ce dont je rêvais depuis longtemps, j'étais assaillie d'une peur panique incompréhensible.

—Et où veux-tu que ça se fasse ? a-t-il demandé en glissant ses mains sur mes cuisses en direction de mon entrejambe en pleine ébullition.

—Je ne sais pas. On n'est pas censés faire ça dans un lit ?

Je me suis tortillée lorsque, des pouces, il a écarté les lèvres de mon sexe.

—J'ai d'autres fantasmes à assouvir ici avec toi d'abord, alors le canapé fera l'affaire pour l'instant.

Soudain, il m'a tirée vers le bas et je n'ai pas pu m'empêcher de pousser un petit cri de terreur, le corps frémissant.

—Tu comptes garder les yeux fermés ? a-t-il demandé.

J'avais bien trop la frousse pour les ouvrir.

Il a aspiré l'un de mes seins dans sa bouche avant d'en titiller la pointe durcie avec la langue, de la sucer, de la mordiller.

—Oh, mon Dieu !

J'ai renversé la tête en arrière sous les assauts brûlants et répétés auxquels sa bouche soumettait mon pauvre sein. L'autre était à la merci de sa main taquine.

—Réponds.

—Je ne veux pas être déçue trop vite.

—Encore cette histoire de dix centimètres ?

J'ai aspiré l'air entre mes dents lorsqu'il m'a infligé un mordillement plus vigoureux. J'allais me désintégrer de désir.

—Oui.

—Ouvre les yeux, Lucy.

Cette fois, je n'ai pas résisté.

Waouh.

Ce regard déterminé, ces épaules bien galbées… je me suis arrêtée là.

À présent que j'étais allongée sous Adam Connor, le reste n'avait plus aucune importance, et tant mieux s'il prenait le contrôle.

—Je t'ai déjà dit que ce petit jeu ne m'intéressait pas, Lucy. Tu es certaine que tu es d'accord avec ce qu'on est en train de faire ?

Quoi ? Mais qu'est-ce qu'il racontait ?

—Tu trouves que j'ai l'air non consentante ?

Je me suis redressée et nos bouches se sont jetées l'une sur l'autre avec la même avidité.

—Viens en moi, Adam, ai-je gémi.

—Vraiment ?

J'ai souri.

—Oui. Je veux sentir tes dix centimètres tout entiers.

Son rire grave, éraillé, a résonné dans tout mon corps.

—D'accord, Lucy. Alors, referme les yeux.

Je me suis cramponnée au bras du canapé et j'ai obéi. Je n'étais déjà plus qu'une petite chose tremblante et lascive lorsqu'il a approché ses lèvres de mon oreille.

—Je vais réparer ton cœur, Lucy, m'a-t-il promis à voix basse.

—Mon cœur n'est pas brisé, Adam, ai-je menti en tressaillant.

Sa main a lâché mon sein pour descendre.

De plus en plus bas.

Dessinant un sentier brûlant sur ma peau.

Son doigt a rejoint l'entrée de mon sexe.

—Oh si, il l'est, a-t-il affirmé avant de déposer une pluie de petits baisers dans mon cou.

Alors c'était ça, faire l'amour ? Une séance de torture dont le but était de faire perdre la tête à l'autre en premier ?

—Il l'est, a-t-il répété en happant l'un de mes tétons avec les dents.

À ce stade, j'étais partagée entre fermer les jambes, me toucher moi-même ou, merde, je ne sais pas, moi, me frotter au canapé ?

— Et je vais recoller les morceaux, a-t-il poursuivi. Je vais te guérir pour que tu puisses ressentir ce que je ressens pour toi.

Je n'avais jamais été aussi prête, aussi trempée, aussi *terrorisée.*

Tout à coup, j'ai senti qu'il s'éloignait, puis j'ai reconnu le bruit d'un emballage qu'on déchire.

J'ai compté dans ma tête. Il lui a fallu sept secondes environ pour enfiler ce préservatif. Était-ce une bonne nouvelle ? Avais-je bien compté ?

Le souffle court, je me cramponnais toujours au coussin du canapé comme si ma vie en dépendait.

— Ça y est, tu es entré ? ai-je demandé.

Il me semblait que c'était ses doigts que je sentais de nouveau, mais je pouvais me tromper. Et si c'était déjà sa bite ? Monde cruel.

— Lucy… rien que pour avoir osé poser cette question, je vais tout faire pour que plus aucun homme ne puisse m'égaler et te satisfaire à l'avenir.

J'ai souri.

— Oh ? Tu préférais que je te mente et que je te dise que la nature t'a fait le plus gros cadeau de l'humanité ?

— Continue à faire la maligne, on verra si ta bouche peut faire autre chose que gémir et crier de plaisir d'ici quelques secondes.

Il ne m'a même pas fallu quelques secondes pour pousser mon premier gémissement, au moment où il s'est introduit en moi. Lorsque, d'instinct, mes hanches se sont soulevées, il a attrapé mes jambes et les a nouées autour de sa taille, ce qui a enfoncé un peu plus son érection en moi.

— Oh putain. Oh putain.

J'ai enfin rouvert les yeux. Aussitôt, son regard s'est précipité sur le mien. J'ai soutenu celui-ci en déglutissant.

Il a empoigné mes cuisses et a reculé le bassin pour mieux me le rendre.

J'ai étouffé un grognement de plaisir.

—Encore ?

J'ai hoché la tête.

Oh oui !

Lorsqu'il a baissé la tête pour regarder sa queue ressortir de moi, j'ai bien cru perdre la raison. Son pouce a retrouvé mon clitoris et s'est mis à le caresser en exerçant une légère pression et de petits cercles dessus. Ce faisant, il a replongé en moi.

—Tu es si crémeuse, Lucy. Oserais-je affirmer que ma queue te plaît ?

Il est possible qu'un petit cri plaintif m'ait échappé à cet instant. Et qu'il ait grogné de plaisir en retour. Mes souvenirs sont confus.

J'ai baissé une jambe et j'ai levé l'autre pour la caler sur le dossier du canapé.

—C'est ta façon de me dire que tu en veux plus ?

J'étais incapable de rire ; quelque chose s'était logé dans mon cœur, quelque chose qui m'empêchait de faire quoi que ce soit.

—Je doute que tu aies plus à donner, suis-je tout de même parvenue à rétorquer.

La riposte n'a pas tardé, sous forme d'un vigoureux coup de reins qui m'a fait frétiller d'extase jusqu'au bout des orteils.

J'ai hoqueté de plaisir, puis j'ai souri avant de lâcher le canapé pour lui labourer le torse ; j'avais envie de griffer sa peau brûlante, de lui laisser des marques, ma marque.

—Oh, Lucy, a-t-il dit d'une voix rauque. Qu'est-ce que je vais faire de toi ?

Une main posée sur le bras du canapé, l'autre à côté de ma hanche, il a ressorti le monstre qui lui servait de sexe pour l'enfoncer encore plus loin.

Cette fois, je n'y étais plus pour personne. J'étais foutue. Complètement chamboulée.

Il touchait le fond de mon sexe et de mon âme, me remplissait à ras bord. Il fallait que je me ressaisisse et que je prenne le temps de me familiariser avec son érection au lieu de lâcher le guidon tout de suite et de partir en vrille. Je voulais absolument l'observer en plein travail, voir comment il faisait l'amour.

—Prête ? a-t-il demandé, le corps aussi tendu qu'un élastique.

—Fais de ton pire, ai-je plaisanté.

Il ne s'est pas fait prier. Oh… quelle puissance… ces délicieuses ruades qui l'emmenaient au plus profond de mon être.

—Oh putain, ai-je marmonné, sentant mes yeux se révulser.

Je n'en pouvais déjà plus. Je me suis cramponnée à lui, mes ongles s'enfonçant un peu plus dans sa chair à chaque coup de boutoir. Les délicieuses secousses se succédaient, diffusant du plaisir dans tout mon corps.

J'étais forcée d'admettre qu'il avait vraiment été gâté par la nature. Oui, c'était un gros calibre. Bon, ça va, c'était carrément spectaculaire. Mais ce qui m'épatait le plus, c'était son épaisseur parfaite.

—Nom de Dieu, Lucy, a-t-il lâché d'une voix rauque en accélérant un peu la cadence.

Tandis que son corps s'affairait sur le mien de la plus divine des manières, il m'a regardée dans les yeux. Quelque chose a traversé son regard, mais avant que je n'aie pu mettre le doigt dessus, il a fondu sur moi pour m'embrasser.

Grognant de délectation dans sa bouche, j'ai remonté les mains tout le long de son dos jusque dans ses cheveux.

—Alors, la taille te convient ? a-t-il demandé lorsque nos lèvres ont réussi à se détacher le temps que nous reprenions notre souffle.

— C'est limite, mais ça va, ai-je osé prétendre alors qu'il faisait chavirer tout mon être avec son membre époustouflant.

Il a happé un de mes tétons et un éclair de plaisir a fusé jusqu'au creux de mes cuisses. Mes muscles se sont contractés autour de son sexe, et il a poussé un juron.

— Tu la sens bien, ma queue ? a-t-il murmuré, le regard assombri par le désir.

— Oh oui, ai-je gémi en tentant d'écarter encore plus les jambes pour qu'il accède aux confins de mon intimité.

Il a coincé sa main entre le coussin du canapé et mon dos, et il a redressé le buste.

— Tu aimes ça ?

J'ai acquiescé en me mordant la lèvre inférieure. Il me pénétrait à présent très lentement, mettant mes nerfs à rude épreuve.

— Bien. Maintenant, tu sais ce que ça fait de m'avoir tout entier en toi, et tu ne l'oublieras jamais, a-t-il murmuré.

Sans crier gare, il s'est mis à me pilonner avec force en me maintenant d'une main sur la hanche. Je n'avais rien vu venir.

Il allait et venait avec une telle puissance, une telle rapidité, qu'il m'est vite devenu impossible de réprimer mes cris et mes gémissements. Cela dit, je n'avais plus aucune envie de réprimer quoi que ce soit.

Ses propres grognements parvenaient à mes oreilles, un peu assourdis par le déferlement de sensations qu'il me procurait. Quelque chose s'est mis à enfler en moi, tout au fond, et j'ai recroquevillé les orteils. Adam continuait à me pénétrer sans relâche, enchaînant les coups de bassin. Et tous ces petits bruits qui accentuaient l'intensité érotique du moment… Oh, le son de nos cuisses qui claquaient les unes contre les autres, le bruit de succion humide de mon sexe trempé de désir…

Soudain, je me suis agrippée à ses biceps durcis par l'effort, secouée par l'orgasme.

—Voilà, Lucy. Comme ça.

Oh, quand tout serait fini, je le tuerais.

—Allez, Lucy, a-t-il murmuré entre ses dents serrées. C'est tout ce que tu as à me donner ? J'en veux plus. Donne-moi tout.

Au moment où je pensais que les vagues d'extase qui déferlaient en moi allaient s'estomper, il a changé d'angle et son sexe a touché un point sensible qui a tout décuplé.

—Oh putain ! Oh putain ! Oh putain ! ai-je scandé sans pouvoir me retenir.

J'ai jeté un bras en arrière dans l'espoir de me raccrocher au bras du canapé.

Sauf qu'au lieu de saisir ce dernier, c'est un abat-jour que j'ai heurté, celui d'une petite lampe posée sur une table basse, juste à côté du canapé.

Toujours en proie à mon orgasme dévastateur, c'est à peine si j'ai perçu le fracas de la lampe. Il fallait absolument que je me revienne à moi. Je frôlais la crise cardiaque. Pas question de donner cette satisfaction à Adam. Le corps secoué de spasmes, j'ai remarqué que mes doigts étaient toujours emmêlés dans ses cheveux, alors j'ai tiré.

—Il faut que tu arrêtes, ai-je hoqueté, même si ça paraissait insensé. C'est trop, Adam. Stop.

Il a ralenti, mais c'était encore trop intense ; mes seins continuaient à rebondir à chaque ruade, son sexe atteignait toujours ce point magique. J'étais submergée de sensations.

Mes jambes tressautaient, tout mon corps était en feu.

—Espèce de salaud, suis-je parvenue à articuler. Tu as dit que tu allais me faire l'amour, pas me sauter d'une façon démentielle !

Son regard a suivi le mien et il a compris que j'essayais de maîtriser avec mes mains les tremblements qui secouaient mes jambes. Il s'est redressé et a passé un bras sous l'une de mes jambes pour amener celle-ci contre son torse.

—Il n'y a pas de règles, Lucy. C'est comme ça que j'ai envie de te faire l'amour.

—Oh toi ! Tu as de la chance d'être beau, parce que t'es con ! Tu m'as explosé le vagin.

Il s'est retiré jusqu'à ce qu'il ne reste plus que son gland en moi, puis a placé ma jambe autour de sa taille et s'est lentement glissé en moi, m'arrachant quelques gémissements de plaisir au passage.

—Ta chatte m'a l'air en parfait état, a-t-il constaté avant de s'emparer de mes lèvres.

À présent, il me pénétrait avec une infinie douceur, jouant avec mes nerfs.

Fichu pour fichu… J'ai saisi son visage entre mes mains pour le regarder droit dans les yeux.

—Fais-moi encore jouir, Adam. Je veux encore jouir sur ta queue.

Si c'était ma seule nuit avec lui, autant la rentabiliser au maximum.

—Bon sang, Lucy, tu palpites encore autour de moi de l'orgasme que tu viens d'avoir. Ne t'inquiète pas, je vais te faire jouir toute la nuit.

J'ai lâché son visage et je me suis cambrée en arrière, pour le faire entrer en moi. Il a léché mes tétons ; la chaleur de sa langue et l'humidité qu'elle a laissée sur ma peau m'ont fait frissonner de la tête au pied.

—J'adore te voir frémir comme ça.

J'ai haussé un sourcil, mais je n'ai rien dit. J'étais concentrée sur l'action, arquant le dos et remuant les hanches pour aller à la rencontre de ses coups de reins et accueillir son sexe au plus profond de mon être, là où j'en avais besoin.

—Et cette petite chatte…

Il s'est retiré complètement en tenant son sexe dressé, dur, épais, l'offrant pour la première fois à ma vue.

Oh là là ! Elle me plaisait, cette bite. Je l'aimais beaucoup. Beaucoup, beaucoup.

Puis il a plongé deux de ses doigts en moi et les a essuyés sur mon ventre, étalant mon suc, le fruit de mon excitation, sur ma peau.

—… regarde comme elle mouille pour moi. Elle ronronne devant ma queue.

Oh, ça, il n'avait pas idée.

Tandis que ses yeux exploraient mon corps jusque dans ses moindres recoins, les miens étaient hypnotisés par son sexe énorme et l'épaisse veine que l'on devinait sans mal à travers le préservatif.

Je le prendrais dans ma bouche avant la fin de la nuit, j'en faisais le serment. Il me rendait folle, mais il ne perdait rien pour attendre.

17
ADAM

Le cœur battant à tout rompre tandis que je tenais mon sexe, plus dur que jamais, dans ma main, j'ai remarqué l'expression de Lucy. Lorsque j'avais déposé Aiden chez son copain, je ne m'attendais pas à recevoir sa visite. Je ne pensais d'ailleurs pas la revoir de sitôt, pas avant plusieurs jours en tout cas, le temps que sa colère retombe.

Pourtant, elle était là et elle avait réussi à me faire oublier mes soucis lorsqu'elle avait lâché cette bombe.

Enceinte. Elle était enceinte.

Ensuite, elle m'avait ordonné de lui faire l'amour.

Qui aurait refusé d'obéir à cet ordre ? Qui aurait pu lui refuser quoi que ce soit, de toute façon ? Pas moi en tout cas, encore moins quand elle me dévisageait comme si son monde allait s'écrouler en cas de refus. Bon, je n'avais surtout aucune envie de lui dire non.

Cette grossesse… ne changeait rien à ce que j'éprouvais pour elle ni au désir qu'elle éveillait chez moi. En revanche, je me posais pas mal de questions. Où est-ce que je me situais dans tout ça ? Qu'est-ce que ça impliquait pour elle ? Allait-elle se remettre avec son ex ? Déménager ?

Au lieu de chercher des réponses, j'avais préféré lui offrir quelque chose qu'elle n'oublierait jamais, quelque chose qu'elle ne pourrait pas balayer d'un revers de la main.

Dressé devant elle, donc, je me suis caressé une ou deux fois devant son regard ardent.

À côté du sexe étroit et divin de Lucy, ma main ne faisait bien sûr pas le poids. Mais rien que pour voir briller cette lueur dans son regard, ça ne me dérangeait pas de me donner un peu en spectacle.

Lâchant ma queue un instant, je me suis levé et j'ai tendu la main à Lucy pour qu'elle change de position.

—Agenouille-toi en t'appuyant au dossier du canapé, lui ai-je indiqué.

Elle a semblé un peu désarçonnée, mais n'a pas posé de question. Quelques secondes plus tard, elle était en place, m'offrant une vue imprenable sur sa croupe enchanteresse.

—C'est quoi, ça ? a-t-elle demandé en désignant l'endroit où elle se tenait encore un instant plus tôt.

J'ai suivi son regard mais n'ai pas réagi.

Au lieu de quoi, je lui ai caressé les fesses et les ai doucement écartées pour jeter un coup d'œil à sa chatte rose et moite. J'ai glissé ma main entre ses cuisses et elle a poussé un petit gémissement lorsque j'ai introduit deux doigts en elle.

—Tu as mal ? me suis-je inquiété.

—Je vais très bien. Mais tu ne m'as pas répondu. Est-ce que c'est toi qui as joui là ?

J'ai jeté un coup d'œil à la tache humide qu'elle me désignait sur le canapé, puis je me suis avancé pour presser mon sexe contre la peau douce, si douce, de son petit cul parfait.

—Tu m'as vu jouir ? Non, Lucy, c'est toi qui as fait ça.

Elle a vivement tourné la tête vers moi, l'air choquée.

—Quoi ?

J'ai enfoncé mes doigts un peu plus profondément en elle et elle s'est cambrée. J'étais incapable de détacher les yeux de ses lèvres enflées par nos baisers, de la façon dont ses dents étiraient leur peau rougie.

J'ai retiré mes doigts pour aller torturer tendrement son clitoris. Les articulations de ses doigts cramponnés au canapé ont blanchi.

— C'est toi qui as fait ça, ai-je répété. Je t'avais bien dit que ta chatte était aux anges avec mes dix centimètres.

Elle m'a décoché un petit sourire coquin par-dessus son épaule.

— Dieu merci, tu ne fais pas dix centimètres. Ce serait tellement décevant. Et si triste pour toi.

J'ai glissé mon sexe entre ses jambes, caressant sa vulve de toute ma longueur, jusqu'à son clitoris si sensible.

Son sourire a disparu, remplacé par cet air furieux qui me fascinait tant.

J'ai empoigné ses hanches.

— Prête pour un troisième orgasme ?

— Deuxième, a-t-elle rectifié.

— Lucy, tu as pratiquement éjaculé, lui ai-je signalé en désignant du menton la tache humide sur le canapé. Tu as joui une deuxième fois juste avant que ton premier orgasme s'achève. Ça fait deux fois.

Elle a fait la moue, mais n'a pas bronché.

Le bassin calé contre ses fesses, je lui ai tiré les cheveux pour qu'elle se redresse, jusqu'à ce que son dos soit plaqué contre mon buste.

— Je t'ai demandé si tu étais prête.

Sa main a trouvé mon sexe et en a serré le gland, déclenchant un frisson de plaisir en moi. Je lui ai mordu le cou en me délectant de ses gémissements.

— Je prends ça pour un oui.

Je l'ai libérée et elle a repris sa place. J'ai empoigné ma queue et, après quelques caresses vigoureuses, j'ai pénétré Lucy, lentement, ne m'arrêtant qu'une fois le dernier centimètre enfoncé en elle.

Elle a écarté davantage les jambes en expirant bruyamment, ce qui a renforcé mon érection. En revanche, lorsqu'elle a voulu s'avancer pour que je ressorte, je l'ai immobilisée en pressant ses fesses dans mes mains, lui ordonnant en silence de ne pas bouger.

—Merde, a-t-elle gémi lorsque j'ai réussi à m'enfoncer encore un peu plus. Tu vas si profond, a-t-elle constaté, presque pour elle-même, tête penchée en avant.

—Regarde-moi ces fesses magnifiques, ai-je lancé, admiratif, en massant celles-ci.

Ma voix me paraissait trop rauque.

Tandis que ma queue palpitait en elle, je n'ai pu m'empêcher d'effleurer le petit trou tout serré qui s'offrait à ma vue. Me laisserait-elle entrer là ?

Délicatement, j'ai tenté d'y insérer l'un de mes doigts encore couverts de son jus, mais son corps a aussitôt repoussé mon intrusion et elle a grogné.

—Peut-être pas aujourd'hui, ai-je dit, en réessayant malgré tout, jusqu'à ce qu'elle me décoche un regard sévère par-dessus son épaule.

—Tu n'auras pas cette chance, Connor.

J'ai fait une dernière tentative tandis qu'avec mon sexe, je faisais quelques allers-retours dans sa chatte bouillante. Sa tête a basculé en avant et elle a de nouveau poussé un grognement mécontent.

—Peut-être pas aujourd'hui, ai-je répété, laissant tomber pour de bon.

J'ai saisi ses hanches à deux mains et je l'ai pilonnée sans relâche pendant une bonne minute, alternant petites ruades et longs coups de reins profonds et vigoureux.

—Oh oui, putain, oui, Adam. C'est ça, comme ça, oui, comme ça.

Ses encouragements plaintifs alimentaient mon désir, me poussant à lui en donner plus, toujours plus, tandis que je la guidais sur ma queue, les doigts plantés sur ses hanches.

J'ai glissé une main sur la peau chaude de son dos et me suis arrêté entre ses omoplates. Elle était superbe quand elle s'offrait comme ça, à mon sexe, à moi, mais elle était trop loin. J'avais besoin de ses lèvres, de sentir l'odeur de sa peau… et je voulais qu'elle me regarde dans les yeux.

Plaçant ma main sur sa gorge, je l'ai de nouveau redressée contre moi. La chair de poule qui couvrait ses bras ne m'a pas échappé, pas plus que le pouls frénétique qui battait sur son cou et son souffle saccadé.

Je pourrais faire ça avec elle tous les jours, ai-je songé, *sans jamais me lasser.*

—Regarde-toi, lui ai-je murmuré à l'oreille sans lâcher sa gorge tandis que je continuais à aller et venir en elle.

Elle a poussé sa croupe en arrière et j'ai fermé les yeux.

—Si belle, ai-je lancé avec admiration. Tu es si belle, putain. Est-ce que ma bite te fait du bien, Lucy ?

J'ai senti son corps trembler.

Je me suis retiré pour mieux replonger en elle, d'un coup sec, puissant.

Elle a hoqueté et ses doigts se sont enroulés autour de mon poignet, celui qui se trouvait au niveau de sa gorge.

—Oui, c'est si bon, a-t-elle lancé d'une voix éraillée. Est-ce que tu vas me prendre sauvagement, Adam ? Me faire mal ?

J'ai remonté la main qui était toujours sur sa hanche jusqu'à sa poitrine.

—Tu as envie que je te fasse mal ?

—Oui, c'est si bon quand tu…

J'ai écarté un peu plus les jambes et j'ai de nouveau planté ma queue en elle, poussant un grognement en sentant sa chatte se resserrer autour de moi. Un sourire lascif a étiré ses lèvres. Son souffle s'emballait.

Des gouttes de sueur tombaient de mon front et s'écrasaient sur sa peau. Son désir enduisait mon membre d'une pellicule brillante. Sur une impulsion, je lui ai agrippé le menton et je l'ai obligée à me regarder dans les yeux. Le plaisir à l'état brut et une faim insatiable luisaient dans les siens.

—Tu veux que j'aille tout au fond.

Ce n'était pas une question.

—Est-ce que tu as aimé jouir sur ma queue, Lucy ? Ça t'a plu, hein ?

Elle a hoché la tête en se mordant les lèvres.

Étreignant son corps de toutes mes forces, j'ai accéléré, encore, et encore. Sa peau claquait délicieusement contre la mienne.

Elle a fermé les yeux.

—Embrasse-moi, lui ai-je ordonné. Embrasse-moi et je te donnerai tout encore une fois.

À ma grande surprise, elle n'a pas semblé comprendre lorsqu'elle a rouvert les yeux. Ne voyait-elle pas dans quel état j'étais ?

—Embrasse-moi, Lucy, ai-je demandé, gentiment cette fois.

J'ai attrapé ses bras et je les ai enroulés autour de mon cou, puis je lui ai mordillé la mâchoire. J'avais ralenti, adoptant un rythme insuffisant pour qu'on puisse perdre pied et jouir, elle comme moi.

—Embrasse-moi, bébé. Comme ça, je pourrai encore te donner un orgasme. Ce n'est pas ce que tu veux, Lucy ? J'ai vraiment besoin de sentir ta chatte toute douce se contracter autour de moi. Tu veux bien faire ça pour moi ? Tu veux bien me laisser jouir en toi ?

Du bout des doigts, j'ai trouvé son clitoris et je l'ai caressé tendrement ; tous les muscles de son corps se sont mis à onduler.

Elle a gémi et m'a enfin autorisé à prendre ses lèvres. Tenant son menton d'une main et sa hanche de l'autre, j'ai recommencé à la pénétrer à une cadence rapide, mais régulière. Elle a détaché sa bouche de la mienne pendant une seconde et une plainte lascive est montée de sa gorge. Puis, elle a renversé la tête en arrière, sur mon torse, et je l'ai de nouveau embrassée.

Tout en avalant les petits sons électrisants qu'elle produisait, j'ai accéléré le mouvement de mon bassin. Ses bras ont resserré leur étreinte, elle a empoigné mes cheveux et s'est mise à tirer, tirer, tirer, au point de m'obliger à fermer les yeux pour me focaliser sur autre chose. Elle était en train de me rendre fou. J'ai grogné dans sa bouche, puis je lui ai sucé la langue.

Soudain, elle a interrompu notre baiser et s'est laissé retomber sur le dossier du canapé, poussant son petit cul contre moi.

—Oh mon Dieu, Adam. Vas-y.

J'ai essuyé mon front en sueur et j'ai de nouveau attrapé ses hanches afin de pouvoir intensifier le mouvement.

—Oh oui. Plus fort. Oui, voilà. C'est ça, Adam. Oui !

—Écarte les jambes, Lucy.

Ces dernières étaient secouées de tremblements, mais elle a obéi. Ses bras à bout de force la retenaient à peine au canapé.

—Ta queue est si épaisse. Tu vas si profond en moi. J'adore ça.

J'ai eu beaucoup de mal à ne pas bomber le torse tandis que je l'écoutais.

—S'il te plaît, n'arrête pas. J'y suis presque, Adam. Ça vient.

Les mains plantées sur sa taille fine, j'ai mis tout ce que je pouvais dans mes coups de reins. Tandis que je regardais son sexe avaler le mien, j'ai songé que je ne m'étais jamais senti aussi puissant et aussi bien de toute ma vie. Jamais je n'avais éprouvé une telle plénitude.

C'était parfait.

Notre duo était parfait.

—Parle-moi, Adam. J'y suis presque, s'il te plaît, parle-moi.

J'ai aspiré de l'air. J'allais devenir dingue. Elle n'allait pas tarder à basculer dans un abîme d'extase et m'entraîner avec elle dans sa chute voluptueuse.

D'ici à quelques secondes, la bulle de plaisir qu'elle formait éclaterait entre mes mains et sur mon sexe.

—Vas-y, Lucy, ça vient, ai-je réussi à articuler, à bout de souffle, en lui caressant le dos. Serre ma queue. Est-ce que tu sens comme je suis dur pour toi ?

Je me suis penché sur elle, modifiant légèrement mon angle d'attaque, et j'ai repris ma course vers le septième ciel.

—C'est ça, Lucy. Voilà, c'est ça, jouis sur moi, mon cœur.

Tout à coup, elle a retenu son souffle et s'est disloquée sous mes yeux en silence. Son dos s'est hérissé de frissons, son sexe a enserré le mien avec une force inédite et son corps a été pris de convulsions. Je suis resté enfoncé en elle sans bouger, retardant à grand-peine ma propre libération, mais je ne voulais pas risquer de lui faire mal en étant trop brusque.

Lorsqu'elle s'est rejetée contre moi en poussant un puissant cri de jouissance, ça a été comme si elle me dégoupillait. Un dernier aller-retour et je suis resté au plus profond de son intimité, collé à elle, pour enfin lâcher prise tandis qu'elle continuait à trembler sous moi. Ses bras ont cédé et elle a enfoui son visage dans le canapé pendant que je jouissais en elle, en proie aux spasmes de la délivrance.

Sa chair tendre continuait à se contracter autour de mon sexe et j'ai bien cru que j'allais m'écrouler sur elle.

J'ai inspiré profondément, m'évertuant à maîtriser les battements anarchiques de mon cœur. Pas question de la laisser s'échapper, pas après ce soir, pas après ce qu'elle venait de m'offrir.

—Lucy, ai-je murmuré.

Les mains tremblantes, j'ai caressé son dos. Elle a tressailli, sa peau était tout à coup plus sensible. Elle était trempée de sueur, tout comme moi. J'ai laissé ma main se balader sur sa peau chaude, massant doucement la base de sa nuque avant de me retirer pour m'occuper du préservatif.

—Je dois…, ai-je commencé, mais je n'ai pas achevé ma phrase.

Je préférais écouter la musique de son souffle haché tandis que je nouais l'extrémité de la capote et jetais celle-ci.

Toujours à genoux, Lucy s'est redressée et sa main a disparu entre ses cuisses.

—Merde.

—Quoi ? me suis-je inquiété, debout derrière elle.

—Rien.

Ignorant ses protestations, j'ai à mon tour touché son entrejambe. Lorsque j'ai caressé sa chair enflée, elle a frémi dans mes bras.

—Eh bien ? Qu'est-ce qui ne va pas ?

—Je suis beaucoup trop mouillée, a-t-elle répondu avec une pointe d'agacement dans la voix.

—Ça, c'est impossible.

J'ai glissé mes doigts à l'entrée de sa vulve, puis je les ai léchés tandis qu'elle m'observait, bouche bée.

—Je te déteste tellement, a-t-elle chuchoté, focalisée sur mes lèvres.

Je l'ai embrassée. Pas moyen de faire autrement quand elle était si proche, si nue.

Si mienne.

Je lui ai saisi le menton et je l'ai embrassée encore plus fort.

—Il faut y aller.

C'était couru d'avance. J'étais sûr qu'elle dirait ça.

—Tu ne sortiras pas de cette maison ce soir.

—Essaie de m'en empêcher pour voir.

—On ne s'est même pas encore goûtés, Lucy.

J'ai placé sa main sur mon sexe encore à moitié en érection. Elle m'a caressé, puis s'est mise à serrer la base de ma queue.

—Tout doux, ai-je susurré en déposant un baiser dans son cou.

—Tu viens de me goûter, je t'ai vu.

—Ce n'était pas assez. Je veux te manger toute crue. Et toi, tu ne m'as pas goûté.

—Serais-tu en train de me proposer un soixante-neuf, Adam Connor ?

—Je veux tout te proposer, ai-je répliqué en insérant le bout de mon nez juste derrière son oreille.

Elle a cessé de respirer pendant quelques secondes. L'espace d'un instant, j'ai eu peur de devoir l'emmener de force dans ma chambre et fermer la porte à clé, mais non.

—Un soixante-neuf, c'est très tentant, a-t-elle répondu. Et c'est vrai que j'ai envie de sucer cette queue fabuleuse.

—Parfait, ai-je murmuré en lui caressant le ventre.

Elle a placé sa main dans la mienne à contrecœur et je l'ai aidée à descendre du canapé. Elle s'est baissée pour ramasser ses vêtements, mais je l'ai serrée contre moi par-derrière, l'obligeant à se relever.

—Ne fais pas ça, lui ai-je chuchoté à l'oreille. Je veux te voir dans mon lit tout de suite, jambes écartées.

Que croyait-elle ? Que je ne sentais pas son corps frémir contre le mien ? Combien de temps lui faudrait-il pour arrêter ce jeu de dupes ?

Elle a émis un petit rire.

—Si tu crois que je te détesterai moins après ça, tu te trompes.

—Je crois que c'est trop tard, Lucy, ai-je rétorqué d'une voix grave. Tu m'aimes déjà un peu trop. Peut-être même plus que ma bite.

J'ai appuyé mes doigts sur la peau douce de ses hanches ; j'aurais voulu y laisser mon empreinte, comme souvenir, pour qu'elle n'oublie pas que j'avais tenu son corps frémissant, que j'avais été là, au moment où elle avait besoin des bras réconfortants d'une personne de confiance.

Je n'étais pas surpris d'avoir envie d'être cette personne-là pour elle. Bien sûr, elle m'aurait hurlé dessus si j'avais osé laisser entendre qu'elle avait besoin d'être soutenue. C'est sans doute ce qui m'avait attiré chez elle dès le tout premier jour, quand je la retenais prisonnière dans mes bras et que nous nous battions à coups de regards haineux, quelques minutes avant que je ne demande aux flics de l'embarquer.

Plus je l'observais et plus je l'écoutais, plus je parvenais à entendre ce qu'elle disait, même sans remuer les lèvres, et plus elle m'envoûtait.

Adam Connor surpris à l'aéroport avec son fils : kidnapping parental ?

Sur les photos ci-dessous, vous pouvez apercevoir Adam Connor franchissant les portes de l'aéroport de Los Angeles avec son fils de cinq ans dans les bras. Il court pour attraper leur vol à destination de la France. Le fait qu'Aiden Connor garde le visage enfoui dans le cou de son père, tandis qu'ils se précipitent vers la porte d'embarquement et que de nombreux photographes les mitraillent, nous prouve à quel point il a été affecté par l'incident qui s'est produit dans ce même aéroport il y a peu de temps. Le père et le fils se sont envolés pour Paris où ils assisteront à la fête d'anniversaire de Victoria Connor qui vit désormais en France depuis presque six ans. Helena et Nathan Connor ont pour leur part quitté la ville main dans la main il y a quelques jours déjà, afin de participer aux mêmes réjouissances familiales. Nous ne sommes pas certains que la mère d'Aiden ait été conviée à la fête cette année, mais nous savons de source sûre qu'elle n'a plus quitté la ville depuis le fameux voyage à New York.
Bien sûr, nous compatissons avec le petit Aiden Connor, mais franchement, le bel acteur ne serait-il pas de plus en plus sexy ? En tout cas, ce rôle de père protecteur fait son petit effet, vous ne trouvez pas ? Si vous n'êtes toujours pas convaincus, après avoir vu les clichés volés de ce superbe papa et son fils, nous ne savons pas ce qu'il vous faut. Depuis que cette histoire de demande de garde exclusive a éclaté dans la presse, c'est la première fois qu'on voit Adam et Aiden Connor ensemble en public. Du côté d'Adeline Young, c'est toujours le silence radio.

Mais nous vous entendons d'ici réclamer d'autres informations sur Adam Connor et Adeline Young. Ne vous inquiétez pas, nous en connaissons un rayon sur ces deux-là.

Ainsi, vous apprendrez que de nouvelles rumeurs circulent sur Adam Connor, rumeurs qui lui prêtent une nouvelle relation (oui, en l'apprenant, nous étions sous le choc, tout comme vous en ce moment). En outre, il paraîtrait que cette personne est l'une des raisons principales (en plus de l'incident de l'aéroport, bien entendu) qui auraient poussé Adam Connor à revoir les clauses du divorce concernant la garde de son fils. De nombreuses sources proches de la star prétendent que cette nouvelle compagne verrait d'un mauvais œil le fait qu'Adam continue à voir son ex-femme aussi souvent, pour leur fils ou pour d'autres motifs. Cette personne aurait beaucoup influencé l'acteur oscarisé au moment où il a pris la décision de se lancer dans cette bataille juridique.

De l'autre côté du ring, Adeline Young a été aperçue en compagnie du célèbre réalisateur Jonathan Cameron, pas plus tard que cette semaine, alors qu'ils quittaient la soirée d'inauguration d'un restaurant. Il s'agissait peut-être d'une simple réunion concernant un nouveau projet, mais plusieurs témoins affirment qu'Adeline manifestait des signes de détresse et que Jonathan essayait de l'apaiser. Ce dernier serait-il le nouveau compagnon d'Adeline ? Pour être honnête, cela ne nous surprendrait pas ; nous savions tous que cela finirait par arriver. Après avoir quitté l'établissement, le couple est reparti dans la voiture de Jonathan sans avoir répondu aux questions que les journalistes présents sur place leur lançaient.

Pensez-vous qu'Adam et Adeline soient tous les

deux en train de tourner la page ? De refaire leur vie avec une autre personne ?
De notre côté, nous espérons vivement que la rumeur concernant Adam Connor est fausse et qu'il est toujours célibataire. En effet, nous avons bien trop envie de continuer à rêver de devenir la future conquête du célèbre acteur. Cela pourrait très bien arriver. Qui sait ?

18
LUCY

Peu avant l'aube, je me suis réveillée dans les bras d'Adam Connor. Les étoiles n'avaient pas encore tout à fait disparu dans le ciel. Il m'avait fait jouir plus de fois que je ne l'avais jamais fait sur une seule nuit. Il m'avait littéralement pulvérisé le vagin. Pourtant, je ne parvenais pas à lui en vouloir. Je ne me rappelais pas m'être endormie en lui tenant la main, mais dès que j'en ai pris conscience, j'ai lâché celle-ci.

J'ai ouvert et refermé la main plusieurs fois en remuant les doigts pour me débarrasser de cette sensation étrange. Cette chaleur. Et ce grand vide soudain.

J'avais le corps pétri de délicieuses courbatures. D'ordinaire, je me serais précipitée dans la chambre d'Olive pour célébrer ça, mais ce matin, j'étais bien trop en colère contre moi-même pour aller l'embêter : je m'étais assoupie dans le lit d'Adam Connor.

Après m'être glissée hors des draps, je me suis autorisé un dernier regard en direction de la perfection incarnée qui était toujours allongée là.

Ce torse.

Cette queue.

Ces doigts.

Ces lèvres. Oh, ces lèvres…

Les vilaines m'avaient susurré des choses encore plus vilaines toute la nuit.

Sans un bruit, j'ai rebroussé chemin jusqu'au salon, j'ai enfilé mes vêtements et je suis partie.

* * *

—Bonjour, Lucy, a lancé Jason.

Il venait d'entrer dans la cuisine, dans le sillage d'Olive qui, elle, n'a rien dit.

Elle s'est contentée de me scruter d'un air méfiant.

—Bonjour. J'ai fait des pancakes.

J'ai poussé une pile de vingt pancakes devant eux avant de retourner celui qui était en train de cuire dans la poêle.

—Bien dormi ? leur ai-je demandé.

—Tu n'es pas venue me réveiller.

Jetant un coup d'œil à Olive par-dessus mon épaule, j'ai ouvert le frigo et j'ai sorti le jus de pomme.

—Bonjour à toi aussi, mon petit rayon de soleil. Et de rien, avec plaisir.

—Pourquoi tu ne m'as pas réveillée ?

—Parce que tu agresses tous ceux qui s'y risquent.

—Ça, c'est pas faux, a murmuré Jason en prenant un pancake.

Il a embrassé Olive sur la tempe et l'a aidée à s'installer sur l'un des tabourets de bar. Elle me toisait toujours.

J'ai tendu le sirop d'érable à Jason, puis j'ai sorti le plat de fruits que j'avais également préparé avant de me lancer dans la confection des pancakes.

J'ai fait glisser celui qui était prêt, tout chaud, dans l'assiette d'Olive et j'ai remis une louche de pâte dans la poêle.

—Aujourd'hui, je vais visiter l'appart dont je t'ai parlé. Ça te dit de m'accompagner ?

— Parce que c'est ce qui est le plus urgent en ce moment, n'est-ce pas ? Te trouver un appartement, a-t-elle raillé.

J'ai retourné le pancake dans la poêle en soupirant.

Jason, qui s'apprêtait à prendre un morceau de banane, s'est ravisé.

— Je vais vous laisser papoter entre filles, a-t-il marmonné.

Il a déposé un baiser dans la nuque d'Olive et a contourné l'îlot central pour venir prendre une bouteille d'eau dans le frigo. Tout à coup, il m'a attrapée par le bras et m'a serrée contre lui, me prenant totalement au dépourvu.

— Ne sois pas trop dure avec notre fille adoptive, Olive, a-t-il dit avec prudence en me frottant le bras pour me marquer son soutien.

Ravie, j'ai fait danser mes sourcils en direction d'Olive pour la taquiner.

En guise de réponse, elle a décoché un regard mauvais à Jason.

— Tu peux me dire pourquoi tu marches aussi bizarrement ? m'a-t-elle interrogée.

Mon sourire s'est élargi.

— Parce que je me suis fait baiser dans tous les sens par Adam Connor pendant des heures.

— Ooo-kayyy. Moi, je vais aller prendre une douche, a déclaré Jason en battant en retraite. J'ai rendez-vous avec Tom. Soyez sages, les filles.

Il a quitté la cuisine.

— Tu n'es pas rentrée hier soir, Lucy.

J'ai éteint la cuisinière et je me suis appuyée au plan de travail.

— C'est vrai, maman.

Elle s'est mise à jouer avec la tasse posée devant elle.

— Tu veux un café ? ai-je proposé.

— Non.

— Jus de pomme ?

Légère hésitation…

—Oui.

J'ai servi deux verres et lui en ai tendu un. C'était l'une de nos boissons préférées.

—Tu as appelé Jameson ?

—Pas encore. Je voudrais que tu sois à côté de moi quand je le ferai.

Elle a relâché les épaules et j'ai compris que j'avais donné la bonne réponse.

Elle a bu une gorgée de jus et a pris un morceau de mangue. Je l'ai imitée, en ajoutant un pancake à mon assiette, le premier.

—Alors, on va avoir un bébé, Lucy ?

J'ai versé une bonne rasade de sirop d'érable sur mon pancake et j'ai mangé quelques bouchées avant d'être capable de répondre.

—On dirait bien qu'on va avoir un bébé, ai-je confirmé.

Olive a repris un pancake et plusieurs morceaux de fruits.

—On devrait quand même prendre rendez-vous chez un médecin. Pour être sûres.

—Oui. Tu te rappelles Karla ?

Elle a acquiescé.

—Je l'ai appelée l'autre jour pour lui proposer d'être ma colocataire, je sais qu'elle a des problèmes avec le sien.

Olive s'est de nouveau crispée.

—Bref, son père est médecin. On pourrait peut-être solliciter son aide.

—Tu comptes appeler Jameson avant ou après avoir consulté le médecin ?

J'ai haussé les épaules et j'ai achevé mon pancake.

—Ça va, Lucy ?

—On fait aller. Pour l'instant, je n'ai pas le choix, mon Olive verte.

Nous avons continué à manger en silence. Nous n'avons pas réussi à terminer la pile de pancakes, mais nous l'avions clairement bien entamée.

—Et Adam ?

Comment répondre à cette question piège ?

—Tu souris, Lucy…

J'ai vivement relevé la tête, mais elle a fait semblant de regarder ailleurs avec un petit air innocent.

—Tu es trop têtue pour l'admettre, a-t-elle repris, mais je vois bien qu'il te plaît.

J'allais lâcher une bêtise, mais elle m'a coupé l'herbe sous le pied.

—Je suis contente, Lucy. Je suis contente que ça se soit bien passé avec lui hier soir. Tu mérites d'être heureuse, même si ce n'est que pour une nuit. Cela dit, ça pourrait durer bien plus, si tu le voulais.

Elle a achevé son verre de jus et a sauté de sa chaise.

—Ah et… oui. J'ai envie d'aller visiter cet appartement avec toi… si tu es toujours décidée à en louer un, bien sûr.

Sur ces paroles énigmatiques, elle m'a plantée là, dans la cuisine. Quelques minutes plus tard, Jason est réapparu.

—Tout va bien, ma chère fille ?

—Est-ce qu'elle m'en veut ?

—Non, elle n'est pas fâchée contre toi, a-t-il soupiré. C'est juste que… hier soir, elle a pris conscience que tu risquais de déménager à Pittsburgh.

—Quoi ? Déménager à Pittsburgh ? Pour rejoindre Jameson ?

—Pour le bébé…

J'ai arrosé le reste des pancakes de sirop d'érable et j'ai poussé le plat vers Jason.

—J'ai rendez-vous avec Tom, Lucy. Je n'ai pas le temps de…

—Mange, lui ai-je ordonné. On ne contrarie pas une femme enceinte, alors fais ce que je te dis. Je me suis démenée aux fourneaux pour vous nourrir tous les deux, maintenant tu manges.

Il a pris une bouchée docilement.

Je l'ai abandonné dans la cuisine.

— Olive ! ai-je lancé en me dirigeant vers leur chambre. Ma petite Olive verte ! Tu ne m'as pas encore demandé de quelle taille était la bite d'Adam ! Je crois qu'elle est plus grosse que celle de Jason !

J'ai entendu Jason s'étrangler avec son pancake.

— Et puis, il faut que je te raconte tout ce qu'il m'a fait avec son énorme engin sur son canapé, contre un mur *et* dans son lit !

* * *

Adam : Réponds au téléphone, Lucy.

Lucy : Fiche-moi la paix.

Adam : Je ne veux plus jamais que tu disparaisses de mon lit comme ça.

Lucy : Ça tombe bien, je ne viendrai plus jamais dans ton lit.

Adam : Je rentre de Paris dans deux jours avec Aiden. Ne fais pas ça, Lucy. Il faut qu'on parle. Et crois-moi… tu reviendras dans mon lit.

Lucy : Dans tes rêves.

Adam : Oui, et dans les tiens.

Le salaud !

* * *

—Allô ? Lucy ?

—Salut, Jameson. Quoi de neuf ?

Un gros soupir a retenti à l'autre bout du fil.

—Je ne pensais pas que tu m'appellerais, tu as laissé tous mes messages dans le vent.

Olive était assise à côté de moi dans la voiture ; nous appelions enfin Jameson. Elle a pressé l'oreille de l'autre côté du téléphone. Je l'ai regardée en fronçant les sourcils et elle m'a adressé un petit sourire innocent. J'ai enclenché le haut-parleur en soupirant, puis j'ai changé le téléphone de main en secouant l'autre pour qu'elle arrête de trembler. Plus ça allait, plus je devenais une vraie poule mouillée.

—Je ne les ai pas laissés dans le vent, ai-je répondu quand Jameson a répété mon nom pour voir si j'étais toujours là.

—Tu n'as jamais répondu, Lucy.

—Parce qu'il n'y avait plus rien à dire.

—Tu as tort. On a encore beaucoup de choses à se dire. Tu me manques.

J'ai jeté un coup d'œil à Olive.

—Eh bien, maintenant, oui, on a des choses à se dire. C'est pour ça que je t'appelle.

—Je t'ai manqué aussi, a-t-il affirmé avec cette voix doucereuse, séductrice, qu'il savait prendre.

Je me suis tue, j'ai écouté battre mon cœur pendant quelques secondes et… j'ai pris conscience qu'il ne vibrait plus au son de cette voix familière qu'il avait autrefois tant aimée. Désormais, cette voix sonnait faux, ce ton aguicheur ne produisait plus aucun effet.

—Désolée, Jameson, mais ce n'est pas de ça que je veux te parler. Je-Je-Je… Je te rappelle.

J'ai coupé la communication et j'ai renversé ma tête en arrière, contre l'appuie-tête.

—Mais qu'est-ce que tu fous ? a demandé Olive.

J'ai allumé la radio. Peut-être qu'un peu de musique m'aiderait à retrouver mon calme.

Olive l'a aussitôt éteinte.

—Qu'est-ce qui se passe, Lucy ?

—Je suis obligée de le faire ? Tout de suite, je veux dire ? Il faut vraiment que je lui annonce ça maintenant ? Là, on va entrer dans le cabinet du médecin. On pourrait l'appeler après, quand on aura les résultats ?

Olive était bien plus sereine que moi ; pourtant, en général, c'était l'inverse.

Elle a pris ma main et l'a serrée.

—Respire, Lucy.

J'ai pris une grande inspiration.

—Qu'est-ce qui te tente, aujourd'hui ? Le vent ? Tu veux être le vent ?

J'ai souri.

—Et toi ? Un oiseau qui vole avec moi ?

—Si tu veux.

—Tu ferais un oiseau adorable. Moi, je t'assommerais d'une grosse bourrasque et Jason volerait à ton secours. Après ça, comme ce serait un oiseau aussi, vous pourriez faire l'amour et…

—Allez, respire encore, Lucy.

J'ai obéi.

—Oh, Olive, ai-je geint devant son regard plein d'empathie. Qu'est-ce que j'ai fait ?

—Rien. Tu n'as rien fait. C'est arrivé, c'est tout. Et ce n'est pas grave. Tout ira bien. Quels que soient les résultats, tu vas gérer. On va avoir un bébé. Ce sera l'enfant le plus chanceux de la planète : il aura une super maman et une tantine qui déchire.

—Je ne crois pas, non. La malédiction était censée prendre fin avec moi. Mais maintenant…

—Maintenant, rien. Tu n'es pas maudite, Lucy.

Elle a de nouveau serré ma main.

—Rappelle Jameson. Tu lui expliques la situation et puis, c'est fini. Après ça, on va descendre de la voiture et aller voir ce docteur toutes les deux. Un pas à la fois.

Elle avait raison. C'était inutile de flipper comme ça, mais alors pourquoi mon cœur tambourinait-il jusque dans mon ventre ? *À moins que ce soit le bébé ?*

—D'accord. Je suis morte de trouille, ai-je reconnu, soulignant l'évidence.

—Tu veux que ce soit moi qui lui dise ?

—Non. Non.

Je me suis concentrée sur ma respiration encore quelques instants, puis j'ai rappelé Jameson.

—Lucy ? Est-ce que ça va ?

Il ne m'avait pas échappé – ni à Olive d'ailleurs – qu'il n'avait même pas essayé de me rappeler quand j'avais raccroché. Si je lui manquais, comme il n'arrêtait pas de le répéter, n'aurait-il pas tenté directement de me retéléphoner ? Jason l'aurait fait dans la seconde pour s'assurer qu'Olive allait bien. J'avais ma confirmation : Jameson était une erreur.

—Désolée. J'ai flippé.

Il m'a demandé ce qui se passait d'un ton beaucoup plus sec qu'un peu plus tôt.

J'ai décidé de ne pas y aller par quatre chemins.

—J'ai fait un test de grossesse, ai-je commencé. Je me suis dit que ça t'intéresserait de le savoir.

Silence complet. J'ai fermé les yeux.

—Il était positif, mais ce genre de truc n'est pas toujours fiable, alors j'ai rendez-vous chez un médecin dans quelques minutes. Je te tiens au courant des résultats.

Toujours aucune réaction.

—Jameson ? Tu es toujours là ?

J'ai jeté un coup d'œil à Olive. Elle se mordillait les lèvres, attendant anxieusement comme moi que Jameson dise quelque chose. N'importe quoi. Au bout d'un moment, elle a haussé les sourcils. J'ai rapproché le téléphone de ma bouche.

—James…

—Oui. Oui. Je suis là. Pardon. Alors, euh, tu es enceinte. Tu portes un bébé. Mon bébé pour être exact. Je dois dire que je ne m'attendais pas à ça.

Il n'était certainement pas en train d'insinuer que cet enfant n'était peut-être pas le sien… Non, impossible.

—Ouais. Moi non plus.

—Tu prenais la pilule, pourtant.

Le ton de sa voix n'était pas accusateur.

—Eh oui.

—Wow. Lucy… wow.

Un demi-sourire s'est installé sur mes lèvres et j'ai touché mon ventre.

—Comme tu dis.

—Que vas-tu faire ? Qu'est-ce que tu as décidé ? Pour le bébé, je veux dire.

Mon sourire s'est envolé. *Charmant*, ai-je songé. *Vraiment charmant.* Olive semblait à deux doigts de s'en mêler.

—Eh bien, me suis-je empressée de répondre, on en reparle quand j'aurai les résultats. Je dois y aller maintenant. Salut, Jameson.

—Quel connard ! a craché Olive après que j'ai eu raccroché.

—C'est pas moi qui dirais le contraire.

—Je ne pensais pas pouvoir le détester encore plus. Donne-moi ça, je le rappelle.

J'ai écarté mon téléphone d'Olive en le serrant dans ma main.

—Pour lui dire quoi, exactement ?

J'ai défait ma ceinture de sécurité en secouant la tête.

—Viens, il est l'heure. Allons pisser dans un petit pot ou je ne sais quoi.

—Cette fois, c'est décidé : quand j'écrirai ton histoire, je tuerai Jameson. Je te ferai épouser Adam Connor et je me débarrasserai de Jameson.

Je lui ai tapoté le bras avec compassion.

—Mais oui, mais oui. Fais donc ça.

19

Adam

À Paris, rien n'avait changé. Chaque année, nous y emmenions Aiden, malgré les objections d'Adeline, et, chaque année, je posais les mêmes questions, terrifié à l'idée que les réponses ne soient plus les mêmes. Mais non, cette fois encore, hormis le fait qu'Adeline n'était pas de la partie, rien n'avait changé. Les réponses, la ville, les habitants. Rien.

—Papa ? Je peux aller voir mes copains ? Je sais que je leur ai manqué.

—Tu as parlé à Henry il y a quelques heures à peine, Aiden. Il devrait tenir jusqu'à ce que vous vous retrouviez en classe demain.

—Mais il n'y a pas que Henry ou Isabel.

Ah oui, Isabel. Comment avais-je pu oublier Isabel ?

—Tu as eu Isabel sur FaceTime pas plus tard qu'hier, il me semble.

—Oui, mais il n'y a pas qu'eux. J'ai d'autres copains, tu sais. Et Lucy, alors ? Et Olive ? Et Jason ? Je suis sûr que je leur ai manqué aussi. Ça fait tout plein de jours qu'on est partis. Hein, oui, Dan ? Dis-lui.

J'ai croisé le regard de Dan dans le rétroviseur et il a secoué la tête.

—Allez, dis-lui, a insisté Aiden.

—Je suis certain que tu leur as manqué, bonhomme.

— Tu vois, papa ? Dan aussi, il est triste quand il ne me voit pas pendant une journée tout entière. Mais lui, il était avec moi tout le temps. Les autres aussi devraient avoir le droit de me voir.

— Tu n'oublies personne, Aiden ?

Il m'a dévisagé en silence, sans cesser de me supplier du regard.

— Et ta maman ? Tu lui as manqué aussi.

— Ah oui ?

La question était si innocente.

J'ai de nouveau croisé le regard de Dan dans le rétroviseur alors qu'il s'apprêtait à tourner à gauche. Nous approchions de la maison d'Adeline.

— Bien sûr, mon lapin, ai-je répondu à Aiden.

Il a hoché la tête d'un air solennel, puis a jeté un coup d'œil par la fenêtre en serrant son iPad dans ses petits bras.

— Je vais rester avec Aiden, si tu veux, a proposé Dan, interrompant le fil de mes pensées moroses. Tu n'as qu'à prendre la voiture pour aller à la réunion avec ton agent. Je servirai de chauffeur à Adeline avec sa voiture.

— Merci. Je suis sûr que ça lui fera plaisir.

— Quand est-ce que tu reviens me chercher, papa ? a demandé Aiden, en remuant le doigt sur l'écran de sa tablette alors que la batterie était à plat.

Je lui ai ébouriffé les cheveux.

— Ta maman a le droit de te garder avec elle une semaine, mon bonhomme, tu te souviens ? Après ça, je te ramènerai à la maison.

Petit hochement de tête résigné, puis plus rien.

La procédure était lancée, mais il faudrait du temps avant que j'obtienne sa garde exclusive. D'ici là, j'étais obligé de respecter les règles établies pendant le divorce. Toutefois, tant qu'Aiden ne vivrait pas avec moi en permanence, je viendrais vérifier si tout allait bien plus souvent qu'avant. Et si ça voulait dire voir Adeline plus régulièrement ou partager un ou deux dîners avec elle, eh bien soit, je m'y plierai.

J'ai déposé Aiden et Dan chez Adeline et, en voyant cette dernière serrer mon fils dans ses bras pour l'accueillir, je me suis demandé une fois de plus comment il était possible qu'elle n'ait pas réussi à développer les liens d'attachement que toute mère tissait avec son enfant. D'autant que c'était elle qui l'avait voulu. Au début, elle s'était même battue pour lui plus que moi. En plus, Aiden était le petit garçon idéal.

Il était parfait et il était à moi.

* * *

Adam : Pourquoi tu me fuis ?

Lucy : Qui a dit que je te fuyais ?

Adam : Tu ne réponds jamais à mes appels.

Lucy : Et alors ? Je te réponds par message, non ? Peut-être que je n'aime pas ta voix et que je n'ai pas envie de l'entendre. Un peu d'humilité, que diable.

Adam : Tu adores ma voix, Lucy. En tout cas, tu l'adorais quand tu me suppliais de te parler pour pouvoir jouir sur ma queue. Et pour ce qui est de jouir, on peut dire que tu as fait ça à merveille.

Lucy : Je te déteste.

Adam : Il faut qu'on parle.

* * *

—Comment va-t-elle ? ai-je demandé à Jason tandis qu'il venait à ma rencontre, dans son jardin.

Il était très tard, les lampes de leur piscine étaient tamisées et la maison plongée dans le noir complet.

—Elle va bien, a-t-il répondu après un moment d'hésitation. Elle a l'air de gérer tout ça très bien, mais tu connais Lucy. Si ça n'allait pas, elle n'irait pas le crier sur tous les toits ni se plaindre à qui que ce soit.

En effet, je commençais à la connaître.

—Elle dort ?

Il a acquiescé en croisant les bras.

—J'ai entendu dire que tu étais en contact avec Tom. Il y a du changement dans l'air ? Tu vires ton agent ?

—Mon dernier film est en production et j'ai hâte de me lancer dans un nouveau projet, ça me démange. Bob Dunham m'a apporté beaucoup de choses, mais je crois qu'on n'est plus sur la même longueur d'onde.

—Il paraît que tu es encore sous contrat pour un film avec Sun Down Pictures. Comment ça se passe avec eux ?

J'ai secoué la tête en jetant un coup d'œil à la maison.

—Pas trop bien. Ça a été la première erreur de Bob. Ils changent tout le temps les équipes. Je ne suis pas très fan des scénaristes qu'ils ont pour l'instant. J'ai jusque fin 2018 pour tourner un de leurs films. Je finirai bien par en trouver un qui me convienne. En attendant, je crois que ça devrait coller avec Tom.

—Tu seras entre de bonnes mains, tu verras. Il est tout excité à l'idée de s'occuper de toi. Et comme tu es un père de famille plutôt sage, il est ravi. Il n'aura pas trop d'emmerdes à gérer avec les médias.

—Je n'ai plus grand-chose comme famille, ai-je gloussé.

—Peut-être, mais tu n'as pas de *sextapes* scandaleuses planquées dans tes tiroirs, n'est-ce pas ?

Les sourcils arqués, Jason attendait ma réponse.

—Non, je ne crois pas.

—Alors tu es le client en or. Je l'ai traumatisé à vie avec tous les tracas que je lui ai causés. Il n'a plus du tout envie de revivre ça, à mon avis. Hormis les récents articles sur ton divorce et ton ex, je te vois rarement en couverture des tabloïds – sauf pour les photos de famille habituelles, je veux dire. Pour Tom, tu es l'acteur idéal. Il va prendre beaucoup de plaisir à travailler pour toi.

Gagné par la fatigue, je me suis frotté la nuque.

—Notre réunion s'est très bien passée, l'autre jour. Il a dit qu'il avait peut-être quelque chose qui m'intéresserait. Affaire à suivre.

Pensant avoir entendu une porte s'ouvrir, j'ai de nouveau jeté un coup d'œil en direction de la maison.

Jason a émis un rire grave et chaleureux.

—Il est un peu tard pour lui rendre visite, tu ne crois pas ? Cela dit, c'est pas moi qui te reprocherais d'aller vérifier si ça la dérange ou pas.

—J'aimerais bien si, toi, ça ne te dérange pas.

Le sourire aux lèvres, il m'a fait signe de passer devant lui.

—Si elle t'agresse, ce sera ta faute.

—Je prends le risque, ai-je marmonné.

Elle allait sûrement me faire toute une scène, mais avec un peu de chance, elle dormirait et je pourrais ressortir de sa chambre sans la réveiller.

Jason s'est arrêté devant la chambre de Lucy.

—On tient beaucoup à elle, Connor. J'espère que tu sais ce que tu fais.

Je n'ai pas relevé. Après avoir passé la tête dans l'entrebâillement de la porte, je suis entré dans sa chambre.

À l'instar de sa personnalité, le sommeil de Lucy était libre et sauvage : elle était étalée au milieu du lit, les jambes emmêlées dans les draps, le visage enfoui dans les oreillers. L'obscurité m'empêchait de distinguer autre chose que sa magnifique silhouette.

Elle semblait paisiblement endormie, mais je n'ai pas pu m'empêcher de m'approcher pour en être sûr. J'ai écarté quelques mèches de son visage et je l'ai contemplée.

Soudain, elle a émis un petit hoquet.

J'ai souri et je me suis surpris à m'installer sur le lit à côté d'elle. J'avais été sur le pont toute la soirée. Cela avait commencé par une réunion avec mes avocats ; ensuite, j'avais enchaîné avec un dîner en compagnie du réalisateur du film dont le tournage venait de se terminer afin de discuter de la production ; après quoi, j'avais eu une conversation téléphonique avec mon nouvel attaché de presse, puis c'est la société de production qui m'avait appelé pour m'annoncer les émissions dans lesquelles ils voulaient que je fasse une apparition pour la promo du film. J'avais parlé, parlé et encore parlé toute la soirée.

Maintenant, j'avais juste envie d'écouter la respiration de Lucy.

Délicatement, j'ai glissé ma main sous son tee-shirt et j'ai caressé la peau douce et chaude de son ventre.

Elle a poussé un petit gémissement et j'ai senti ma queue se raviver.

J'ai plongé le nez dans son cou en soupirant, puis je suis resté comme ça, à écouter son souffle léger, la main posée sur son ventre.

Au bout d'un moment, elle a de nouveau émis un petit hoquet.

J'ai caressé ses bras aussi doucement que possible en riant.

Elle a remué.

—Olive ?

—Chhht, c'est moi, ai-je murmuré en lui embrassant le cou.

Elle a frissonné contre mes lèvres.

— Adam ?

Elle s'est redressée et a tendu la main vers sa lampe de chevet.

— Ne fais pas ça.

— Qu'est-ce qui se passe ? s'est-elle inquiétée d'une voix encore enrouée par le sommeil.

C'était super sexy.

— Tu t'es de nouveau introduit chez Jason et Olive ?

J'ai pris sa main et j'ai déposé un baiser sur son poignet.

— Ne me fuis pas, Lucy, me suis-je entendu dire, à ma grande stupéfaction.

Ce n'était pas du tout pour ça que j'étais venu.

— Ne m'ignore pas, ai-je ajouté.

— Je ne vois pas du tout de quoi tu parles, Adam. Quelle heure est-il ?

— Minuit passé.

Pendant un petit moment, nous sommes restés face à face, en silence, chacun de notre côté. La lueur du couloir qui filtrait sous sa porte n'était pas suffisante pour que je puisse voir son grain de beauté ni le gris tempétueux de ses yeux qui ne manquaient jamais de produire leur petit effet sur moi, mais j'étais heureux malgré tout ; elle était là et cela comblait mon cœur.

— Le médecin ?

— J'ai rendez-vous demain.

— Ton ex ?

Elle a levé la tête au plafond, l'air agacée.

— Je l'ai contacté, mais je n'ai pas envie d'en parler.

Je n'ai pas insisté. Après tout, moi non plus, ça ne m'enchantait pas de parler de ce mec.

— Comment se sont passées tes vacances ?

— Ce n'était pas des vacances. Je… Je vais à Paris chaque année.

Elle changé de position, pour en trouver une plus confortable, sans doute.

— Pour l'anniversaire de ta sœur, c'est ça ?

J'ai souri.

— Je vois que tu as de nouveau joué les espionnes sur Internet.

— Il faut bien que je sois à la hauteur de la réputation que tu m'as donnée, a-t-elle rétorqué d'un ton moqueur.

Pourrais-je partager mes secrets avec elle un jour ?

— Je note que tu n'es pas en train de me jeter des coups de pied ni de me gifler pour avoir osé m'introduire en douce dans ton lit… tu es sûre que tu vas bien ?

Elle a placé ses mains sous sa tête et a pris une profonde inspiration.

— J'ai peur, Adam.

Pour qu'elle me l'avoue comme ça, elle qui était si forte, c'est que c'était sérieux. Mes appréhensions se sont apaisées. Sans même s'en apercevoir, elle commençait à m'ouvrir son cœur.

— Viens là, ai-je marmonné.

Je l'ai prise contre moi et elle n'a pas protesté. Elle n'a même pas demandé ce que je faisais ni pourquoi je le faisais. Non, elle m'a laissé glisser un bras sous sa nuque pour être allongée confortablement.

Tout en jouant avec ses cheveux, j'ai fermé les yeux et j'ai posé le front contre le sien.

— Tout ira bien, Lucy.

— Non. C'est impossible. Et je suis morte de trouille. Je ne suis pas prête à avoir un bébé toute seule, Adam. Je n'y connais rien en bébés.

— Mais moi oui. On va se débrouiller, Lucy. Je suis là pour toi. Je n'ai aucune intention de te laisser me fuir.

Elle s'est écartée.

— Tu ne comprends pas.

J'ai placé ma main dans son dos et je l'ai ramenée contre moi, le nez à quelques centimètres du mien. Nos souffles se sont entremêlés.

—Ne me fuis pas, Lucy. Ne t'en va pas.

—Je suis si fatiguée, a-t-elle murmuré, toujours tendue, prête à remettre de la distance entre nous. J'essaie de tout gérer, mais tout ce que je fais, c'est foirer un peu plus. J'ai appelé Catherine.

Dans un soupir, elle a posé le front sur mon menton, se tordant les mains contre sa poitrine, entre nous.

—Je ne sais même pas pourquoi j'ai fait ça. Non, ce n'est pas vrai. Je sais très bien pourquoi. Au fond de moi, j'espérais que… peut-être, tu vois… qu'elle serait là pour moi. Qu'elle me proposerait son aide, qu'elle me rassurerait. Elle est ma seule famille après tout, c'est ce que font les familles. C'est ce que fait Olive pour moi.

—J'en déduis que ça ne s'est pas très bien passé.

—C'est le moins qu'on puisse dire, a-t-elle confirmé avec un petit rire sans humour. Chaque fois que j'ai une conversation avec elle, que le sujet soit triste ou joyeux, elle parvient à tuer quelque chose en moi.

—Moi, je te soutiendrai, Lucy. Tu peux me faire confiance. Je te vois telle que tu es. Et je veux que tu me choisisses, que tu ouvres les yeux sur ce que je suis vraiment, que tu comprennes que je suis celui qu'il te faut, celui qui prendra soin de ton cœur.

—Je ne te déteste plus, Adam.

Elle a commencé à promener ses doigts sur mon menton, mon cou, traçant un sillon brûlant sur ma peau.

Je voulais cette fille… cette fille superbe, si forte. Je voulais qu'elle m'appartienne. Je voulais lui tenir la main dans la rue, échanger des sourires avec elle, faire des trucs simples, des trucs qui allaient de soi pour les autres.

J'avais envie de me faufiler dans son cœur exactement comme je m'étais faufilé dans cette chambre.

—Je ne te déteste plus, Adam Connor, mais je ne peux pas t'aimer. Je ne peux pas me permettre de craquer pour toi. Je ne veux pas avoir le cœur brisé comme elles.

—Lucy, ai-je chuchoté. Tu crois vraiment un instant que je laisserais qui que ce soit te faire ça ? Quand tu te regardes dans un miroir, tu ne vois donc pas qui tu es ? Si le cœur de quelqu'un doit se briser ici, c'est toi qui en seras responsable.

—Non, c'est toi. Toi et ton fils, vous me briseriez le cœur.

—Aiden t'adore !

—Et je l'adore. Mais quand tu m'abandonneras, je le perdrai aussi. Tout ça parce que tu… n'es qu'un salaud, a-t-elle affirmé avec des signes hésitants d'amusement dans la voix. Je vous perdrai tous les deux.

—Donc tu restes persuadée que ce serait ma faute. Que je serais la cause de ton malheur.

—Tu m'as bien regardée ? Ça ne pourrait pas venir de moi, je suis un ange.

J'ai penché sa tête en arrière et j'ai caressé ses lèvres avec les miennes.

—Arrête ça, Lucy. Je veux ton cœur et je l'aurai. Laissons tomber ces petits jeux ?

Elle a tenu ma mâchoire entre ses mains et m'a embrassé.

—Mmmh. Sale gamin trop gâté.

Ça ne faisait pas mal quand ça sortait de sa bouche.

—Tu crois que tu peux avoir tout ce que tu veux rien que parce que tu t'appelles Adam Connor ?

Elle a glissé son doigt entre mes lèvres. J'ai mordillé celui-ci, puis je l'ai doucement sucé. Elle a encore réduit la distance entre nous.

—Pourtant, je ne demande pas grand-chose, Lucy. Tu devrais le savoir depuis le temps.

—Oui, mais tu veux quand même mon cœur.

—Je veux juste que tu me laisses *une chance* de le gagner. Le reste, je m'en occupe. Tout ce que tu as à faire, c'est oublier cette fichue malédiction et me faire confiance.

Paume sur ma joue, elle a de nouveau pressé ses lèvres contre les miennes.

Le temps s'est arrêté tandis qu'elle m'embrassait comme elle ne l'avait encore jamais fait.

— Tu n'apporterais rien de bon à mon cœur, Adam Connor, a-t-elle murmuré contre mes lèvres. Tu lui fais déjà beaucoup de mal comme ça.

J'ai enfoncé mes doigts dans ses cheveux pour maintenir sa tête et je me suis emparé de sa bouche. Elle m'a laissé faire, poussant même un petit gémissement. Elle était de nouveau prête pour moi.

Avait-elle conscience que sa main tremblait sur ma joue, qu'elle craquait déjà pour moi tandis que je l'embrassais comme si elle m'appartenait déjà ? Savait-elle à quel point elle me rendait fou ?

Insufflant un caractère plus impérieux à mon baiser, j'ai ôté le bras que j'avais placé sous elle pour pouvoir tenir son beau visage entre mes mains. J'absorbais chacun de ses gémissements, chacun de ses souffles. Je voulais m'imprégner d'elle. Oui, dorénavant, ce serait comme ça. Cette femme ferait partie de mes nuits, de mes jours et de tout ce qu'il y avait entre les deux. Je ne l'abandonnerais jamais. Je serais son foyer. Je lui donnerais une famille. Je serais sa famille. Son cœur.

Dans ce lit, tandis que nos lèvres se mêlaient et qu'elle s'accrochait à mes poignets, je lui ai fait la promesse silencieuse de prendre tout ce que je pourrais d'elle et de lui offrir le monde en retour.

Je serais ce vent qu'elle aimait tant sentir sur sa peau, celui qui faisait naître ce sourire si paisible sur ses lèvres.

Je serais son amour.

Celui qui briserait la malédiction à laquelle elle croyait si fort. J'accueillerais son bébé et je lui donnerais tout. En échange, je ne voulais rien de plus que ce cœur meurtri, et pourtant toujours si puissant, qui battait dans sa poitrine.

L'une de ses mains est venue se poser sur mon torse et a commencé à descendre, lentement, de plus en plus bas. Ses hanches étaient fébriles, elle se tortillait contre moi. J'ai libéré ses lèvres et j'ai enlevé ma chemise pour pouvoir sentir ses mains sur ma peau.

Essoufflée par nos baisers, elle s'est débarrassée de son tee-shirt sans hésiter une seconde.

—Lucy, ai-je grommelé en la reprenant dans mes bras, pressant ses tétons durcis contre mon torse nu.

—J'ai envie de toi, a-t-elle susurré. Je veux encore te sentir en moi. Prends-moi fort, Adam.

Oh, cette bouche sulfureuse…

—Je suis tout à toi, Lucy, je te donnerai tout ce que tu veux.

—Tout de suite, a-t-elle murmuré en entrelaçant ses jambes aux miennes, comme si elle voulait s'assurer que je ne parte pas.

Aussitôt, elle a ouvert mon pantalon et sa main est entrée en contact avec ma chair brûlante. Elle a sorti ma queue et s'est mise à la caresser.

—Quand je dis que je suis amoureuse de ta bite, c'est très sérieux, tu sais.

Elle a fermé les yeux et s'est mordu la lèvre.

—Tu n'es même pas encore en moi que mes jambes tremblent déjà, a-t-elle ajouté.

—Tant mieux, suis-je parvenu à articuler. Parce que, en ce qui me concerne, c'est la seule que tu auras pendant longtemps.

Elle a ri. Un son magnifique.

—Toujours aussi prétentieux, je vois. Tu viens à peine d'apprendre à embrasser correctement. Si j'étais toi, je ne la ramènerais pas trop.

Je l'ai laissé jouer avec mon sexe, le caresser. Mon bassin bougeait de façon involontaire. J'ai fermé les yeux. La chambre était plongée dans l'obscurité, mais je savais que Lucy voyait ce qu'il fallait. Toujours plus longue, toujours plus dure, mon érection palpitait dans sa main. Lorsque son pouce a glissé sur mon gland, un peu de ma semence a coulé sur ses doigts. J'étais plus que prêt à plonger dans sa chatte étroite et mouillée. Sur une impulsion, j'ai saisi sa tête et je l'ai attirée à mes lèvres pour la dévorer, ne m'arrêtant que lorsqu'elle a été à bout de souffle. Sa main s'est resserrée autour de ma queue – ses doigts n'en faisaient pas tout à fait le tour – et j'ai recommencé à l'embrasser avec plus de fougue, en grognant dans sa bouche.

Ivre de désir, je me suis détaché de ses lèvres pour lui mordre le menton.

—Je croyais que tu me voulais en toi. Tu as fini de jouer avec moi ?

Elle m'a lâché pour ôter sa petite culotte. Dès qu'elle a eu fini, j'ai saisi sa jambe et je l'ai passée par-dessus ma cuisse.

J'ai palpé son petit cul en fermant les yeux pour bien mémoriser son arrondi parfait.

—Adam, a-t-elle gémi avec impatience.

J'ai plongé mon visage dans sa poitrine.

—Lucy. Je n'avais pas prévu ça du tout. Je n'ai pas de préservatif sur moi.

Son gémissement s'est répercuté jusque dans mon sexe.

—Est-ce que tu es… *clean* ? a-t-elle demandé.

—Évidemment.

—Bon… moi aussi. Si tu veux… enfin… c'est parce que… j'ai très envie et…

Le front posé contre sa poitrine, j'ai amené ses hanches vers moi et j'ai poussé mon gland en elle.

—Oh putain, ai-je grogné en sentant sa chair chaude se refermer sur moi, sans la moindre barrière.

—Oui…, a-t-elle glapi en laissant sa tête retomber sur l'oreiller. Oui !

Elle était si serrée. J'ai soulevé la jambe qui était posée sur ma cuisse pour la pénétrer plus facilement. J'étais de nouveau tenté de laisser un de mes doigts lui titiller l'anus, comme la dernière fois, mais inutile de jouer avec le feu. La prendre comme ça, sans rempart, peau à peau… c'était déjà plus qu'assez.

Déglutissant avec peine, je me suis enfoncé de plus en plus profondément en elle, centimètre par centimètre. Je n'étais pas encore tout à fait au fond lorsqu'elle a agrippé mes cheveux et m'a entraîné dans un baiser éperdu.

Tout en m'immergeant dans ce baiser avec ferveur, je suis ressorti de sa moiteur pour y replonger aussitôt en tenant ses fesses fermement.

— Adam…

Mon nom était un murmure sur ses lèvres. Le plus doux des murmures.

— Tu ne vas pas encore me demander si je suis déjà entré, hein ?

Un petit rire étranglé lui a échappé.

— Non. Je sens très bien que tu es entré.

— Bon, ai-je dit avec un nouvel aller-retour langoureux. Tu la veux tout entière, ma queue ?

Elle a hoché la tête en se mordant la lèvre avant de presser son front contre le mien.

— Vas-y.

Je lui ai donné un coup de reins en plaquant son bassin contre moi en même temps.

Elle s'est cambrée en arrière en gémissant, ses muscles ondulant tout autour de moi.

— Là, c'est sûr, tu es entré. Oh, ça oui.

J'ai essayé de ne pas rire trop fort.

— Et toi, tu es trempée. Une fois de plus.

— Oh que oui.

Ses mains montaient et descendaient sur mes bras, ses doigts tressaillant à chaque assaut de mon bassin.

J'ai commencé à enchaîner les va-et-vient en adoptant un rythme lent, mais régulier.

J'ai fermé les yeux et j'ai écouté son souffle saccadé.

—Je ne vais pas tenir longtemps, a-t-elle soufflé comme si c'était douloureux pour elle.

Je me suis arrêté.

—Est-ce que je te fais mal ?

Elle a émis un petit rire.

—Oui, mais avec toi, c'est si bon. J'ai l'impression de voler. Je me fiche de jouir ou pas, c'est si…

J'ai entamé une série de ruades plus vives, lui arrachant un petit hoquet, avant de ralentir.

—C'est parfait, Adam. Je fais tout ce que je peux pour ne pas être trop bruyante, mais…

Je lui ai de nouveau coupé la parole en me mettant à la pilonner de plus en plus vite et de plus en plus fort.

—Tu vas pouvoir supporter ça ? ai-je grogné près de son oreille.

—Oh oui. Oui. Je peux. Ne te retiens pas.

Cramponnée à mes épaules, elle s'est arquée contre moi.

Lorsque je l'ai vue se mordre les lèvres pour ne pas crier, j'ai senti ma queue durcir encore en elle. Elle me fascinait. Soudain, j'ai senti ses ongles s'enfoncer dans mes épaules.

—R-ralentis, Adam. Ralentis.

Elle a appuyé sa paume sur mon torse.

—Pourquoi ? ai-je demandé dans son cou.

J'avais du mal à me focaliser sur autre chose que son sexe étroit, sa chair si douce qui enserrait ma queue. Elle était si moite, si chaude.

Et elle était à moi.

—Si tu continues à cette allure, je vais jouir, et je veux que tu restes plus longtemps en moi. Encore un peu. Rien qu'un petit peu.

J'ai écarté ses cheveux de son visage et je suis repassé à des mouvements plus lascifs, mais profonds. Nous étions toujours allongés sur le flanc. Je me servais de ses fesses comme prise pour la faire glisser sur mon membre au rythme que je souhaitais.

—Je resterai en toi aussi longtemps que tu en as envie, Lucy. Ne te retiens pas. Je ne m'en irai nulle part.

À ces mots, je lui ai léché un mamelon et j'ai grondé de plaisir en sentant sa chair étreindre ma queue encore plus intensément.

—Oh là là, a-t-elle glapi. Oh, putain.

Comme je brûlais de lui en donner plus, j'ai roulé sur le dos en la soulevant pour l'asseoir sur moi. Elle a écarquillé les yeux et a poussé un cri de surprise jouissif lorsqu'elle s'est empalée sur mon érection.

Merci, la gravité.

Je l'ai saisie par les poignets et je l'ai attirée contre mon torse.

—Chhhht, ai-je murmuré en glissant ma main sur sa nuque. Tu n'as pas envie de réveiller tes amis, quand même.

En guise de réponse, elle s'est mise à remuer les hanches, un mouvement circulaire qui a bien failli me faire perdre la raison.

—Tu aimes ça, hein, Lucy ? Tu aimes me rendre fou.

Elle a posé ses mains sur mes pectoraux, m'offrant une vue imprenable sur ses superbes seins. J'ai caressé ses cuisses brûlantes.

—C'est toi qui me rends folle avec ta maudite queue, a-t-elle chuchoté.

Mes mains ont retrouvé ses fesses et je l'ai aidée à se soulever un peu. Sans lui laisser le temps de redescendre, j'ai levé le bassin et j'ai commencé à lui rentrer dedans par en dessous. Elle a serré les poings sur mon torse tandis que je lui offrais, à une cadence effrénée, jusqu'au moindre centimètre de ma queue. Je la sentais sur le point de chavirer. Sans prévenir, je me suis arrêté net en ne laissant que le bout de mon gland en elle, puis je l'ai rassise lentement dessus, m'enfonçant en elle aussi loin que le permettait notre anatomie.

Ensuite, je me suis lancé dans une course folle, la sautant de plus en plus fort en contemplant ses seins qui rebondissaient sous la puissance des chocs. Plus rien ne pouvait m'arrêter, je voulais qu'elle se donne tout entière, qu'elle lâche prise. Je crois qu'elle n'a pas vu venir la violence de l'orgasme qui s'est abattu sur elle.

Tout à coup, elle a cessé de respirer et a plaqué sa main sur sa bouche pour tenter d'étouffer sa longue et bruyante plainte d'extase, sans grand succès. J'ai continué sans relâche, encore et encore, jusqu'à ce que tout son corps se mette à tressaillir sur le mien et que ses yeux se révulsent.

Contractant les mâchoires, j'ai alors tâché de ralentir pour qu'elle puisse reprendre son souffle et s'apaiser. Son sexe convulsait si ardemment autour du mien que je ne parvenais presque plus à bouger en elle.

Lorsqu'elle a rouvert les yeux et m'a regardé avec ce sourire incroyable aux lèvres, j'ai su que j'étais fichu. Elle a pris la relève et s'est mise à danser sur moi, ses muscles continuant à exercer toutes sortes de pressions délicieuses sur mon membre.

— Tu m'as défoncée, a-t-elle déclaré sans se départir de son demi-sourire aguicheur. J'adore ça. J'adore faire des galipettes avec toi, Adam.

Le cœur tambourinant comme un sourd, j'ai éclaté de rire et j'ai promené mes mains sur son ventre, ses cuisses, ses seins. Je n'allais plus tenir longtemps.

— Quelle position veux-tu pour ton deuxième orgasme ? ai-je demandé d'une voix râpeuse. Je suis proche de la fin. Comment veux-tu que je te prenne ?

Elle a penché la tête sur le côté et m'a observé en silence pendant quelques instants.

— Viens dans ma bouche, a-t-elle fini par décider en se levant.

J'étais enduit de son jus. Tandis qu'elle prenait place entre mes cuisses, j'ai savouré le fait d'être le seul à pouvoir la faire jouir aussi intensément.

Elle m'observait en se pourléchant les babines.

— Regarde-moi ce bazar, ai-je marmonné. Tu vas me nettoyer tout ça ?

Elle a acquiescé et a attrapé la base de ma queue à deux mains. Tout en me caressant, elle a approché sa bouche et a léché toute la longueur de mon érection de haut en bas.

— Viens ici, Lucy.

Elle m'a lâché et est venue me donner ses lèvres avant même que je n'aie précisé ce que je voulais. Je l'ai embrassée en aspirant sa langue. Sa bouche était un délice. Elle s'est éloignée un peu trop vite à mon goût pour s'intéresser de nouveau à mon sexe.

J'ai écarté les jambes et je l'ai regardée introduire mon gland dans sa bouche, puis le reste.

Elle s'est mise à me sucer en m'arrachant des grognements de volupté. J'ai rassemblé ses cheveux dans une main pour qu'ils ne me gâchent pas la vue et, peu à peu, je me suis détendu sur son lit.

— Tu es parfaite, Lucy. Parfaite.

Elle a gémi alors que j'étais toujours dans sa bouche, et s'est mise à me pomper plus fort en s'accompagnant de sa main. J'adorais voir ma bite disparaître dans sa chatte, mais regarder Lucy me prendre dans sa bouche et le faire avec tant d'engouement… j'en avais des frissons.

Oh non, je ne la laisserais pas s'échapper. Je pouvais passer ma vie entière à la regarder me sucer, m'embrasser, me sourire, me mentir quand elle m'expliquait avec aplomb pourquoi elle me détestait tant. Lorsqu'elle a eu un haut-le-cœur, je me suis retiré de sa bouche et je lui ai caressé la joue.

—Tout doux, mon cœur. Vas-y doucement.

Elle a hoché la tête avant d'enrouler la langue autour de mon sexe. J'étais à deux doigts d'exploser sur son beau visage, ce n'était même plus une question de minutes.

—Suce mon gland, ai-je demandé d'une voix éraillée, sentant toutes mes forces me quitter.

Elle m'a écouté.

—Oh oui, encore un peu. C'est ça. Voilà, mon cœur. Vas-y, prends-en plus.

Je voulais jouir, mais j'avais surtout envie de la prendre dans mes bras, de sentir son cœur battre contre le mien, alors je l'ai attrapée sous les aisselles et je l'ai ramenée à ma hauteur.

—Eh ! Qu'est-ce que tu fais, Adam ? Tu étais si…

Je l'ai embrassée et j'ai placé sa main sur mon sexe en mettant la mienne par-dessus.

—Je veux que tu sois près de moi. Je veux tes lèvres sur les miennes quand je jouirai.

Elle m'a donné un baiser tendre, comme si elle avait compris ce que je voulais, ce dont j'avais besoin. Elle m'a laissé contrôler le rythme des caresses et il n'a fallu que quelques secondes pour que j'atteigne mon apothéose. Ma semence chaude a jailli par vagues sur nos mains unies et sur mon ventre.

J'ai grondé de délectation dans sa bouche, paupières closes, tandis qu'elle me massait les cuisses.

Le silence est retombé pendant quelques minutes, le temps que nos corps s'apaisent. J'ai essuyé mon ventre et nos mains avec son drap. Lorsque mon cœur a retrouvé un rythme normal – ou, du moins, proche de la normale –, je me suis tourné vers Lucy pour l'embrasser avec douceur.

Elle a fondu dans mes bras. J'ai arrêté lorsqu'elle m'a caressé la joue et je me suis imprégné de son odeur.

— J'ai envie de toi, Lucy.

— Oui, mais là, plus question que tu t'approches de mon vagin pour l'instant. Chaque fois, mes jambes se mettent à trembler de façon incontrôlable.

— Enfin, Lucy, tu ne comprends pas ? ai-je lancé en riant. Si tes jambes ne tremblent pas à la fin, c'est que tu n'as pas été baisée correctement.

Elle a posé sa tête sur mon torse et j'ai caressé ses cheveux.

— Merci, Adam. Je n'avais pas réalisé à quel point j'avais besoin de toi ce soir. Merci d'être venu me retrouver.

Devant l'expression de son visage… je n'ai rien dit et je l'ai serrée encore plus fort contre moi. Elle était à moi, point final. Il n'y avait rien à comprendre, je devais me rendre à l'évidence, c'est tout. Et tant pis si elle n'était pas encore prête à l'accepter. Ça ne me dérangeait pas d'attendre. Elle en valait la peine.

— Je serai celui qui parle à ton cœur, Lucy Meyer, exactement comme tu parles au mien, ai-je murmuré en effleurant son front avec mes lèvres.

Peu à peu, elle s'est assoupie dans mes bras.

Breaking news :
la *sextape* d'Adeline Young !

Oui, vous avez bien lu. Au moment d'écrire ces lignes, la rumeur et... des captures d'écran circulent un peu partout, révélant l'existence d'une *sextape* dans laquelle Adeline Young serait impliquée. Mais le plus choquant, c'est que la personne qui a mis aux enchères cette vidéo d'une vingtaine de minutes prétend que les faits gravés sur ces images remontent à une époque où Adeline était toujours mariée.

Avons-nous eu accès à cette soi-disant *sextape* ? Sommes-nous sûrs qu'Adeline Young en est la vedette ? La réponse est oui et oui. En effet, nous avons pu visionner des extraits de cette fameuse vidéo et nous sommes au regret de vous annoncer que, oui, Adeline Young est bel et bien a star de ce court métrage. Et quel court métrage... Vous ne nous croyez pas ? Allez donc jeter un coup d'œil aux captures d'écran qui sont apparues sur Internet assez tard hier soir.

Au cours de leurs années de mariage, ni Adeline ni Adam n'avaient été surpris en compagnie d'un ou d'une inconnue. Nous n'avons cessé de le répéter depuis que leur divorce a été évoqué pour la première fois. Cependant, si la date à laquelle ces images ont été enregistrées est correcte, nous tiendrons la preuve qu'Adeline Young a bel et bien trompé son mari au moins une fois.

Pour l'heure, son mystérieux partenaire n'a pas encore été identifié, mais dès que nous serons en mesure de vous révéler son nom, nous ne manquerons pas de le faire. Toutefois, ce détail est-il vraiment important ? Adam sera-t-il moins affecté lorsqu'il saura s'il s'agit d'un acteur ou d'un quidam ? Rien n'est moins sûr.

Tôt ce matin, nous avons pris contact avec l'équipe de communication d'Adeline qui a fermement démenti l'existence de cette *sextape* en soulignant la mauvaise qualité des captures d'écran tirées de la vidéo. Depuis son divorce, la jeune actrice ne rate pas une occasion de s'afficher dans les médias. Dès lors, nous nous attendons à ce qu'elle rédige un communiqué de presse ou apparaisse dans une interview en direct afin de répondre à ces allégations.

À ce stade, les porte-parole d'Adam Connor n'ont toujours pas réagi.

20
LUCY

J'ai posé mon ordinateur portable sur le lit dans lequel je m'étais endormie dans les bras d'Adam Connor la veille, et je me suis levée.

Inspire, expire, Lucy.

Lorsque j'ai de nouveau été capable de respirer normalement, je me suis rendue dans le salon où Olive était en train de travailler sur son manuscrit, à moitié enfouie dans le canapé.

—Olive, ai-je lâché, debout devant elle, ne sachant pas quoi faire de mes mains.

Lorsqu'elle a remarqué que je tremblais comme une feuille, elle a écarquillé les yeux et a bondi pour se précipiter vers moi.

—Qu'est-ce que tu as ? C'est le bébé ? Le médecin t'a appelée ? Tu as les résultats ?

Je me suis mise à sautiller d'excitation en secouant la tête.

—Tu l'as fait, ai-je pépié en me mordant le poing.

Inspire, expire.

Elle a saisi mes bras pour que j'arrête de gigoter.

—J'ai fait quoi ? Lucy, tu commences à me faire peur. Qu'est-ce que j'ai fait ?

Au comble de l'exultation, je lui ai pris les mains et je me suis penchée vers son visage.

—Tu as décroché un contrat de dix putains de millions de dollars !

Ses traits se sont décomposés.

—Quoi ? a-t-elle murmuré.

Le cœur battant dans la gorge, j'ai relâché une longue, longue expiration.

—Quoi ?! a-t-elle répété, cette fois en hurlant.

—Olive, ai-je repris le plus posément possible – c'est-à-dire pas posément du tout. Si tu signes le contrat qu'on vient de m'envoyer, tu seras l'heureuse détentrice de... dix putains de millions de dollars !

Elle allait se mettre à bondir dans tous les sens avec moi, mais s'est ravisée au dernier moment.

—Une minute. Lucy, non. Qu'est-ce que tu as fait ? Tu leur as sacrifié mon premier héritier pas encore né ou quoi ?

Moi qui avais déjà mal aux joues à force de sourire, cette fois, j'ai éclaté de rire.

—Non. Ils veulent rééditer *Âmes en peine* et que tu leur écrives trois autres livres. Tu en as déjà terminé un, tu ne leur en dois plus que deux.

Olive a plaqué ses deux mains sur sa bouche, clairement sous le choc. Je l'ai serrée dans mes bras de toutes mes forces avant de l'entraîner dans une danse de la joie.

—Oh mon Dieu, Lucy. Oh mon Dieu. Oh mon Dieu.

—C'est exactement ce que j'ai dit quand j'ai commencé à lire le contrat il y a une heure.

Elle m'a dévisagée avec de grands yeux.

—C'est pour ça que tu es allée t'enfermer dans ta chambre ? Je pensais que tu n'étais... Oh, purée. Tu as bien dit dix millions de dollars ?

—Oui, m'dame.

J'avais beaucoup de mal à tenir en place.

Cette fois, c'est Olive qui m'a broyée dans ses bras.

—Tu y es arrivée, Lucy ! Tu es mon agent. On travaille ensemble. Oh, mon Dieu !

Elle s'est écartée, le sourire de plus en plus radieux.

—Mais alors, tu es riche aussi ! Tu ne devras plus jamais appeler Catherine ! On va avoir un bébé, gagner un paquet de fric et vendre des tas de bouquins !

Nous avons ri pendant une éternité, sans parvenir à nous arrêter, comme deux andouilles.

—Il faut que j'appelle Jason, a exulté Olive. Et ma mère.

Nous venions de nous mettre en quête de son téléphone lorsque le mien s'est mis à sonner sur la table basse. Comme s'il s'agissait d'un monstre capable de m'arracher la tête, je me suis penchée en croisant les mains derrière le dos pour voir qui m'appelait.

—C'est le cabinet du médecin, ai-je murmuré en regardant Olive avec effroi. Sûrement pour les résultats. Qu'est-ce que je fais ?

—Tu veux que je réponde à ta place ?

Je me suis efforcée d'avaler la boule que j'avais dans la gorge et j'ai attrapé mon téléphone.

—Ça devrait aller, suis-je parvenue à articuler avant de décrocher.

Faites que je ne fasse pas de crise cardiaque. Je promets d'être très sage à partir de maintenant.

—Allô ? Oui, c'est moi, Lucy Meyer.

À tâtons, j'ai trouvé la main d'Olive qui a serré la mienne très fort.

—Oui. Oui, s'il vous plaît.

J'ai écouté ce qu'on avait à me dire. J'ai remercié la dame. J'ai raccroché. Puis j'ai reposé mon téléphone, lentement, et je suis restée plantée là.

—Lucy ?

Prise de nausées, je suis allée m'asseoir sur le canapé. Olive s'est ruée dans la cuisine et est revenue avec un verre d'eau fraîche. Je devais avoir marmonné quelque chose sur mon mal de cœur.

Elle s'est agenouillée devant moi et a attendu que je parle, l'air inquiète.

J'ai dégluti, me suis raclé la gorge.

—Je ne suis pas enceinte, ai-je enfin annoncé. Je ne…

J'ai posé la main sur mon ventre.

—On ne va pas avoir de bébé.

—Mais tes règles… ?

—Je ne sais pas. Peut-être qu'elles ont décidé de partir en vacances ?

—C'est possible. Tu vis une période de stress intense et la rupture t'a pas mal secouée.

Les secondes sont passées en silence. Olive s'est relevée pour s'asseoir à côté de moi.

—Qu'est-ce que ça révèle sur moi si je te dis que je suis soulagée, Olive ? Est-ce que je suis mauvaise ?

—Oh, Lucy. Bien sûr que non.

Elle a passé le bras autour de mes épaules et nous nous sommes affalées toutes les deux contre le dossier.

—J'ai tout de même l'impression de ne pas être quelqu'un de bien.

—Eh bien, moi, je peux t'assurer que c'est faux. Arrêter de penser ça.

—Tout ce que je voulais, c'était ne pas reproduire leurs erreurs. C'est tout.

—Je sais, Lucy. Et il n'y a aucun problème. C'est très bien de ne pas vouloir leur ressembler, même si tu es déjà complètement différente à tous points de vue.

Vite, il fallait qu'on change de sujet.

—Donc : je ne suis pas enceinte et tu es riche.

J'ai laissé cette conclusion flotter entre nous pendant un moment avant de jeter un petit coup d'œil à ma meilleure amie.

—Je crois qu'une petite fête s'impose, ai-je lancé en m'autorisant un petit sourire.

—Une soirée dansante ?

—Avec karaoké et tout, la totale.

— Jason est en réunion avec Tom et… Adam. On devrait inviter ton futur amoureux et son adorable fils aussi.

Je me suis levée en geignant. *Eh ! Une petite minute…*

— Pourquoi Adam avait-il rendez-vous avec Jason et Tom en même temps ?

— Tom avait un scénario à leur proposer à tous les deux. Si ça se trouve, ils vont se retrouver dans le même film. Tu vois ? Tu dois l'épouser. Comme ça, on pourra les suivre et découvrir le monde ensemble pendant qu'ils seront en tournage ou donneront leurs interviews. On sera comme Kristen Bell et Mila Kunis.

— Sauf qu'elles, ce sont des actrices et nous pas, lui ai-je fait remarquer.

— Oui, bah, elles sont aussi mariées à des acteurs et ils sont tous potes.

Ça m'a donné à réfléchir – pas cette histoire de Kristen Bell et Mila Kunis, évidemment, ni celle encore plus absurde de mariage. Non, je pensais au fait d'inviter Adam et Aiden à notre petite fête. Le petit homme me manquait beaucoup et… et ça ne me ferait pas de mal de voir Adam Connor non plus ; ce mec était un vrai bonbon pour les yeux, après tout. D'autant que mon imbécile de cœur se mettait à crépiter de joie dès qu'il l'apercevait.

— Bon, d'accord, ai-je bougonné. D'accord, on peut l'inviter aussi.

Olive a bondi en poussant un petit cri de joie avant de reprendre les fouilles entre les coussins du canapé pour retrouver son téléphone.

Étais-je en train de baisser la garde ? Étais-je en train de commettre une erreur de plus en laissant mon cœur déborder de vie et se gonfler de bonheur en présence de ce mec incroyablement canon qui était persuadé d'être amoureux de moi ?

21
Adam

Mon rendez-vous avec Tom s'était bien passé. Mieux que bien, même. Nous avions discuté de ma situation actuelle avec Sun Down Pictures. Après quoi, Jason nous avait rejoints et nous avions envisagé la possibilité de travailler ensemble sur un nouveau projet. Tom était clairement excité à cette perspective et il m'avait semblé que Jason aussi. Après avoir parcouru le scénario en diagonale, je leur avais promis de le lire dès que possible, mais à première vue, c'était très prometteur.

Hélas, ce qui s'est passé ensuite m'a complètement ébranlé. Nous étions sortis du café où avait eu lieu notre petite réunion, Tom avait pris congé de nous et je venais d'accepter de suivre Jason chez lui pour découvrir la surprise que nous réservait Olive. Nous attendions nos voitures lorsque Jason a reçu un autre appel.

Après avoir raccroché, il s'est tourné vers moi.

—O.K. Alors, voilà le topo…

Il a passé une main dans ses cheveux.

Intrigué, j'ai attendu la suite. Allait-il m'annoncer que, finalement, je n'étais plus invité chez eux ? Ça ne m'aurait pas étonné, surtout si Lucy était dans le coup.

—Je ne vais pas prétendre savoir ce qui se passe entre Lucy et toi, mais partons du principe qu'il y a un truc entre vous.

Il a marqué une pause, espérant sans doute recevoir une confirmation de ma part. Je lui ai fait signe de poursuivre.

—Tu es courant qu'elle est enceinte et, malgré ça, tu as fini la soirée avec elle hier. Encore une fois, je n'affirme rien, mais il me semble qu'on peut en déduire que c'est sérieux entre vous et que tu tiens à elle.

—Où veux-tu en venir, Jason ? C'est Lucy que tu as eue au téléphone ?

—Non. Pour être honnête, je n'ai pas très envie de me mêler de ça, mais si Lucy s'en va, Olive sera…

Les voituriers sont arrivés avec nos véhicules respectifs, interrompant la conversation pendant une bonne minute. Puis, c'est mon téléphone qui s'est mis à sonner avant que Jason n'ait pu me donner le fin mot de l'histoire.

—Comment ça « si Lucy s'en va » ? ai-je demandé en jetant un coup d'œil distrait à mon écran.

C'était mon avocate.

—Si elle part pour Pittsburgh.

Lentement, j'ai croisé le regard de Jason. Il paraissait mal à l'aise.

—Pittsburgh ? Lucy ne m'a jamais parlé d'un déménagement à Pittsburgh.

Pour une raison qui m'échappait, j'étais convaincu qu'elle ne m'aurait jamais caché un projet d'une telle envergure. Non, elle ne disparaîtrait pas comme ça.

—Je ne dis pas que c'est acté, mais l'appel que je viens de recevoir…

Il a secoué la tête.

—Je ne sais pas ce que tu en feras, a-t-il soupiré, mais je vais t'expliquer ce qui se passe. Son ex vient de me demander de passer le chercher. Il m'attend à l'aéroport.

Il a levé son téléphone.

—C'est lui qui appelait.

Mon esprit était tout à coup bien silencieux et menaçant.

—Et… ils vont se remettre ensemble ? ai-je demandé.

—Je ne sais pas du tout où ils en sont, mais j'en doute. À mon avis, il est ici pour le bébé. Je crois qu'il a un peu merdé quand Lucy lui a appris la nouvelle. Il est sûrement venu pour tenter d'arranger les choses. Je dois passer le prendre et l'amener à la maison.

—Il veut la récupérer, ai-je deviné.

James s'est frotté l'arête du nez avec une grimace.

—D'après Olive, oui. Oui, il va essayer de la reconquérir.

Aussitôt, j'ai contourné ma voiture.

—Laisse-moi prendre un peu d'avance, ai-je lancé à Jason qui n'avait pas bougé. Fais un grand détour ou je ne sais pas. Mais il faut que j'arrive avant lui.

J'ai plongé derrière le volant et j'ai démarré en trombe. Jason souriait.

* * *

J'ai franchi la grille et je me suis garé. Olive est venue m'accueillir.

—Ah, c'est toi, a-t-elle marmonné, l'air troublée. Salut. J'ai cru que c'était Jason.

Elle a regardé derrière moi.

—Et Aiden ?

—Aiden est encore à l'école, mais malheureusement, je ne suis pas sûr de réussir à convaincre Adeline de me laisser le récupérer.

Elle était en train de défrayer la chronique avec ses frasques, mais de toute façon, ce n'était pas ma semaine et elle ne m'accorderait aucune faveur, pas avec la demande de garde exclusive que je lui avais collée sur le dos.

—Oh, quel dommage. Viens, entre.

Elle a refermé derrière moi et je l'ai suivie à l'intérieur.

—J'aimerais parler à Lucy, c'est possible ?

—Bien sûr. Euh… on était dans sa chambre, tu veux que j'aille la chercher ?

—Je te la vole quelques minutes, ça ne te dérange pas ? Je n'en ai pas pour longtemps.

Elle m'a considéré avec curiosité.

—Bien sûr que tu peux me la voler, a-t-elle répondu avec un gentil sourire. Elle est tout à toi.

Je me suis éloigné. Les mots qu'elle avait employés me laissaient perplexe.

La porte de la chambre de Lucy était grande ouverte. Je suis entré en refermant derrière moi.

—Adam ? Qu'est-ce que tu fabriques ici ? a demandé Lucy en sortant de la salle de bains.

—Je croyais que tu m'avais invité ?

Elle s'est approchée avec un sourire malicieux.

—Oui, enfin, techniquement, c'est une invitation d'Olive, mais je n'ai pas mis mon veto, donc j'imagine qu'on peut dire ça comme ça.

—Je n'en espérais pas moins.

—Bon, je reformule : pourquoi est-ce qu'on est enfermés ici ? En temps normal, j'aurais dit que tu avais envie d'un petit coup en vitesse, mais ta tête me dit qu'il se passe autre chose.

—Il faut qu'on parle.

—De… ?

Elle a croisé les bras et a attendu la suite.

—Je comptais être patient, Lucy. Te laisser démonter tes remparts au lieu de les fracasser moi-même, mais là, on n'a plus le temps.

Elle a décroisé les bras et s'est redressée avec une expression indéfinissable.

Je me suis avancé en laissant une certaine distance entre nous.

—Il y a quelque chose. Chez toi, entre nous… Je n'arrive pas à comprendre ce que c'est exactement, mais ce qui est sûr, c'est que je veux que tu fasses partie de ma vie. Je te comprends. Enfin, j'ai l'impression de te comprendre, et je veux que tu t'ouvres à moi. Hier soir, je t'ai demandé de me donner une chance de prendre soin de ton cœur et… j'ai bien peur d'avoir besoin d'une réponse tout de suite.

Elle restait complètement immobile devant moi, le regard énigmatique. Comme toujours, je n'avais aucune idée de ce qu'elle allait me répondre, et ça ne me plaisait pas. Je n'aimais pas qu'elle me laisse dans le doute.

— Mais enfin, qu'est-ce qui se passe ? a-t-elle fini par demander. Tu viens de dire que tu n'avais pas envie de me brusquer ; pourtant, c'est exactement ce que tu es en train de faire.

Je me suis approché et elle s'est retrouvée adossée au mur. Sans lâcher son regard, j'ai posé le front contre le sien et je me suis imprégné de son odeur pour tenter d'apaiser mon cœur en déroute. Je ne voulais pas qu'elle parte.

— Ton ex est ici, à Los Angeles. Jason est passé le chercher. Il arrive.

Elle a relevé la tête, l'air hébétée, confuse.

— Jameson ? Il est ici ?

J'ai acquiescé.

— Je suppose qu'il est venu pour le bébé… et pour toi.

— Adam, il n'y a pas…

— Non. J'ai besoin que tu me donnes une réponse avant de le revoir.

— Je doute fort qu'il soit là pour moi, Adam. Tu es ridicule. Quand je lui ai annoncé que j'étais enceinte, il m'a demandé ce que je comptais faire du bébé. Ce n'est pas la première question qui vient à l'esprit quand on tient à quelqu'un.

J'ai pris son menton entre mes doigts.

— Lucy. Aucun mec ne traverserait le pays en avion pour une fille dont il n'a rien à foutre, lui ai-je assuré à voix basse.

Du bout du doigt, j'ai suivi le contour de sa mâchoire. Elle a entrouvert les lèvres, alors je lui ai volé un petit baiser.

—Tu vas m'obliger à sortir l'artillerie lourde, hein ?

—Je ne vois pas du tout de quelle artillerie tu parles, mais d'accord. Dégaine, pour voir.

—Je ne suis qu'un garçon… qui se trouve devant une fille et qui lui demande de l'aimer.

Elle a esquissé un sourire méfiant.

—Attends, c'est une réplique de *Coup de foudre à Notting Hill*, non ? C'est ça, ta grosse artillerie ? Bravo, c'est du lourd, en effet. Et tu crois que tu vas m'atteindre avec ça ? Que mon cœur va se mettre à battre plus fort parce que tu me sors ça ?

Elle a pris ma main et l'a posée sur son cœur. Il battait vite, très vite.

Nous sommes restés comme ça, à nous dévisager, pendant un long moment.

Peau à peau.

Cœur à cœur.

—J'ai entendu dire qu'il suffisait qu'un mec cite des passages de ce film pour faire craquer certaines filles, alors je me suis dit que j'allais essayer.

Elle a lâché ma main, alors je l'ai placée sur son cou. Je sentais toujours son pouls rapide.

—Tu me rends fou, Lucy.

Son sourire a disparu.

—Tu me fais peur, Adam.

—C'est déjà pas mal. Ça ne me dérange pas de te faire peur, si ça peut te faire admettre qu'il y a un truc entre nous.

—Je ne peux pas t'aimer, a-t-elle répliqué avant même que je n'aie terminé ma phrase. Ces mots-là, je ne peux pas te les dire. Tu as beau ne pas me croire quand je te dis que je suis maudite, ça ne change rien au fait que je le suis.

Je l'ai attirée à moi, sa poitrine contre mon torse.

—Lucy, dis-moi que tu me détestes. Je m'en fiche. Je préfère que tu mentes en me disant que tu me détestes plutôt que laisser quelqu'un d'autre te mentir en prétendant qu'il t'aime.

—Si je dis que je te déteste, c'est que je le pense. Je ne suis pas une menteuse. En fait, tu m'exaspères tellement que je te déteste réellement.

—D'accord.

J'ai enfoui mon nez dans son cou pour camoufler mon sourire.

—Alors, on est d'accord, tu es à moi ? Ce n'est pas parce qu'il débarque ici que ce mec pourra te récupérer ?

Des coups discrets ont retenti à la porte de la chambre avant que Lucy n'ait pu me donner une vraie réponse.

—Lucy ? Euh… Jameson est ici. Il t'attend, a annoncé Olive.

Sa voix n'était qu'un murmure.

J'ai baissé les yeux sur Lucy au moment où elle levait les siens sur moi.

—J'arrive dans une minute. Merci, Olive.

Puis, elle s'est de nouveau adressée à moi.

—D'accord.

J'ai poussé un grand soupir et je l'ai embrassée.

—Je te laisserai faire tout ce que tu veux de moi, Lucy. Toutes les nuits.

—Super. Vendu. J'ai hâte.

—Je savais que les galipettes étaient un argument de poids avec toi. J'en viens à m'inquiéter. Devrais-je être jaloux de ma propre bite ?

Un petit rire lui a échappé et je l'ai enlacée avec passion. Elle a posé ses deux mains sur mon torse.

—Eh bien, j'avoue que je l'adore. Et tu ne t'en sers pas trop mal. Tu embrasses plutôt bien et il faut reconnaître que tu n'es pas nul pour le reste non plus.

J'ai enfin réussi à relâcher toute la tension qui s'était accumulée dans mon corps. Elle avait l'air sincère. J'ai souri contre ses lèvres.

—Bon. Dès qu'on sera seuls, je te laisserai jouer avec.

Je me suis écarté et, après m'avoir adressé un petit sourire, elle s'est éloignée en direction de la porte.

—Je crois que je ferais mieux d'y aller.

J'ai attrapé sa main.

—On peut y aller ensemble, si tu veux. S'il veut faire partie de la vie du bébé, je serai amené à le croiser régulièrement.

Elle a émis un petit reniflement moqueur.

—Parce que tu crois que tu seras encore avec moi dans si longtemps ? Je te trouve bien sûr de toi.

—J'en ai bien l'intention et, ne t'inquiète pas, tu ne te débarrasseras pas de moi si facilement. Je prends bien soin des miens. Tu n'auras pas envie de me perdre.

La main posée sur le bouton de porte, elle m'a longuement dévisagé.

—Tu me veux moi *et* le bébé ? Ça ne t'inquiète pas de savoir que je suis enceinte et condamnée à devenir énorme ? C'est juste pour être sûre.

—Bébé ou pas, tu restes la même. C'est toi que je veux, avec tout ce que ça implique – y compris ta petite malédiction.

Le soir où elle m'avait rejoint et où nous avions fait l'amour pour la première fois, je lui avais promis de guérir son cœur, d'être celui qui romprait sa malédiction, si c'était ce qu'il fallait, et je tiendrais ma promesse.

22
Lucy

J'avais accepté. Je lui avais cédé, au mépris de mes propres règles. Cela dit, les règles ne sont-elles pas faites pour être enfreintes ? Et puis, cette fois, je ne commettrais pas l'erreur de prononcer les mots interdits. Je ne lui montrerais pas à quel point je tenais à lui, à quel point il me faisait craquer. Je ferais semblant. Il ne verrait rien, ainsi il ne pourrait pas me faire de mal.

J'avais donc une relation avec le célèbre Adam Connor.

Le cœur en émoi et prisonnier de ma poitrine, je suis sortie de ma chambre avec Adam sur les talons.

Jameson m'attendait à l'entrée. Debout devant la porte, il observait le jardin, les mains dans les poches, les épaules contractées.

Je me suis arrêtée net pour étudier la scène. Aucune trace d'Olive et Jason. J'ai jeté un coup d'œil derrière moi. Adam se tenait un peu en retrait, pour me laisser un peu d'air, ai-je supposé. Il m'a adressé un sourire rassurant et s'est appuyé contre le mur, me signifiant clairement qu'il n'avait pas l'intention de s'en aller.

Je n'ai pas eu le temps de lui dire quoi que ce soit, parce que Jameson m'a hélée et j'ai dû détacher mon regard des yeux envoûtants d'Adam.

—Lucy, a dit Jameson d'une voix douce.

Était-ce une pointe de regret que j'y décelais aussi ? À moins que je n'extrapole et que ce soit juste la fatigue du voyage.

J'ai pris une grande inspiration et je l'ai rejoint.

Sentant le regard perçant d'Adam dans mon dos, j'ai laissé Jameson déposer un petit baiser dans mon cou, juste sous mon oreille – son endroit préféré, qui était le mien aussi, il n'y avait pas si longtemps encore.

J'ai brièvement fermé les yeux, m'attendant à un déferlement d'émotions, mais non, il n'est jamais arrivé.

Pas de bouffée d'amour. Ni même de colère.

Décontenancée, j'ai reculé d'un pas.

—Que fais-tu ici, Jameson ? ai-je demandé d'une voix un peu enrouée.

—Je suis désolé pour ce que je t'ai dit au téléphone, Lucy.

Il a poussé un long soupir et a enfoncé ses doigts dans ses cheveux, l'air perdu.

—Je ne savais pas quoi penser et je n'ai pas su trouver les bons mots.

—Ce n'est rien.

Si j'avais réellement été enceinte, je lui en aurais toujours voulu à mort, mais comme ce n'était pas le cas, je ne voyais pas l'intérêt de faire semblant.

Il a attrapé ma main et l'a serrée.

—Non. Non, ce n'est pas rien. Et tu me manques, Lucy. Je sais…

Le regard de Jameson s'est déplacé au-delà de mon épaule et il s'est interrompu.

—Vous pourriez nous laisser une minute, s'il vous plaît ?

—J'ai bien peur que non, a répondu Adam, derrière moi.

Sans lâcher ma main, Jameson m'a considérée d'un air contrarié.

Puis j'ai senti celle d'Adam s'installer au creux de mes reins et je me suis raidie.

—Tu peux la lâcher maintenant, a-t-il ajouté.

—Lucy ?

Je me suis éclairci la voix. Puisqu'on en était là, autant faire les présentations. C'était parfaitement ridicule, étant donné qu'ils savaient très bien qui était l'autre, mais c'est tout ce qui m'est venu à l'idée.

J'ai doucement repris ma main.

—Jameson, voici Adam Connor qui est… le voisin d'Olive et Jason.

La main d'Adam a disparu de mon dos et la température a brutalement chuté dans la pièce.

—Adam…

J'ai risqué un petit coup d'œil dans sa direction, m'attendant presque à ne plus le voir. Mais non, il était toujours bien là. Il n'était pas parti. Son odeur flottait toujours sur moi, mais j'avais perdu son… contact. Et sa chaleur.

Merde.

Comment présenter Jameson ? « Mon ex », c'était si… idiot.

—Adam, voici mon ami Jameson.

Il n'y a pas eu de poignée de main, juste un hochement de tête poli de part et d'autre.

Grosse ambiance.

—Bon, alors je vais reposer ma question : est-ce que tu peux nous laisser une minute ?

—Et je vais te donner la même réponse : j'ai bien peur que non.

Oh, pour l'amour du ciel…

J'ai attrapé le bras de Jameson pour ne pas lui laisser une chance de riposter.

Il a penché sa mine vexée sur moi.

—Jameson, je ne suis pas enceinte.

Voilà. C'était dit. Je n'avais jamais été très fan des intrigues dramatiques.

Consciente qu'Adam apprenait la nouvelle du même coup, j'ai préféré rester concentrée sur Jameson. Et puis, ça ne me dérangeait pas qu'il soit dans la pièce, mais ça ne concernait que Jameson et moi. Je devais au moins ça à ce dernier, même s'il m'avait quittée de façon abjecte.

Il semblait toujours aussi contrarié.

—Comment ça ? Mais tu as dit…

—J'ai dit que je te tenais au courant dès que j'aurais les résultats du médecin.

—Mais je croyais que ton test était positif.

—Oui, mais je n'en ai fait qu'un.

J'ai jeté un coup d'œil à Adam avant de continuer.

—J'avais trop la trouille pour en faire un deuxième. Apparemment, ces tests ne sont pas infaillibles.

—Et maintenant, tu as eu les résultats du médecin et… c'est définitif.

J'ai hoché la tête.

—Oui. Je viens de l'apprendre. Ça ne fait que quelques heures.

J'ai tenté de déchiffrer l'expression d'Adam, mais il ne laissait rien transparaître. Cela dit, le fait qu'il ne croise pas mon regard n'augurait rien de bon.

—J'allais t'appeler. Même si, pour être honnête, je n'avais pas l'impression que ça t'intéressait… D'ailleurs, je suis très surprise de te voir ici.

—Je ne suis pas revenu uniquement pour, euh… le bébé. Je voulais que tu…

—Lucy, est intervenu Adam en glissant son bras autour de ma taille.

Cela a suffi à me détendre.

Pourquoi fallait-il que je me liquéfie chaque fois qu'il prononçait mon nom ? Lamentable. Je le détestais à cause de ça, mais pas trop. Rien qu'un tout petit peu, quoi.

—Bébé ou pas, pour moi, ça ne fait aucune différence. Bien sûr, je suis un peu soulagé, parce que tu ne passeras plus des heures et des heures à t'inquiéter de finir comme toutes les femmes de ta merveilleuse famille. Et…

Il a marqué une pause et, sans doute pour donner un peu d'emphase à ses propos, il a avisé Jameson qui ne mouftait plus.

—Et tu mérites mieux, Lucy. Tu ne mérites pas de paniquer à l'idée d'assumer un tel événement toute seule. Tu ne mérites pas d'être seule. Tu mérites tellement mieux.

À ces mots, il s'est emparé de mes lèvres. Au nez et à la barbe de Jameson. Je ne pense pas qu'Adam voulait le rendre jaloux. Lui donner une leçon, peut-être ? Aucune idée, mais quelle importance, hein ? Sa bouche se mêlait divinement à la mienne, c'est tout ce que j'avais besoin de savoir.

En tout cas, je n'avais pas le sentiment qu'il m'embrassait pour marquer son territoire, même si son baiser tendre – destiné à me rassurer d'une façon douce et intime peut-être ? – est devenu de plus en plus possessif, à l'instar de ceux qui me faisaient perdre la tête. Oserais-je dire à l'instar de ceux avec lesquels il me dévorait quand il me pénétrait et me donnait l'impression de marcher sur les nuages ?

—Il faut que j'aille voir mon avocate, m'a-t-il annoncé d'une voix rauque. Ça fait une heure qu'elle essaie de me joindre. Je veux m'assurer qu'il n'y a pas de problème.

Encore étourdie par son baiser, j'ai hoché la tête.

—Je passe te prendre à 20 heures, je t'emmène dîner. Sois prête, d'accord ? Il faut qu'on discute.

Discuter de quoi ?

—Je…

Je me suis raclé la gorge.

—En fait, on a un truc à fêter. Avec Olive, on s'est servie du nom de Jason pour réserver une table dans un restaurant. C'est un truc important.

—Je suis invité ?

—Est-ce que ça changerait quelque chose si je te répondais non ?

—Absolument rien.

J'ai levé les yeux au ciel, mais je crois que le sourire que je réprimais ne lui a pas échappé.

—Bon, alors, bien sûr que tu es invité.

Il a déposé un baiser pile à la commissure de mes lèvres et mon cœur s'est de nouveau emballé.

—Ce n'est rien, on discutera après à la maison.

—À la maison, hein ? ai-je répété à voix basse avec un sourire en coin.

Il avait dit la même chose le soir où il m'avait raccompagnée après ma rencontre désastreuse avec Jake Callum.

Il a hoché la tête en me caressant la joue.

—Ça me fait mal de l'admettre, mais ta note vient de passer à quarante-neuf pour cent, Adam Connor, ai-je avoué en soutenant son regard, sans trop comprendre moi-même ce que j'insinuais par là.

Voilà que, pour couronner le tout, j'allais devoir le détester de me donner l'impression que chez lui serait peut-être un jour aussi chez moi.

—Ça me plaît. Quarante-neuf, c'est un bon score.

Quand Adam est parti, après avoir jeté un dernier regard à Jameson, j'ai su que j'étais complètement fichue. D'un simple baiser, il avait réussi à me faire oublier que nous n'étions pas seuls, et que mon ex nous observait avec le plus insoutenable des airs anéantis.

—Quand est-ce arrivé, Lucy ? a-t-il demandé, brisant le silence.

Inutile de mentir.

—Je ne sais pas trop. Il y a cinq minutes ? Un mois ?

Il est allé s'asseoir sur le canapé. Mal à l'aise, je l'ai imité et me suis installée en face de lui.

—Alors comme ça, tu n'es pas enceinte.

—Non.

Difficile de déterminer ce qui se passait dans sa tête.

Il s'est penché, coudes appuyés sur les cuisses, mains jointes, et il m'a décoché un petit regard hésitant.

—Je voulais que tu viennes avec moi, tu sais, a-t-il soupiré. Avant mon départ, j'ai beaucoup réfléchi, j'ai pensé à un millier de façons de te le demander, de te présenter la chose pour que tu répondes « Oui, Jameson. Je veux venir avec toi. » Mais chaque fois, je me disais que tu n'accepterais jamais, que tu ne prendrais jamais un si gros risque. C'est vrai, tu as quand même refusé de dormir dans le même lit que moi pendant des mois ; comment aurais-je pu imaginer un instant que tu serais d'accord pour déménager si loin avec moi ? Ensuite, je me suis dit que ça n'aurait jamais dû être aussi difficile de te demander un truc aussi simple, et que, si tu avais voulu me suivre, tu aurais réagi, le jour où je t'ai parlé de cette offre d'emploi. Mais non, tu n'as jamais rien dit. Alors je suis parti.

—Alors tu es parti, ai-je répété lorsqu'il est devenu évident qu'il avait terminé.

Il s'attendait peut-être à ce que je confirme ses soupçons. Je ne pouvais pas faire ça. Pourtant, ça l'aurait sûrement aidé à déculpabiliser par rapport aux décisions qu'il avait prises, mais c'était impossible… je ne pouvais pas lui mentir.

—Si tu me l'avais demandé, je t'aurais suivi, Jameson, lui ai-je avoué avec un petit sourire triste. Mais peut-être que tu as raison. Si c'était si difficile pour toi de me demander de t'accompagner, si tu avais des doutes sur mes sentiments, sentiments que j'ai toujours eu beaucoup de mal à exprimer comme tu le sais, alors ça n'aurait pas marché de toute façon.

—Je n'ai pas assuré non plus quand tu m'as appris que tu étais enceinte.

—Non, c'est vrai.

Il a détourné la tête en acquiesçant. Où donc avaient disparu Olive et Jason ?

Il a fini par se lever en souriant.

—Je ne sais pas trop si je suis triste ou soulagé qu'il n'y ait pas de bébé, finalement.

Je me suis levée à mon tour.

—Je vais peut-être te paraître insensible, mais moi, je suis soulagée.

Il a eu l'air surpris.

—Ni toi ni moi n'étions prêts à devenir parents, Jameson. Je ne sais même pas si je serai mère un jour.

Au bout d'un long silence, il s'est frotté la nuque avec un petit rire dénué d'humour.

—Quel gâchis. Quel putain de gâchis. Je m'étais dit que si tu décidais d'avoir ce bébé, je pourrais te convaincre de venir t'installer à Pittsburgh avec moi. J'ai pris ça comme un signe, une nouvelle chance… parce qu'on ne peut pas dire que j'aie fait fort la première fois. C'est pour ça que je suis venu jusqu'ici. Tout ça pour découvrir que, non seulement, il n'y a pas de bébé mais que, en plus, tu es en couple.

—Je ne suis pas en couple, ai-je rétorqué, agacée.

—Alors c'était quoi, ce petit spectacle auquel j'ai assisté ?

Il a désigné la porte par laquelle Adam était sorti.

J'ai froncé les sourcils.

—Ce n'est pas ce que tu crois.

Ah non ? À quoi avais-je consenti, dans ce cas ? Qu'est-ce qu'Adam voulait de moi ? Dormir dans le même lit ? Parce que rien que ça, c'était déjà énorme pour moi. Sortir avec moi ? Pouvait-il seulement s'afficher en public avec moi ? Était-ce pour le sexe ? Que signifiait exactement « Tu es à moi » ? Et pour commencer, était-il possible d'avoir une relation sérieuse avec une star de cinéma ? Si oui, comment ?

—Je vois, a murmuré Jameson.

Une fois de plus, j'ai dû me rappeler que je n'étais pas seule.

Il s'est approché de moi, a posé sa main sur mon épaule et m'a regardée droit dans les yeux. C'est là que j'ai ressenti un soupçon d'émotion, quelque chose qui se ravivait dans ma mémoire. Puis, sans la moindre hésitation, il a glissé ses doigts dans mes cheveux et a pressé ses lèvres fermement sur les miennes. C'était tellement inattendu que je n'ai même pas pu réagir. Il s'est écarté, mais très peu, le bout de son nez effleurait encore le mien, et il est resté comme ça un moment, les yeux fermés.

—Jameson…, ai-je chuchoté en posant la main sur son poignet tatoué.

Il a lâché mes cheveux, mais n'a pas reculé.

—Le jour où tu m'as dit que tu m'aimais pour la première fois, j'ai eu l'impression d'avoir escaladé une putain de montagne. Il a de la chance, cet enfoiré. Ne lui facilite pas trop la tâche. Parce qu'il a raison : tu mérites mieux.

Un dernier baiser sur ma joue et il était parti.

23

Adam

Ce soir-là, tandis que je traversais la ville bigarrée en voiture pour rejoindre le restaurant que m'avait indiqué Jason par texto, je me rejouais la réunion que je venais d'avoir avec mon avocate.

La *sextape* qui avait fuité – la « supposée » *sextape* – était apparemment bien réelle. Celui ou celle qui détenait l'original essayait d'en obtenir le meilleur prix et, pour faire monter les enchères, il ou elle diffusait des captures d'écran de la vidéo… des images sur lesquelles on voyait clairement Adeline à moitié à poil en train de gober une bite. Elle n'était pas prise sous son meilleur profil, mais c'était *la* photo à un million, celle qui déchaînait les médias. Tout le monde se demandait qui achèterait la fameuse vidéo.

—On peut s'en servir comme moyen de pression, a déclaré Laura, mon avocate.

Ma réaction a dû se lire sur mes traits, parce qu'elle a enchaîné tout de suite.

—C'est un coup bas, je sais, mais si tu la veux vraiment, cette garde exclusive, il faut se servir de cette vidéo à notre avantage. Regarde la date qui apparaît sur l'image. Si ça n'a pas été falsifié, ça veut dire qu'elle te trompait. Et si c'est arrivé une fois, il est probable qu'elle ne s'est pas arrêtée là. Même s'il n'y a pas d'autres *sextapes* pour le prouver, nous trouverons bien autre chose. On devrait vraiment utiliser cet argument, Adam. Ça va nous faciliter la tâche, crois-moi.

—Non. Je ne veux pas la traîner dans la boue. Elle aura déjà bien assez de mal comme ça à se remettre de ce scandale ; je ne veux pas qu'on remue la merde. Mon but n'est pas de la détruire, Laura ; j'aimerais que tu gardes bien ça à l'esprit pour la suite. Tout ce que je veux, c'est mon fils. Trouve un autre moyen. Creuse ailleurs, discute avec ses avocats, réfléchis à une autre solution.

Ces clichés n'avaient pas été falsifiés. Adeline avait bel et bien été infidèle alors qu'on était toujours mariés. Je le savais parce que sur ces images, on voyait distinctement son bras, et j'avais reconnu une marque rouge sur son poignet. Il s'agissait d'une petite éruption cutanée survenue inopinément après un shooting photo, une réaction allergique causée par un bracelet en cuivre. La date correspondait au moment où c'était arrivé.

Cette histoire de *sextape* m'avait-elle surpris ? On ne va pas se mentir ; oui, beaucoup. Adeline… Adeline, en dépit de ses défauts, avait toujours été fidèle, du moins c'est ce que je croyais. Cela dit, je n'avais ressenti aucune colère. C'était trop tard pour revenir en arrière, on ne pouvait pas modifier le passé, annuler les erreurs que nous avions commises tous les deux. À vrai dire, ça ne m'affectait plus. Elle n'avait plus la moindre influence dans ma vie. C'était ses conneries, qu'elle les assume. J'avais déjà demandé à mon équipe de communication de faire le nécessaire pour ne pas me mêler à tout ça. Pas de commentaire. Pas de citation.

Néanmoins, j'avais ignoré les appels d'Adeline ou de ses assistants toute la journée. J'étais en train de penser à Aiden et aux répercussions qu'aurait sur lui ce nouveau rebondissement lorsque j'ai confié ma voiture au voiturier. Je suis entré dans le restaurant à 19 h 10 précises.

Grâce au trafic de Los Angeles, j'avais dix minutes de retard.

Au début, quand j'ai remarqué que Lucy n'était pas assise à côté d'Olive, je ne me suis pas inquiété, mais, en m'approchant de la table en partie cachée au fond de la salle, l'éventualité qu'elle soit restée avec ce Jameson s'est abattue sur moi.

Avais-je commis une erreur en la laissant seule avec lui ?

Avais-je perdu à jamais ma petite lumière vive ?

Jason, qui était en train d'embrasser Olive dans le cou, a relevé la tête et m'a fait signe de la main. Lorsque Olive m'a aperçu à son tour, elle m'a gratifié d'un petit sourire timide. Je me suis arrêté avant d'atteindre leur table et de leur demander où était Lucy parce que cette dernière a émergé d'un couloir sur la droite. Elle m'a tout de suite adressé un sourire magnifique, un peu hésitant.

Elle était d'une beauté éblouissante – comme toujours. Ses talons aiguilles noirs semblaient me crier « Baise-moi ! » Elle était vêtue d'une robe noire qui lui arrivait juste au-dessus du genou et dont le décolleté dévoilait subtilement le galbe délicieux de ses seins. C'est tout ce que j'ai réussi à imprimer tandis que je modifiais ma trajectoire pour aller à sa rencontre d'un pas beaucoup plus léger, à présent que je savais qu'elle était là.

Un petit sourire mutin aux lèvres, elle a continué à avancer vers moi, lissant sa robe au passage pour la faire redescendre discrètement. Sans crier gare, une serveuse qui arrivait trop vite a failli entrer en collision avec moi.

Lucy a souri.

J'ai rattrapé la serveuse en riant et je me suis excusé auprès d'elle avant de contourner la table qu'elle s'apprêtait à servir.

Dès que Lucy a été en face de moi, j'ai capturé son visage entre mes mains.

—Tu es là, ai-je dit en cessant de retenir mon souffle.

Elle a pouffé moqueusement.

—Évidemment. Tu ne croyais tout de même pas que j'allais vous laisser faire la fête sans moi ?

Elle a enroulé ses doigts autour de mes poignets.

—C'est quoi, cette nouvelle obsession pour mon visage ? a-t-elle encore demandé.

En guise de réponse, j'ai happé ses lèvres et je l'ai embrassée jusqu'à ce qu'elle se cramponne à ma chemise, à bout de souffle. Du pouce, j'ai caressé sa lèvre inférieure rougie.

Je me suis éclairci la voix et j'ai repoussé légèrement ses cheveux en arrière, juste pour le plaisir de la toucher encore un peu.

—Pendant une seconde, j'ai cru que cet enfoiré avait réussi à te piéger et à te convaincre de partir avec lui.

Elle a haussé un sourcil joueur.

—J'ai l'air d'une fille qui se laisse facilement piéger ?

—Oh non, certainement pas, Lucy Meyer, ai-je répondu en riant.

J'ai déposé un baiser sur ses lèvres.

—Bon. Heureuse que ça ne t'ait pas échappé.

Elle a balayé la salle du regard.

—Est-ce qu'on pourrait s'asseoir ? Les gens nous regardent, ça devient gênant.

Je me fichais complètement des gens – j'avais tellement l'habitude d'être observé en permanence que je ne les remarquais même plus. Toutefois, je l'ai prise par la main et nous avons rejoint notre table.

J'ai aidé Lucy à s'asseoir, puis j'ai fait la bise à Olive et j'ai salué Jason.

—Je crois qu'on a plusieurs choses à célébrer, ce soir, a déclaré Olive avec un sourire resplendissant.

—Olive…, a soupiré Jason.

Elle s'est tournée vers lui avec de grands yeux innocents.

—Quoi ? Je ne fais rien de mal.

Tandis qu'elle plaidait sa cause auprès de Jason, j'ai caressé le poignet de Lucy du bout des doigts et j'ai regardé son bras se couvrir de chair de poule.

—Tout s'est bien passé avec ton ex ? lui ai-je susurré.

Elle a hoché la tête en m'adressant un petit sourire.

—Je crois que cette fois, c'est bien fini.

—Ah bon, parce que n'était pas le cas ?

De quoi avaient-ils parlé après mon départ, au juste ?

Elle a pris son verre d'eau.

—Non, enfin si… C'était fini, mais cette fois, c'est, tu sais… Définitif. Je ne pense pas qu'on se reverra un jour.

—Et est-ce que ça te va ?

Elle a bu une petite gorgée d'eau, puis a hoché la tête avant de reporter son attention sur ses amis.

Pas de problème. Je pouvais patienter quelques heures de plus. Nous reprendrions cette conversation une fois seuls.

—J'ai entendu dire que les félicitations étaient de mise, Olive, ai-je déclaré, interrompant les messes basses d'Olive et Jason.

—Oh, merci. Mais je crois que c'est surtout Lucy qui mérite des félicitations, a répondu Olive en adressant un grand sourire à cette dernière. Je n'ai absolument rien fait. C'est elle qui m'a décroché ce contrat. Et cette fois, elle a accepté de devenir officiellement mon agent, a-t-elle ajouté à mon intention.

—Félicitations à toutes les deux, ai-je dit en cherchant la main de Lucy sous la table.

Elles irradiaient de bonheur. Ensuite, un serveur est venu prendre notre commande et je lui ai discrètement demandé s'il pouvait nous apporter une bouteille de champagne. La soirée s'est poursuivie au gré de conversations agréables qui m'ont permis de découvrir une autre facette de Lucy. Lorsqu'elle échangeait avec sa meilleure amie, elle semblait libre et heureuse, plutôt que troublée ou inquiète. C'est exactement comme ça que je voulais qu'elle soit avec moi aussi.

Plus d'une fois, j'ai surpris Jason en train de contempler sa femme avec amour tandis que celle-ci s'esclaffait avec Lucy. Malgré mes nombreux tracas avec Adeline, je me suis moi aussi surpris à plaisanter et rire avec eux.

Deux fans qui dînaient à une table voisine se sont approchées pour nous réclamer des autographes. Jason et moi avons rapidement signé leurs serviettes, mais, avant que nous n'ayons eu le temps d'objecter, elles avaient pris une photo de notre table de quatre et s'éloignaient déjà.

Lucy s'est penchée vers moi, visiblement tendue.

— Tu ne vas pas les rattraper ?

— Pour quoi faire ?

— Prendre leur téléphone et effacer la photo ?

— Lucy, ai-je soupiré.

J'ai amené sa chaise plus près de la mienne.

— Ce ne sont pas les seules qui ont pris des photos ce soir, tu peux me croire. D'après ce que j'ai vu, il y a au moins trois autres tables qui braquaient leur téléphone par ici en douce.

— Et ça ne te dérange pas ? Je veux dire : je sais comment ça marche… Ces photos risquent de se retrouver sur Internet, tu en as conscience ? Question idiote, puisque je parie qu'elles y sont déjà.

— Et alors ?

Je l'ai dévisagée avec la plus grande attention, m'efforçant de comprendre ce qui l'inquiétait tant.

— Et alors ? a-t-elle répété, choquée.

Elle s'est redressée et s'est mise à me scruter en inclinant la tête sur le côté, comme si quelque chose lui échappait.

— Ah d'accord. En fait, tu étais sérieux, tout à l'heure, quand tu m'as dit que j'étais à toi, et tout ça.

— Pas toi ?

— Je n'avais pas compris…

Elle a laissé sa phrase en suspens.

— Qu'est-ce que tu n'avais pas compris ? l'ai-je pressée.

— Ce que tu as voulu dire exactement. Je croyais qu'on allait en reparler ce soir.

— Mais enfin, qu'est-ce qui était difficile à comprendre ? Tu es à moi maintenant. Je ne vois pas comment l'expliquer autrement.

— Ha-Ha, très drôle, a-t-elle rétorqué avec sarcasme.

Le serveur nous a apporté les desserts ainsi qu'une autre bouteille de champagne pour ces dames, coupant la parole à Lucy. Mais dès qu'il s'est éloigné, elle est revenue à la charge.

— Tu sais très bien ce que je veux dire, Adam.

— En fait, non, mais je vais être encore plus clair. Tu es à moi, ça veut dire qu'à partir de maintenant, tu m'appartiens, à moi et rien qu'à moi.

Elle a poussé un soupir excédé.

— C'est ça que tu appelles être clair ? Ça ne clarifie rien du tout. Est-ce que c'est purement sexuel ? Est-ce qu'on sort ensemble ? Peux-tu seulement « sortir » avec quelqu'un ? Est-ce qu'on considère qu'on est en couple ? Est-ce que je dois dormir avec toi toute la nuit ? Ce sont des questions importantes et je n'ai pas les réponses.

— On dirait que tu y as beaucoup réfléchi.

— J'aime savoir où je mets les pieds.

— Et si tu arrêtais de te prendre la tête ?

— Et si tu me donnais un indice ?

— N'était-ce pas un indice suffisant quand je t'ai avoué que j'étais fou de toi ? Pourtant, j'avais l'impression que c'était limpide.

Un petit hoquet nous a fait tourner la tête.

— Désolée. Pardon. Je vous en prie, continuez, a chuchoté Olive d'un air amusé.

—Ça m'ennuie beaucoup d'interrompre ce moment, mais je crois qu'on ferait bien d'y aller, est intervenu Jason, le regard braqué sur l'entrée.

J'ai jeté un coup d'œil derrière moi. Le manager du restaurant était en train de s'entretenir avec plusieurs personnes qui n'arrêtaient pas de nous pointer du doigt. Et apparemment, un océan de paparazzis nous attendait à l'extérieur. Jason a appelé notre serveur et lui a demandé si nous pouvions passer par les cuisines et nous éclipser par la porte de service. Une requête qui, hélas, n'avait rien d'exceptionnel pour nous.

Avec l'accord du serveur, nous nous sommes donc précipités vers la porte de service, Olive et Lucy en tête.

—J'aurais dû appeler Dan, ai-je grommelé en secouant la tête. Et avec tout ce foin autour d'Adeline, ils sont sûrement en train de faire le pied de grue devant chez nous aussi.

—Appelle-le maintenant et demande-lui de venir chercher ta voiture ici, a suggéré Jason au moment où nous atteignions la porte. Mon chauffeur va nous ramener. Tu n'auras qu'à passer par le mur du jardin. Comme ça, ils ne sauront même pas que tu es rentré chez toi.

—C'est une bonne idée. Merci.

Tandis que nous attendions le chauffeur de Jason à l'arrière du restaurant, j'ai passé un rapide coup de fil à Dan pour lui demander de passer chercher ma voiture, puis d'aller chez Adeline pour s'assurer qu'Aiden allait bien. Je n'avais eu aucun mal à ignorer les appels d'Adeline toute la journée, mais je n'étais pas rassuré pour Aiden. Avec tout ce qui se passait, comment le traitait-elle ? Elle avait beau être en colère contre moi et refuser que je voie Aiden quand ce n'était pas ma semaine à cause de cette histoire de garde exclusive, ça ne voulait pas dire que j'allais plier l'échine et la laisser tranquille.

—Est-ce que je peux faire quelque chose pour t'aider ? a demandé Lucy quand j'ai eu raccroché.

—La voiture est là, les amis. Allons-y avant qu'ils ne pensent à envoyer l'un des leurs en reconnaissance ici, à l'arrière.

J'ai adressé à Lucy un sourire que j'espérais rassurant pour lui faire comprendre que tout allait bien – ou, en tout cas, que tout irait bien – et je l'ai escortée jusqu'à la voiture de Jason.

Nous nous sommes entassés dans l'habitacle et avons démarré sur les chapeaux de roues. Tandis que nous foncions loin du tumulte croissant qui régnait devant le restaurant, Lucy a pris ma main, me donnant ainsi l'impression d'avoir conquis le monde.

24
Lucy

Aussi incroyable que ça puisse paraître, il y avait encore plus de gens devant la propriété d'Adam qu'en ville. Heureusement, personne ne pouvait distinguer quoi que ce soit à travers les vitres teintées de Jason, et Adam est passé inaperçu lorsque nous avons franchi la grille de chez Jason et Olive. Tandis qu'Adam faisait les cent pas, j'ai ôté mes talons en me tenant au dossier du canapé. On aurait dit un lion en cage. Ne sachant pas trop quoi faire ou dire en pareilles circonstances, j'ai gardé le silence. Cette histoire d'infidélité de son ex contribuait-elle à sa colère ? Sentant que je l'observais, il s'est tourné vers moi.

— Je suis désolé, Lucy. Je sais que j'ai dit qu'on allait discuter, mais je n'ai toujours pas de nouvelles de Dan et j'ai d'abord besoin de savoir comment ça se présente chez Adeline.

Renonçant à la sécurité du canapé, je me suis approchée de lui en secouant la tête.

— Tu es fou ? Je ne pensais pas du tout à ça. Là tout de suite, moi aussi, je m'inquiète pour ce petit bonhomme.

Il s'est frotté le front en soupirant.

Impuissante, j'ai croisé le regard d'Olive.

— Jason ? Peut-être que ton chauffeur pourrait emmener Adam chez Adeline ? a-t-elle suggéré au moment où son mari nous rejoignait au salon.

—Oui, il n'est pas encore parti, si tu veux, Adam. Vu la situation devant chez toi, ça ne doit pas être plus glorieux chez Adeline.

—C'est bien ce que je crains…

Enfin, son téléphone s'est mis à sonner.

—Dan ? Que se passe-t-il ?

La main sur les yeux, il a poussé un soupir accablé.

—Oui. Ils l'ont vu sortir ? D'accord. O.K. C'est bien. Amène-le en passant par la grille. Je suis chez Jason. Je suis là dans une minute.

Il a raccroché, puis s'est tourné vers nous.

—Dan arrive avec Aiden. Apparemment, c'est encore pire chez Adeline et quand Dan lui a proposé de reprendre Aiden pour qu'elle puisse régler cette affaire, elle n'a pas protesté.

J'ai réduit la distance entre nous et je lui ai touché le bras.

—Tant mieux, non ? Tu veux que je vienne avec toi pour distraire Aiden de ce qui se passe dehors ?

Il a posé sa paume chaude sur ma joue.

—À condition que tu me promettes de me distraire aussi.

Je n'ai pas pu m'empêcher de sourire ; ça m'arrivait souvent ces derniers jours avec lui.

—Ça devrait pouvoir s'arranger.

* * *

Adam est entré avec Aiden dans les bras. Dan fermait la marche avec un air féroce.

—Regarde qui est venu te voir, mon grand, a murmuré Adam à Aiden qui avait enfoui son visage dans son cou et s'y accrochait avec ses petits bras.

Il portait un pyjama orné d'adorables petites voitures bleues.

—Salut, Aiden.

Je les ai rejoints sans trop savoir ce qui se passait exactement ni si c'était grave. Cette journée n'aurait pas pu être pire. Elle avait pourtant si bien commencé avant de virer au chaos total.

Aiden a sorti le nez de sa cachette et m'a adressé un petit signe de la main.

—Salut, Lucy. Tu es venue pour moi ?

—Mais oui, ai-je répondu avec enthousiasme. Ton papa m'a demandé si je voulais te voir et j'ai sauté sur l'occasion. Comment vas-tu ?

—J'ai eu une dure journée. Maman était très triste. Je n'avais pas envie de l'abandonner, mais elle a dit que je ne pouvais pas l'aider.

Oh ! J'ai jeté un coup d'œil à Adam et j'ai vu ses mâchoires se contracter – ce qu'elles étaient sexy, ces mâchoires. Je me suis ébrouée pour me concentrer sur le petit loup qui était très anxieux.

—Ça arrive à tout le monde, de passer une mauvaise journée. Tu sais ce que je fais quand ça m'arrive ?

Avec sa petite main cramponnée à la chemise de son père, il a secoué la tête.

—Je mange une bonne crème glacée devant *Le Roi lion* ou *Zootopie* avec ma meilleure amie.

C'était ses films préférés.

—Avec Olive ?

J'ai hoché la tête.

—Oui. Elle les adore autant que moi.

Il a cligné des paupières. Ses petits yeux étaient tout ensommeillés. Dan devait l'avoir tiré du lit.

—Moi aussi, je les adore.

Il s'est tourné vers son père.

—Papa, je peux regarder ça avec Lucy maintenant ? J'ai vraiment eu une journée difficile.

Adam lui a caressé les cheveux en se forçant à sourire.

—Il est tard, Aiden. Tu devrais être au lit depuis longtemps.

—Oh, s'il te plaît, papa, juste un peu ?

—Et si on construisait une cabane dans le salon et qu'on s'installait dedans pour regarder la télé ? Peut-être que si on invite ton papa, il dira oui.

Cette fois, Aiden s'est redressé dans les bras de son père avec de grands yeux pleins d'espoir. Du coin de l'œil, j'ai vu Adam sourire et Dan secouer la tête.

—Mais je ne sais pas construire de cabane, Lucy. Je n'en ai jamais fait. Toi oui ?

—Bien sûr, mais je ne crois pas que j'y arriverai sans ton aide. Tu veux bien m'aider ?

—Oui, ça, je peux faire.

Il a plaqué sa petite main sur la joue de son père pour attirer son attention.

—On peut construire une cabane, papa ? Tu pourras regarder le film avec nous. Comme ça, si Lucy recommence à pleurer, tu pourras m'aider à lui faire un gros câlin et lui dire qu'elle est bête.

Adam a éclaté de rire.

—D'accord. On va faire ça.

Il a déposé Aiden et au moment où ses petits pieds ont touché le sol, celui-ci s'est précipité vers sa chambre.

—Je vais chercher mon oreiller préféré !

—Je m'occupe des draps, ai-je renchéri.

Au moment de passer devant Adam, ce dernier m'a attrapé le poignet pour m'arrêter. Je lui ai décoché un regard étonné.

—Encore ton fétichisme ?

Il m'a embrassée. La douceur de ses lèvres et cette façon intime de me remercier m'ont donné le tournis. Sa langue a fait une incursion dans ma bouche et puis, avant même que je ne comprenne ce qui m'arrivait, c'était terminé.

—Merci d'être là, Lucy, avec nous, a-t-il dit d'une voix grave.

Aiden est revenu en courant, les bras chargés de deux oreillers.

—J'ai pris mon deuxième oreiller préféré pour toi, Lucy.

—Merci, petit homme.

Il a placé les oreillers sur le canapé avec précaution, puis m'a prise par la main.

—Viens, je vais te montrer où sont rangés les draps.

Il m'a entraînée loin de son père et s'est arrêté à l'entrée du couloir.

—Papa, tu comptes nous aider ?

—Je dois parler à Dan avant qu'il s'en aille. J'arrive.

—Et toi, Dan, tu ne veux pas regarder le film avec nous ?

—Je dois rentrer, mon grand. Tu veilleras sur ton papa et sur Lucy pour moi, d'accord ?

Aiden a hoché la tête en bombant le torse.

—D'accord. Je ferai du bon boulot.

Sur cette promesse, il m'a emmenée dans sa chambre pour qu'on puisse choisir parmi ses draps préférés.

Après avoir fourragé dans les tiroirs, nous avons jeté notre dévolu sur plusieurs paires de draps : une bleu clair, une verte assortie à ses yeux, une rouge et une blanche à pois rouges et noirs. Nous avons aussi subtilisé quelques oreillers du lit de son père.

Lorsque nous sommes revenus au salon avec notre butin, Adam et Dan avaient disparu. Aiden a jeté son chargement à terre, puis m'a aidée avec le mien.

—Tu peux enlever les coussins du canapé ? On va les empiler. Je vais aller voir où est ton papa.

—Lucy… tu crois qu'il serait d'accord pour qu'on mange une glace ?

J'ai plissé les yeux, faisant mine de réfléchir intensément.

—Mmmh. Je vais lui demander, mais je crois qu'il va répondre qu'il est un peu tard pour ça.

Aiden m'a imitée, croisant les bras et inclinant la tête sur le côté.

—Oui, c'est vrai ce que tu dis. Mais si on lui demande demain, là, il sera d'accord ! Et peut-être que maman pourra venir avec nous aussi.

—Oui. Tu as raison. On lui demandera demain.

Je l'ai aidé à grimper sur le canapé pour qu'il puisse jeter tous les coussins sur le sol et je me suis dirigée vers l'entrée où j'entendais Adam hausser le ton.

—Hé ! Pssst, ai-je fait pour attirer l'attention de ces deux messieurs très remontés. Aiden est déjà assez inquiet comme ça ; et si vous baissiez d'un ton ?

Dan a pris un air encore plus courroucé, mais il n'a rien dit. Adam était au téléphone et semblait à deux doigts de péter un plomb.

—Qu'est-ce qui se passe ? ai-je demandé à Dan à voix basse.

—Adeline, a-t-il grommelé.

Le ton employé ne laissait aucun doute sur ce qu'il pensait de l'ex-femme d'Adam.

—Adeline, je ne ferai aucune déclaration avec toi. Je me fiche de l'impact négatif que ça va avoir sur ta carrière. Tu aurais dû y penser avant de te dire que c'était une bonne idée de me tromper avec un réalisateur pour obtenir un rôle.

Estomaquée, j'ai échangé un regard avec Dan et j'ai ravalé les mots qui menaçaient de jaillir tout seul de ma bouche.

Oh, purée.

Tous les muscles d'Adam étaient contractés. Je voyais presque les veines de son cou pulser. Il a fermé les yeux pour prendre une profonde inspiration qui n'a pas semblé avoir le moindre effet.

— Tu ne peux pas faire ça à Aiden. Tu ne peux pas lui infliger ça.

— Lucy !

C'est Aiden qui m'appelait. Adam a vivement relevé la tête en direction du cri.

— Désolée. Je file, ai-je murmuré.

Mais, à ma vue, son regard s'est aussitôt adouci.

J'ai foncé rejoindre Aiden sans rien ajouter.

Mais qu'est-ce qui se passait, bon sang ?

25

ADAM

— Soit tu rappliques ici ce soir pour qu'ils te prennent en photo en train d'entrer chez moi avec le sourire, soit la déclaration que je ferai demain sera vraiment inédite, Adam.

À ces mots, Adeline m'a raccroché au nez.

—Que se passe-t-il ? s'est inquiété Dan en essayant de ne pas trop élever la voix.

J'entendais Lucy donner ses instructions à Aiden. Ils commençaient à construire la cabane, comme promis. J'ai vérifié l'heure : 22 heures. Aiden aurait dû être au lit depuis bien longtemps.

—En gros, elle veut que je fasse une déclaration conjointe avec elle où on laissera entendre qu'on envisage de se remettre ensemble.

Les traits de Dan se sont durcis.

—Sinon ?

—Sinon, elle parlera d'Aiden.

—Non, elle ne peut pas faire ça, quand même. Ça va forcément se retourner contre elle, elle n'y a pas pensé ?

Ma gorge s'est serrée. Je faisais de mon mieux pour ravaler ma colère, mais tout ce dont j'avais envie, c'était éclater mon téléphone contre le mur, puis aller retrouver mon fils et Lucy.

Cette dernière a émis une sorte de grognement moqueur et le rire d'Aiden a empli la maison.

—Il faut que j'y aille, je n'ai pas le choix, ai-je répondu d'un ton bourru en regardant Dan droit dans les yeux tandis que les rires de Lucy et d'Aiden continuaient à résonner. Elle est aux abois. Elle n'a pas les idées claires. Je ne peux pas risquer qu'elle commette une erreur aussi monumentale.

—Je te conduis chez elle.

J'ai acquiescé et Dan est sorti.

—Fais tourner le moteur, j'arrive tout de suite, ai-je lancé.

J'ai retrouvé Aiden en train de se tordre de rire tandis que Lucy essayait d'échapper à l'attaque fictive d'un drap qui lui recouvrait la tête. Tout à coup, elle s'est avancée vers mon fils en poussant des grognements menaçants.

—Je vais t'attraper, petit homme !

Aiden est venu se réfugier dans mes jambes en poussant un petit cri.

—Et si tu allais chercher les oreillers de ma chambre aussi ? lui ai-je suggéré.

Il a levé la tête vers moi d'un coup.

—On peut tous les prendre ?

—Bien sûr. Si tu veux faire une cabane, autant qu'elle soit confortable, tu ne trouves pas ?

Il a hoché la tête avec enthousiasme et est parti en courant. Je me suis tourné vers Lucy qui était en train de se débarrasser du drap d'Aiden.

—Tu dois y aller, a-t-elle dit avec un regard entendu.

Je l'ai attirée dans mes bras et j'ai humé son odeur pour me calmer. Le drap a glissé de ses épaules. Elle s'est mise à me caresser le torse, comprenant instinctivement ce dont j'avais besoin.

—Je dois aller lui parler. Elle est… Si je ne le fais pas, elle va faire une grosse bêtise.

Elle s'est écartée et a sondé mon regard pendant quelques instants.

—Je comprends.

J'ai souri. Non, ça, elle ne pouvait pas le comprendre. Elle n'avait pas idée du mal qu'Adeline risquait de faire à Aiden si elle lâchait sa bombe devant les caméras dans l'espoir de détourner les projecteurs braqués sur elle.

—Non, tu ne peux pas comprendre, mais je te promets de tout t'expliquer un jour.

À l'instant même où ces paroles ont franchi ma bouche, j'ai su que je venais de lâcher une connerie. Elle a tressailli et s'est écartée de moi.

—Ah oui, c'est vrai. Tu as dit qu'on devait parler. On fera ça un jour aussi, alors.

—Lucy, non.

Je lui ai caressé la joue et ça m'a rassuré qu'elle ne me repousse pas.

—Peu importe ce qui se passe dans la vie d'Adeline en ce moment, ça ne change rien pour nous. Ne me fuis pas.

Aiden est réapparu en serrant contre son petit corps deux oreillers plus grands que lui.

J'ai été obligé de lâcher Lucy.

Après avoir soulagé Aiden de ses oreillers, je l'ai pris dans mes bras et je l'ai embrassé sur le front.

—Il faut que j'aille vérifier si ta maman va bien, mais je reviens dès que je peux.

—Est-ce que Lucy peut rester ?

—Oui, Lucy va rester avec toi. Vous pouvez commencer le film, je vous rejoindrai plus tard, d'accord ?

—Tu vas prendre soin de maman pour qu'elle arrête de pleurer ? J'ai essayé de lui faire un câlin, mais elle n'a pas voulu.

Je l'ai serré encore plus fort contre moi.

—Je vais m'occuper de ta maman, oui. Et toi, en échange, tu dois me promettre de ne pas t'inquiéter. Marché conclu ?

Il m'a étreint le cou en acquiesçant.

J'ai articulé un rapide « merci » silencieux à l'intention de Lucy et j'ai déposé Aiden pour qu'il puisse retourner construire sa cabane avec sa copine.

Avant que Lucy ne me tourne le dos, je lui ai donné un petit baiser volé bien trop court, puis je suis parti.

* * *

Adeline faisait les cent pas dans son salon, tous rideaux fermés. Son assistante nous avait fait entrer par la porte principale. J'avais vu juste : sa rue pullulait de paparazzis ; un essaim qui s'était animé dès qu'il avait aperçu ma voiture arriver au coin de la rue.

—Laissez-nous, a ordonné Adeline à son assistante et à Dan.

Même si Dan savait déjà tout ce qu'il y avait à savoir sur nous, je préférais moi aussi avoir cette conversation en privé avec Adeline.

—Il faut qu'on fasse une déclaration, a-t-elle commencé en allumant une cigarette. Ne me regarde pas comme ça, a-t-elle jeté sèchement avant même que je n'émette le moindre commentaire. Je ne recommence pas. C'est le stress, c'est tout.

Je n'ai pas bronché. En ce qui me concernait, elle pouvait fumer à s'en griller la cervelle.

—Donc, il faut qu'on fasse une déclaration, a-t-elle répété. Ensemble. Je ne sais pas encore ce qu'on va dire, mais tu dois te présenter devant la presse avec moi et me tenir la main. Neil et ta mère sont d'accord avec moi.

—Ma mère ? Tu lui parles encore ?

Elle a recraché la fumée. Quand est-ce que c'était parti en vrille, entre nous ? J'en venais à me demander si nous avions été heureux un jour.

—Elle m'a dit que tu ne répondais plus à ses appels. Ce… tout ça, ça les affecte beaucoup aussi. Ils ne veulent pas que le nom de la famille soit associé à ce genre de choses.

—Auraient-ils oublié que tu ne fais plus partie de la famille ?

Elle a écrasé la cigarette dans un cendrier d'un geste nerveux et en a pris une autre aussitôt.

—Ne suis-je pas la mère d'Aiden, Adam ? a-t-elle demandé en inclinant la tête sur le côté. Est-ce que ça ne fait pas de moi un membre de ta famille pour toujours ? En tout cas, toi, tu n'as peut-être plus envie de leur adresser la parole, mais moi, je les considère toujours comme ma famille.

J'ai serré les poings. Évidemment. Elle s'était si bien intégrée.

Je me suis tourné et j'ai écarté les rideaux de l'une des fenêtres qui donnaient sur le jardin et la petite maison d'hôte de la propriété.

—Neil pense – et je suis de son avis – que si l'identité de l'autre personne qu'on voit sur la vidéo n'a pas encore été révélée, c'est parce que son visage n'apparaît pas. Sur les captures d'écran qu'ils laissent fuiter, on n'a jamais de meilleur angle. On peut jouer là-dessus. On peut organiser une interview avec Neil, ou quelqu'un d'autre si tu préfères, et répondre à des questions préparées sur la vidéo. D'après Neil, la meilleure stratégie, c'est d'affirmer que ces images ont été filmées à notre insu et qu'on n'était pas au courant du tout.

Je m'étais perdu dans ses explications.

—Pardon ? Comment ça, à « notre » insu ?

— On va prétendre que c'est toi et moi qu'on aperçoit sur ces images. La date peut coller. Cette histoire fait tout un foin parce qu'ils croient tous que je t'ai trompé et que c'est à cause de moi que notre mariage s'est terminé. Si on leur dit que c'est toi, sur cette vidéo, elle va perdre tout son intérêt. Le fait que tu sois venu ce soir…

Elle a désigné la rue d'un geste, cigarette coincée entre les doigts.

— … et qu'ils t'aient pris en photo à ton arrivée, ça va nous donner un coup de main. C'est vrai, non ? Si j'avais été infidèle, tu ne serais jamais venu.

— Mais moi, ce n'est pas pour ça que je suis là, si ?

— Non, en effet. Cela dit, comme je te l'ai expliqué au téléphone, je n'ai aucune envie de faire une déclaration sur Aiden, mais si tu ne me laisses pas le choix, je le ferai. Pour me sauver, pour sauver ma carrière. Après le divorce, c'est tout ce qui me reste, Adam. Si tu n'avais pas demandé la garde exclusive, peut-être que cette histoire n'aurait jamais éclaté, mais là, c'est la folie. Je ne peux pas me permettre de tout perdre à cause d'une putain de *sextape*.

Après cette tirade, nous nous sommes défiés du regard en silence.

Au bout d'un moment, je me suis forcé à sourire et je l'ai applaudie.

— Et quand tu nous auras tous foutus dans la merde, est-ce que tu préciseras que c'était ton idée ?

Elle a souri. Le stress avait disparu de ses traits, ce qui lui donnait l'air douce et innocente.

— Bien sûr. Toi, tu ne voulais pas de lui, après tout. J'ai dû te convaincre. Ça, tu ne peux pas le nier, hein ?

— Qu'est-ce qui nous est arrivé, Adeline ? Qu'est-ce qui t'est arrivé ? ai-je demandé après avoir réussi à surmonter le choc et le dégoût.

Elle a écrasé sa cigarette et s'est approchée de moi.

—Je l'aime, ce petit. Je l'aime, Adam. S'il te plaît, ne m'oblige pas à lui faire du mal. Je n'ai jamais voulu que ça se termine comme ça. J'ai toujours fait de mon mieux. J'ai essayé d'être une bonne épouse. Je ne mérite pas ça. Tout ce que je te demande, c'est ton aide. Rien de plus. On n'a qu'à faire semblant d'envisager de se remettre ensemble. On peut dire que cette histoire nous a rapprochés. Et dès que tout ça sera retombé et que j'aurai recommencé les tournages, je te laisserai la garde exclusive…

Brusquement, quelqu'un a ouvert la porte du salon, nous faisant sursauter tous les deux.

—Dan, qu'est-ce qui… ?

—Il faut qu'on y aille, a-t-il lancé. Tout de suite.

26
LUCY

Aiden s'était endormi. J'étais allongée à côté de lui et mes paupières devenaient de plus en plus lourdes tandis que je guettais le retour d'Adam. Je commençais à douter que nous aurions cette fameuse conversation ce soir et, en toute franchise, c'était bien la dernière chose à laquelle j'aurais dû penser, mais, discussion ou pas, je serais rassurée lorsqu'il serait rentré.

Après la construction de notre cabane improvisée, tout juste assez grande pour nous accueillir tous les deux, j'avais lancé le film et Aiden s'était assoupi au bout de dix minutes. Dans son sommeil, il s'est blotti un peu plus contre moi. Je l'ai regardé en souriant. Il était parfait, ce petit gars.

— Tu peux garder un secret, Lucy ? m'avait-il demandé quelques instants avant le passage du marchand de sable.

— Bien sûr. J'adore les secrets. Raconte-moi.

Il a détourné les yeux de l'écran de télé et s'est mis à triturer le bas de son pyjama.

— J'ai pleuré aujourd'hui.

— Oh, qu'est-ce qui s'est passé ? ai-je demandé en baissant la voix.

Il a levé les yeux vers les miens tandis que ses petits doigts continuaient à tordre le tissu de son pyjama.

— Tu ne le répéteras pas à papa, d'accord ?

J'ai acquiescé et j'ai attendu patiemment la suite.

—Aujourd'hui, ma maman était au téléphone et elle pleurait, alors je me suis dit que j'allais lui faire un câlin pour que tout aille mieux. Tu sais, comme quand tu as pleuré pour *Le Roi lion* ? Seulement, quand j'ai essayé d'attirer son attention, elle m'a crié dessus et elle m'a dit de filer dans ma chambre. Ma nounou m'a rattrapé et elle m'a dit que ma maman était triste et qu'elle n'avait pas voulu me crier dessus, mais j'ai quand même pleuré un peu parce que je ne veux pas qu'elle soit triste. Je voulais juste lui faire un câlin.

La salope !

—Je suis sûre qu'elle ne voulait pas se fâcher sur toi, Aiden. Elle a eu une très mauvaise journée, aujourd'hui, c'est pour ça que ton papa est parti. Il va l'aider. Ne t'inquiète pas, tout ira bien.

—Je sais, a-t-il chuchoté, mais j'ai quand même pleuré. Papa me manque toujours quand elle se fâche, parce que quand papa est là, elle ne crie jamais.

J'ai essayé de trouver des mots réconfortants, mais je me sentais bien démunie.

Merde.

—Je t'aime, Lucy, a murmuré Aiden en fermant les yeux.

Mon cœur a littéralement fondu et j'ai secrètement ourdi toutes sortes de scénarios pour assassiner cette salope égocentrique et manipulatrice. Elle pouvait peut-être se faire écraser par une caméra hyper lourde sur un plateau de tournage ? Ce serait si drôle. Qui peut crier sur un enfant qui offre un câlin réconfortant ? Qui, bordel ?

—Moi aussi, je t'aime, petit homme, ai-je murmuré en déposant un petit baiser sur sa joue.

Me sentant moi aussi gagnée par le sommeil, j'avais fini par m'allonger en trouvant la position la plus confortable possible sans bousculer Aiden.

Quelques secondes, ou peut-être quelques minutes, plus tard, quelque chose m'a réveillée. Groggy, j'ai balayé la pièce du regard en tendant l'oreille. Adam ?

Je n'avais pas entendu de voiture ni la porte d'entrée. Ce n'était pas Adam. Avant de me coucher, j'avais coupé le son de la télé sans l'éteindre et la lueur de l'écran suffisait à me donner une vision claire du salon.

Comme je n'arrivais pas à me débarrasser de ce pressentiment étrange, je me suis frotté les yeux et me suis lentement redressée.

C'est là qu'un craquement sec m'est parvenu. Une branche. Mon cœur s'est emballé. J'ai écarté les draps pour jeter un coup d'œil en direction du jardin. Dehors, il faisait noir et le canapé m'empêchait de voir les fenêtres depuis notre petite cachette. Je me suis sortie de la cabane à quatre pattes et j'ai attendu, oreilles aux aguets.

Rien. Soudain, quelque chose.

Quelqu'un était en train de longer la baie vitrée, son ombre se déplaçait sur le parquet, juste devant moi.

Ravalant mon cri, je suis rentrée dans la cabane comme j'en étais sortie et j'ai commencé à secouer Aiden.

—Aiden. Aiden, réveille-toi.

Ma voix était à peine audible.

Il a poussé un petit grognement et a ouvert les yeux en battant des paupières.

—Aiden, il faut que tu te lèves, d'accord ? Tu veux bien faire ça pour moi ?

—Papa est rentré ?

—Pas encore, mon cœur, mais j'ai besoin que tu te lèves tout de suite, d'accord ?

—D'accord, a-t-il marmonné en me laissant le redresser en position assise.

Un cliquetis a résonné. Il ressemblait furieusement au bruit d'une porte que l'on tente de forcer, mais le silence est vite retombé.

J'ai baissé les mains d'Aiden, qui était encore en train de se frotter les yeux, pour capter son attention.

—Écoute-moi bien, Aiden. J'ai besoin que tu…

Putain de merde ! J'avais laissé mon téléphone dans la chambre d'Adam lorsque nous avions été y chaparder quelques oreillers supplémentaires.

—Aiden, à mon signal, on foncera dans la chambre de ton papa à toute vitesse, d'accord ? Tu peux faire ça pour moi ?

—Mais pourquoi ?

—Parce qu'il faut qu'on se cache, d'accord ?

—C'est une urgence ?

—Oui. Oui, c'est une urgence. Il faut qu'on se cache pour que je puisse appeler ton papa et lui dire de revenir tout de suite, tu comprends ?

Il s'est gratté la tête et m'a regardée avec un petit air désorienté adorable sur lequel j'aurais pris le temps de m'attendrir si un danger potentiel n'avait pas été aussi imminent.

—Mais, si c'est une urgence, on doit appeler le 911 et Dan. C'est papa qui me l'a dit.

—Tu as tout à fait raison, mais d'abord, il faut qu'on coure dans la chambre de ton papa pour que je puisse retrouver mon téléphone, d'accord ?

Il a hoché la tête et je l'ai aidé à se lever tandis que je restais à quatre pattes. Il était assez petit pour ne pas se faire repérer derrière le canapé.

J'ai pris une inspiration tremblante et je me suis éloignée une seconde d'Aiden pour risquer un coup d'œil dehors en me retenant au bras du canapé. Quand j'ai été certaine que personne n'était en train d'épier par les fenêtres du salon, je me suis levée et j'ai donné le signal à Aiden.

Le soulagement que j'ai ressenti quand il a suivi mes consignes sans m'obliger à les répéter et qu'il s'est précipité directement dans la chambre de son père était indescriptible. Je me suis élancée juste derrière lui.

Dans la chambre, mon téléphone était toujours posé sur la commode. Je me suis jetée dessus et, de mes doigts tremblants, je suis parvenue tant bien que mal à retrouver le numéro de Dan dans mes contacts.

— Allô ? Tout va bien, Lucy ?

Dès que j'ai entendu sa voix, une bouffée de soulagement m'a envahie.

— Dan, ai-je chuchoté. Dan, il y a quelqu'un dans le jardin. Je crois qu'il essaie de pénétrer dans la maison. Il faut revenir tout de suite.

— D'accord, Lucy. Écoute.

Il s'exprimait avec son flegme habituel, mais, hélas, ça n'a pas suffi à apaiser mon cœur en proie à la panique.

— Il faut que tu prennes Aiden et que vous vous cachiez. Tu peux faire ça ? Tu peux réveiller Aiden et le mettre en sécurité avec toi dans l'une des chambres ?

— Si ça se trouve, c'est rien du tout, ai-je hasardé quand il a eu fini de me foutre encore plus la trouille. Peut-être que ce n'est que…

Quelqu'un a frappé à l'une des fenêtres ; le bruit a retenti aussi clairement qu'une cloche dans toute la maison. J'ai sursauté, le cœur dans la gorge.

— Parle-moi, Lucy, m'a ordonné Dan sèchement.

— O.K. O.K. Il faut qu'on se cache, et toi, il faut que tu rappliques ici tout de suite, Dan. Quelqu'un vient de frapper à la fenêtre. Rapplique maintenant !

J'ai coupé la communication et j'ai réalisé que j'étais à bout de souffle, comme si j'avais couru un putain de marathon au cours de la minute que j'avais passée au téléphone. Ensuite, j'ai croisé le regard terrorisé d'un enfant de cinq ans qui venait d'entendre mon appel à l'aide paniqué. En me maudissant, je me suis agenouillée devant lui et il s'est jeté dans mes bras avant même que je n'aie pu dire quoi que ce soit.

—J'ai peur, Lucy.

—Tout va bien, l'ai-je rassuré d'une voix que j'espérais inébranlable. Ça va aller, Aiden. Je suis là, avec toi, et ton papa et Dan sont en chemin.

Ensuite, mon pire cauchemar s'est réalisé : le bruit caractéristique d'une vitre qui se brise a retenti.

J'ai plaqué ma main sur la bouche d'Aiden pour étouffer ses cris. Ses yeux noyés de larmes ont croisé les miens et j'ai secoué la tête. Nouant ses jambes autour de ma taille, je me suis levée et je me suis ruée dans la pièce adjacente. Le dressing d'Adam. C'était la pire ou la meilleure des cachettes. Après avoir inspecté les lieux, j'ai écarté une rangée de pantalons, je me suis agenouillée et j'ai aidé Aiden à ramper dans l'espace étroit entre les vêtements et le mur. Restait à espérer que nous y serions bien cachés. Je l'ai rejoint et je l'ai serré dans mes bras.

Les larmes du petit homme mouillaient mon tee-shirt tandis qu'il pleurait en silence.

Retenant mon souffle, j'ai tendu l'oreille pour détecter des bruits de pas, mais j'entendais que dalle. J'ai composé le 911 et j'ai expliqué la situation à l'opérateur à voix basse. Je lui ai donné l'adresse exacte et lui ai indiqué où nous nous étions réfugiés.

Il m'a demandé de rester en ligne et m'a promis qu'il nous envoyait la police, mais ce que j'ai surtout entendu, c'est une voix masculine qui s'est mise à murmurer le nom d'Aiden quelque part dans la maison et des pas qui se rapprochaient.

—Je l'entends. Je ne peux plus parler. Quelqu'un arrive, ai-je chuchoté à mon interlocuteur qui se donnait beaucoup de mal pour que je garde mon sang-froid.

Tremblant comme une feuille, j'ai posé le téléphone et j'ai fait signe à Aiden de ne pas faire un bruit. Pour être sûre, j'ai plaqué ma main sur sa bouche et je lui ai murmuré de fermer les yeux. Je n'ai pas honte d'avouer que je l'ai imité.

La maison et notre cachette étaient plongées dans l'obscurité, mais le simple fait de fermer les yeux m'a procuré un sentiment idiot de sécurité. Ça me ferait une belle jambe si ce cinglé nous trouvait.

S'il n'y avait eu que moi, si Aiden n'avait pas été là, en train de s'accrocher à moi comme si sa vie en dépendait – et peut-être bien qu'elle en dépendait –, j'aurais attrapé un objet tranchant ou lourd et… merde, je ne sais pas, peut-être que j'aurais attaqué l'intrus. Mais là, c'était impossible. Je ne pouvais pas faire prendre de risques à Aiden.

Ses pas se sont arrêtés devant la chambre d'Adam, à moins qu'il ne soit déjà entré dans la pièce. J'étais à deux doigts de m'évanouir. La seule chose qui m'en a empêchée, c'est ce petit garçon que je tenais dans mes bras et qui tremblait encore plus fort que moi. Soudain, l'intrus a recommencé à appeler Aiden d'une voix doucereuse. Un frisson a remonté toute ma colonne vertébrale.

— Aiden. Je suis venu te chercher pour te ramener chez toi. Tu peux te montrer, c'est ta maman qui m'envoie.

J'ai encore resserré mon étreinte et j'ai posé ma tête sur celle d'Aiden en continuant à lui couvrir la bouche. La pression que j'infligeais à mon corps pour que nous ne fassions pas le moindre bruit était colossale. Mais si ce type entrait dans la pièce, j'étais sûre qu'il nous repérerait en un clin d'œil. Puis, les pas se sont éloignés et j'ai ravalé mon cri pour de bon.

L'homme a continué à fouiller toutes les pièces sans cesser de chuchoter le nom d'Aiden.

Lorsque j'ai reconnu la douce mélopée des sirènes de police au loin, j'ai laissé mes premières larmes couler.

27

Adam

Une véritable marée humaine s'était déployée devant notre maison. Il y avait trois voitures de police avec leurs gyrophares rouge et bleu aveuglants garées devant chez moi et un nombre incalculable d'objectifs braqués sur la grille grande ouverte. Deux agents tentaient de contenir la foule.

En chemin, nous avions appelé les secours et appris que Lucy était en ligne avec un autre opérateur. Lorsqu'ils m'avaient demandé le code secret de la grille parce que Lucy avait cessé de répondre, mon cœur s'était arrêté.

Rien, et, quand je dis rien, c'est vraiment rien, n'aurait pu me préparer au chaos qui régnait là.

—Il faut que tu gardes ton sang-froid, m'a ordonné Dan. Il y a des caméras et des appareils photo partout, Adam. Si cet enfoiré est encore sur place, surtout garde ton sang-froid.

Ses paroles avaient du mal à franchir le brouillard qui s'était abattu sur mon esprit. Dès que les paparazzis ont reconnu ma voiture, ils se sont détournés de la grille pour se ruer sur nous et se sont mis à grouiller autour de nous, nous empêchant d'avancer.

Ignorant les cris et les mises en garde de Dan, j'ai ouvert la portière. J'ai dû pousser dessus pour réussir à m'extirper de l'habitacle, heurtant quelques objectifs au passage, puis je me suis précipité vers la maison.

La première chose que j'ai repérée, c'est mon fils dans les bras de Jason Thorn, à côté d'une autre voiture de police. Quelque chose s'est brisé en moi – à moins que ce quelque chose se soit recollé… ou peut-être les deux à la fois. Je ne me rappelle plus le nombre de secondes qu'il m'a fallu pour franchir le barrage de flics qui voulaient m'empêcher de les rejoindre.

—Il s'est endormi, m'a expliqué Jason en transférant délicatement mon fils dans mes bras.

Le souffle haletant, j'ai inspecté son corps pour m'assurer qu'il allait bien, qu'il n'était pas blessé, puis je l'ai serré de toutes mes forces contre moi. Sa tête est retombée sur mon épaule et, d'instinct, ses petites mains ont agrippé ma chemise. L'agitation qui régnait à quelques mètres de nous ne perturbait pas son sommeil.

Le front posé sur son épaule, j'ai pris une profonde inspiration pour retrouver mon calme.

J'ai relevé la tête. Tout ce qui comptait à présent, c'était Lucy… et elle était juste là, cramponnée à la main d'Olive ; leurs visages étaient ruisselants de larmes.

Je me suis précipité vers elle.

—Je t'aime, Lucy. Je t'aime tellement, lui ai-je dit d'une voix rauque.

Elle s'est accrochée à moi aussi désespérément que je me suis accroché à elle.

Son corps était secoué de tremblements, son souffle haché. Si j'avais pu, je l'aurais étreinte encore plus, et mieux, mais c'était impossible pour l'instant.

—Je t'aime, ai-je susurré dans son cou avant d'effleurer sa peau d'un baiser. Je t'aime. Je t'aime.

J'ai fermé les yeux, ignorant les cris et les flashes.

Je l'ai embrassée sur la bouche un nombre incalculable de fois, goûtant ses larmes.

Je l'ai embrassée dans le cou, sur le nez, partout. Partout.

Je n'ai pas arrêté de la remercier d'avoir été là pour mon fils, de lui avoir sauvé la vie pour la deuxième fois.

Je l'ai serrée contre moi pendant de longues minutes.

Sans prêter la moindre attention à ce qui se passait autour de nous.

C'est là, à cet instant précis, alors que le reste du monde avait disparu et qu'il n'y avait plus que nous trois, alors qu'elle m'accordait assez de confiance pour rester blottie dans mes bras et me laisser lui déclarer tout mon amour, c'est là que j'ai eu la certitude que je ferais tout ce qui était en mon pouvoir, même si je devais pour ça me confronter à sa colère, pour lui faire comprendre que j'étais celui qui la rendrait heureuse pour le restant de ses jours, et que j'avais déjà rompu la malédiction.

Soirée de terreur pour la famille Connor

Quelle journée, chers lecteurs, quelle journée…

Elle avait démarré avec le refus d'Adeline Young de commenter ou de répondre à la moindre question concernant ces rumeurs de *sextape* et elle s'est muée en cauchemar lorsqu'un harceleur présumé d'Adeline s'est introduit par effraction dans la villa d'Adam Connor à Bel-Air. Toutefois, la soirée s'est achevée sur une note positive pour notre acteur oscarisé. En effet, le clou du spectacle est sans conteste le moment où il a pris une femme dans ses bras et s'est mis à l'embrasser sous les yeux des photographes. Cela nous a pris un peu de temps, mais nous sommes enfin parvenus à identifier la petite veinarde : il s'agit de l'agent littéraire d'Olive Thorn, Lucy Meyer. Un peu plus tôt dans la soirée, les deux tourtereaux avaient également été photographiés alors qu'ils dînaient en compagnie d'Olive et Jason Thorn.

Mais avant de verser des seaux de larmes sur cette occasion manquée pour nous avec Adam Connor, revenons sur la fin de soirée terrifiante qu'ont vécue le fils et la nouvelle compagne d'Adam Connor.

Le harceleur présumé, J.D., serait l'un des plus grands admirateurs d'Adeline Young qui aurait fait de l'excès de zèle.

Après avoir été appréhendé en flagrant délit d'effraction et de harcèlement dans la villa d'Adam Connor, J.D. a avoué qu'il espionnait Adeline depuis plusieurs jours. Il a aussi reconnu avoir violé le domicile de l'acteur à qui il voulait, selon ses dires, « faire du mal pour venger Adeline ». Il est en outre persuadé que cette dernière lui est destinée et qu'ils se marieront un jour. « Je ne pouvais pas rester assis là, à la regarder pleurer, pendant qu'Adam Connor lui volait son fils », a-t-il déclaré.

Dans la vidéo ci-dessous, vous pouvez entendre l'appel déchirant que la nouvelle compagne d'Adam a passé au 911. Cet enregistrement donne une idée précise et terrifiante de l'angoisse qu'Aiden Connor et elle ont endurée au cours de ces longues minutes. On comprend aussi qu'ils s'étaient réfugiés dans le dressing d'Adam, jusqu'à ce que la police fasse irruption et appréhende l'intrus. Pour autant que nous sachions, J.D. n'était pas armé au moment de son arrestation, mais qui sait comment il aurait réagi s'il avait trouvé la cachette d'Aiden Connor et Lucy Meyer ? En effet, il était convaincu d'être en mission pour sauver le petit garçon des griffes de son père et le rendre à sa mère.

Une heure environ avant l'appel au secours de Lucy Meyer, Adam Connor avait été photographié alors qu'il entrait chez son ex-femme. D'après nos sources, dès qu'il a compris qu'un drame se jouait chez lui, il est reparti sur les chapeaux de roues. Sur les photos ci-dessous, on le voit se précipiter dans sa propriété et prendre son fils endormi des bras de Jason Thorn, puis étreindre sa compagne en larmes.

À l'heure où nous écrivons ces lignes, nous ne saurions trop exprimer notre soulagement à l'idée que personne n'ait été blessé et qu'Aiden Connor ait retrouvé la sécurité des bras de son père pour la nuit.

Nous mettons également tout en œuvre pour en apprendre plus sur cette mystérieuse nouvelle amoureuse.

28
Adam

La police a fini par embarquer l'agresseur menotté, puis Jason et Olive sont rentrés chez eux, non sans nous avoir promis de revenir le lendemain pour nous apporter leur aide. Quand tout a été terminé, nous nous sommes retrouvés à quatre, Aiden, Lucy, Dan et moi.

Aiden toujours endormi dans les bras, j'ai entraîné Lucy dans ma chambre et j'ai refermé la porte derrière nous. J'avais besoin de passer le reste de la nuit seul avec eux. Dan s'occupait des formalités et passerait encore un bon bout de temps au téléphone. De toute façon, nous serions vite à l'aube et, d'ici quelques heures à peine, je prendrais le relais. Mais pendant ce court répit, j'étais exactement là où je voulais être.

Lucy m'a aidé à border Aiden, puis s'est assise à côté de moi pendant quelques minutes, en silence, tandis que je regardais mon fils dormir paisiblement, les mains calées sous sa tête, la bouche entrouverte. J'ai écarté les cheveux qu'il avait sur le front et j'ai souri lorsqu'il m'a donné un petit coup de pied. Aiden avait toujours été un bon dormeur, quelles que soient les circonstances. Sans cela, je me serais inquiété pour son sommeil, après toutes ces émotions. Quand j'ai été certain qu'il était en sécurité et que tout irait bien, j'ai emmené Lucy dans la salle de bains en faisant fi de son air interrogateur.

Après avoir verrouillé la porte, j'ai attendu que mon vertige passe, le front posé contre le battant.

J'ai senti la main de Lucy sur mon épaule, puis dans mon dos, caressante.

—Il va bien, Adam. Il ne risque plus rien, maintenant.

J'ai fait volte-face et je lui ai saisi les poignets avec force, pas assez pour lui faire mal, mais suffisamment pour qu'elle comprenne qu'elle ne m'échapperait pas.

—Toi non plus, tu ne risques plus rien, Lucy, ai-je déclaré d'une voix grave. Voilà. La conversation n'ira pas plus loin. Vas-y, balance-moi les raisons pour lesquelles tu estimes qu'on ne peut pas être ensemble, je te prouverai qu'elles sont toutes fausses. C'est maintenant ou jamais, parce que tu n'auras pas d'autres occasions de le faire. Je ne te lâcherai pas.

Puis, je me suis forcé à faire exactement le contraire et j'ai lâché ses poignets pour attendre sa réaction, toujours debout devant la porte, l'empêchant de sortir. D'après moi, elle ne s'enfuirait pas, mais avec Lucy, on ne savait jamais, elle était si imprévisible, et je n'étais pas prêt à prendre le risque de la perdre.

—D'accord, a-t-elle soupiré. D'accord, Adam. Tu as gagné.

Je lui ai enlacé la taille et je l'ai attirée contre moi.

—Qu'est-ce que j'ai gagné, au juste ?

—Moi, apparemment.

Elle a esquissé un petit sourire hésitant, puis a levé un poing victorieux, mais sans entrain.

—Euh… Youpi. Félicitations. Tu viens de remporter une relation de couple. Savoure la victoire.

—Je suis aveuglé par ton enthousiasme débordant.

—De rien.

Un éclat de rire m'a échappé et je l'ai embrassée. Toutefois, elle m'a interrompu avant que je n'aie pu pleinement la goûter, avant que je n'aie pu insuffler à son regard cette lueur lointaine et rêveuse.

—Avant que tu continues ce qui, j'en suis certaine, sera un horrible baiser, je tiens à t'avertir que je sais déjà que ça ne nous mènera nulle part.

J'ai secoué la tête.

—Tant de passion, vraiment, c'est fou. Calme un peu tes ardeurs, Lucy.

—Je suis sérieuse. J'ai besoin que tu comprennes que je suis sereine par rapport à ça. Quand le moment de la rupture viendra et que…

—À cause de ta malédiction, c'est ça ?

—Oui. Moque-toi de moi si tu veux, mais le jour où ce sera fini…

J'ai saisi le bas de son tee-shirt et je le lui ai enlevé d'un coup.

—Qu'est-ce que tu fais ? a-t-elle demandé posément.

—La conversation est terminée.

—Je voulais juste te dire qu'il n'y aura pas de souci…

Cette fois, c'est son pantalon que j'ai ôté, une jambe à la fois. Puis sa petite culotte, tandis qu'elle s'accrochait à mes épaules, et enfin, son soutien-gorge. Je l'ai aussi débarrassée de l'élastique qu'elle avait dans les cheveux et ceux-ci se sont déployés sur ses épaules nues.

—D'accord, Adam. D'accord.

À son tour, elle a glissé ses mains sous ma chemise, laissant courir ses doigts sur ma peau chaude. J'étais aussi brusque qu'elle était douce. Lorsqu'elle a soulevé ma chemise, j'ai carrément arraché celle-ci.

Je l'ai regardée déboutonner et baisser mon pantalon ainsi que mon boxer.

J'étais prêt pour elle. Totalement. Mon cœur autant que mon corps.

Sa main s'est refermée autour de mon membre bouillant et dur. J'ai fermé les yeux pour savourer le contact de sa peau sur la mienne, une sensation qui menaçait une fois de plus de me faire basculer. Puis, après les avoir rouverts pour me repaître de sa beauté, j'ai capturé ses lèvres.

Sur une impulsion, j'ai laissé glisser mes mains jusqu'à ses fesses et je l'ai soulevée. Passé le petit hoquet de surprise, elle a noué ses bras autour de mon cou et ses jambes autour de ma taille. Je l'ai déposée sur le meuble de salle de bains.

Nous n'avions pas besoin de mots pour ça.

J'ai plongé le nez dans son cou pour humer son odeur unique, la fragrance du bonheur, celle dont je ne pouvais plus me passer. Elle a renversé la tête en arrière en poussant un gémissement sensuel. J'adorais être capable de lui faire ça, capable d'arrondir ses angles, d'adoucir son cœur. J'ai porté son sein à ma bouche et j'ai tournoyé autour de son mamelon avec ma langue en pétrissant sa chair, jusqu'à ce que son souffle s'intensifie.

Je lui ai donné le baiser qu'elle m'a réclamé, ne m'interrompant que lorsqu'elle a rejeté la tête en arrière pour émettre un petit cri de plaisir. Je venais d'introduire mes doigts en elle. Après ça, j'ai absorbé chacun de ses souffles, chaque gémissement, chaque plainte lascive qui jaillissait de sa bouche. Quand c'est devenu intenable pour moi, j'ai enfoncé mon érection dans son sexe trempé de désir et j'ai avalé son long gémissement. Nous ne formions plus qu'un.

— À partir de maintenant, c'est toi et moi, Lucy, ai-je susurré sur sa peau. Toi et moi.

Appuyant le front sur son épaule, je me suis retiré alors que je n'étais encore entré qu'à moitié et, lorsque j'ai compris qu'elle était prête à m'accueillir tout entier, j'ai plongé en elle. Elle a arqué le dos, pressant ses seins contre mon torse, tandis que ses ongles me labouraient les épaules. Je l'ai regardée se mordre la lèvre inférieure sous mon assaut.

Je lui ai fait l'amour et ça n'a pas été différent de ce que nous avions fait auparavant. Elle et moi, nous avions atteint la perfection dès la toute première fois. Tandis que je la pénétrais, je me suis délecté de chaque gémissement de plaisir, et quand elle m'a supplié de lui en donner plus, je lui en ai donné plus.

Je l'ai aimée encore intensément.

Je l'ai embrassée encore plus passionnément.

Je l'ai étreinte encore plus avidement.

—Je veux tout, Adam, a-t-elle pantelé dans mon oreille tandis que je martelais son corps à grands coups de reins, la faisant glisser en arrière sur le meuble.

J'ai placé une main dans le bas de son dos pour la maintenir en place et, de l'autre, j'ai écarté un peu plus ses cuisses pour aller au plus profond de son intimité.

—Quand tu dis « tout », tu ne parles pas uniquement de ma queue, hein ? Tu me veux, moi aussi ?

Elle a hoché la tête en accentuant la pression de ses doigts sur ma peau.

—Toi et ta queue. Je veux tout de toi. Je veux tout avec toi.

—Tu auras tout, lui ai-je promis tandis que les premiers spasmes de son orgasme ondulaient sur ma queue et qu'elle se raidissait dans mes bras.

Elle m'a mordu l'épaule pour étouffer ses cris, et j'ai encore accéléré la cadence de mon bassin pour lui donner tout, exactement comme elle me le demandait chaque fois que j'étais en elle. J'ai continué jusqu'à ce que je sente son corps se détendre dans mes bras et que ce soit à mon tour d'atteindre les sommets de l'extase. J'ai joui en elle en poussant un long grognement. Elle a attrapé mon visage à deux mains et m'a embrassé longtemps.

Je lui avais tout donné, mais j'ai quand même continué les va-et-vient en elle. J'aurais pu lui faire l'amour pendant des heures si nous avions eu le temps. Mon érection était encore assez puissante, mais, autant j'aurais voulu continuer à combler la femme que j'aimais, autant j'avais besoin de tenir mon fils dans mes bras.

Je me suis autorisé quelques minutes de plus, sans précipitation, savourant la caresse humide de sa chair, jusqu'à ce que nos souffles s'apaisent. Encore un peu, rien qu'une petite minute, ai-je songé… quand, soudain, elle nous a surpris tous les deux en jouissant une deuxième fois. Un délicieux picotement m'a longé l'échine et j'ai joui en même temps qu'elle.

Sur mes lèvres flottaient son nom et la douce promesse d'un *nous*.

La nouvelle chérie d'Adam Connor, une briseuse de ménage ?

Hier, quelques jours à peine après les événements survenus chez Adam Connor, Adeline Young est allée s'entretenir avec *Vanity Fair* pour évoquer son mariage et ce qui est réellement arrivé à son couple autrefois heureux. Alors que les rumeurs continuent à circuler sur sa prétendue *sextape* – à ce propos, nous attendons toujours avec impatience que la fameuse vidéo soit révélée au monde entier –, Adeline Young a fait une déclaration pour le moins inattendue, et dont nous ne savons toujours pas quoi penser.

« J'ai toujours gardé ça pour moi, mais depuis que j'ai découvert les photos où on les voit ensemble, je ne veux pas qu'on balaie ça sous le tapis », a ainsi fait savoir l'actrice hollywoodienne lorsqu'on lui a présenté des clichés d'Adam Connor en train d'étreindre Lucy Meyer et son fils dans ses bras. « Personne ne m'a appelée pour m'expliquer ce qui se passait, on ne m'a jamais dit que mon fils était en danger. Je l'ai découvert le lendemain en lisant la presse et j'ai appris les détails quand les enquêteurs de police sont venus frapper à ma porte. J'ai été estomaquée. On n'aurait jamais dû laisser mon fils avec une nounou après un tel traumatisme. Il avait besoin de sa mère et on ne m'a pas laissé la moindre chance d'être là pour lui. »

D'après l'actrice, Lucy Meyer aurait commencé à travailler pour Adam Connor en tant que nounou d'Aiden avant de devenir l'agent littéraire d'Olive Thorn. Si le couple était déjà divorcé lorsque tout cela s'est produit, Adeline Young affirme qu'Adam et elle envisageaient de se remettre ensemble, de s'accorder une deuxième chance, au moment où Lucy Meyer s'est immiscée dans leur vie. « Je l'ai rencontrée. Je l'ai observée pendant qu'elle jouait avec mon fils. Mais j'étais tellement aveuglée par l'amour et la confiance que j'avais pour mon mari que je n'ai rien vu venir. Je ne l'ai pas vue telle qu'elle était vraiment. Jamais je n'arrêterai de me battre pour mon fils. »

En outre, elle maintient que c'est Adam Connor lui-même qui apparaît dans la fameuse *sextape* et personne d'autre. « On était jeunes. On a fait une bêtise. Malheureusement, je pense que si cette vidéo éclate au grand jour maintenant, c'est parce qu'Adam ne veut pas que je crie sur tous les toits qu'il m'a trompée avec cette fille alors que je traversais une phase difficile ; j'étais vulnérable et toujours si amoureuse de lui. »

L'interview se poursuit sur le même ton et, à ce stade, nous ne savons toujours pas s'il faut croire ces allégations.

Dès la parution de cet entretien exclusif, l'équipe de communication d'Adam a surpris tout le monde en publiant un démenti. Dans celui-ci, on peut lire qu'à aucun moment, Adeline et Adam n'ont envisagé de se remettre ensemble et que la relation entre Adam Connor et Lucy Meyer est très récente. En outre, il est précisé que Lucy Meyer n'a jamais travaillé en tant que nounou pour Adam Connor et que leur histoire est tout simplement celle d'une amitié qui, au fil des rencontres, s'est muée en relation amoureuse.

Nous vous avions pourtant conseillé d'acquérir au plus vite un abri de jardin dans le voisinage d'Adam Connor. Vous auriez pu aller frapper à sa porte pour lui offrir des pâtisseries maison ou lui demander un peu de sucre pour vous dépanner. Hélas, il semble désormais que ce soit trop tard.

29
LUCY

J'ai lu l'interview. Je l'ai lue, relue et re-relue, m'évertuant à chercher l'erreur, mais mon nom y apparaissait toujours et j'étais accusée – sans ménagement – d'avoir brisé un mariage.

Comment aurais-je pu briser quelque chose qui n'existait plus ? Ces gens étaient-ils donc stupides ?

Je venais d'entamer ma cinquième lecture lorsque Olive m'a arraché la tablette des mains.

—Eh ! ai-je protesté, avant de baisser d'un ton devant le regard sévère que me jetaient les autres clients.

Je me suis cramponnée au bord de la table pour me recentrer. C'est là que mon téléphone s'est mis à sonner, ravivant ma rage.

—Comment ont-ils fait pour obtenir mon numéro ?

—C'est la merde, a soupiré Olive.

—C'est bien plus que ça. Mais bon sang, qu'est-ce que je lui ai fait, à cette cinglée ?

—Tu n'as rien fait, Lucy. Je la soupçonne d'avoir lancé ça pour éloigner les projecteurs d'elle et les braquer sur Adam… ou alors, elle essaie de se venger de lui, va savoir. Depuis leur divorce, on n'entend parler que d'elle. Tu sais ce qu'on dit : « Mieux vaut une mauvaise publicité que pas de publicité du tout »… Je crois qu'elle l'applique un peu trop à la lettre.

Nous attendions la nouvelle équipe éditoriale d'Olive dans notre café préféré, en ville, afin de discuter de son prochain roman. Et puis célébrer cette nouvelle collaboration. Nous avions appris l'existence de l'interview d'Adeline via Megan, l'attachée de presse de Jason, lorsqu'elle avait appelé Olive pour la prévenir que cet article déchaînait les passions et que j'allais sûrement être envahie d'appels téléphoniques.

Si j'avais su à quel point elle avait raison, jamais je n'aurais quitté la maison. Dès l'instant où nous avions mis un pied hors de la propriété, nous avions été encerclées de paparazzis.

—Peut-être qu'elle espérait réellement se remettre avec lui. Je veux dire : apparemment, c'était en bonne voie, si on en croit ce qu'elle raconte. Peut-être que si je n'étais pas grimpée sur ce fichu mur, ils seraient ensemble à l'heure qu'il est. Adam ne m'a jamais parlé de réconciliation, mais qu'est-ce que j'y connais, à leur relation, hein ? Ils ont été mariés pendant des années et, non seulement ça, mais ils ont un enfant.

—Ne commence pas, Lucy. S'ils étaient faits pour être ensemble, ils le seraient, peu importe le nombre de murs que tu aurais escaladés.

J'ai respiré profondément.

—On peut s'en aller, tu sais, m'a-t-elle proposé. Je suis certaine que si on appelle Jason ou Adam, ils viendront te chercher.

—Et pourquoi je prendrais la fuite devant ces vautours ? Je n'ai rien fait, merde. En tout cas, rien qui justifie de partir la queue entre les jambes.

La table a recommencé à vibrer. J'ai empoigné mon téléphone et je l'ai éteint une bonne fois pour toutes. C'était ça ou le plonger dans le verre d'eau posé en face de moi.

Olive allait reprendre la parole lorsque c'est son téléphone qui s'est mis à sonner. J'ai plongé la tête entre mes mains en poussant un geignement de frustration.

—Non, attends. C'est Adam. Tu veux répondre ?

J'ai réfléchi. Je n'aurais pas dû éprouver le besoin de le faire. Malheureusement, c'était le cas.

—Je ne crois pas que j'en sois capable, là, tout de suite, ai-je fini par trancher.

Olive a observé son écran en grimaçant.

—Ce n'est pas à cause de lui, Olive, ai-je précisé. C'est juste que je n'ai pas envie de parler de ça maintenant. J'aimerais faire comme si de rien n'était pendant encore quelques heures, au moins le temps de notre réunion. Je ne veux pas être déconcentrée.

—D'accord, on ne répond pas, alors. Tu as raison. Il sait où tu habites, de toute façon, ce n'est pas comme si tu risquais de t'enfuir.

—Ces derniers jours, je me suis pas mal demandé dans quel camp tu étais, mais avec ce que tu viens de dire, je crois que j'ai ma réponse.

Elle m'a décoché un sourire de nunuche.

—Que veux-tu que je te dise ? Il a réussi à conquérir ton cœur, je suis séduite. Et je suis convaincue qu'il est ton âme sœur. Tu auras beau faire et dire, ce mec ne te laissera pas tomber facilement. Il a réussi à briser ta malédiction, et, si tu veux mon avis, Lucy Meyer, maintenant que tu n'as plus ce prétexte, tu ne sais plus quoi faire.

—Pitié, ai-je raillé. La malédiction sera levée le jour où je me marierai en robe blanche. C'est là que ça coince, dans notre famille. Aucune femme n'est parvenue à se faire mettre la bague au doigt. Mais, quand bien même…

Olive a camouflé son sourire de plus en plus large derrière son verre d'eau.

—C'est quoi ton problème ? Pourquoi tu ricanes comme ça ?

Du menton, elle m'a fait signe de regarder derrière moi. Je me suis tournée et… Adam Connor se ruait dans notre direction d'un pas furieux.

—Pourquoi tu as coupé ton téléphone ? m'a-t-il interrogée en guise de bonjour.

—Qu'est-ce que tu fiches ici ?

Il m'a prise par le coude et m'a fait lever.

—Viens avec moi. Il faut qu'on parle.

Malgré la colère, il ne me tenait pas fermement, alors je me suis libérée d'un mouvement sec.

—Je sais que tout le monde a l'air de croire que je suis une nounou, mais en réalité, je suis agent littéraire et j'ai une réunion. Je n'irai nulle part pour l'instant.

Il s'est tourné vers Olive, l'air encore plus contrarié.

—C'est grave si elle rate celle-ci ?

Elle semblait fascinée par notre échange.

—Oh, non, a-t-elle répondu. Vas-y, je t'en prie. Tu peux l'emmener.

Quelques secondes plus tard, je sortais par la porte de service pour me retrouver assise dans un SUV qui attendait là.

* * *

Le trajet jusque chez Adam s'est déroulé dans un silence glacial.

Dès que nous avons passé le pas de sa porte, je l'ai pris à partie.

—Cette réunion était super importante pour moi, Adam.

—Et toi, tu es super importante pour moi. Pourquoi tu as ignoré mes appels ?

—J'ai ignoré *tous* les appels, pas uniquement les tiens. Et, comme je viens de te le dire, j'étais occupée.

— Je refuse de te laisser ruminer cette histoire, Lucy. Pas si je peux t'éviter ça.

— Parfait. Alors, vas-y, je t'écoute.

J'ai croisé les bras et j'ai attendu la suite.

Après m'avoir scrutée pendant une longue minute, il m'a proposé de m'asseoir, ce que j'ai refusé.

— D'accord, Lucy. D'accord. On va le faire à ta manière – tant que tu ne me fuis pas. Cette interview… elle prétend que c'est moi sur cette *sextape*, qu'on nous voit ensemble : c'est faux.

— Tu m'as amenée ici juste pour me dire ça ? Tu étais marié, Adam. Tu t'es filmé en train de baiser avec ta femme, et alors ? Tu crois que c'est pour ça que je me fais traquer par les paparazzis ? Ils veulent savoir ce que j'en pense ?

Cette histoire de *sextape* ne m'intéressait pas du tout. Est-ce que je la regarderais si j'en avais la possibilité ? Absolument pas. Ce n'était pas cette partie-là de l'interview, le problème. Il s'est rapproché de moi et j'ai décroisé les bras, prête à me sauver.

— J'ai acheté la vidéo.

Il a encore fait un pas et j'ai reculé en fronçant les sourcils.

— Quoi ?

— Ce matin, j'ai payé un million de dollars pour acheter une *sextape* qui prouve que mon ex-femme m'a trompé alors qu'on était encore mariés. Avec un réalisateur… plus que probablement dans l'espoir de décrocher un rôle dans son film – ce qu'elle n'a même pas obtenu.

— Mais pourquoi as-tu fait ça ?

— Parce qu'elle ne me laisse pas le choix. Je n'ai pas l'intention de contacter la presse ni de donner une interview pour ajouter de l'huile sur ce putain de feu qu'elle a allumé toute seule, mais acheter la vidéo, je pouvais le faire, alors je l'ai fait. Si elle insiste et qu'elle continue à me nuire – et à te nuire, tant qu'à faire –, je lui ferai savoir que je peux prouver qu'elle ment.

Finalement, je préférais m'asseoir.

—Tu comptes lui faire du chantage ?

—Pas exactement. En théorie, c'est du chantage, mais comme elle ne peut vraiment pas prendre le risque que cette affaire éclate, je n'aurai jamais à me servir de cette vidéo. Bon, mais ce n'est pas de ça que je voulais te parler. Avant, je voulais te rassurer et te garantir que c'était la première et dernière fois qu'elle citait ton nom. Et si elle s'obstine à colporter ces rumeurs ridicules de trahison, elle devra en assumer les conséquences.

—Si ce n'est pas de ça, alors de quoi voulais-tu me parler ?

Je me suis redressée en me préparant au pire.

—Je vais te raconter une petite histoire. Tout commence avec Vicky, ma sœur… Elle avait dix-huit ans quand elle a déménagé à Paris. Les fréquentations qu'elle avait ici n'avaient pas une très bonne influence sur elle et elle était tombée dans la drogue. Pas de drogues dures, mais c'était moche quand même. On en a déjà discuté, je t'ai expliqué que mes parents organisaient beaucoup de fêtes et que, même si j'avais tout fait pour l'empêcher de toucher à ça quand elle était plus jeune… passé un certain âge, elle n'a plus eu besoin de moi. Pour te la faire courte, elle a couché avec n'importe qui et… elle est tombée enceinte.

Où voulait-il en venir ? Il s'est assis à l'autre bout du canapé en serrant les poings et je l'ai laissé continuer.

—Mes parents se sont arrangés pour qu'elle aille s'installer à Paris, chez ma tante qui y vit depuis longtemps. Ils ne pouvaient pas prendre le risque d'un tel scandale. Elle était enceinte d'un mois et demi quand ils l'ont envoyée là-bas. Et Vicky… elle était si jeune, Lucy.

Il m'a adressé un petit sourire avant de détourner les yeux.

— J'ai fait de mon mieux pour la protéger, mais, au final, elle a fait ses propres choix. Parfois, on a beau se démener pour sauver quelqu'un, il faut accepter que ce n'est pas toujours possible, surtout si ce quelqu'un ne le souhaite pas.

Il s'est levé et s'est mis à tourner en rond.

Je n'aimais pas la tournure que prenait son histoire. Pas du tout, même.

— Elle ne voulait pas de ce bébé, mais elle n'avait pas envie d'avorter non plus. Alors, eh bien…

Il a passé une main dans ses cheveux.

— Je n'ai jamais raconté ça à personne, a-t-il avoué avec un petit rire sec. Ça me fait bizarre.

Il est allé se poster devant la fenêtre et est resté là, en silence. Il me tournait le dos. J'avais l'impression de le revoir le premier soir où nous l'avions espionné. À ceci près qu'il n'y avait plus aucun obstacle entre nous, pas de mur, pas de baie vitrée. Il se tenait à quelques pas de moi.

— Mes parents n'étaient pas très emballés à l'idée de confier ce bébé à l'adoption, a-t-il repris. Ils étaient persuadés que ça finirait par leur retomber dessus. À cette époque, j'étais déjà avec Adeline. Elle venait rendre visite à Vicky avec moi à Paris. Elle était au courant de cette grossesse parce qu'elle se trouvait avec moi au moment où j'avais appris la nouvelle. Et puis bon, je l'aimais ; difficile de ne pas faire confiance à la personne qu'on aime, hein ?

Il s'est tourné face à moi. Il semblait attendre quelque chose de moi, ou alors il se préparait pour la suite.

Soudain, ça m'est apparu comme une évidence.

— Aiden n'est pas ton fils.

— Si, c'est mon fils, Lucy, s'est-il empressé de rectifier. Le jour de l'accouchement de Vicky, dès l'instant où je l'ai eu dans mes bras, il est devenu mon fils, et il le restera pour toujours.

—Mais comment… ? Enfin, il y a quelque chose qui m'échappe.

—C'est Adeline qui a eu l'idée. Et attention, ce n'est même pas à moi qu'elle en a parlé en premier. Elle en a d'abord fait part à mes parents qui ont sauté dessus sans hésiter.

—Mais comment ? ai-je répété.

Est-ce que je ne me sentais pas un peu bête à répéter comme ça la même question ? Si, bien sûr… mais j'avais vraiment envie de comprendre.

—Je me rappelle avoir vu des photos… d'Adeline enceinte, je veux dire.

—Oui, mais elle ne l'était pas. Elle a passé beaucoup de temps à Paris. Vicky n'habitait pas en plein centre-ville, donc il y avait peu, pour ne pas dire aucun risque qu'elle soit photographiée là-bas. Et, quand elle était ici, à Los Angeles, elle portait un de ces trucs d'actrice. Un faux ventre. Pareil sur les photos qu'elle postait sur les réseaux sociaux. Mais, même de près, c'était bluffant, tu peux me croire. Quant à moi, j'étais en tournage la plupart du temps, donc on ne passait pas beaucoup de temps à Los Angeles ni l'un ni l'autre. Il n'y a qu'une poignée de personnes qui étaient au courant de la grossesse de Vicky. Dan en fait partie. Ça explique que personne n'ait jamais fait le rapprochement.

—Wow.

Qu'aurais-je bien pu dire d'autre ?

—Adeline a voulu se marier et… y a-t-il un meilleur moment pour te retrouver la bague au doigt que quand ta compagne l'a décidé ?

—Pardon, mais wow.

—Mes parents ont trouvé cette solution parfaite à tout point de vue. Vicky était d'accord. Pour être honnête, je m'en fichais un peu. Donc, tout le monde était content.

—Alors tu étais d'accord avec tout ça ? La situation te convenait ? J'ai bien compris que ta sœur n'avait que dix-huit ans et que c'est jeune pour avoir un bébé toute seule, mais... Tiens, au fait, qui est le père ?

—Elle n'en est pas sûre. Pratique, n'est-ce pas ? a-t-il répondu avec un petit sourire forcé.

—C'est sûr. Bref, ce que j'essayais de dire juste avant, c'est qu'elle était jeune, d'accord, mais toi, tu n'étais pas beaucoup plus âgé. Tu avais quoi ? Vingt-deux ans ?

Petit hochement de tête.

—Un bébé, ça aurait fait un gros scandale parce que la maman n'avait que dix-huit ans et que c'était la fille du couple modèle le plus célèbre d'Hollywood. Sans parler du père inconnu. Ça pouvait être l'un des amis de Vicky ou, merde, peut-être une connaissance de nos chers parents. Vu le comportement de Vicky à l'époque, c'est impossible à deviner. Alors que si Adeline Young tombait enceinte de moi et qu'en plus, on se mariait... ça devenait une bonne nouvelle. Une merveilleuse nouvelle, même. En plus, j'aimais Adeline. Et j'aime ma sœur. Au début, je pensais qu'elle avait accepté parce que si c'était à moi qu'était confié son bébé, elle pourrait le voir grandir.

—Elle vit toujours à Paris, c'est ça ?

—Oui. Depuis qu'elle a découvert qu'elle attendait un enfant, elle n'a plus touché à rien, mais elle ne veut plus revenir ici. Alors c'est moi qui vais lui rendre visite. Chaque année, je vais à Paris pour son anniversaire et je prends Aiden avec moi.

—Pour qu'elle puisse voir son fils, ai-je deviné.

Adam a acquiescé.

—Pour qu'elle puisse voir le fils magnifique qu'elle a mis au monde, mais malheureusement, elle ne veut rien avoir à faire avec lui.

—Adam, je ne sais même pas quoi te...

J'avais envie de m'approcher de lui, mais j'avais aussi envie d'entendre tout ce qu'il avait à dire, alors je me suis tue. J'attendrais le bon moment.

—Elle ne veut pas qu'Aiden soit au courant, alors pour lui, Adeline et moi resterons ses parents jusqu'à nouvel ordre. Ça ne me fait plus rien. La dernière fois qu'on s'est retrouvés à Paris pour l'anniversaire de Vicky, ni mes parents ni Vicky n'ont consacré plus de quelques minutes à Aiden. Je n'ai jamais voulu qu'il se sente rejeté et je ne veux plus jamais qu'il se donne autant de mal pour qu'on s'intéresse un peu à lui. Je ne pense pas qu'on remettra les pieds à Paris de sitôt.

Moi non plus, je ne voulais pas qu'Aiden se sente rejeté. Je n'aurais jamais souhaité ça à personne, alors à un enfant, n'en parlons pas.

—Eh bien, qu'ils aillent se faire foutre, s'ils ne sont pas fichus de voir quel merveilleux et beau petit garçon il est… Désolée, je sais que c'est ta famille, mais franchement, qu'ils aillent se faire foutre.

—Avant qu'on me mette Aiden dans les bras, je n'étais pas certain d'y arriver. Bien sûr, épouser Adeline ne me dérangeait pas, parce que je l'aimais, mais un bébé ? Comme tu viens de le rappeler, je n'avais que vingt-deux ans. Qu'est-ce que j'y connaissais en bébé ? Mais ensuite, on me l'a tendu et je…

Il s'est de nouveau tourné vers la vitre. Cette fois, je l'ai rejoint, mais je me suis arrêtée à bonne distance.

—… j'ai touché son petit visage, ses minuscules doigts, ses joues.

Il y avait un sourire dans sa voix.

—Il est né prématurément ; il était si petit, mais si parfait. Qui aurait pu vouloir s'en séparer ?

Il s'est tourné et a eu l'air surpris de me trouver si près de lui.

—Mais, et les papiers ? Le certificat de naissance ? ai-je demandé.

Il a coincé une mèche de mes cheveux derrière mon oreille.

—Tu n'as pas idée de tout ce qu'on peut faire… de tout ce qu'on peut acheter, avec la fortune et le pouvoir de mes parents. Notre attaché de presse, Michel, il a son propre faussaire. C'est pour ça que c'est un si bon attaché de presse.

J'ai secoué la tête.

—Ça me paraît tellement fou.

—Mais ça l'est.

—Pourquoi me raconter tout ça maintenant ?

—Pour plusieurs raisons.

—Ah oui, et lesquelles ?

—Je voulais que tu saches tout parce que tu me fais peur, Lucy Meyer.

Quoi ?

—*Moi*, je te fais peur ? ai-je demandé, incrédule.

Hochement de tête.

—L'autre raison, c'est que je tiens à ce que tu sois au courant de tout. Je veux que tu comprennes que j'ai confiance en toi. Je veux que tu saches que, ce soir-là, j'ai dû te laisser seule avec Aiden parce qu'Adeline me menaçait de contacter les médias pour leur expliquer qu'Aiden n'était pas notre fils. Elle pensait que ça occulterait l'histoire de la *sextape*. Voilà pourquoi je suis parti en coup de vent.

—Mais pourquoi ferait-elle une chose pareille ?

—Pour sauver ce qu'il reste de sa carrière. Pour me donner le mauvais rôle. Elle enchaîne les erreurs. Jusqu'à ce qu'on soit pris en photo, toi et moi avec Aiden, elle était la méchante de l'histoire. Maintenant que tu es entrée en scène…

—Elle veut que ce soit moi la méchante pour pouvoir devenir la gentille et s'en tirer comme une fleur.

—Exactement. Sauf que maintenant, elle ne peut plus faire ça. Si elle parle d'Aiden à qui que ce soit, je publierai la vidéo. Si elle prononce encore un seul mot sur toi, je publierai la vidéo. Et on ne la voit pas juste faire une pipe, crois-moi. Elle s'imagine aussi qu'on n'aperçoit pas le visage de son partenaire, mais elle se trompe. Et si ça ne suffit pas, je commencerai à donner mes propres interviews et c'est bien la dernière chose dont elle a envie.

—Dis-moi que tout ça, ce n'est pas à cause de moi, Adam.

Il a pris mon visage en coupe.

—Tu n'as absolument rien à te reprocher, Lucy. S'il n'y avait pas eu ces photos de nous deux, elle aurait trouvé autre chose pour parvenir à ses fins. Elle n'a aucune affinité avec Aiden. C'est à cause de lui qu'elle a voulu divorcer, raison pour laquelle j'ai toujours envisagé de demander la garde exclusive. Tu n'es responsable de rien, je t'assure.

—Et pourquoi est-ce que je te fais peur, alors ?

C'était la première raison qu'il avait invoquée et je ne comprenais toujours pas. Comment pouvais-je faire peur ? À lui, par-dessus le marché ? En revanche, lui, il me fichait vachement la trouille, à cet instant. Et puis, je dois avouer que j'en avais marre de parler de cette vilaine sorcière.

—Parce que je t'ai dit que je t'aimais et tu n'as jamais réagi.

Il m'a caressé les pommettes en me dévorant du regard.

—Je ne m'attendais pas à ce que tu me dises la même chose, du moins pas tout de suite, et ça ne me dérange pas du tout, mais tu te comportes comme si je n'avais jamais rien dit.

— Je n'en ai pas reparlé parce que je sais que c'était l'adrénaline qui parlait, pas toi.

— Oh ? Vraiment ?

Son regard était si tendre, si rempli d'amour, qu'une boule s'est formée dans ma gorge.

— Tu as neuf grains de beauté sur le visage, a-t-il déclaré. Tu le savais ?

Pardon ?

— Euh… non. Je ne les ai jamais comptés.

— Moi oui. Mon préféré, c'est celui-ci.

Du bout du doigt, il a touché un point, juste sous mon œil, puis m'a effleuré la mâchoire et, arrivé au menton, m'a levé la tête.

J'ai retenu mon souffle, me préparant à recevoir un baiser, je l'ai espéré, même, mais celui-ci n'est jamais venu.

— Je t'aime, Lucy Meyer.

Il m'en demandait beaucoup… pour quelqu'un qui ne voulait rien exiger de moi. D'abord, il avait insisté pour qu'on soit en couple et, au moment où je commençais à me faire à l'idée, voilà qu'il en voulait plus encore. Et ce qu'il espérait de moi maintenant… pour beaucoup, ce n'était peut-être pas grand-chose, mais pour moi, c'était tout.

Il a comblé la distance entre nous.

— Je sais que tu as peur aussi, Lucy, a-t-il murmuré, et, tu sais quoi ? S'il y a une chose que j'ai apprise en amour, c'est qu'il vaut mieux avoir peur. Un peu ou beaucoup, peu importe, mais il faut que ça provoque des émotions. Et toi, ma magnifique et têtue Lucy…

Il a frôlé mes lèvres avec les siennes, à peine, puis il s'est écarté.

— … tu me fais peur. Non, j'ai promis de toujours être honnête avec toi : tu me terrifies, Lucy. Et j'adore ça. Jamais je ne pourrai te prendre pour acquise, mais même en sachant que tu ne m'accorderas jamais ce privilège… tu es celle que je veux, Lucy Meyer. Tu es la femme dont je suis amoureux.

Tandis que ses mots se plantaient comme autant de flèches dans mon cœur, je suis restée debout devant lui, frémissante, le souffle bloqué dans la gorge, soutenant son regard. Puis il a saisi mon visage entre ses mains puissantes et m'a embrassée. J'étais foutue. Complètement foutue. Il s'est écarté et a déposé un baiser sur mon nez, puis sur mes yeux et mon front avant de revenir sur mes lèvres.

—Maintenant, c'est toi qui vas m'embrasser, Lucy, a-t-il susurré contre mes lèvres. Je sais que tu ne prononceras pas les fameux mots, mais j'ai besoin de ton plus beau baiser. Et après ça, tu me donneras une chance, la même que celle que tu avais donnée à Jameson. Je le mérite et tu le mérites.

Oh, le salaud. Il allait recevoir bien plus qu'un baiser.

Lorsque j'ai ouvert la bouche pour l'inviter à y entrer, il n'a pas hésité une seconde. Il a plongé en moi et a tout pris. Un baiser tendre, rythmé par le mouvement langoureux de nos têtes et de nos langues. Soudain, j'ai compris ce qui se passait, pourquoi j'étais au bord des larmes, et je me suis cramponnée à ses bras, le laissant prendre les commandes. Il a encore fait un pas et nos corps se sont lancés dans une étreinte apaisante.

Ce moment, il resterait longtemps gravé dans ma mémoire. Quand je regarderais en arrière et que je penserais à Adam, je sentirais encore ses mains chaudes, puissantes, berçant mon visage. Qu'il soit toujours avec moi ou pas, je me rappellerais la sincérité de ses paroles.

Ensuite, il a posé son front contre le mien et nous sommes restés comme ça pendant un long moment, à mêler nos souffles. J'espérais lui avoir donné le plus beau des baisers. J'espérais que personne ne l'embrasserait plus jamais comme ça, que personne ne pourrait rivaliser avec mes lèvres.

—Dis-moi que j'embrasse bien, Lucy, a-t-il murmuré, paupières closes. Dis-moi qu'on ne t'a jamais aussi bien embrassée.

Un petit rire m'a échappé. Je me suis hissée sur la pointe des pieds et j'ai plongé mon nez dans son cou pour m'enivrer de son odeur.

—Bien sûr que tu es doué maintenant. Tu as été à bonne école.

Il m'a enlacé la taille en riant et j'ai senti son cœur battre contre le mien.

Je ne voulais plus jamais quitter la sécurité de ses bras.

—Je ne veux pas te perdre Adam.

Il a raffermi son étreinte et je me suis lovée encore plus dans ses bras.

—Je ne laisserai jamais personne nous séparer, Lucy. Tu peux me faire confiance.

Une larme a roulé sur ma joue et j'ai enfoui mon visage dans son cou.

Tout à coup, je me suis sentie soulevée du sol. Toujours cachée dans son cou, je l'ai laissé m'emmener dans sa chambre.

Il m'a délicatement posée sur son lit et s'est penché sur moi sans me toucher, les bras posés sur le matelas, le visage à quelques centimètres du mien.

—Je perds la notion du temps quand je t'embrasse, ai-je murmuré en caressant ses joues. Et je perds toute notion de moi-même quand tu me regardes avec cette intensité-là, Adam Connor. Tu me donnes l'impression que je suis la seule et l'unique.

Il a appuyé sa joue dans ma main.

—Je suis sûr que tu vas finir par me dire que tu m'aimes. Dis-le-moi, donne-moi ton cœur, Lucy, et je te promets… je te promets de bien m'occuper de lui.

—Tu me l'as déjà volé, mon cœur, crétin.

—C'est pas encore tout à fait ça. Essaie encore.

J'ai émis un petit rire.

—Je crois que j'ai craqué pour toi, Adam Connor.

Il s'apprêtait à répliquer, mais j'ai posé l'index sur ses lèvres.

—Je t'aime, ai-je avoué à voix basse. Tu as raison, je t'aime. Et moi aussi, je suis morte de trouille.

Lentement, il a esquissé un sourire et mon cœur s'est illuminé devant tant de beauté.

Ça fait longtemps que je ne l'ai plus traité de salaud, non ?

—Je vais prendre soin de toi, a-t-il répondu.

—Ouais, ouais, tu n'arrêtes pas de le répéter.

—Parce que c'est la vérité. Tu n'auras plus jamais besoin de protéger ton cœur. Il sera toujours en sécurité avec moi, Lucy. *Tu* seras toujours en sécurité avec moi.

La gorge nouée, j'ai tenté de l'ignorer, ce fameux cœur qui papillonnait comme s'il n'avait pas assez de place dans ma poitrine, comme s'il était prêt à s'envoler pour aller se poser dans les mains d'Adam Connor.

Mon imbécile de cœur.

Fermant les yeux, j'ai tenté de me souvenir comment on faisait pour respirer et parler. Adam a attendu patiemment.

—Adam… quand je dis que je suis maudite, ce n'est pas pour faire mignon. Je veux que tu saches que, peu importe quand et comment ça se terminera entre nous, je ne trahirai pas ton secret. Ce que tu as fait…

J'ai secoué la tête, admirative.

—Tu es quelqu'un d'incroyable et un père formidable, même si tes goûts en matière de femme sont discutables.

Il a souri et il a suffi qu'il dépose un baiser sur mes lèvres pour que mon cœur s'affole à nouveau.

—Merci, bébé.

— La fin, ce n'était pas un compliment, au cas où tu ne l'aurais pas remarqué.

Il m'a encore volé un petit baiser et, cette fois, je l'ai attiré sur moi, j'avais besoin de sentir le poids de son corps.

— Attends, Adam. Attends.

Il s'est arrêté, le souffle déjà court, comme le mien.

— Je mise sur toi, ai-je murmuré. Je n'ai jamais fait le vœu qu'un prince vienne me sauver, parce que je peux très bien me débrouiller toute seule – merci bien – mais, maintenant, je fais ce vœu, Adam Connor. J'espère – et crois-moi, je sais espérer très, très fort – que tes baisers briseront ma malédiction. J'espère que c'est toi le héros de mon histoire, parce que je mérite d'être aimée, merde. Je mérite de trouver quelqu'un avec qui danser sans musique.

Je me suis arrêtée pour reprendre mon souffle et j'ai vu son regard s'assombrir de désir.

— Je mérite de t'avoir pour moi seule. Je mérite de t'aimer, ai-je conclu.

Il m'a étudiée pendant un long moment en silence tandis que je m'efforçais de calmer mon cœur qui hurlait. Puis, sans un mot, il a enlevé son tee-shirt, m'offrant une vue imprenable sur son torse ridiculement sexy, et il m'a ôté le mien, sans se presser, comme si nous avions l'éternité devant nous. J'ai levé les bras pour l'aider, puis les hanches lorsqu'il s'est attaqué à mon jean. Quand il a eu fait disparaître tous mes vêtements et que je me suis retrouvée complètement nue devant lui – au sens propre comme au figuré –, il a achevé de se déshabiller et il m'a fait l'amour sans rien ajouter. Je n'avais pas besoin de beaux discours. Je n'avais besoin que de lui.

Il était déjà dur, prêt à me combler.

J'ai pris une profonde inspiration et j'ai écarté les cuisses pour le laisser me pénétrer, puis aller et venir en moi, de plus en plus profondément, nous unissant de la plus magique des manières ; jusque-là, chaque orgasme avait été magique avec Adam.

Cette fois, c'est moi qui ai pris son visage entre mes mains pour sonder les profondeurs de ses yeux verts.

— Ne me fais pas de mal, Adam. Ne me déçois pas.

— Jamais, Lucy.

Il a continué à imprimer son sexe en moi avec de lents mouvements du bassin, me donnant désespérément envie de plus, toujours plus, jusqu'à atteindre cette apothéose libératrice que lui seul savait me donner. Il m'a fait jouir avec des promesses murmurées sur ma peau et, bien sûr, avec son énorme et superbe queue. Quand son tour est venu, il a enfoui son visage dans mon cou, il est resté enfoncé en moi aussi profondément qu'il le pouvait et il a tout lâché en poussant un grognement divin. Ensuite, il est resté tout contre moi jusqu'à ce que nos deux cœurs aient retrouvé un rythme normal.

Il a relevé la tête et m'a demandé de lui redire ces mots que je m'étais interdits, alors je l'ai fait.

— Je t'aime tellement, Adam.

Ils étaient si beaux, ces mots. Tandis que je lui avouais mes sentiments les plus profonds, là, dans ce lit, les yeux dans les yeux, j'ai souhaité encore plus ardemment que ce soit lui qui mette fin à ma malédiction.

ÉPILOGUE

SIX MOIS PLUS TARD

Je crois au sexe. Sincèrement.

Je crois que s'adonner aux joies du sexe avec celui qu'on aime, c'est une expérience extraordinaire, surtout s'il a été gâté par la nature. C'est difficile à expliquer. Ça n'a rien à voir avec un coup d'un soir, même si vous avez pioché un partenaire particulièrement doué. Ne vous méprenez pas : baiser avec ce mec-là sera aussi très agréable, parce que les orgasmes sont intrinsèquement magiques, mais là, je vous parle d'un truc sans commune mesure.

Écoutez-moi jusqu'au bout.

Aimer et faire l'amour avec quelqu'un qui nous aime de tout son être, qui a confiance en nous plus qu'en quiconque sur la planète… c'est magnifique. C'est une leçon d'humilité, c'est bouleversant et c'est aussi un peu fou.

Alors, entre baiser avec un coup d'un soir et baiser avec Adam… disons qu'Adam tape dans le mille chaque fois.

Vous voulez savoir ce que je préfère dans le sexe ? Vous savez déjà presque tout sur moi, je vous dois bien ça.

C'est faire l'amour au réveil. J'adore ça. Je pourrais passer ma vie à faire l'amour au réveil.

En particulier avec Adam Connor. Être tirée du sommeil par ses baisers, pousser un petit gémissement surpris dans sa main plaquée sur ma bouche pour ne pas réveiller le petit homme qui dort au bout du couloir avec mes cris de plaisir… sentir une queue merveilleuse s'introduire en moi – je parle de celle d'Adam, au cas où vous ne l'auriez pas deviné… Oui, le sexe de bon matin, j'approuve chaque fois.

Et donc, comme j'aime tellement ça, j'ai eu droit au meilleur réveil du monde pour le plus beau jour de ma vie. Une grande main s'est glissée sur mon sein et a commencé à le peloter en tirant sur mon téton. J'ai gémi, récoltant un gentil rappel à l'ordre. Sa bouche s'affairait dans ma nuque, m'embrassant, me léchant, me mordillant.

— Qu'est-ce que tu fais, Adam ? ai-je demandé, hébétée, tandis que ses dents me procuraient des frissons dans tout le corps.

J'étais encore quelque part entre le pays des rêves et la réalité.

Sa main a délaissé ma poitrine pour descendre jusqu'à ma cuisse et il m'a soulevé la jambe. Sans ouvrir les yeux, j'ai souri et je l'ai aidé en reculant mes fesses jusqu'à ce que celles-ci rencontrent ses abdominaux en béton.

Ma jambe bien calée sur sa cuisse, il a agrippé mes hanches pour me faire descendre un peu.

— Adam, ai-je murmuré d'une voix ensommeillée lorsque son sexe dur s'est approché de mon entrejambe.

Au simple contact de son érection, mon corps pétillait déjà d'excitation.

J'ai roulé du bassin, puis j'ai tourné la tête en arrière, pour réclamer mon baiser du matin.

Dès que mes lèvres ont été à sa portée, il s'en est emparé pour m'entraîner dans un long baiser langoureux. J'ai gémi en me laissant aller dans ses bras, bien enveloppée par la chaleur de son corps. Peu à peu, tout le reste a disparu et il n'est plus resté que l'amour qui nous unissait.

Sans détacher sa bouche de la mienne, il a délicatement écarté les replis de mon intimité et j'ai compris qu'il s'assurait que j'étais prête à l'accueillir. Puis, il m'a pénétrée tout doucement. Quand je n'ai plus pu tenir, j'ai interrompu notre baiser et j'ai retenu mon souffle, le temps qu'il enfonce les derniers centimètres.

Voilà, il était tout entier en moi.

Il m'appartenait complètement.

Il a glissé son bras sous le mien et a enserré mon épaule, me maintenant en place tandis qu'il entamait un va-et-vient empreint de volupté.

—Bonjour, Lucy, a-t-il susurré tandis que je tentais de maîtriser mon souffle.

Je n'étais pas en état de répondre.

—Mmmmh, est tout ce que j'ai réussi à émettre.

Il s'est retiré, ne laissant plus que son gland épais en moi, avant de replonger tout en douceur en moi. J'ai saisi son biceps de ma main droite.

—Ahhh, ai-je fait, toujours incapable d'articuler quoi que ce soit.

—J'adore te réveiller comme ça, a-t-il soufflé à mon oreille, en adoptant une cadence régulière. Tu es si douce, le matin, si disposée à faire tout ce que je te demande.

Il a ponctué sa déclaration d'un baiser sur mon épaule tout en m'assenant un coup de reins plus virulent.

Oh, mon Dieu !

—Ça m'est déjà arrivé de ne pas être disposée à faire des galipettes avec toi ? ai-je enfin réussi à rétorquer à voix basse.

—Jamais, mais il y a un petit quelque chose de différent chez toi quand je te prends au réveil. Et je crois que tu aimes ça aussi.

J'aimais tout avec lui, c'était indiscutable, mais c'est vrai que j'appréciais tout particulièrement le regarder faire tout le boulot avec les yeux encore embrumés de sommeil. Certains jours, c'était moi qui émergeais avant lui, et lorsque ça se produisait, je veillais toujours à ce qu'il démarre bien la journée aussi… un démarrage jouissif et relaxant.

— J'aime ta bite, point, ai-je déclaré. Peu importe l'heure qu'il est, j'adore l'avoir en moi.

J'ai réussi à écarter un peu plus les jambes et je me suis mise à exercer de petites pressions du bassin vers le bas, pour l'encourager à accélérer.

— Toujours si gourmande et impatiente, a-t-il murmuré avant de me sucer le lobe de l'oreille. Je t'aime, Lucy.

À ces mots, j'ai contracté mes muscles autour de sa queue et j'ai souri en l'entendant pousser un petit grognement.

— Je t'aime, Adam.

Désormais, il n'y avait plus la moindre hésitation.

— Et j'aime jouir sur toi au petit matin.

— Ah oui ? Tu veux jouir sur ma queue ? Ça ne t'a pas suffi hier soir ?

— Hier soir, je n'ai eu que deux orgasmes. Tu avais l'air fatigué, alors je n'ai pas insisté.

J'ai tourné la tête vers lui.

— C'est ta faute, ai-je murmuré en trouvant enfin son regard. Maintenant, tant que je n'ai pas joui trois fois d'affilée, je ne me sens pas satisfaite. C'est comme s'il me manquait quelque chose.

— Mmh, alors je vais devoir te faire jouir trois fois maintenant ?

Je lui ai souri et un petit gémissement m'a échappé lorsqu'il a changé d'angle d'attaque, atteignant mon point le plus sensible. Il connaissait désormais les moindres recoins de mon plaisir.

— Chhht, a-t-il fait, tout en continuant à me pilonner. Tu ne voudrais pas qu'Aiden t'entende et vienne à ton secours, n'est-ce pas ?

J'ai secoué la tête et je me suis agrippée à la première chose que j'ai trouvée, son avant-bras. Les langoureux va-et-vient n'étaient plus qu'un souvenir. À présent, Adam s'était donné pour mission de me faire jouir et il savait très bien comment m'emmener au septième ciel. J'aimais Aiden de tout mon cœur, mais qu'il vienne me sauver des assauts de son père était vraiment la dernière chose dont j'avais envie, là, tout de suite. Je voulais d'abord que son père me fasse perdre la tête, même si, en réalité, c'était déjà fait.

Il m'a emmenée exactement là où je voulais en s'enfonçant toujours plus loin, toujours plus vite. Oh, c'était incroyable. Au moment où l'orgasme m'a happée, j'ai attrapé sa main pour la plaquer sur ma propre bouche et étouffer mes cris. Il n'a pas arrêté pour autant et, lorsque ma jambe s'est mise à trembler, l'obligeant à la redescendre, il m'a gentiment retournée sur le ventre et s'est placé au-dessus de moi.

Dans cette nouvelle position, plus ajustée, il a recommencé les lents, mais profonds, va-et-vient. Ce matin-là, il m'a tout donné, et j'ai tout pris.

— Je suis dingue de toi, Lucy, a-t-il murmuré dans mon oreille, à un certain moment, alors que j'essayais de ne pas perdre connaissance sous le déferlement de sensations. Tu me rends heureux.

Si vous pensez que ces mots-là n'ont pas réussi à m'atteindre en plein cœur, vous vous trompez.

Ce matin-là, j'ai eu droit à quatre orgasmes, et je lui en ai donné deux… parce que, eh oui, je ne me débrouillais pas trop mal non plus.

Toutefois, avec cet orgasme bonus, j'aurais dû me douter que quelque chose se tramait.

* * *

— Bonjour.

— Grmblbl, nonnnn.

—Bonjour, Aiden.

—Non. Encore un tout petit peu, Lucy.

—Il faut se lever.

—Mais pourquoi ? J'ai vraiment encore très sommeil, Lucy, et je n'ai pas l'impression que c'est déjà l'heure de se lever.

—Peut-être, mais j'ai très envie de pancakes, Aiden. J'ai demandé à ton papa, mais il ne veut pas m'aider. Alors je me suis dit que toi, tu serais d'accord et…

Il s'est redressé et a ouvert de grands yeux qui ressemblaient fort à ceux de son père.

—Il ne veut pas t'aider ?

J'ai secoué la tête en prenant un air très triste.

—Et tu as très envie de pancakes ? Genre très, très, très envie ?

J'ai hoché la tête.

—J'en ai peur. J'ai très, très, très envie de pancakes au sirop d'érable. Plein de sirop d'érable.

Aiden a frappé son matelas avec sa petite main en poussant un soupir malheureux. Il avait eu six ans un mois plus tôt, mais je le trouvais encore si petit. Le jour de sa fête d'anniversaire, je n'avais pas été ravie de devoir inviter Adeline, mais elle était toujours sa mère – en tout cas à ses yeux à lui. Le sourire radieux qui avait illuminé son petit visage lorsqu'il avait découvert ses amis, les ballons, les jouets et le gigantesque château gonflable coloré installé dans le jardin… avait largement compensé l'inconvénient de me retrouver dans la même pièce que cette femme.

Depuis qu'Adam l'avait obligée à faire une déclaration, en résumé, pour me présenter ses excuses, elle s'était bien calmée avec moi. En réalité, c'était depuis qu'Adam avait acheté cette *sextape* – que j'aurais été curieuse de voir, mais il l'avait déjà détruite – qu'elle n'était plus aussi garce. Elle avait même signé les papiers qui accordaient la garde exclusive d'Aiden à Adam.

Oh, Aiden allait encore passer un peu de temps chez elle, et il lui arrivait même d'y rester quelques nuits, mais il était plus heureux quand son père était là. Exactement comme moi.

—Papa me revaudra ça, j'espère. Et pas qu'un peu, a-t-il grommelé en descendant de son lit.

—Alors tu vas m'aider ?

Je savais très bien qu'il allait le faire. Il adorait les pancakes autant qu'Olive et moi.

—Puisque tu m'as réveillé, je suppose que c'est mieux. Comme ça, je pourrai en manger. Toi, tu en manges toujours plus que papa et moi. Comment ça se fait, ça, Lucy ? Les filles ne sont pas censées manger autant.

—Oh, excuse-moi. Ça n'est arrivé qu'une fois, et je mourais de faim.

—Tu meurs toujours de faim, Lucy, a-t-il répliqué avec un large sourire avant de se diriger vers sa salle de bains.

Quelle canaille.

C'est ainsi qu'avec mon petit assistant, nous avons préparé des pancakes pendant que son père prenait une douche et se préparait pour sa journée de tournage. À la demande d'Aiden, nous avons également invité les Thorn à nous rejoindre pour le petit déjeuner. Puisque Adam et Jason partageaient la même affiche, nous passions beaucoup de temps ensemble, tous les cinq, sur les plateaux de tournage et en dehors. Heureusement, ce jour-là, nos hommes n'étaient pas attendus dans la matinée.

Olive m'a aidée à dresser la table pendant qu'Aiden et Jason protégeaient les pancakes de nos assauts. Olive avait été aussi vexée que moi lorsque Jason avait abondé dans le sens d'Aiden sur le fait que nous mangions trop de pancakes.

Après avoir lâché cette énormité, Jason avait eu la présence d'esprit d'enlacer Olive et de l'embrasser, mais il avait de la chance qu'elle ne l'ait pas vu toper là avec Aiden en cachette.

Lorsque Adam est sorti de la chambre vêtu d'un smoking noir, j'ai dû me pincer pour y croire.

— C'est en quel honneur ? ai-je demandé tandis qu'il passait sa main dans ses cheveux humides.

— Une occasion spéciale.

Il m'a prise dans ses bras et m'a tendrement embrassée sur la bouche.

J'ai posé le plat de fruits que je tenais.

— Mais encore ? ai-je insisté, surprise.

— Aujourd'hui, ça fait cinq mois, a-t-il déclaré.

Ça, je le savais. Cela faisait cinq mois que j'avais emménagé avec lui et Aiden. Le déménagement avait été rapide, car je n'avais jamais eu l'occasion de louer cet appartement qui m'intéressait. Tous mes vêtements étaient donc chez Olive et le lendemain, ils n'y étaient plus. Je n'avais pas vraiment eu mon mot à dire, mais je ne m'en plaignais pas non plus. En plus, cela m'a permis de découvrir que faire l'amour au réveil était le summum de l'érotisme pour moi, mais ça, je vous l'ai déjà raconté.

Quant à Aiden… Lorsque je m'étais lancée dans la grande conversation « Ton papa et moi avons une relation sérieuse maintenant, est-ce que ça te dérange ? », il m'avait répondu d'un simple sourire mi-tendre, mi-intimidé. Il ressemblait tellement à son père.

— Est-ce que ça veut dire qu'il pourra t'embrasser quand il en a envie ? avait-il demandé, sans cesser de sourire.

— Oui, je crois. Mais quand je serai fâchée contre lui, il ne pourra pas m'embrasser du tout, par contre.

Il a pouffé.

— Et qu'est-ce que ça va changer d'autre ?

Beaucoup de choses que ses chastes petites oreilles ne pouvaient pas entendre, mais je les ai gardées pour moi.

—Eh bien, si tu es d'accord, je pourrais venir habiter avec vous.

—Ici ?

—Oui.

—Ici dans la maison ? Et plus chez Olive ?

—C'est ça, je vivrais ici, avec vous.

Il a écarquillé les yeux

—Tu vas vivre avec nous ? Pour toujours ?

—Ne nous emballons pas, petit homme. Si ton papa m'énerve très fort, je ne sais pas trop si je pourrai supporter de voir sa tête pour toujours. La tienne, par contre…

J'ai fait semblant de lui donner un coup de poing au menton.

—La tienne, ça ne me dérangerait pas de la voir pour toujours.

Ses éclats de rire ont retenti dans la pièce tandis qu'il courait annoncer à son père que je l'aimais plus que lui.

Je ne sais plus si je vous ai dit que cet enfant était parfait ?

Adam m'a ramenée au présent en m'embrassant de nouveau, avec encore plus de passion.

—Et ça, c'est en quel honneur ? ai-je demandé quand il m'a laissé reprendre mon souffle.

—Et ça, c'est parce qu'aujourd'hui, on se marie.

Mon sourire a vacillé et j'ai reculé un peu.

—Quoi ?

—C'est le jour de notre mariage.

—Pardon, mais… quoi ? Est-ce que je suis tombée dans une faille spatio-temporelle ? Je crois que j'ai raté le moment où tu m'as fait ta demande.

Il a comblé la distance que j'avais mise entre nous et m'a empêchée de reculer davantage – je ne m'étais même pas aperçue que j'avais continué.

—Ma demande, je te la fais tous les jours dans chacun de mes baisers, Lucy.

—Ah bon ?

—Ce n'est pas ma faute si tu as mis du temps à me donner ta réponse. C'est trop tard pour me réclamer une demande officielle, maintenant.

—Ah bon ?

—Oui, Lucy. Je suis désolé.

—Mais je veux une vraie demande, Adam. J'en veux vraiment, vraiment une. Fais-moi ta demande, s'il te plaît.

Il s'est penché et a déposé un tendre baiser sur mes lèvres.

—Je suis désolé, mon cœur.

—Quoi, pas de demande ? Qu'est-ce que ça veut dire, exactement ?

—Ça veut dire qu'on va se marier.

—Ah bon ? Mais quand ?

—Aujourd'hui.

—Quoi ?

Ma voix était à peine audible.

Tout à coup, Olive est apparue devant moi et je me suis figée en découvrant ce qu'elle tenait dans ses bras.

Une robe de mariée. Une *putain* de robe de mariée. Et je devais reconnaître qu'elle était très belle, cette putain de robe de mariée.

Sous le choc, les mains sur la bouche, je suis restée plantée là, enregistrant toute la scène.

Le visage de ma meilleure amie ruisselait de larmes, alors évidemment, le mien s'est mis à ruisseler aussi.

—J-je…, ai-je bredouillé.

J'ai vu Aiden prendre la main de son père en me souriant. J'étais toujours muette.

Puis Olive m'a rejointe.

—Je te souhaite tout le bonheur du monde, Lucy. Je te souhaite des sourires, des rires et de l'amour à profusion.

Elle a essuyé mes larmes en riant.

—Tu le mérites tellement, ma magnifique sœur de cœur. Tu mérites la plus belle des histoires d'amour, avec la plus heureuse des fins heureuses, et je serai honorée de pouvoir me tenir à côté de toi quand tu diras oui à l'amour de ta vie.

J'ai baissé les mains et un petit rire m'a échappé – mais ne vous inquiétez pas, je pleurais toujours.

—Qui a dit que c'était l'amour de ma vie ?

O.K., c'était totalement lui, l'amour de ma vie.

—Et je ne me rappelle pas t'avoir demandé d'être mon témoin, ma petite Olive verte.

Elle a tendu la superbe robe à Jason et s'est jetée dans mes bras.

—Mais tu n'as rien à dire. Essaie donc de me virer un peu pour voir.

Jason s'est avancé à son tour et a arraché Olive de mes bras pour la serrer contre lui. Nous ne devions pas être très belles à voir, elle et moi, avec notre visage tout rouge et larmoyant.

—Puisque tu ne m'as jamais demandé la permission de m'appeler papa, je suppose que je ne suis pas obligé de te demander la tienne non plus pour te conduire jusqu'à ce mec, a plaisanté Jason en m'embrassant sur la joue.

J'ai ri en le regardant à travers mes larmes.

Aiden a lâché la main de son père pour courir à côté de moi. Il portait toujours son pyjama Superman.

—Ne pleure pas, Lucy. Tu ne veux pas nous épouser ?

—Tu n'as pas le droit de lui demander ça, mon bonhomme, tu te souviens ? est intervenu Adam.

—Mais pourquoi, papa ? Je comprends pas.

—Je suis bien d'accord avec lui, ai-je renchéri. Moi non plus, je ne comprends pas. Pourquoi ne puis-je pas recevoir de demande ?

Adam s'est avancé et a pris mon visage dans l'une de ses mains. J'ai à peine remarqué qu'Aiden me lâchait pour rejoindre Jason. Adam me faisait toujours cet effet-là, il m'était impossible de me détacher de son regard.

—Parce que je ne veux pas que tu réfléchisses. Parce que je ne veux pas que tu aies la possibilité de me dire non. Tu m'appartiens, Lucy. Quand il n'y a qu'une seule réponse possible à la question et que tu la connais déjà, c'est inutile de la poser. Tu vas te marier avec moi aujourd'hui. Tu vas devenir ma femme et tu seras à moi pour toujours.

Sa femme.

Sa putain de femme.

J'ai dégluti, puis j'ai hoché la tête.

—Tu as raison. Inutile de demander quand on connaît déjà la réponse.

Il a placé sa deuxième main sur mon autre joue.

—Alors, c'est oui ? Tu vas le faire ?

—Je croyais que je n'avais pas la possibilité de refuser ?

—C'est vrai, a-t-il concédé d'une voix grave tandis qu'il me sondait du regard. Mais tu es si imprévisible.

—Je vois. Alors… c'est d'accord.

J'ai levé mes mains tremblantes pour les poser sur les siennes.

—Allons-y, marions-nous. Et pourquoi pas aujourd'hui, hein ? C'est vrai, c'est une journée aussi belle qu'une autre. En plus, les personnes qui me sont les plus chères sont déjà là. Que demander de plus ?

Lentement, Adam a esquissé un sourire, comme si, en réalité, il avait eu peur que je refuse, comme s'il ignorait que c'était impossible pour moi de lui dire non.

Mes yeux se sont de nouveau embués.

—C'est tout, Lucy, a-t-il murmuré en embrassant mes joues ruisselantes. C'est tout, ma belle guerrière.

J'ai frissonné et Adam m'a rattrapée avant que mes jambes ne me lâchent. Ses murmures étaient la seule chose qui me parvenait encore.

—Tu ne deviendras jamais comme elles, Lucy. Tu n'es pas maudite, mon cœur. Tu ne l'as jamais été. Tu attendais simplement que je te trouve.

Sa voix était si tendre, si aimante.

—Attends, je ne sais pas à qui j'espère faire croire ça. Tu n'as même pas pu attendre que je te trouve, a-t-il rectifié. Tu as déboulé dans mon jardin et je m'en suis pris plein la figure.

Sans cesser de pleurer, je me suis accrochée à lui.

Si, il m'avait trouvée.

Il ne l'admettrait jamais, mais si, Adam m'avait trouvée.

—Je t'aime, ai-je sangloté sur sa chemise déjà trempée.

—Moi aussi, je t'aime, Lucy.

J'ai fermé les yeux et j'ai senti ses lèvres se poser sur mon front.

Adam était l'homme parfait. Il était tout ce que je n'avais jamais osé souhaiter.

Je l'ai regardé droit dans les yeux et j'ai réussi à lui adresser un timide sourire.

—Tu es le héros de mon histoire, Adam Connor. Le prince charmant inespéré qui a mis fin à ma malédiction. Qui l'eût cru, hein ? Je crois que je suis contente que ce soit toi parce que ça m'aurait vraiment ennuyé de devoir tout recommencer de zéro et apprendre à quelqu'un d'autre à embrasser correctement.

Il a ri et son regard s'est adouci.

—J'ai bien peur que tu n'aies plus jamais l'occasion d'embrasser un autre homme. Tu es d'accord avec ça ?

J'ai acquiescé, le cœur encore un peu flageolant.

—Je devrais pouvoir survivre.

—Parfait.

—Alors, Lucy, tu vas nous épouser, oui ou non ? est intervenue une petite voix.

J'ai lâché Adam et je me suis penchée pour embrasser Aiden sur les deux joues.

—Merci pour ta demande, mon petit prince. Ma réponse est un grand oui.

—Aaah. Super. Maintenant, on peut manger les pancakes ? J'ai très, très faim, et j'ai attendu bien patiemment.

Je me suis redressée en riant.

—Oui. Oui, on peut manger les pancakes.

Olive, qui avait séché ses larmes, m'a adressé un clin d'œil et est allée aider Aiden et Jason à se servir.

Adam m'a de nouveau attirée dans ses bras et j'ai savouré sa chaleur et sa proximité.

—Merci, Lucy.

—Pourquoi ?

—De m'avoir espionné. Et d'être à moi.

—Ça fait beaucoup.

—Et j'ai prévu de te remercier chaque fois que j'en aurai l'occasion.

—Y a intérêt. Au moins trois fois chaque fois, s'il te plaît.

Il a souri et j'ai fondu.

Il s'est penché et a susurré à mon oreille.

—Merci de m'avoir fait confiance.

Ainsi, ce jour-là, quand les pancakes ont été avalés, j'ai dit « Oui, je le veux » à Adam Connor avec des larmes de bonheur ridicules aux yeux.

Après un premier baiser affreusement timide, je l'ai attiré vers moi et je lui ai confié un petit secret à l'oreille.

Je n'oublierai jamais le regard qu'il m'a adressé… un regard qui voulait dire que j'étais tout pour lui.

Il a posé la main sur mon ventre, sur notre bébé, et il m'a donné un autre baiser, un de plus à ajouter à la liste des baisers parfaits.

La petite fille qui avait passé des journées entières à pleurer, qui s’était évertuée à comprendre pourquoi sa mère n’avait jamais réussi à l’aimer, au point de l’abandonner, qui ne comprenait toujours pas pourquoi sa grand-mère ne l’aimerait jamais alors qu’elle en avait tant besoin… cette même petite fille qui, en cours de route, avait fini par se résigner et accepter l’idée que tout le monde n’avait pas droit au bonheur en ce monde… cette petite fille qui était toujours là en moi… cette petite fille au cœur gonflé d’espoir, ce jour-là, a beaucoup souri. Elle ne pouvait plus s’arrêter.

Elle souriait, souriait, souriait, souriait.

À PROPOS DE L'AUTRICE

Écrire est devenu mon univers et je ne peux plus m'imaginer faire autre chose que donner vie à des personnages et de nouveaux récits. Vous connaissez certainement cette sensation que votre cœur va exploser de bonheur dans certaines situations ? Quand vous lisez un bon livre, que vous caressez votre petit chien ou que vous serrez dans vos bras quelqu'un qui vous a cruellement manqué, par exemple. C'est exactement l'effet que l'écriture produit sur moi. Et j'espère que la lecture de mes romans vous procurera le même bonheur.

Tout ce que vous avez toujours voulu savoir sur moi et mes livres se trouve sur mon site Internet. J'adorerais vous y retrouver !

WWW.ELLAMAISE.COM

Pour avoir accès à des extraits de mes romans en primeur, des bonus et pour être le premier à savoir quand mon prochain livre sortira, inscris-toi à ma newsletter !
(Je n'en publie que quelques-unes par an.)

Remerciements

Chers lecteurs… Il y a tellement de paramètres qui interviennent dans l'écriture d'un roman, tellement de gens qui œuvrent pour que je puisse vous toucher si nombreux. Je ne sais pas si Adam et Lucy susciteront le même engouement qu'Olive et Jason, mais je pense sincèrement qu'ils le méritent et peut-être même plus encore. Je me suis éclatée à écrire les aventures de ces personnages et je suis encore plus amoureuse de Lucy qu'avant. Elle a eu le cœur brisé, mais elle a, malgré ça, une très forte personnalité et elle mérite tout l'amour du monde.

Alors… vous qui lisez ceci en ce moment, vous qui avez peut-être aimé l'histoire d'Adam et Lucy, je vous remercie… Merci du fond du cœur. Votre soutien est tout pour moi.

Je remercie également les personnes fantastiques de la blogosphère qui nous ont donné une chance, à mes personnages et à moi. Vous avez été si nombreux à lire et apprécier l'histoire de Jason et Olive, j'espère que vous apprécierez celle de Lucy et Adam. Comment pourrais-je vous remercier et vous témoigner toute ma gratitude ? Tous ces merveilleux partages, avis, commentaires, messages… à vous tous : un grand merci pour tout ça.

Jasmine… Tu es mon tout. Je crois que ça résume bien la situation. Merci de me supporter. Merci de ne pas me hurler de dégager quand je t'embête sans relâche. Merci de m'avoir botté les fesses quand j'en avais besoin. Merci de mettre le plus grand des sourires sur mon visage. Merci de prendre mes récits tellement à cœur et de m'aider à tout fignoler. Comme je l'ai dit, tu es mon tout, et rien de ce que je pourrais écrire ne suffirait. Tu es incroyable et j'ai beaucoup de chance de pouvoir dire que tu es mon amie. Je n'aurais jamais pu y arriver sans toi.

Caitlin… Je dois être ton pire auteur. Un jour, je réussirai à te rendre mon manuscrit à temps. Promis ! Merci infiniment de m'accorder le temps nécessaire et de transformer mes histoires en roman publiable. Tu es une éditrice incroyable.

Erin Bailey… Merci de lire tout ce que j'écris même quand tu n'as pas de temps pour toi et merci de toujours être là pour moi, que ce soit pour me tenir la main quand j'ai peur ou pour m'encourager.

Natasha G., Suzette, Rita, Samantha, Natasha M., Laura Gladden H., Amy – si j'ai oublié quelqu'un, je suis désolée –, merci à toutes d'avoir lu les épreuves. Si vous saviez à quel point j'ai été heureuse de recevoir vos retours au fil de votre lecture…

Retrouvez-nous sur les réseaux sociaux :

City éditions
www.city-editions.com
@cityeditions
www.facebook.com/cityeditions/
@CityEditions
@cityeditions

Achevé d'imprimer en octobre 2024
sur les presses de la Nouvelle Imprimerie Laballery
58500 Clamecy
Numéro d'impression : 409627
Imprimé en France

La Nouvelle Imprimerie Laballery est titulaire de la marque Imprim'Vert®